Jochen Fornasier

Lysias

Jochen Fornasier

Lysias

Historischer Spionageroman

VERLAG PHILIPP VON ZABERN

Bibliografische Information der Deutschen Nationalbibliothek

Die Deutsche Nationalbibliothek verzeichnet diese Publikation in der Deutschen Nationalbibliografie; detaillierte bibliografische Daten sind im Internet über <*http://dnb.d-nb.de*> abrufbar.

Weitere Publikationen aus unserem Programm finden Sie unter: *www.zabern.de*

ISBN: 978-3-8053-4372-5
Gestaltung: Vollnhals Fotosatz, Neustadt a. d. Donau
Umschlaggestaltung: Katja Holst, Frankfurt am Main
Umschlagabbildung: Lizzie Riches, Aesop's fable (oil on canvas)
© Portal Painters/Bridgeman Berlin
Druck: CPI – Ebner & Spiegel, Ulm

Vorwort

Dunkel. Weit entfernt. Unheimlich. Doch der Drang, sich in dieser Welt niederzulassen, ist größer als die Angst vor dem Unbekannten. Für die Griechen, die vor über 2500 Jahren die ersten Handelskolonien an der Nordküste des Schwarzen Meeres gründen, ist es ein Aufbruch in die Fremde. Träume vom legendären Reichtum der Kolchis und schier unendlichen Kornkammern im Skythenland sind ein starker Motor für das Vordringen der Griechen, die Stück für Stück die Küstenregionen besiedeln. Doch es ist auch eine Welt voller Gefahren. Was erwartet die ersten Kolonisten? Wird man ihnen die Hand in Freundschaft reichen? Oder ist man ihnen feindlich gesinnt?

Heute lehrt uns die Geschichte, dass aus diesen ersten griechischen Siedlungen des 7. Jahrhunderts v. Chr. sehr schnell eine Reihe großer, bedeutender Koloniestädte entstand. Spätestens im ausgehenden 5. Jahrhundert v. Chr. entwickelte sich auf der Ostkrim und der gegenüberliegenden Taman-Halbinsel sogar ein großes Flächenreich, das es an Bedeutung mit allen griechischen Zentren dieser Zeit aufnehmen konnte: das *Bosporanische Reich*. Hier, in unmittelbarer Nähe zu Skythen, Sindern und Maioten, lebten die Griechen – mal in Eintracht, mal in Konfrontation mit ihren Nachbarn. Immer stärker aber wuchsen die Kulturen auch zusammen. Eine einzigartige Welt entstand, die trotz ihrer fernen Lage eng mit den antiken Zentren im Mittelmeerraum verbunden war.

Dies ist der historische Hintergrund, vor dem der Roman *Lysias* spielt. Seit den ersten Gründungen sind rund einhundertfünfzig Jahre vergangen, und in Pantikapaion, der größten griechischen Koloniestadt, rumort es. Der Herrschaftsantritt eines Mannes, Spartokos, wird immer wahrscheinlicher, er zieht wie ein dunkles Gewitter am Horizont herauf. Wird ihm der politische Umsturz gelingen? Kann er seinen Traum vom Großreich am Bosporos wahr werden lassen? Und welche Rolle spielt die berühmte Stadt Athen in diesem Ränkespiel? Ein Abenteuer, ausgelöst durch handfeste Wirtschaftsinteressen und durchzogen von politischen Intrigen, nimmt seinen Lauf, verändert das Schicksal vieler Menschen in einer ganzen Region.

Mein größter Dank gilt an dieser Stelle den russischen und ukrainischen Altertumsforschern für die wertvolle Arbeit, die sie in den letzten Jahrzehnten so erfolgreich bei archäologischen Ausgrabungen in Südrussland und auf der Krim durchgeführt haben. Ihre Ergebnisse sind die Grundlage für diesen Roman, der ohne sie nicht möglich gewesen wäre. Meiner Frau Kirsten danke ich von ganzem Herzen für all ihre Geduld, ihre kritische Diskussionsbereitschaft und viele wertvolle Anregungen, die maßgeblich zum Entstehen des Manuskriptes beigetragen haben. Dagmar Fuhrmeister hatte das schwere Los der Erstdurchsicht des Textes, was sie mit Souveränität gemeistert hat. Ihr ist es zu verdanken, dass die Handlung in vielen Details stimmig formuliert ist. Und schließlich gilt mein besonderer Dank dem Verlag Philipp von Zabern, in dessen Reihe der Historischen Romane das vorliegende Manuskript Aufnahme gefunden hat. Es ist allein sein Verdienst, dass der Athener Lysias seine Fahrt zum fernen Bosporos tatsächlich in gedruckter Form antreten kann. Ich wünsche allen Lesern nun viel Spaß dabei, unseren jungen griechischen Helden auf der Reise in diese fremde Welt zu begleiten!

Am Ende der Welt, Kimmerischer Bosporos, April 439 v. Chr.

Sie waren zu langsam, wieder einmal viel zu langsam. Lysias stand am Bug des Schiffes und blickte missmutig in den Sonnenuntergang. Am Horizont war zwar schon die Silhouette der Stadt zu erkennen, vor allem das Zentrum, der große Burgberg, der sich majestätisch vor dem versinkenden Feuerball in den Himmel zu bohren schien. Aber sie würden es erneut nicht schaffen, vor Anbruch der Dunkelheit im sicheren Hafen anzulegen.

Lysias wusste immer noch nicht, ob es an der bloßen Unfähigkeit des Kapitäns lag oder ob sich dahinter ein bestimmtes System verbarg, dessen Sinn ihm schlichtweg verborgen blieb. Warum nur hatte er sich auf Gedeih und Verderb in die Hände gerade dieses Melas begeben, als er in Sinope auf der Suche nach einer schnellen Transportmöglichkeit gewesen war? Hatte er, der so kühle Stratege, der nichts dem Zufall überließ, sich diesmal wirklich nur von dem schillernden Schiffsnamen blenden lassen? *Argo*, was für ein Name! Hatte er sich tatsächlich nur für einen winzigen Moment so wie der berühmte Iason fühlen wollen, der sich in grauer Vorzeit mit einem ganzen Tross griechischer Helden, den legendären Argonauten, auf die Suche nach dem Goldenen Vlies gemacht hatte? Falls ja, dachte Lysias leicht frustriert, so hatte er es nicht besser verdient. Lass dich niemals von deinen Gefühlen leiten, hatte man ihm gesagt. Wenn er gegen diese goldene Regel verstoßen haben sollte, so war er eben selbst schuld.

Plötzlich nahm Lysias aus dem Augenwinkel eine Bewegung wahr und seufzte innerlich auf. Noch bevor er den Kopf zur Seite drehte, fragte er: „Nun, Kapitän Melas, werden wir es diesmal schaffen, rechtzeitig im Hafen anzulegen? Oder sollte uns wieder ein höchst interessantes, um nicht zu sagen, abenteuerliches Anlegemanöver im Stockdunkeln bevorstehen?“

Der Kapitän trat auf Lysias zu und verzog seinen Mund zu einem spöttischen Lächeln: „Werter Herr, du hast für diese Passage nach Pantikapaion gutes Geld bezahlt. Da muss ich dir doch was bieten, dass dir die Reise als ein unvergessliches Erlebnis in Erinnerung bleibt! Was wäre ich denn für ein schlechter Gastgeber auf meiner guten alten *Argo*, wenn ich deine Anwesenheit an Bord nicht kurzweilig gestalten würde. Vor allem, wo das Wetter doch viel zu freundlich und die See viel zu ruhig für diese Jahreszeit sind, um für ein wenig Abwechslung zu sorgen."

Noch bevor Lysias sich überlegen konnte, wie er auf diese alberne Antwort reagieren sollte, ließ Melas ihn stehen und ging seiner Lieblingsbeschäftigung nach, indem er über Deck streifte und seine Mannschaft lautstark und mit einem nicht enden wollenden Redeschwall zur Arbeit anpeitschte.

Kapitän Melas war leicht untersetzt und von kleinem Wuchs, sein Hang zu kostbarem Schmuck dafür aber offensichtlich umso größer. Anders als seine Mannschaft, die über dem hemdartigen Gewand einen wetter- und stoßfesten und äußerst praktischen, jedoch schmucklosen Überwurf aus geflochtenen Matten trug, sah Melas so aus, als wäre er erst vor kurzem in eine prall gefüllte Schatzkiste gefallen. An seinen Armen und um seinen Hals, ja selbst auf seine Kleidung aufgenäht, funkelten im Licht der untergehenden Sonne die unterschiedlichsten Objekte aus teurem Edelmetall. Lysias wusste, dass es sich dabei um die offizielle Arbeitskleidung des Kapitäns handelte, die er immer dann anzog, wenn der nächste Hafen in Sicht kam. Irgendwann, so glaubte Lysias anfangs, musste Melas offenbar auf die Idee gekommen sein, dass es für den An- und Verkauf von Handelswaren gewinnbringend war, sich auffällig und möglichst fremdländisch zu kleiden.

Wie gerne hätte Lysias diesen selbstverliebten Seemann darauf hingewiesen, dass der gewünschte Effekt in seinen Augen vollständig verpuffte, wenn man erst nachts im Hafen einer Stadt anlegte und bis auf die Tagelöhner niemand da war, der diesem Schauspiel hätte beiwohnen können. Bis ... ja, bis sie vor wenigen Tagen auf ihrer nordwärts gerichteten Fahrt in einer Stadt namens Phasis im Land der legendären Kolcher Station gemacht hatten. Hier war Lysias schlagartig bewusst geworden, dass er mit jedem Tag, an dem er sich weiter von seiner Heimatstadt Athen entfernte, sein altes Leben Schritt für Schritt hinter sich ließ. Hier, an den Küsten des „Gastfreundlichen Meeres", des Pontos Euxeinos, dessen Wasser so dunkel wie sein eigenes Haar war, näherte sich Lysias einer völlig fremden Welt. Einer Welt, die bei ihren ständigen Zwischenstopps immer seltener etwas Vertrautes bot, an dem er sich gedanklich festklammern konnte.

Natürlich hatten sie in der vergangenen Woche auch im besagten Phasis erst nach Einbruch der Dunkelheit mit einem halsbrecherischen Manöver am Kai festgemacht. Das war Lysias mittlerweile ja schon gewohnt. Als sie dann aber im Hafen auf der Suche nach einer Unterkunft eine der zahlreichen Tavernen betraten, da verschlug es ihm für einige Sekunden schlichtweg die Sprache. Nicht Kapitän Melas war es, der hier im Schankraum auffiel, sondern er selbst zog die Blicke der Anwesenden auf sich, wie er sehr schnell und mit wachsendem Unwohlsein feststellen musste. Lysias erinnerte sich an diese Szene noch immer so, als wäre sie erst gerade geschehen: Dort in der Ecke saß ein eher dunkelhäutiger, bärtiger Mann in einer Art Hosenanzug, der überaus reich mit farblich abgesetzten Mustern versehen war. Neben ihm lehnte ein riesiger Kompositbogen in einem Köcher mit beachtlich großem Goldbeschlag. Gegenüber an der Wand stand ein weiterer Mann, der eindeutig eine persische Rüstung mitsamt der typischen Bewaffnung trug, was Lysias einen Schauer über den Rücken laufen ließ. Denn trotz aller offiziellen Friedensbemühungen zu Hause war das immer noch *der* Erbfeind, und das hier? Und direkt vor ihm an einem großen Tisch saßen drei weitere Personen unterschiedlichster Herkunft, von denen der Linke mitsamt seiner Kleidung wie eine jüngere Kopie des Melas wirkte – wenngleich auch wesentlich besser durchtrainiert und von kräftigerer Statur.

Lysias selbst fühlte sich in diesem besonderen Moment mit seiner rein griechischen Kleidung, die nach den derzeit aktuellen Modevorstellungen in Athen zweifellos zur Grundausstattung einer jeden Person aus gutem Hause zählte, völlig fehl am Platz. Er trug einen hemdartigen Chiton, der mit einem edlen, aber unauffälligem Ledergürtel drapiert war, und einen ebenso eleganten Reisemantel, den er über die linke Schulter geschwungen hatte. Sowohl die Art und Weise, wie er seine Kleidung trug, als auch die zurückhaltende Eleganz und die Stoffqualität hätten in seiner Heimatstadt jedem sofort klargemacht, dass er zur athenischen Oberschicht gehörte – im Schankraum in Phasis, Tausende von Stadien von seinem elterlichen Zuhause entfernt, kam ihm aber nun das ungute Gefühl, wie ein einfacher Sklave in eine gesellige Zusammenkunft freier Bürger geplatzt zu sein. So etwas war ihm in seinem ganzen Leben noch nicht passiert.

Als die *Argo* drei Tage später den Hafen von Phasis wieder verließ, war Lysias so stark in seine Gedanken vertieft, dass er lange Zeit mit niemandem sprach. Während einige Mitglieder der Besatzung sich lautstark ihrer nächtlichen Erfolge bei den im Hafen anwesenden Damen rühmten und man dem unaufhörlichen Glitzern in Melas' Augen entnehmen durfte, dass sich dieser Handelsstopp für ihn mehr als gelohnt hatte, ließ Lysias das Erlebte vor seinem inneren Auge vorbeiziehen. Er hatte erfahren müssen, dass die Kolchis, den Legenden nach ein sagenhaftes Land am Ende der Welt mit vielen Abenteuern und mythischen Gestalten, in Wirklichkeit ganz anders war.

Zweifellos war es ein überaus reiches Land mit einem schier unglaublichen Vorkommen an Erz und kostbaren Metallen. Ein Land, in das die ersten Griechen vor über zweihundert Jahren während der großen Kolonisationswellen gekommen waren und feste Niederlassungen gegründet hatten, die sich zu großen wirtschaftlichen und kulturellen Zentren weiterentwickelten. Doch wie ernüchternd war es festzustellen, dass die Basis für all den Reichtum vor allem aus einem intensiven Handel mit Völkern der verschiedensten Regionen dieser Welt bestand. In der Stadt, die wie ein Schmelztiegel die unterschiedlichsten Kulturen zusammenbrachte, traf man Kolcher, Perser, Skythen, Maioten und Griechen gleichermaßen. Und das Schlimmste war, dass man in manch einem Fall nicht einmal mehr auf Anhieb sagen konnte, zu welch einem Kulturkreis der jeweilige Gesprächspartner eigentlich gehörte, da dieser bisweilen nicht seine landesübliche Kleidung, sondern eine Mischung aus unterschiedlichen Stilrichtungen trug. Ganz zu schweigen von ihrer Sprache, die, so konnte er doch zumindest für das Griechische sagen, zahlreiche Elemente anderer Kulturkreise wie selbstverständlich einband. Nicht das sagenhafte Gold, das man den Legenden nach eigentlich nur auf dem Boden auflesen musste, war also der Schlüssel zum Erfolg, sondern die Händler, die für einen stetigen Warentransfer Sorge trugen. Menschen wie Melas waren dafür verantwortlich. Oh ihr Götter, manchmal sind eure Scherze nur schwer zu verstehen! Obwohl Lysias sich intensiv auf diese Reise vorbereitet hatte – hier war doch plötzlich und unerwartet ein tief sitzender Kindheitstraum von fernen Ländern und großen Abenteuern geplatzt.

Lysias zuckte zusammen, als ihn jemand an der Schulter berührte. „He, mein geehrter athenischer Freund!“, sagte Melas, der wieder an ihn herangetreten war und ihn offenbar bereits mehrfach angesprochen hatte. „Willst du oder kannst du nicht mit mir reden?“

Lysias hob entschuldigend die Arme und trat einen Schritt zurück, da er den intensiven Körpergeruch des Kapitäns nur schwer ertragen konnte.

„Es tut mir leid, Kapitän. Ich war gerade in Gedanken versunken, da ich mich an die verschiedenen Stationen unserer gemeinsamen und aufregenden Reise erinnert habe. Wie du schon prophezeit hast, diese Tage auf der *Argo* werden mir sicherlich ewig in Erinnerung bleiben.“

Melas neigte den Kopf ein wenig zur Seite und bedachte Lysias mit einem ernsten Blick: „Deinem Gesichtsausdruck nach zu urteilen, hast du gerade eher an die vielköpfige Hydra gedacht als an unsere gemeinsamen Abenteuer.“

Abergläubisch richtete Melas den Blick in den Himmel und schickte vorsorglich ein stummes Stoßgebet zu all jenen Göttern, die auch nur entfernt etwas mit der Seefahrt zu tun hatten.

„Aber Spaß beiseite. Jetzt, da sich unsere Fahrt dem Ende zuneigt, willst du mir nicht endlich verraten, warum du eigentlich zu mir an Bord gekommen bist und mit uns hierher an den Rand der zivilisierten Welt reist?“

Melas legte eine kleine Pause ein, um Lysias die Möglichkeit zum Antworten zu geben. Als dieser jedoch keinerlei Anstalten machte und weiterhin starr auf das näher kommende Festland blickte, fuhr Melas fort: „Du hast dich bei unserer ersten Begegnung in Sinope als reicher athenischer Kaufmann vorgestellt, der im Auftrag seines Vaters die Küsten des Pontos auf der Suche nach neuen Handelspartnern abklappern soll. Ich habe diese dreiste Lüge damals bedingungslos akzeptiert, da du für deine Überfahrt hierher nach Pantikapaion außerordentlich gut bezahlt hast.“

Lysias spürte, wie sich ihm langsam die Nackenhaare aufrichteten. Was sollte das denn jetzt werden? Warum sprach Melas von einer dreisten Lüge? War seine Tarnung aufgeflogen, wollte man ihn etwa erpressen, oder vielleicht etwas noch Schlimmeres? Vor dem Kapitän selbst hatte er keine Angst, für ihn brachte er eher Mitleid auf. Doch unter der Mannschaft war der ein oder andere Seemann, der ihm körperlich gewachsen war und daher auch gefährlich werden konnte. Immer heftiger verfluchte er den Tag, an dem er Melas in der kleinen Kaschemme in Sinope aufgesucht und ihn um eine Passage auf seinem Schiff gebeten hatte.

„Das habe ich damals gesagt, weil es der Wahrheit entspricht", entgegnete er dem Kapitän vorsichtig. „Hier in Pantikapaion soll ich einen gewissen Dakos aufsuchen, mit dem mein Vater schon seit längerem in Kontakt steht, ohne ihn jemals persönlich getroffen zu haben. Zusammen mit Dakos soll ich die hiesigen Machthaber davon überzeugen, dass es für sie außerordentlich gewinnbringend wäre, über unsere Reederei besondere Konzessionen für den Handel mit Athen zu erteilen. Sobald ich da erfolgreich bin, führt mich mein Weg weiter nach Olbia, meiner letzten Station im Nordwesten des Pontos, von wo aus ich dann endlich wieder in mein geliebtes Athen zurückfahren kann."

Lysias blickte sich verschwörerisch um und flüsterte: „Eigentlich darf ich so was als Sohn eines Reeders ja gar nicht sagen, aber ich hasse Schiffsreisen. Jeder Tag, an dem ich festen Boden unter den Füßen habe, ist ein guter Tag."

Melas lachte laut auf, drehte Lysias dann aber mit einem festen Handgriff zu sich herum und blickte ihm unverhohlen lauernd ins Gesicht: „Wenn du ein Kaufmann bist, dann heuer ich freiwillig auf einer von euren attischen Trieren an, mit denen ihr glaubt, die Weltmeere zu beherrschen. Und ich will bis an mein Lebensende zum Ruhme Athens am Ruder sitzen."

Der Kapitän ließ von ihm ab und lehnte sich an einen Amphorenstapel voll chiotischen Weins, der aus Platznot im Bug festgezurrt war. „Ich wusste von Anfang an, dass diese Geschichte nicht stimmt. Letzte Gewissheit hatte ich dann aber in Phasis, dem Olymp auf Erden für jeden Mann, in dem ein Kaufmannsherz schlägt. Und was machst du? Du fragst die Leute über die Geschichte ihres Landes aus, sprichst mit ihnen über Mythen und Legenden, anstatt ihnen die kostbaren Gewürze, Kleider und Kunstgegenstände für möglichst wenig Geld aus der Tasche zu ziehen. Du willst Handelskontakte schließen? Das da in Phasis, das wäre die Chance deines Lebens gewesen."

Ein Lächeln umspielte seine Mundwinkel, als wäre ihm gerade in diesem Moment eine brillante Idee gekommen: „Nur ein Wort zum Hafenmeister, und du hast die örtlichen Behörden am Hals. Aber, he, warum sollte ich das tun, wo du doch so ein guter Freund und ‚Standesgenosse' bist?" Das Grinsen auf seinem Gesicht wurde immer breiter. „Ich mache dir einen Vorschlag, den du dir wirklich gut überlegen solltest."

Lysias schaute den Kapitän ruhig und freundlich an, während er fieberhaft nach einem Ausweg suchte. Über Bord springen konnte er nicht, dafür war das Ufer noch zu weit weg. Und wie sollte er das dann auch erklären, wenn er durchnässt im Hafen aus dem Wasser gezogen wurde? Melas einfach zu ignorieren war aber auch nicht mehr möglich, das hatte er schon längst verstanden. Was blieb ihm also übrig?

„Da bin ich jetzt aber gespannt. Ich höre doch immer gern den Vorschlag eines aufrichtigen Handelskapitäns." Insgeheim schalt er sich sofort wegen des ironischen Untertons in seiner Stimme. Er musste jetzt sehr vorsichtig sein.

Doch Melas war auf einmal guter Laune und fuhr in seinem üblichen gönnerhaften Plauderton fort: „Du kennst meine Handelswaren, die wir zurzeit an Bord haben. Immerhin hast du ja mit ihnen die letzten Tage verbracht, zum Teil sogar darauf geschlafen. Ich bin in der Vergangenheit nicht sehr oft in Pantikapaion gewesen und habe daher auch noch kein wirklich funktionierendes Handelsnetzwerk aufbauen können. Hilf du mir dabei, meine Ware in kürzester Zeit und, was selbstverständlich ist, gewinnbringend zu verkaufen, damit ich mich wieder auf den Weg machen kann. Im Gegenzug vergesse ich, dich jemals gesehen zu haben. Sprich doch mit deinem Freund Dakos. Wenn er wirklich ein Partner deines Vaters ist, dann wird er dir sicher zuhören." Mit diesen Worten trat Melas einen Schritt zurück, zwinkerte Lysias aufmunternd zu und ging wieder in den hinteren Teil des Schiffes zu seiner Mannschaft.

Lysias richtete seinen Blick wieder auf die Hafenanlage Pantikapaions, von der nun bereits die ersten Details erkennbar waren. Er kochte innerlich, konnte seinen Zorn nur mit Mühe im Zaum halten. Einem Idioten wie Melas ausgeliefert zu sein, das war es, was ihm jetzt noch fehlte. Aber er musste an seinen Auftrag denken, musste seine persönlichen Gefühle verdrängen. Ihm blieb in dieser Situation nichts anderes übrig, als das ‚Angebot' des Kapitäns anzunehmen und inständig zu hoffen, dass die gerechten Götter diesen Halsabschneider bei seiner nächsten Fahrt für immer hinab auf den Meeresboden zogen.

Gleichzeitig schwor er sich, nie wieder so unvorsichtig zu sein. Wie hatte man ihn doch vorbereitet, hatte er wissbegierig alle Informationen über das Gastfreundliche Meer wie ein Schwamm aufgesogen! Nur um dann bei der erstbesten Gelegenheit seinen Kindheitsträumen nachzujagen. Lysias auf den Spuren des Iason, auf der Suche nach dem Goldenen Vlies! Gefunden hatte er nun Melas, das sollte zunächst Strafe genug sein.

Dennoch meldete sich das schlechte Gewissen. Der Wind wurde nun immer stärker und verlangsamte die Einfahrt in den Hafen noch mehr. Doch das nautische Problem machte ihm keinen Kummer mehr. Viel schlimmer waren die seelischen Qualen. Vor neun Monaten hatte er, nachdem der erste Schock vorbei gewesen war, hocherhobenen Hauptes und stolz vor den Anwesenden bei der geheimen Sitzung in Perikles' Haus in Athen gestanden. Er hatte drei Tage lang aufmerksam den Schilderungen Herodots aus Harlikarnassos gelauscht, der nur wenige Jahre zuvor eine lange Reise in das Gastfreundliche Meer unternommen hatte. Ihm wäre das mit Melas sicherlich nicht passiert. Er hätte von Anfang an gewusst, dass man sich auf die Hilfe eines solchen windigen Seemanns nicht verlassen durfte. Alle, die an der Sitzung teilnahmen, zählten auf ihn, hielten ihn für klug und waren davon überzeugt, dass er besonnen und überlegt handeln würde. Was für ein denkwürdiger Moment das damals für ihn gewesen war: er, der bereits mehrfach ausgezeichnete Jungoffizier des attischen Heeres, der wohl besten Armee der damaligen Welt! Und genau ihn hatte Perikles, *der* Perikles, am Ende des großen Stadtfestes in sein Haus eingeladen, um an einer geheimen Sitzung teilzunehmen.

Lysias' Blick schweifte in den letzten Strahlen der Abendsonne erneut über die Silhouette Pantikapaions. Er nahm sie aber nicht wirklich zur Kenntnis. Mit seinen Gedanken war er weit entfernt, daheim, damals.

Neun Monate zuvor, Athen, August 440 v. Chr.

Es war ein unglaublich heißer Tag gewesen, damals im Monat Hekatombaion, so als hätte der Schmiedegott Hephaistos kurzerhand seine Werkstatt ins Stadtzentrum verlegt. Die Luft flimmerte derart heftig über den festlich geschmückten Gebäuden rund um den Marktplatz, dass es nur noch eine Frage der Zeit zu sein schien, bis die ersten Flammen aus einem der umliegenden Dächer emporsteigen würden. Und trotzdem waren alle auf den Beinen, die Großen wie die Kleinen. Sie alle säumten den Weg, der mitten über den Platz verlief, dann weiter Richtung Süden am Areshügel vorbeiführte, wo in grauer Vorzeit die Amazonen bei ihrem Überfall auf die Stadt gehaust hatten, bis hinauf zur Akropolis, dem uneinnehmbaren Burgberg und weltbekannten Wahrzeichen Athens.

Die Zuschauer entlang des Weges waren in ihren schönsten und festlichsten Gewändern gekommen, um einen letzten Blick auf die große Abschlussprozession zu werfen. Allerdings drückte die kaum noch zu ertragende Hitze ein wenig die Stimmung, so dass mancherorts vereinzeltes Gemurmel zu hören war wie: „Können die nicht ein wenig schneller gehen? Mir läuft der Schweiß schon im Stehen überall runter. Ich will endlich wieder in den Schatten zurück, einen kühlen Wein trinken!“, oder: „Seht euch die an, die da, ganz vorne in der zweiten Reihe. Deren Blumenschmuck ist ja schon total verdorrt, und ihr Kleid ist schon so durchgeschwitzt, dass man oben alles durchsieht. Und das bei einer Prozession!“ Der ein oder andere Mann drehte bei diesen Worten ruckartig den Kopf und hatte auf einmal wieder – zumindest für einen kleinen Moment – ungemein großes Interesse an den Vorbeiziehenden.

Jedes Jahr gab es dieses herrliche Fest zu Ehren der Göttin Athena, der städtischen Schutzpatronin, und meistens war das Wetter im Gegensatz zu heute auch erträglich. Alle vier Jahre wurde es sogar als die Großen Panathenäen besonders prächtig gefeiert. Doch auch die Kleinen Panathenäen verwandelten die Metropole für einen kurzen Moment in eine zauberhaft glitzernde Perle, die einer Göttin wahrhaft würdig war. Man brachte Opfer dar, führte würdevoll althergebrachte Riten durch, zeigte lang einstudierte Tanzvorführungen und versicherte sich auf diese Weise auch weiterhin der göttlichen Gunst für sich selbst und die ganze Gemeinschaft. Daneben gab es viele weitere Veranstaltungen, vor allem abends, die für die Allgemeinheit offen waren und bei denen man sich bis zum frühen Morgen prächtig amüsieren konnte. Gerade diese letzten Feiern waren besonders beliebt, weil man am nächsten Morgen ja nicht unbedingt fit sein musste. Hier konnte man sich noch mal so richtig austoben, was aber auch immer wieder einige Halbstarke zum Anlass nahmen, in ihrer Trunkenheit die Grenzen des guten Geschmacks zu überschreiten. Sehr zur Freude der Ordnungskräfte.

Aus alter Gewohnheit heraus war Lysias selbst mit seinen Eltern schon früh von zu Hause aufgebrochen, um entlang des Festweges einen guten Platz zu ergattern. Auch sie hatten sich herausgeputzt. Sein Vater Androklos trug einen langen Chiton, der bis zu den Füßen reichte und den er mit einem Gürtel über den Hüften kunstvoll drapiert hatte. Diese Art von Gewand war eigentlich schon längst aus der Mode gekommen und war auch ziemlich unpraktisch, wie Lysias fand. Doch es gehörte zum guten Ton, dass die hohen Würdenträger der Stadt diese traditionelle Tracht bei offiziellen Anlässen mit Stolz und Würde trugen, ob nun praktisch oder nicht. Und Androklos war nun mal lange Zeit im Priesterkollegium der Stadtgöttin tätig gewesen, bevor er aus gesundheitlichen Gründen auf die Ausübung seiner Pflichten verzichten musste. Lysias' Mutter Theano hingegen hatte sich trotz der großen Hitze für ihr schönstes Kleid aus feinster, himmelblau gefärbter Wolle entschieden, das auf den Schultern elegant mit kleinen Schmucknadeln befestigt war und durch eine geschickte Trageweise auf der rechten Körperseite offen blieb. Ihr langes dunkles Haar war kunstvoll zu einem Schopf drapiert, und ihre feine Haut schützte ein Schleier vor der sengenden Sonne. An den Armen trug sie sehr fein ziselierte, geschlossene Ringe, und ihr gesamter Anblick war so schön, dass Lysias beinahe vergaß, dass er seiner 45-jährigen Mutter gegenüberstand.

Lysias selbst aber sah aus, als wäre er soeben einer Erzählung des großen Dichters Homer entsprungen, wie seine Mutter beim Verlassen des Hauses ein wenig scherzhaft bemerkte: „Sag mal Lysias, willst du eigentlich dem großen Achilleus vor Troja Konkurrenz machen, weil du deinen Brustpanzer derart auf Hochglanz poliert hast? Pass nur auf, dass all die hübschen Mädchen bei deinem Anblick nicht sofort erblinden!"

„Sollen ihnen doch ruhig die Augen tränen", erwiderte Lysias gut gelaunt, „solange meine Polyxena mir nicht erblindet. Hatte ich in diesem Zusammenhang eigentlich schon erwähnt, dass wir bald heiraten werden?"

Androklos konnte sich ein leichtes väterliches Grinsen nicht verkneifen, als er dem hoffnungslos Verliebten erwiderte: „Ja, ich glaube, so zwei- bis dreihundertmal dürften wir das in letzter Zeit nun doch schon gehört haben."

„Lass ihn", sagte seine Frau, „er ist ein Soldat, der immerzu neuen Gefahren ausgesetzt ist. Da tut es ihm gut, wenn er neben dem Gräuel, das er in seinen jungen Jahren auf dem Schlachtfeld sehen muss, auch mal an etwas Schönes denken kann."

Theano hakte sich überschwänglich bei ihrem Mann ein und flüsterte ihm zu: „Ach, die Liebe ist doch das schönste Geschenk der Götter, nicht wahr, mein stattlicher Gemahl?"

Lysias war Offizier aus Leidenschaft. Er war vor kurzem zum Anführer einer berühmten und von den Feinden landauf, landab gefürchteten Reiterabteilung ernannt worden, die zu den schlagkräftigsten Truppenteilen des gesamten attischen Heeres zählte. Erst vor zwei Tagen war er von einem großen Manöver zurückgekehrt, das unter ungewöhnlich strenger Geheimhaltung durchgeführt worden war. Der Sinn dieser Kriegsübung war ihm nicht ganz klar, und es wurmte ihn maßlos, dass sich seine Vorgesetzten auf Nachfrage ebenfalls ahnungslos gaben. Aber so war das nun mal beim Militär: Auf eine berechtigte Frage bekam man ja zumeist doch nur eine unbefriedigende, mitunter dämliche Antwort, vor allem als Neuling unter den Offizieren. Doch das Manöver war nun vorbei, er selbst wieder in Athen und mit seinen Eltern auf dem Weg zum Festzug.

Und heute Abend, da würde er endlich seine Verlobte wiedersehen. Polyxena war für einen Monat nach Laurion auf das Landgut ihres Onkels gezogen und sollte eigentlich schon seit Beginn der Panathenäen zurück sein. Doch aus irgendeinem Grund hatte sich ihre Abreise verspätet, weshalb sie erst heute Abend zurückerwartet wurde. Lysias war gespannt auf die Neuigkeiten, die sie ihm in ihrem letzten Brief als große Überraschung angekündigt hatte. Typisch Frauen, dachte Lysias, wenn es eine Überraschung sein soll, warum kündigte man diese dann vorher an?

Ohne es zu merken, waren sie bereits an der Heiligen Straße angekommen, über die der Festzug führte. Sie hatten es sogar geschafft, bis zu den Schranken des Zwölfgötteraltars am nördlichen Rand des Marktplatzes vorzudringen, mit einer der besten Stellen überhaupt, sofern man die pralle Sonne ertrug. Allerdings hatten sie das nicht der imposanten Gestalt oder gar Initiative von Lysias, sondern vielmehr der Starrköpfigkeit und der Redegewandtheit seines Vaters Androklos zu verdanken. Androklos hatte so lange und derart penetrant auf die bereits hier anwesenden jüngeren Athener eingeredet, oder besser gesagt, sie schlichtweg niedergeredet, bis diese schließlich freiwillig das Feld räumten. Und nun standen sie hier und sahen der Prozession zu, die sich trotz der Hitze ehrwürdig Richtung Süden bewegte.

Lysias war dabei so in Gedanken vertieft, dass er beinahe einen Sprung mitten in die Festreihen gemacht hätte, als plötzlich neben ihm eine tiefe und fast schon bedrohlich wirkende Stimme erklang: „Bist du Lysias, Sohn des Androklos aus dem Demos Athen, Anführer der dritten Kavallerieabteilung?"

Leicht verärgert drehte er sich um, bereit, dem Störenfried seine ganze neu erworbene Autorität entgegenzuwerfen, als ihm der Atem stockte. Wenn seine eigene Mutter ihn schon als Konkurrenz zum legendären Achilleus vor Troja sah, so musste das hier direkt vor ihm die Inkarnation des Kriegsgottes Ares selbst sein. Wenn er mit seinen 1,83 Meter Körperwuchs bereits als großer und gut durchtrainierter junger Mann galt, so gehörte dieser Person vor ihm eindeutig ein Platz unter den legendären Titanen. Lysias wusste augenblicklich, wen er da vor sich hatte: Kallonides, Kommandant der städtischen Polizeitruppen und einer der höchstdekorierten Soldaten in ganz Attika.

Kallonides war fast 15 Jahre älter als Lysias, doch verriet er mit jeder geschmeidigen Bewegung seines Körpers, dass dies keine Rolle spielte. Er war immer noch mindestens genauso durchtrainiert und kräftig wie sein jüngeres Gegenüber.

Lysias straffte sich und erwiderte: „Ja, Hauptmann, das bin ich. Was kann ich für dich tun?"

„Für mich? Nichts. *Ich* will nichts von dir. Und wenn es doch so wäre, dann käme ich wohl kaum zu dir, sondern du zu mir."

Die beiden Polizisten, die hinter Kallonides standen, grinsten breit vor sich hin. „Man hat mich gebeten, dir eine Einladung unseres geschätzten Perikles zu übermitteln, der zurzeit leider zu beschäftigt ist, um dies selbst zu tun." Allein sein säuerlicher Tonfall machte deutlich, was Kallonides von seiner derzeitigen Aufgabe als Botenjunge hielt.

„Von Perikles?" Lysias sah ihn mit großen Augen an. „Meinst du etwa den Perikles, den Strategen und berühmten Wohltäter Athens?"

Kallonides rang immer stärker um seine Fassung und presste zwischen zusammengekniffenen Lippen hervor: „Welchen denn sonst? Kennst du etwa sonst noch einen?"

Lysias' Gedanken rasten. In der Tat kannte er noch einen Perikles, einen netten jungen Mann unten im Hafen von Piräus, mit dem er in der Vergangenheit des Öfteren zusammen getrunken hatte. Doch irgendwie hielt er es nicht für sonderlich klug, das Kallonides gerade jetzt zu sagen. Vermutlich wäre es der berühmte Tropfen gewesen, der das Fass zum Überlaufen gebracht hätte. Kallonides war zwar nicht sein direkter Vorgesetzter, doch man erzählte sich viele Geschichten über ihn. Die meisten schienen übertrieben, doch eines hatten sie alle gemeinsam: Mit diesem Mann war nicht gut Oliven essen.

„Unser geschätzter Stratege Perikles, ja eben dieser Perikles, lädt dich ein, heute Abend bei ihm zu Hause sein Gast zu sein. Er bittet dich allerdings höflichst, allein zu kommen, da es unter anderem auch um berufliche Dinge geht, die ja bei einem Offizier wie dir der Geheimhaltung unterliegen." Bei diesen Worten, die wie auswendig gelernt klangen, sah Kallonides ihn beinahe schon feindselig an. „Ich gehe davon aus, dass du weißt, wo Perikles wohnt. Immerhin ist er einer unserer wichtigsten städtischen Repräsentanten. Heute Abend, bei Sonnenuntergang."

Damit schien für Kallonides das Gespräch beendet zu sein, und er wies seinen Zweimanntrupp an, sich zu entfernen, als er sich selbst noch einmal umdrehte: „Nur damit wir uns recht verstehen, Soldat. Das war nicht wirklich nur eine Bitte von Perikles. Wehe dir, wenn du nicht hingehst."

Als Kallonides mit seinen beiden Untergebenen bereits in der Menge verschwunden war, stand Lysias immer noch wie versteinert da, verzweifelt bemüht, das eben Geschehene zu verdauen. Hatte er sich vor fünf Minuten noch auf ein Wiedersehen mit Polyxena gefreut, so sah er sich urplötzlich in Gedanken einem Militärgericht gegenüberstehen, das ihn kalt lächelnd zum sofortigen Tode verurteilte. Dabei wusste er doch noch nicht einmal, was er eigentlich getan hatte!

Sein Vater, der die ganze Szene mitbekommen hatte, erriet die Gedanken seines Sohnes: „Mach dir keine Sorgen, Junge. Im Gegenteil, fühle dich geehrt! Immerhin bist du der Erste aus unserer Familie, der an einem dieser legendären Symposien im Hause des Perikles teilnehmen darf."

Irrte sich Lysias, oder klang da in der Stimme seines Vaters etwa ein klein wenig Verbitterung mit?

„Das ist die Chance deines Lebens, um ein für alle Mal deine Karriere abzusichern", fuhr Androklos fort, „Nutze sie! Und mach dir keine Sorgen wegen Polyxena. Ich werde ihr alles erzählen, sobald sie wieder da ist. Sei wirklich unbesorgt. So, wie ich deine Verlobte kenne, wird es ihr nicht wirklich unangenehm sein, heute Abend ihren Freundinnen erklären zu müssen, dass du sie versetzt hast, weil du bei Perikles, dem Strategen Perikles, bist. Aber nun geh nach Hause, nimm ein Bad und zieh dir neue Sachen an. Deine Kleider sind ja schon völlig verschwitzt."

Als Lysias sich von seinen Eltern verabschiedet hatte und nach Hause aufgebrochen war, nahm Theano die Hand ihres Mannes, die trotz der gewaltigen Hitze ebenso kalt wie die ihre war. Auch in seinen Augen las sie die gleiche ungläubige Angst, die sie selbst beinahe lähmte.

„Was geschieht hier? Was wollen die von meinem Sohn? Androklos, was wollen diese Männer von unserem Kind?"

„Theano, sei vorsichtig. So spricht man nicht von unseren gewählten Volksvertretern. Lass uns irgendwo einen Platz zum Reden suchen, wo nicht so viele Ohren zuhören können." Er zog seine Frau mit sich, bis sie etwas weiter entfernt vom Prozessionsweg waren.

„Ich weiß auch nicht, was das soll, Theano. Es gibt eigentlich nur zwei Möglichkeiten. Entweder hat unser Sohn in jüngster Vergangenheit mächtig großen Mist gebaut, bewusst oder unbewusst, und man will ihn nun bei einem Empfang offiziell dafür zur Rechenschaft ziehen. Oder man will etwas von größter Wichtigkeit mit ihm erörtern, das nicht in der Volksversammlung besprochen werden darf."

Er hielt inne, als einige Passanten gut gelaunt an ihnen vorbeigingen. Dann wisperte er: „Beide Varianten sind auf jeden Fall schlecht. Ich befürchte sehr stark, dass das Leben unseres Sohnes, und aller Wahrscheinlichkeit auch unser eigenes, morgen ein anderes sein wird, als es heute noch ist."

Im Zentrum der Macht, Athen, August 440 v. Chr.

Als die Abenddämmerung angebrochen war, stand Lysias vor dem Haus des Perikles. Er zögerte, hatte schon zwei Anläufe unternommen, selbstbewusst und mit erhobenem Haupt an die Eingangstür zu klopfen. Doch beide Male hatte ihn im entscheidenden Augenblick der Mut verlassen.

„Wenn du noch lange hier herumstehst“, ertönte plötzlich hinter ihm die spöttisch klingende Stimme von Kallonides, „dann ist das Fest vorbei und dein Gastgeber enttäuscht, dass du nicht gekommen bist.“ Kallonides trat aus dem Schatten der gegenüberliegenden Hauswand heraus und klopfte an die Tür, ohne dabei auch nur ein weiteres Wort zu verlieren.

Täuschte sich Lysias, oder hatte der Kommandant tatsächlich auf ihn gewartet? Und warum ging Kallonides nun selbst zum Haus des Perikles, so als wäre er auch eingeladen?

Noch bevor er sich weiter darüber wundern konnte, öffnete ein Diener die Haustür, bat sie beide herein und führte sie zielstrebig über den zentralen Lichthof in den rückwärtig gelegenen Andron. Dieser Salon, repräsentativ und in fast jedem griechischen Haus reich ausgeschmückt, diente dem Besitzer für offizielle Anlässe, Besprechungen oder auch für Festlichkeiten, wobei die Grenzen sehr fließend waren. Sie selbst hatten zu Hause selbstverständlich auch ein Andron, der gehörte nun einfach dazu, doch was er jetzt zu sehen bekam, unterschied sich qualitativ doch deutlich von ihrem eigenen.

Das Erste, was Lysias sah, nachdem sie den Raum betreten hatten, war das große, unglaublich kleinteilige und daher mit Sicherheit wahnsinnig teure Fußbodenmosaik. Er erkannte sofort, dass es sich um die Darstellung des berühmten athenischen Helden Theseus im Kampf gegen den Minotauros handelte, eine der wichtigsten mythischen Schlüsselszenen aus der Frühzeit ihrer Heimatstadt, die deshalb auch in keinem Haus der gehobenen Gesellschaft fehlen durfte. Ganz nach dem momentan gängigen Kunstgeschmack war der Mythos auf den Höhepunkt der Handlung reduziert: links stand Theseus, der außer einer Haarbinde und einem

Schwert in seiner rechten Hand nackt war, rechts sah man im Eingang des Labyrinths das in die Knie gebrochene Ungetüm, das Theseus als Zeichen seines nahenden Sieges bereits mit seiner linken Hand an einem der Hörner gepackt hatte. Die Botschaft war für jeden Besucher unmissverständlich, oder zumindest für diejenigen, die es gewohnt waren, mit Bildersprache umzugehen: Was immer du auch meinst zu wissen, so schien das Bild zu sagen, Athen siegt immer, sei es damals in Gestalt seines Urkönigs Theseus oder heute in der eines modernen Stadtrepräsentanten. Also sei vorsichtig bei deinen Forderungen gegenüber Athen! Was passiert, wenn du den Bogen überspannst, kannst du dir hier auf dem Boden beispielhaft anschauen.

Um das Mosaik herum standen Klinen aus kostbarem Holz mit zahlreichen kunstvoll geschnitzten Elfenbeinplättchen. An den Wänden hingen zudem kostbare farbenfrohe Teppiche mit den Darstellungen weiterer berühmter Taten griechischer Helden. Zwei große Kandelaber in den hinteren Raumecken spendeten zusammen mit kleinen, tragbaren, überall verteilten Tonlampen ein angenehmes warmes Licht, weshalb Lysias trotz all seiner Anspannung eine wohlige Atmosphäre wahrnahm.

Auf den Klinen lagen bereits mehrere Personen und ließen sich den Wein und die dargereichten Köstlichkeiten schmecken. Überall standen kleine Schälchen mit Oliven, Gemüse, leckeren Pastetchen und Käse. Und da war auch Perikles, dem Lysias noch nie in seinem Leben so nahe gekommen war wie jetzt.

„Ah, Lysias!“, rief Perikles gut gelaunt. „Ich freue mich, dass du meine Einladung angenommen hast. Bitte, nimm doch Platz. Hier neben meinem alten Freund und Mentor Anaxagoras haben wir extra eine Kline für dich freigelassen. Fühl dich wie zu Hause! Genieße diesen köstlichen Wein und all das Essen, das meine Aspasia für uns hat zubereiten lassen.“

Lysias sah sich vorsichtshalber rasch um, ob er die Herrin des Hauses irgendwo erblickte, um ihr seine Aufwartung zu machen. Als er Aspasia aber nirgends im Andron entdeckte, ging er zu der Kline, die man ihm zugewiesen hatte, während sich Kallonides ungefragt auf dem noch freien Möbel im Eingangsbereich niederließ. Mit jeder Faser seines Körpers ein Wachsoldat, schoss es Lysias durch den Kopf, als er aus dem Augenwinkel Kallonides dabei beobachtete, wie er an der Tür Position bezog.

„Darf ich dir die übrigen Anwesenden kurz vorstellen. Zu deiner Linken sitzt, wie gesagt, Anaxagoras, mein Mentor, dem ich sehr viel verdanke und der mir trotz seiner 63 Jahre bis heute in allen Lebenslagen mit Rat und Tat zur Seite steht." Anaxagoras schenkte Lysias ein aufmunterndes Lächeln, sagte aber nichts.

„Dort drüben sitzen Morychides, seines Zeichens Archon unserer schönen Stadt, und Timokles, der die Ehre dieses hohen städtischen Amtes im letzten Jahr innehatte." Beide nickten Lysias zu, sagten aber ebenfalls nichts.

„Zu meiner Rechten sitzen Protagoras, mein Freund und Kampfgefährte seit den frühesten Jugendtagen. Daneben Nikias, den du sicherlich als wortgewandten Politiker aus unseren Volksversammlungen kennst und mit dem ich die schönsten Streitgespräche führe. Neben ihm sitzt Herodot aus Harlikarnassos, der dabei ist, ein höchst spannendes Buch über Geschichte zu schreiben. Ich persönlich kenne tatsächlich niemanden sonst, der so viel und so weit gereist ist wie er. Und schließlich Kallonides, aber den muss ich dir sicher nicht mehr vorstellen."

Kallonides sah auf und brummte leise vor sich hin: „Wir hatten heute schon das Vergnügen."

Lysias blickte in die Runde der ihm soeben vorgestellten Männer und bemühte sich, seine Gesichtszüge unter Kontrolle zu halten. Was für eine illustre Runde, dachte er: ein Stratege, zwei Archonten, ein Philosoph und Mentor, ein Jugendfreund und Weggefährte, der Hauptmann der Stadtwache sowie dieser Herodot aus Harlikarnassos, Literat und Weltreisender. Und zu allem Überfluss schließlich er selbst, ein erst vor kurzem zum Offizier ernannter Anführer einer Reiterabteilung, die zwar durchaus berühmt war, dies aber auch schon lange, bevor er selbst das Kommando bekommen hatte. Wo war hier die Verbindung, der wollene Faden der Ariadne, der genau diesen Personenkreis an diesem Augustabend im Haus des Perikles zusammengeführt hatte?

Lysias' Geduld wurde auf eine harte Probe gestellt. Lange Zeit unterhielten sie sich über scheinbar völlig unverfängliche Themen, wie etwa die gerade zu Ende gegangenen Panathenäen, das Wetter allgemein, die jüngsten Beschlüsse der Volksversammlung über neue Abgaben oder die umfangreichen Bautätigkeiten auf der Akropolis. Wäre Lysias im Hause seines Vaters gewesen, so hätte er dieses Beisammensein als sehr gemütlichen und angenehm zwanglosen Abend zu schätzen gewusst – eben so, wie ein normales Symposion nun einmal sein sollte.

Doch er war nicht zu Hause. Als guter Gastgeber war Perikles zwar darauf bedacht, Lysias immer wieder in die Gespräche einzubinden, ohne dass dieser das Gefühl hatte, ausgehorcht zu werden. Aber seine Anspannung blieb. Bloß nichts Falsches sagen, dachte er bei sich und achtete gleichzeitig auf Anzeichen bei seinen Gesprächspartnern, die vielleicht etwas mehr Licht in die Angelegenheit brachten. Ein verstohlener Blickkontakt, eine Geste oder irgendetwas Vergleichbares. Er konnte jedoch die ganze Zeit über nichts dergleichen ausmachen, denn hier hatte er es mit ausgebufften Politkern zu tun. Trotzdem bekam er im Laufe des Abends immer stärker das Gefühl, dass man ihn irgendwie doch prüfte.

„Wie schmeckt dir eigentlich unser Wein, Lysias? Kannst du erraten, aus welcher Region er kommt?“, fragte Perikles plötzlich, so als wollte er Lysias' letzten Gedanken persönlich untermauern. Obwohl dieser aus reiner Vorsicht bislang nur sehr wenig Wein getrunken hatte, wusste er doch schon nach dem ersten Nippen, um was für eine Sorte es sich dabei handelte.

„Einen guten Wein muss man einfach mögen“, antwortete er und fügte dann nach einer kurzen Pause hinzu: „Die Qualität und der Geschmack sind einfach unnachahmlich. Ich bin mir sicher, dieser edle Tropfen kommt von der Insel Samos.“

„Redegewandt, kampferprobt, gute Manieren und nun auch noch ein Weinkenner“, resümierte Anaxagoras lachend, ohne sich mit diesen Worten an einen bestimmten Gesprächspartner zu wenden. Dann fuhr er aber gezielter fort: „Wie der heutige Abend bislang gezeigt hat, Perikles, scheint mir, dass deine Wahl durchaus ihre Vorteile birgt. Sollte er jetzt noch ein philosophisches Streitgespräch unbeschadet überstehen, dann hast du zumindest mich überzeugt.“

Perikles lachte ebenfalls herzlich auf. „Mein lieber Mentor, ein Kaufmannssohn braucht in Dingen der Philosophie nun wirklich nicht bewandert zu sein. In allen anderen Punkten stimme ich dir aber zu. Auch ich bin bislang sehr zufrieden.“

Lysias war nun vollends verwirrt. Kaufmannssohn, was für ein Kaufmannssohn? Perikles wusste ja wohl noch, wen er zu sich eingeladen hatte? Natürlich war er selbst kein Kallonides, dafür war er einfach noch zu jung. Aber er hatte durchaus gesunde Ambitionen, was seine weitere Karriere beim Militär betraf.

Doch noch bevor er das Gespräch auf den „Kaufmannssohn" lenken konnte, mischte sich Nikias in die Diskussion ein: „Auch wenn ich eher selten mit dir einer Meinung bin, Perikles, so glaube auch ich, dass Lysias trotz seines geringen Alters dieser Aufgabe gewachsen ist. Vermutlich brauchen wir tatsächlich einen durchtrainierten Mann, der sich im Notfall selbst verteidigen kann."

Schließlich stimmten auch Timokles, Morychides und Protagoras wortgewandt dem bisher gefällten Urteil über Lysias zu, der sich allmählich wie ein Schlachtvieh auf dem Tiermarkt vorkam, über dessen Kopf hinweg soeben der Verkaufspreis verhandelt wurde.

Nur Herodot und Kallonides schwiegen beharrlich. Während der Literat den Eindruck vermittelte, dass er in der Diskussion nur wenig mehr Sinn sah als Lysias selbst, so war der Hauptmann ganz offensichtlich mehr als nur verstimmt.

„Mein Freund und Beschützer!", sagte der Hausherr schmunzelnd, „wie steht es mit dir? Wie ist deine Meinung über unseren Gast?"

Kallonides sah Perikles lange schweigend an und sagte dann: „Abgesehen davon, dass ich immer noch der festen Überzeugung bin, dass ich selbst der Richtige für diese Mission bin?" Er räusperte sich und wartete darauf, dass jemand in der Runde diesen Gesprächsfaden aufnahm, was zu seinem Leidwesen aber nicht geschah. „Nun gut, unser Kandidat ist zwar immer noch grün hinter den Ohren, aber ich muss zugeben, er hat Qualitäten, die für ihn sprechen. Seine militärische Karriere ist bislang vorbildlich, seine Auszeichnungen sind allesamt ehrlich auf dem Schlachtfeld verdient und sein Bildungsgrad ist sehr hoch, wovon wir uns alle heute Abend überzeugen konnten."

Er legte eine kleine Pause ein, blickte zu Lysias hinüber und fuhr fort: „Klare Frage, Perikles, klare Antwort. Ich halte ihn durchaus für fähig, die Aufgabe zu bewältigen."

Nachdem Kallonides geendet hatte, stand Perikles auf, ging zu dem großen metallenen Mischgefäß in der rechten Raumecke, füllte seine Trinkschale mit Wein und blieb einige Sekunden lang andächtig stehen. Bevor er sich an Lysias direkt wandte, nickte er einmal kurz mit dem Kopf nach hinten und wartete demonstrativ ab. Sogleich verließen die drei im Hintergrund stehenden Diener, die bislang nahezu unsichtbar für einen stetigen Nachschub an Getränken und Essen gesorgt hatten, den Raum.

Als die Gemeinschaft allein war, schloss Kallonides die Tür, während Perikles das Wort ergriff: „Da sich die Anwesenden offensichtlich einig sind, was ich sehr begrüße, halte ich es nun doch für angemessen, unseren jungen Gastfreund in unsere Pläne einzuweihen. Immerhin haben wir uns auf seine Kosten heute Abend den einen oder anderen Scherz geleistet, den er mangels Hintergrundinformationen nicht verstehen konnte. Was aber natürlich noch viel wesentlicher ist: Er wird, ohne es bislang zu wissen, die Hauptfigur in einem neuen Spiel sein, dessen Ausgang nicht wirklich vorhersehbar ist und das durchaus noch sehr gefährlich werden kann."

Nun verstummten alle im Raum, und die ernsten Mienen auf den Gesichtern aller Anwesenden machten Lysias unmissverständlich klar, dass der fröhliche Teil des Abends nun vorbei war. Jetzt war der Moment gekommen, vor dem er sich die ganze Zeit über gefürchtet hatte.

„Was weißt du über die momentane Situation auf Samos?", fragte ihn Protagoras unvermittelt. „Und dabei meine ich jetzt nichts, was mit Wein zu tun hat, zumindest nicht direkt."

Lysias dachte angestrengt nach, was er auf diese Frage antworten sollte. Natürlich hatte er innerhalb seiner Truppe die Gerüchte gehört, dass Samos aus dem Attischen Seebund, der politischen Organisation griechischer Stadtstaaten unter Führung der Seemacht Athen, ausscheren wollte. Oder es seit kurzem bereits schon war. Während des Manövers hatte ein Mannschaftsführer der Fußtruppen sogar laut den Verdacht geäußert, dass dieses von Seiten der Stadt so geheim gehaltene Kriegsspiel zur Vorbereitung einer Invasion auf Samos dienen sollte – mit dem Ergebnis, dass er unmittelbar darauf seines Kommandos enthoben und interniert worden war. Keiner hatte ihn bis zum Manöverende wieder gesehen.

Daher weht hier also der Wind, dachte Lysias und antwortete mit möglichst fester Stimme: „Ich habe von politischen Differenzen gehört. Davon, dass die Machthaber auf Samos Kritik am Seebund äußerten. Aber mir scheint an diesen Gerüchten nichts dran zu sein."

Er blickte Protagoras einen Moment lang direkt in die Augen und drehte sich dann zu Perikles um, der noch immer bei dem großen Weinkrater stand.

„Die Gerüchte sind leider nur zu wahr, mein lieber Lysias", sagte der Stratege, „und wenn wir auch im nächsten Jahr noch diesen köstlichen samischen Wein unbeschwert genießen wollen, dann müssen wir jetzt schleunigst handeln. Das vergangene Manöver ist einer der Schritte, die wir zur Überwindung dieses Konfliktes bereits getan haben."

Plötzlich ging er auf Lysias zu, blieb unmittelbar vor ihm stehen und sprach mit drohendem Unterton: „Aber bevor wir nun weiterreden, möchte ich dich darauf hinweisen, dass du über all das hier zu niemandem ein Wort verlieren wirst, ist das klar? Das nun folgende Gespräch wird niemals stattgefunden haben. Sollten wir herausfinden, dass du dich nicht daran gehalten hast, dann wirst du den Zorn der Nemesis in voller Härte zu spüren bekommen. Und deine Verwandten ebenso."

Da war er also endlich, der Staatsmann Perikles. Lysias war fast schon erleichtert, dass das bisherige Schauspiel endlich beendet war. Nun sah er sich einem Strategen gegenüber, der zur Durchsetzung seiner Ziele alle Register zog, was offensichtlich auch Drohungen mit einschloss.

Aus den Augenwinkeln sah er, dass sich zumindest Kallonides ein Lächeln nicht verkneifen konnte. Freund und Beschützer, hatte Perikles gesagt, ha! Wachhund käme mir da eher in den Sinn, dachte Lysias und konzentrierte sich wieder auf ihren Gastgeber, der nun in der Raumitte Position bezogen hatte.

Der Auftrag, Athen, August 440 v. Chr.

„Der Grund, Lysias, warum wir dich heute Abend herbeordert haben, ist der, dass du für uns einen wichtigen Geheimauftrag erledigen sollst."

Lysias' Augen weiteten sich vor Schreck.

Perikles hob seinen rechten Arm und zeigte nacheinander auf die Anwesenden. „Alle, die wir hier sitzen, sorgen wir uns um das Wohlergehen unserer Stadt. Sie ist die Keimzelle der Demokratie. Unsere Stadt, in der wir gerne leben, auf die wir stolz sind, für die wir uns zu diesem Bund zusammengeschlossen haben und sogar auf unsere lieb gewonnenen Feindschaften verzichten." Bei seinen letzten Worten sah er Nikias an, der zunächst etwas verärgert dreinblickte, dann aber doch lächeln musste.

„Sogar mein verehrter Gast aus Harlikarnassos hat seine Weiterreise auf meine persönliche Bitte hin aufgeschoben, um heute Abend an dieser Sitzung teilnehmen zu können", fuhr Perikles fort. „Vielleicht schlägt sein Herz nicht ganz so laut für Athen wie das unsrige, da er nicht hier geboren ist. Dennoch hat Herodot versprochen, uns zu helfen. Doch dazu später mehr."

Lysias hatte sich inzwischen kerzengerade aufgesetzt und hielt, während er stumm zuhörte, seine leere Trinkschale mit beiden Händen so fest, dass seine Knöchel weiß hervortraten. „Herbeordert", „Geheimauftrag", das waren die Schlüsselworte, die sein gewohnt analytisches Denken in den letzten Sekunden nun vollständig betäubten.

„Wann soll ich nach Samos aufbrechen und was soll ich dort tun?", krächzte er, da er nun endgültig zu der Überzeugung gelangt war, dass es ausschließlich um die Vorfälle auf Samos ging.

„Samos?" Perikles lachte. „Vergiss Samos, darum kümmern wir uns bereits. Spätestens bei den nächsten Großen Panathenäen in zwei Jahren, zu denen auch wieder unsere Bündnispartner eingeladen sind, wird der samische Abgesandte winselnd bei mir vor der Haustür stehen und mir die schönsten Lobreden auf unseren Seebund vortragen. Der Verrat von Samos, die jüngste Abkehr vom Seebund, mein lieber Lysias, sind ein echtes Ärgernis und schlecht für unsere Bündnispolitik, zugegeben. Sie sind aber auch nicht mehr. Damit werden wir fertig, auf die eine oder andere Art, wobei ich selbst eher für klare Verhältnisse bin."

Während Perikles sprach, hatten Protagoras, Timokles und Morychides mit vereinten Kräften drei Klinen in der Raummitte zusammengeschoben und die beiden Kandelaber näher herangerückt, wodurch ein hell erleuchteter, provisorischer Kartentisch entstanden war.

„Das eigentliche Problem, Lysias, liegt im Westen." Er zeigte mit dem Finger auf einen bestimmten Punkt der nun ebenfalls ausgebreiteten Griechenlandkarte. „Dort ziehen die Gewitterwolken langsam, aber stetig auf, von dort wird der Sturm über uns hereinbrechen!"

Lysias sah auf die Karte und erstarrte. Der Finger des Strategen zeigte auf die Hauptstadt Lakoniens, zeigte auf Sparta!

„Und weißt du, was das Paradoxe daran ist? Die Lösung dieses gewaltigen Problems liegt am anderen Ende der Welt, liegt im Pontosgebiet, wovon mein lieber Mentor Anaxagoras mich und all die anderen Anwesenden schon vor einiger Zeit überzeugt hat."

Perikles berichtete nun von stetig steigenden, in der Öffentlichkeit aber noch nicht wahrgenommenen Schwierigkeiten mit Sparta, die nach Ansicht der politischen Führung Athens früher oder später zwangsläufig in einer militärischen Auseinandersetzung enden mussten. Waren es anfangs nur kleinere Nadelstiche hier und da, kleinere diplomatische Verwicklungen, die sich immer schnell in Luft auflösten, so konnte ein aufmerksamer Beobachter in jüngster Zeit eine spürbare Verschlechterung in den zwischenstaatlichen Beziehungen wahrnehmen. Nur langsam, ja, aber kontinuierlich. In den athenischen Regierungskreisen war man sich einig darüber, dass die Spartaner zu See keine ernstzunehmende Bedrohung darstellten. Dafür sorgte schon allein der Seebund. Anders sah dies zu Lande aus. Hier hatten die Spartaner in der Vergangenheit schon häufiger bewiesen, dass sie eines der besten Heere Griechenlands unterhielten. Dabei war es nicht die Angst vor einer direkten Belagerung der Stadt, die Perikles und seine Mitverschwörer hier im Raum so große Sorge bereitete. Viel schlimmer war es, dass die Spartaner in der Lage sein würden, mit gezielten militärischen Operationen die bäuerlichen Siedlungen mitsamt den dazugehörigen Feldern zu zerstören und damit eine wichtige Versorgungsader Athens zu vernichten. Athen bekam zwar schon seit längerem große Mengen an Getreide aus Ägypten, doch im Ernstfall wäre man auf Gedeih und Verderb von dieser Nachschubmöglichkeit abhängig. Nur *ein* geschickter spartanischer Unterhändler in Ägypten, und die Truppen Lakoniens müssten nicht ein einziges Mal das Schwert gegen das athenische Heer erheben. Im Gegenteil, sie könnten in aller Ruhe dabei zusehen, wie die Stadt verhungerte.

Vor Lysias' geistigem Auge entstand das Zerrbild seiner Heimat in Flammen. Seine Familie tot, all die prunkvollen Bauten auf der Akropolis in sich zusammenstürzend und die Götterbilder unter sich begrabend. Auch die zwölf Meter hohe Goldelfenbeinstatue der Athena, nicht fertig geworden. Und dieses Schreckensszenario sollte mit seiner Hilfe verhindert werden? Wieso lag die Lösung dieses Problems im Osten? Vor allem: wo?

„Wie du siehst", führte Perikles abschließend aus, „sollten wir uns dringend um neue Nachschubmöglichkeiten kümmern, die im Ernstfall die dauerhafte Versorgung unserer Heimatstadt sichern. Doch wir müssen sehr vorsichtig sein. Niemand darf davon offiziell erfahren, sonst würde man uns das als Kriegstreiberei auslegen, was den ganzen Prozess wahrscheinlich nur noch beschleunigen würde. Und das läge, wie du dir vorstellen kannst, alles andere als in unserem Interesse."

An dieser Stelle trank Perikles einen Schluck Wein und übergab das Wort an Protagoras. Dieser berichtete nun von einer fernen Region im Osten des Gastfreundlichen Meeres, die landläufig unter dem Begriff *Bosporos* zusammengefasst wurde. Beiderseits einer großen Meerenge lagen hier zahlreiche griechische Städte, teilweise schon über einhundertfünfzig Jahre alt, die sehr erfolgreich Handel mit den umliegenden Völkern trieben. Die fruchtbaren Steppengebiete nördlich des Pontos seien die Kornkammern der Zukunft, wie Anaxagoras hinzufügte. Diese Getreidequellen als Erster für das griechische Festland zu erschließen, das sei die beste Strategie, um sich dauerhaft ein sicheres Standbein für mögliche Versorgungsengpässe in kriegerischen Zeiten zu schaffen.

Schließlich mischte sich auch Kallonides in die Diskussion ein. „Als Soldat weißt du auch, dass der eigentliche Kampf nur die Hälfte des Erfolgs ausmacht. Ebenso große Sorgfalt musst du bei der Sicherung deiner Transportwege an den Tag legen, sonst stehen deine Truppen an der Front plötzlich ohne Nachschub dar."

Anaxagoras lachte bei diesen Worten laut auf: „Was unser geschätzter Freund dir mit diesen kryptischen Worten sagen will, ist, dass deine Aufgabe nicht ausschließlich am Bosporos zu erledigen sein wird. Du wirst auch in einer wichtigen Zwischenstation an der südpontischen Küste, in einer Stadt namens Sinope, haltmachen müssen, um dort in unserem Sinne tätig zu werden."

Lysias sprang auf und hob abwehrend die Arme: „*Ich* soll zum Bosporos fahren, zu diesen Barbaren, um einen Getreidehandel zu organisieren? Ich bin Soldat, kein Händler!" Das letzte Wort sprach er so herablassend wie nur irgend möglich aus.

„Ich bin Anführer einer Reiterabteilung, möglicherweise sogar der besten des ganzen athenischen Heeres, und kein Körnerzähler. Weder vom Seefahren noch vom An- und Verkauf von irgendwelchen Nahrungsmitteln habe ich auch nur ansatzweise eine Ahnung. Geschweige denn von dem dafür notwendigen Verhandlungsgeschick. Meine Argumente bestehen aus Eisen, genauer gesagt, dem Eisen meines Schwertes, und nicht aus wohlgesetzten Worten! Beim Göttervater Zeus, wieso glaubt ihr, dass gerade ich der Richtige für diese Aufgabe bin?"

Er blickte sich hilfesuchend um, sah aber nur in ernste Gesichter, die eher Erstaunen über seinen plötzlichen Ausbruch offenbarten als Mitgefühl oder gar Verständnis. Da wusste er instinktiv, dass er bereits verloren hatte.

Oh Götter, das war nicht fair! Heute Morgen war sein Leben noch in Ordnung gewesen. Seine Familie, seine Verlobte, die hoffentlich schon auf ihn wartete, seine steile berufliche Karriere. Doch jetzt fühlte er sich an einem Abgrund stehen, und er war sich nicht wirklich sicher, ob er den berühmten letzten Schritt nicht gerade gemacht hatte.

Ein bedrohliches Knistern lag in der Luft, und die sowieso schon angespannte Atmosphäre drohte in Feindseligkeit umzuschlagen. Offenbar hatte niemand der Anwesenden mit einer solch impulsiven Reaktion gerechnet, schon gar nicht Perikles, dessen natürliche Autorität normalerweise ausreichte, den jeweiligen Gesprächspartner zu überzeugen.

„Du hast uns nicht richtig verstanden, Lysias. Niemand erwartet allen Ernstes von dir, dass du mit den Herrschern am fernen Bosporos konkrete Handelsabkommen triffst. Da könnten wir die Schlüssel zu den Schatzkammern Athens tatsächlich gleich den Spartanern übergeben", versuchte Anaxagoras die Gemüter zu beruhigen. „Deine Aufgabe wird darin bestehen, zunächst in Sinope und dann am Bosporos athenfreundliche Kräfte zu suchen, diese um dich zu scharen und mit ihnen zusammen die Ankunft einer offiziellen athenischen Gesandtschaft vorzubereiten, die für das übernächste Jahr geplant ist."

Er stand auf, nahm eine zweite, noch zusammengerollte Karte hervor und breitete sie auf dem provisorischen Kartentisch aus. Lysias vermutete, dass es sich um eine Karte des Gastfreundlichen Meeres und seiner Küstenstreifen handelte.

„Wir haben diesbezüglich auch bereits Vorbereitungen getroffen", fuhr Anaxagoras fort und blickte auffordernd zu Morychides, der den Gesprächsfaden bereitwillig aufnahm:

„Hier an der Südküste in Sinope sind wir seit längerem aktiv, in aller Stille zwar, aber doch sehr erfolgreich. Das zurzeit herrschende Geschlecht des Tyrannen Timesilaos und seines Bruders Theopropos ist bei großen Teilen der Bevölkerung mehr als unbeliebt. Da war es einfach, eine Gruppe Gleichgesinnter zu finden, die die Vorzüge der von uns entwickelten demokratischen Verfassung zu schätzen wissen."

Der Archont sah Lysias in die Augen, so als wollte er sichergehen, dass dieser ihm gedanklich auch folgen konnte. „In Sinope wird deine Aufgabe nur daraus bestehen, diese Gruppe zu kontaktieren und ihnen die Details unserer Expedition in gut zwei Jahren zu erläutern. Sie sollen alles so vorbereiten, dass Perikles, wenn er mit unseren Schiffen in den Hafen einläuft, ein triumphaler Empfang erwartet."

Dann fuhr er fort und berichtete von ihren Plänen, die Tyrannen aus der Stadt zu vertreiben und ein demokratisches, selbstverständlich athenfreundliches System zu installieren. Und damit dies auch alles wie geplant funktionieren könne, würde Lamachos, einer der besten athenischen Generäle, bis auf weiteres mit einer Schutztruppe vor Ort verbleiben, während Perikles selbst weiter zum Bosporos fahren sollte.

Resigniert und in sich zusammengesunken auf seiner Kline sitzend, hörte Lysias den Ausführungen schweigend zu. Er erfuhr Dinge der großen Weltpolitik, von deren Existenz er noch nicht einmal gewusst hatte. Da war ein Geschlecht des Archaianax, die sog. Archaianaktiden, die offensichtlich zurzeit den politischen

Ton am Bosporos bestimmten und die den Athenern zumindest nicht feindlich gegenüberstanden. Sie wohnten in einer Stadt namens Pantikapaion – oh geliebte Athena, was für ein seltsamer Name! Dann gab es da noch einen gewissen Spartokos, der offenbar nationalistische Töne anschlug, von einem mächtigen Territorialstaat beiderseits der Meerenge unter seiner Führung träumte und eine immer größer werdende Schar von Unterstützern um sich sammelte. Dieser Spartokos akzeptierte keine politische Einflussnahme von außen, somit also auch nicht die von Athen, was die bisherigen Bemühungen vor Ort im Falle einer Machtübernahme schlagartig und umfassend in Frage stellen würde. Da aber all diese Erkenntnisse, so schloss Morychides seinen kleinen Vortrag, nur auf einer wachsenden Anzahl von Gerüchten basierten, die sich in jüngster Zeit zudem immer stärker widersprachen, bräuchte die athenische Führungsspitze endlich verlässliche Informationen.

War Lysias die meiste Zeit des Abends nicht in der Lage gewesen, klar zu denken, so begann er jetzt langsam zu verstehen, was man eigentlich von ihm wollte. Nachdem sich der erste Schock gelegt hatte, wurde ihm schlagartig bewusst, dass er in staatstragende Prozesse eingebunden werden sollte, in geheime politische Ränkespiele, von denen jeder auf der Straße wusste, dass es sie gibt, sie aber nie selbst erlebte. Hier ging es um Informationen, und das Wort, nach dem er die ganze Zeit auf der Suche war und das ihm sprichwörtlich auf der Zunge lag, offenbarte sich ihm urplötzlich: Spionage! Er sollte als Spion zum Bosporos reisen und die notwendigen Dinge in Erfahrung bringen: Was war dran an diesem Gerücht, dass Spartokos den Umsturz plante? Und wenn es stimmte, gab es dann weiterhin ausreichend proathenische Kräfte, die auch die geplante Intensivierung des Getreidehandels befürworteten? Oder musste man sich auf ein militärisches Unterfangen wie in Sinope einstellen? Ganz offensichtlich wollte dieser Kreis aus Verschwörern das Heft des Handelns am Bosporos nicht aus der Hand geben, sondern nach Möglichkeit kräftig und natürlich für Athen gewinnbringend die weiteren politischen Entwicklungen steuern.

„Ich vermute, du fängst langsam an, die Dinge mit unseren Augen zu sehen“, bemerkte Perikles, der während der vergangenen Stunde kein Wort mehr gesagt hatte. „Wir brauchen die Getreidelieferungen vom Pontos, um auch zukünftig die Versorgung Athens zu sichern. Andererseits benötigen wir durch diesen unseligen Konflikt mit Samos, den wir vermutlich nur noch militärisch beenden können, aber auch wieder einen außenpolitischen Erfolg, der einmal nicht auf Waffengewalt fußt. Und hier kommst du ins Spiel."

Perikles machte eine lange Pause, während er alle Anwesenden nochmals mit einem forschenden Blick ansah. „Du wirst als Kaufmannssohn getarnt die Route bereisen, die unser Getreide in Zukunft nehmen soll. Du wirst dafür Sorge tragen, dass wir selbst auf unserer offiziellen Mission in zwei Jahren überall herzlich empfangen werden. Der Grundstein dafür ist in Sinope wie auch am Bosporos bereits gelegt, also ist deine Aufgabe zu bewältigen. Dennoch kann es gefährlich werden, da wir nicht wirklich wissen, wie sich die Dinge am Bosporos in jüngster Zeit entwickelt haben." Wieder unterbrach er sich selbst, so als ob er seinen Worten Gelegenheit geben wollte, tief in das Denken der Anwesenden einzusickern.

„Damit wir uns richtig verstehen: Wenn ich in zwei Jahren während der Großen Panathenäen zum Volk spreche, dann will ich zwei Dinge verkünden können. Erstens: Samos hat seinen Fehler eingesehen und ist wieder zu einem treuen Bündnispartner geworden. Darum kümmern wir uns gerade. Zweitens: Auf meiner Expedition in den Pontos habe ich neue Partner gewonnen, die freiwillig und voller Freude dem Seebund beigetreten sind. Nebenbei ist es mir auch gelungen, feste Handelsverträge mit", er stockte einen Moment, „ja, mit wem auch immer dort am Bosporos zu schließen, so dass unsere Getreideversorgung für die nächsten Jahrzehnte gesichert ist."

Der Rest der Nacht verlief auch weiterhin in offenbar gut vorbereiteten Bahnen. Zunächst begann Herodot mit einem ersten ausführlichen Bericht über seine Reise in das Pontosgebiet, wo er sich insgesamt mehrere Monate aufgehalten hatte. Er war zwar nicht bis zum Bosporos direkt gereist, doch das, was er über die anderen Küsten zu berichten hatte, war eine Goldgrube an Hintergrundinformationen. Herodot sprach von Völkern wie den Skythen und Arimaspen, von der griechischen Stadt Olbia, von merkwürdigen Sitten und Gebräuchen, die man in einer griechischen Stadt nicht erwarten würde, und von vielen anderen Dingen, die sich Lysias gar nicht alle merken konnte. Nun wusste er aber zumindest, wieso Perikles diesen Weltenbummler zu dem Treffen eingeladen hatte.

Als der Morgen endlich anbrach, öffnete Kallonides die Türen des Androns, und sie traten hinaus in den Gartenhof, um frische

Luft zu schnappen. Die Morgenluft strich kühl und duftend über Lysias' Gesicht. Hellwach überlegte er hin und her. Zum einen: Je länger die Berichte andauerten, desto mehr verlockte es ihn, im Auftrag des Perikles als Spion tätig zu sein. Viel mehr noch: Er verspürte so etwas wie Stolz! Herodots Schilderung von fernen Ländern und fremden Völkern hatte Neugier und Reiselust in ihm ausgelöst, so dass selbst die große Entfernung zum Bosporos ihren Schrecken verlor. Andererseits hatte man ihm aber unmissverständlich klargemacht, dass er so schnell wie möglich aufbrechen musste. In spätestens drei Tagen, wie Perikles sagte. Man dürfe auf keinen Fall länger warten, da die kommenden Winterwinde eine Passage in das Pontosgebiet schon bald unmöglich machen würden.

Ein Schiff, das ihn zunächst nach Sinope bringen würde, lag deshalb schon im Hafen von Piräus bereit, und der Kapitän wartete auf ihn. Sein bisheriges Leben sollte jetzt und hier enden, ein vollkommen neues beginnen, mitsamt seiner Tarnidentität. Als reicher Kaufmannssohn sollte er für seinen Vater, der eine Reederei betrieb, neue private Handelskontakte ausloten.

Damit hofften die Verschwörer, zwei Fliegen mit einer Klappe zu schlagen. Zum einen war ein Kaufmann immer und schon vom Prinzip her neugierig, so dass seine Fragen nach allem und jedem niemanden verwundern würden. So sollte Lysias grundlegende Informationen einholen, die dann bei den späteren offiziellen Verhandlungen eingesetzt werden sollten. Zum anderen war seine Unerfahrenheit in diesen Dingen auch nicht grundsätzlich schlecht. Im Gegenteil, geschickt verpackt war sie bloßes Anzeichen seines beinahe noch jugendlichen Alters und damit eine perfekte Bestätigung seiner neuen Rolle: der Sohn, der für den Familienbetrieb zum ersten Mal allein auf große Fahrt ging. Die echten Vertragsabschlüsse würde dann sowieso der Vater als Besitzer der Reederei vornehmen – was ja auch im übertragenen Sinn nicht einmal vollständig erfunden war. Ebenso wenig wie die Reederei, die es tatsächlich gab. Nur der Besitzer wusste nicht, dass er ohne sein Zutun zu einem erwachsenen Sohn gekommen war.

Noch im Laufe dieser Nacht hatte sich Lysias entschieden. Er würde dieses Wagnis eingehen, er würde dieses Abenteuer beginnen, das ihm, je länger er darüber nachdachte, immer glanzvoller erschien. Seine Eltern würden sicherlich verwundert sein, dass er

Athen ohne weitere Erklärungen für gut zwei Jahre verließ. Doch sie würden es letzten Endes verstehen. Immerhin wussten sie von diesem Treffen mit Perikles und konnten sich ihren Teil denken. Gut, mit Polyxena würde es Schwierigkeiten geben. Aber wenn er ihr sagte, dass man ihn nach seiner Wiederkehr mit großen Ehren empfangen würde und sie sich keine Sorgen mehr um ihre weitere Zukunft machen müssten, ja, dann sollte doch auch sie nur vollstes Verständnis für diese zeitlich begrenzte Trennung aufbringen. Immerhin machte er das hier ja auch für ihre Zukunft, das war doch wohl klar.

Als sie schweigend im Hof standen, fasste sich Lysias ein Herz und fragte Perikles: „Eins muss ich abschließend noch wissen. Warum ich?"

Perikles schmunzelte, während die ersten Sonnenstrahlen auf seine Stirn fielen. „Ich dachte schon, du würdest nie fragen. Ich selbst hätte an der ganzen Veranstaltung gar nicht teilgenommen, hätte man mir das nicht von Anfang an gesagt."

Lysias sah betreten zu Boden und fühlte, wie sein Kopf langsam rot wurde.

„Kein Grund, dich zu schämen. Ich bin schon ein paar Jahre älter als du. Mit der Zeit wirst auch du abgeklärter, das versichere ich dir." Er klopfte Lysias freundschaftlich auf die Schulter und zog in dann sanft in die Hofmitte, um die frühe Sonne noch etwas besser genießen zu können.

„Um deine Frage zu beantworten: Du bist jung, kräftig und hast eine hervorragende militärische Blitzkarriere hingelegt. Das heißt, du weißt dich auch unter hohem Druck zielorientiert zu entscheiden. Eine Begabung, die nicht viele haben und die dir auf deiner Fahrt mitunter sehr nützlich werden kann. Du bist intelligent, das haben wir heute Nacht bestätigt bekommen, und, das ist mindestens ebenso wichtig, du bist noch ein alleinstehender junger Mann. Ich weiß, du hast eine Verlobte. Aber die wird noch zwei Jahre auf dich warten können, wenn sie die Richtige ist. Dies ist eine Aufgabe für einen Einzelgänger."

Mit diesen Worten ließ Perikles ihn allein und verschwand wortlos in einem der angrenzenden Zimmer. Es war tatsächlich das erste und letzte Mal in seinem Leben, dass Lysias mit dem heimlichen Staatsoberhaupt Athens zusammentraf. Ihre Wege würden sich nie wieder kreuzen.

Drei volle Tage blieb er im Anwesen des Perikles, ohne das Haus auch nur einmal zu verlassen. Seinen Eltern hatte man einen Boten geschickt, damit sie sich keine Sorgen machten: Lysias sei wohlauf, hatte man ihnen berichtet, allerdings käme er in den nächsten Tagen nicht nach Hause, da man seine Hilfe bei einem militärischen Planspiel benötige.

In Wirklichkeit erhielt Lysias eine Schnelleinführung in Sachen Pontos Euxeinos. Tagsüber hörte er die ausführlichen Berichte Herodots über dessen damalige Reiseerlebnisse, abends schulten ihn Protagoras, Anaxagoras und manchmal Nikias in grundlegenden Dingen wie Verhandlungstaktik, Verkaufsgespräche oder auch allgemeine Preispolitik. Timokles und Morychides schließlich quälten ihn mit Namen und Daten der athenischen Führungsspitze, von denen sie überzeugt waren, dass der echte Sohn eines wichtigen Kaufmanns sie kennen müsse. Lysias fühlte sich in seine Schulzeit versetzt, nur dass der Unterricht jetzt von morgens bis abends ging.

Am Morgen des vierten Tages war es dann so weit. Bevor er zum Hafen ging, verabschiedete er sich von seinen Eltern, ohne jedoch auch nur ein Sterbenswort über die vergangenen 72 Stunden oder seine kommende Mission zu berichten. Seine Eltern andererseits waren klug genug, ihn nicht zu bedrängen.

Seine Verlobte Polyxena war allerdings immer noch nicht da. Erst gestern war eine Nachricht eingetroffen, dass sich ihre Abreise vom Gutshof ihres Onkels erneut ein wenig verzögert habe. Lysias war traurig, beinahe sogar ein wenig verletzt, dass sie sich immer noch nicht blicken ließ. Andererseits war er aber auch zutiefst erleichtert, da ihm auf diese Weise eine traurige Abschiedsszene erspart blieb. Er hätte ja doch nur einen Kloß im Hals gehabt, hätte ihr ebenso wie seinen Eltern sowieso nichts sagen können.

„Ich werde ihr berichten, wenn sie wieder da ist“, sagte Theano mit leiser Stimme und mit Tränen in den Augen, „ich werde versuchen, es ihr zu erklären.“

Dann ging auf einmal alles sehr schnell. Lysias betrat in Piräus das Deck der *Poseidon* und verließ Griechenland in Richtung Sinope, wo er bereits nach gut zwei Wochen ohne größere Schwierigkeiten ankam. Wie Morychides bei dem Treffen in Perikles' Haus prophezeit hatte, waren die Dinge in Sinope bestens vorbereitet. Er traf sich mit den proathenischen Kräften, überbrachte auftragsgemäß seine Informationen, schmiedete Pläne mit den Verschwörern und verbrachte angenehme sechs Monate in dieser südpontischen Stadt, in denen er immer seltener an sein altes Leben in Athen dachte. Es gab so viel Neues hier zu entdecken, dass für alte Gedanken kaum noch Platz in seinem Kopf war.

Doch als der April endlich anbrach und sich die Winde für eine Weiterfahrt zum Bosporos günstig gedreht hatten, da machte er sich in den Hafen von Sinope auf, um auf einem der Frachtschiffe, die nach Pantikapaion reisten, als Passagier anzuheuern. Das Glück war im hold, so dass er nach nur zwei Stunden einen Kapitän gefunden hatte, der ihn auf seinem Schiff mit dem prachtvollen Namen *Argo* mitnehmen wollte. Das Glück, ja, genau so hatte er es damals empfunden.

Hafen von Pantikapaion, April 439 v. Chr.

Ein dumpfer Aufprall, gefolgt vom lauten Fluchen des Kapitäns, beförderte Lysias unsanft in die Gegenwart zurück. Die *Argo* legte am Kai an. Sie hatten endlich Pantikapaion erreicht, die Stadt, die vor gut einhundertfünfzig Jahren als erste griechische Kolonie hier am Bosporos entstanden war. Lysias hatte bei seinen Reisevorbereitungen sogar von den Legenden gehört, dass die Neuankömmlinge damals ihren Siedlungsplatz eigenhändig von einem König der Skythen erhalten hatten, diesen äußerst seltsamen Reiternomaden. Doch das war sicherlich Unsinn und nur der Versuch, die Gründung Pantikapaions nachträglich zu mystifizieren. Genau genommen war das doch ebenso unglaubwürdig wie die Geschichte, das die berühmte Stadt Ephesos an der Ostküste des Mittelmeers von Amazonen gegründet worden sein sollte. Jeder halbwegs gebildete Grieche wusste doch, das ionische Griechen dort den Grundstein gelegt hatten.

In regelmäßigen Abständen brannten Lampen entlang des Kais und spendeten ein wenig Licht, so dass Lysias trotz der Dunkelheit den Hafenmeister erkennen konnte, der mit großen Schritten und zwei Gehilfen im Schlepptau auf sie zukam. Allein seine energische Art zu gehen ließ erahnen, was er von dem Anlegemanöver im Dunkeln hielt, ganz zu schweigen davon, dass er um diese Zeit zu einem Schiff gerufen wurde.

Lysias ging von Bord und blickte sich um. Vor dem schimmernden Nachthimmel sah er schemenhaft die Akropolis der Stadt mit dem mächtigen Säulentempel, dem Apollon geweiht – so hatte Melas zumindest behauptet. Von den Gebäuden um den Burgberg herum war außer den Lichtern, die wie eine riesige Ansammlung von Glühwürmchen wirkten, jedoch nichts mehr zu erkennen. Noch während der Anfahrt auf den Hafen hatte Lysias geglaubt, unweit des Apollon-Tempels einen großen, beinahe schon palastähnlichen Gebäudekomplex erkennen zu können. Doch dann war die Dunkelheit hereingebrochen, und er hatte sich für die bevorstehende Hafeneinfahrt ein sicheres Plätzchen an Bord gesucht – man konnte ja nie wissen.

„Bist du etwa der Kapitän?", fragte der Hafenmeister schroff, der sich beiläufig als ein Mann namens Bolas vorstellte. „Falls ja, so hoffe ich, dass du eine gute Erklärung für dein waghalsiges Manöver hast. So etwas mögen wir hier nämlich gar nicht!"

Lysias wunderte sich über den starken Dialekt, den Bolas sprach, ließ sich aber nichts anmerken und zeigte mit ausgestrecktem Arm auf Melas, der noch immer am Bug des Schiffes stand: „Diese wohlgekleidete Person ist der Kapitän. Er heißt Melas, ich selbst bin nur ein Passagier, der in Sinope an Bord kam."

„Das hätte ich mir ja denken können. Nur Melas bringt es zustande, mir meinen Feierabend zu versauen. Dreimal war er bislang hier in Pantikapaion, soweit ich mich erinnere, und jedes Mal gab es Ärger mit ihm."

Melas setzte sein fröhlichstes Lächeln auf und stieg nun ebenfalls von Bord, um dem Hafenmeister die Hand zu schütteln. „Mein lieber Bolas. Wir haben uns lange nicht gesehen. Ich freue mich, dass es dir gut geht. Komm an Bord und sieh, was wir geladen haben. Um den Reisenden hier können sich deine Sklaven kümmern. Mit diesem Formalitätenkram musst du doch deine Zeit nicht verplempern."

Mit einer einladenden Handbewegung forderte er Bolas auf, sein Schiff zu betreten. Dem Gesichtsausdruck des Hafenmeisters war anzusehen, dass ihm ein ähnlicher Gedanke durch den Kopf gegangen war. Mit einem Kopfnicken hin zu seinen Gefolgsleuten ging er an Bord und fing an, sich für die Fracht zu interessieren.

Der Kapitän der *Argo* sah noch ein letztes Mal verschmitzt lächelnd zu Lysias hinüber. „Wir sehen uns dann ja morgen, nachdem du mit deinem Gastfreund gesprochen hast, nicht wahr?"

Die nächsten zwanzig Minuten war Lysias damit beschäftigt, den beiden Männern Rede und Antwort zu stehen. Aber er hatte den Eindruck, dass sie irgendwann einmal einen feststehenden Fragenkatalog auswendig gelernt hatten und diesen nun Punkt für Punkt abarbeiteten, ohne sich überhaupt für die Antworten zu interessieren. Dennoch antwortete er pflichtbewusst so, wie man es ihm in Perikles' Haus eingebläut hatte und wie er es ja auch Melas gegenüber zum Besten gegeben hatte – wenngleich auch mit wenig Erfolg. Hier am Kai hatte er jedoch keinerlei Befürchtung, dass er entlarvt werden könnte. Es war den beiden Männern anzumerken, dass sie möglichst schnell wieder zurück in ihre Wachstube wollten. Ein leichter Weingeruch in der Luft ließ vermuten, dass auch sie wie der Hafenmeister selbst den Feierabend schon lange vorher eingeläutet hatten.

Als sie endlich fertig waren, wünschten sie ihm einen angenehmen und erfolgreichen Aufenthalt und gingen nun ebenfalls an Bord der *Argo*, wo Melas es sehr geschickt zu einer kleinen Weinprobe hatte kommen lassen. Lysias sah sich die Szene an Bord kurz an und ging dann kopfschüttelnd in Richtung Stadt. Der Kapitän verstand sein Geschäft, das musste er zugeben. Sein Gepäck, so hatten sie vereinbart, konnte er an Deck lassen und am nächsten Tag holen. Natürlich war er sich darüber im Klaren, dass es nicht Menschenfreundlichkeit war, die den Kapitän dazu veranlasste. Melas wollte sichergehen, dass Lysias tatsächlich am nächsten Tag wiederkam, und zwar zusammen mit seinem Gastgeber. Sollte es nicht dazu kommen, dann hätte er zumindest das Gepäck behalten. Aber das alles war Lysias nun erst einmal egal. Von den beiden Inspektoren hatte er erfahren, dass Dakos, sein Gastfreund, tatsächlich eine bedeutende Größe im lokalen Handelsverkehr war und dass sein Haus mitten im schönsten Stadtteil Pantikapaions lag, auf dem westlichen Stadthügel, direkt an der Agora. Wo auch sonst?, schalt sich Lysias selbst, als er sich schließlich gut gelaunt auf den Weg machte.

Doch mit jedem Schritt, den er sich von der *Argo* entfernte, beschlich ihn das Gefühl, diese Welt wäre auf unbekannte Weise gefahrvoll. Dabei konnte er noch nicht einmal sagen, warum. Es war ja nur dunkel, in der Luft lag der typische Seegeruch einer Hafenstadt, und auch die Lagerräume und Dienstgebäude am Kai hatten die charakteristischen, zweckgebundenen Architekturformen, wie man sie überall auf der Welt sehen konnte. Und doch war es irgendwie anders. Eine seltsame Ahnung verunsicherte ihn außerordentlich. Schließlich aber verdrängte er seine dunklen Gedanken und schlug den Weg in die Innenstadt ein, den ihm die Sklaven des Hafenmeisters gewiesen hatten.

Skythischer „Sturm“, Pantikapaion, April 439 v. Chr.

Nach über einer Stunde erreichte er endlich den Marktplatz, an dessen südlichem Ende sich die Umrisse eines großen zweistöckigen Gebäudes vor dem sternenklaren Nachthimmel abzeichneten. Von wegen einfach zu finden! Nach den Beschreibungen der Hafeninspektoren musste dies das Haus des Dakos sein, sofern er sich wenigstens auf diese Information verlassen konnte. Mehrfach hatte er sich auf dem Weg hierher verlaufen. Die kleinen dunklen Gassen, von denen keine einzige auch nur annähernd gerade zu verlaufen schien, hatten ihn schon nach wenigen Minuten in die Irre geführt. Aus der Luft, dachte Lysias verächtlich, sah die Stadt sicherlich aus wie die Schlangen des Laokoon, die über- und untereinander umherschlängelten. Ein schöner Anblick für die allsehenden Götter, ha! Nirgends schien hier auch nur die Spur eines geordneten Straßensystems erkennbar zu sein. Zumindest bei Nacht nicht. Er war schon sehr gespannt darauf, wie sich ihm diese Stadt wohl bei Tageslicht präsentieren würde.

Durch nahezu alle Fensteröffnungen des Gebäudes fiel Licht auf den weiten rechteckigen Marktplatz, der mit unregelmäßig großen Steinplatten gepflastert war und um diese späte Tageszeit nur ansatzweise erahnen ließ, für welch ein hektisches Treiben er normalerweise die Kulisse bot. Rings um die Freifläche herum standen fast überall Gebäude, so dass die Agora wie ein in sich geschlossenes Ensemble wirkte. Selbst bei diesen schlechten Lichtverhältnissen aber war unmissverständlich klar: Rein an Größe und an imposanter Ausstrahlung war das Haus des Dakos schwer zu übertreffen.

Als Lysias sich dem Gebäude näherte, drangen von allen Seiten her gedämpfte Stimmen zu ihm herüber, die von einem regen Nachtleben zumindest in diesem Stadtteil Pantikapaions zeugten. Doch plötzlich war da noch etwas anderes: ein immer lauter werdendes Geräusch, das ihm als Anführer einer Reiterstaffel nur allzu gut bekannt war und das ihn schlagartig an sein früheres, unwirklich gewordenes Leben erinnerte. Galoppierende Pferde! Feste Hufschläge auf Steinplatten, deren Widerhall durch die engen Gassen zu einer fast schon greifbaren körperlichen Bedrohung wurde!

„Verschwinde da, du Idiot! Lauf zu einer Hauswand und bleib da stehen!", rief eine weibliche Stimme unvermittelt aus der Dunkelheit. Auch ohne den Standort der Frau ausmachen zu können, war Lysias instinktiv klar, dass in diesem Moment nur er selbst gemeint sein konnte. Reflexartig sprang er zur Seite und lief so schnell er konnte auf das nächstgelegene, flache Gebäude zu, obwohl er überhaupt nicht wusste, wovor er da eigentlich gerade floh. Doch nur wenige Sekunden, nachdem er die rettende Hauswand erreicht hatte, erkannte er den Grund. Und obgleich sich das Geschehen so unglaublich schnell wie ein geschleuderter Blitz des Göttervaters selbst abspielte, erinnerte sich Lysias doch noch lange Zeit an folgende Szene: Wie aus dem Nichts schossen sechs Reiter aus einer Gasse, die im vollen Galopp über den Marktplatz ritten, auf niemanden Rücksicht zu nehmen schienen und am anderen Ende des freien Feldes wieder in der Dunkelheit verschwanden, aus der sie gekommen waren.

Alle Reiter trugen diese merkwürdigen Hosenanzüge, die an den Nähten und am Saum des jackenartigen Oberteils mit kleinen rechteckigen Metallplättchen verziert waren. In dem wenigen Licht, das aus den Fenstern auf den Marktplatz fiel, glaubte Lysias sogar, Gold als Material erkannt zu haben. Doch da war er sich nicht völlig sicher. An ihrer rechten Seite trugen die Reiter jedenfalls den für Steppennomaden typischen Köcher, in dem die Pfeile und der Bogen gemeinsam transportiert werden konnten. Die Männer waren zudem ausnahmslos bärtig und besaßen obendrein eine mützenartige Kopfbedeckung, wodurch ihr gewollt zur Schau gestellter, wilder Charakter nochmals unterstrichen wurde.

Skythen!, dachte Lysias. Genau so, wie Herodot sie ihm beschrieben und wie er sie in Athen bereits unzählige Male auf Vasenbildern gesehen hatte. Das hier waren ganz offensichtlich leibhaftige skythische Barbaren, die sich zudem benahmen, als wären sie die Herrscher der Nacht! Und das mitten im Zentrum einer griechischen Stadt! Was für eine Unverfrorenheit.

„Sag mal, Fremder. Bist du einfach nur dumm oder weißt du tatsächlich nichts Besseres mit deinem Leben anzufangen, als es auf diese Weise wegzuschmeißen?"

Die Frauenstimme, die ihn vor wenigen Augenblicken noch vor dem heranstürmenden Reitertrupp gewarnt hatte, erklang nun direkt hinter ihm. Lysias drehte sich hastig um und traute seinen

Augen nicht. Vor ihm stand das Abbild der Aphrodite – oder zumindest eine Frau von so vollendeter Schönheit, wie es sich für die Göttin der Liebe geziemt hätte. Sie war nicht älter als 25 Jahre, hatte langes dunkelbraunes Haar und trug ein rotes Kleid, das an beiden Langseiten zugenäht und dessen Ausschnitt mit einer weißen Borte elegant abgesetzt war. Mit diesem vornehmen Kleid wäre ihre Trägerin in Athen mit Sicherheit der Blickfang einer jeden gehobenen Abendgesellschaft gewesen. Vollkommen ungriechisch aber waren demgegenüber die beiden langen röhrenförmigen Ärmel, die entweder einem lokalen Modetrend entsprachen, wie Lysias stark vermutete, oder möglicherweise auch nur ein Tribut an die klimatischen Bedingungen am Bosporos waren. Wie es auch immer sein mochte, auf jeden Fall verschlug ihm dieser Anblick schlichtweg die Sprache.

„Mein Name ist Mike. Ich komme aus Myrmekion, einer Stadt nur wenige Stadien südlich von hier“, sagte die Fremde und wartete nun ganz offensichtlich auf eine Erwiderung seinerseits. Doch Lysias war immer noch vom Anblick und der klaren, angenehm dunklen Stimme der Frau gefesselt, als dass er die unausgesprochene Aufforderung verstand.

„Verstehst du meine Sprache nicht, Fremder? Du bist griechisch gekleidet und scheinst irgendwo aus dem Süden zu kommen. Du musst Griechisch können, da bin ich mir sicher. Immerhin scheinst du ja meine Warnung verstanden zu haben. Also, wenn du nicht stumm bist, so rede mit mir. Oder sind da, wo du herkommst, alle so unfreundlich?“

Bei diesen Worten erwachte Lysias endlich aus seiner Starre und antwortete etwas verlegen: „Verzeih mir, Mike. Aber ich war noch ein wenig in Gedanken wegen dieses ungeheuerlichen Vorfalls. Hab jedenfalls Dank für deine Warnung, ohne die ich jetzt nicht vor dir stehen würde. Mitten in der Stadt eine skythische Reiterhorde. Bei Zeus, wie kann man so etwas nur dulden?“

Dann sah er seiner Retterin direkt in die Augen und fuhr fort: „Mein Name ist Lysias. Ich bin Kaufmann aus dem berühmten Athen im fernen Griechenland. Mein Vater schickt mich auf diese Reise, um mich mit Dakos zu treffen, der in der hiesigen Wirtschaftshierarchie eine bedeutende Rolle spielen soll. Du kennst diesen Dakos nicht zufällig und kannst mir vielleicht sogar sagen, wo er wohnt?“ Bei diesen Worten nickte er fragend in Richtung des beleuchteten Hauses, von dem er bislang ausgegangen war, dass sein zukünftiger Gastgeber dort wohnte.

Mikes Ärger verschwand augenblicklich. Sie lachte herzlich auf und sah ihn freundlich an: „Bei Artemis! Du bist also dieser Lysias, auf den sie hier schon seit Tagen warten?“, schnurrte sie. „Ein paar meiner Kunden hatten schon Wetten darauf abgeschlossen, ob du überhaupt noch kommen würdest. Wo hast du dich bloß herumgetrieben?“

Sie drehte ihn in Richtung des zweistöckigen Gebäudes. „Ja, du hast recht. Dies ist das Haus des Dakos. Und ja, ich kenne ihn. Heute Abend veranstaltet er ein großes Fest, zu dem er mich eingeladen hat. Ich habe gerade meine Sänfte zurück nach Hause geschickt. Man munkelt, Dakos habe ein besonders lukratives Geschäft mit den Skythen abgeschlossen, das er feiern möchte.“

Plötzlich sah sie ihn ernst an: „Apropos Skythen. Der heutige Vorfall sollte dir eine echte Lehre gewesen sein, mein fremder Freund aus dem fernen Athen! Stell dich bloß nicht in den Weg dieser Wilden, wenn sie auf ihren Pferden sitzen. Sie mögen ja die Steppen beherrschen und auch für viele von uns hier gute Handelspartner sein, wovon wir letztlich alle profitieren, Hermes sei Dank. Aber sie sind und bleiben doch ungezügelte Barbaren. Mit eigenen Gesetzen und eigenen, sehr merkwürdigen Moralvorstellungen, die so gar nichts mit unserer zivilisierten Kultur gemein haben.“

Mit diesen Worten wandte Mike sich unvermittelt ab und ging auf das Haus zu, in dem sich offenbar bereits eine größere Festgemeinschaft eingefunden hatte. Zumindest stieg der Lärmpegel mit jedem weiteren Schritt deutlich an, als Lysias ihr unaufgefordert und ein wenig zögernd folgte. Etwas an dieser kurzen Unterhaltung mit Mike hatte ihn gestört, hatte ihn beunruhigt, ohne dass er sagen konnte, was ihn eigentlich genau verunsicherte. Da war es wieder, dieses komische Gefühl, das er bereits am Hafen verspürt hatte und das sich wie ein feuchter Nebel auf sein Gemüt legte. Es war wie ein Schatten, der lauernd auf seine Gelegenheit wartete und der sich lange in seinem ganzen Schrecken nicht zu erkennen gab. Und warum sprach Mike eigentlich von ihren Kunden? Als Frau war sie sicherlich nicht im Kaufmannsgewerbe tätig, auch wenn Dakos sie zu seinem Fest eingeladen hatte. Nicht einmal hier in der Provinz, am Rande der griechischen Welt, war so etwas möglich. Eigentlich gab es daher nur eine Situation, in der eine gebildete und zugleich bildschöne Frau von ihren „Kunden“ sprechen konnte. Obwohl ihm diese Vorstellung missfiel: Mike war ganz offensichtlich eine Hetäre, die berufsmäßig ihre käufliche Liebe anbot.

Dabei war das Hetärentum in Griechenland ein durchaus geachtetes und sozial anerkanntes Gewerbe. Einige Hetären hatten es sogar zu großer Berühmtheit und beachtlichem Reichtum gebracht. Doch Lysias selbst konnte in seinem bisherigen Leben noch keine eigenen Erfahrungen in dieser Richtung vorweisen, so dass es ihm trotz allem zumindest ein wenig anrüchig erschien.

Noch bevor er sich weiter darüber Gedanken machen konnte, standen sie bereits vor dem Haus des Dakos und wurden, nachdem sie an der großen Holztür geklopft hatten, auch unverzüglich hineingelassen. Nun galt es, sich durch nichts mehr ablenken zu lassen, ermahnte sich Lysias. Kein Blick mehr nach dieser Frau! Der Zeitpunkt war gekommen, seine in den letzten Monaten so intensiv einstudierte Rolle zu spielen. Und das diesmal bitte schön besser, als es ihm an Bord der *Argo* gelungen war! Nun begann der Geheimauftrag, wegen dem er überhaupt die ganzen Strapazen auf sich genommen hatte. Stolz, Aufregung und gespannte Erwartung machten sich in ihm breit.

Lysias betrat leichtfüßig das Haus – und veränderte damit den Lauf seines restlichen Lebens. Wäre er sich der Tragweite der kommenden Ereignisse bewusst gewesen, er wäre Mike niemals über diese Türschwelle gefolgt.

Der Gastfreund, Pantikapaion, April 439 v. Chr.

Nachdem Lysias und Mike eingetreten waren, hatte ein Diener sie direkt in den Innenhof geleitet, wo sich der Hausherr mit einigen Gästen an einem Tisch sitzend sehr angeregt unterhielt. Als Dakos die schöne Hetäre erkannte, entschuldigte er sich bei seinen Gesprächspartnern, kam auf sie zu, zog Mike ein wenig zur Seite und wechselte einige Worte mit ihr, wobei sie immer wieder zu Lysias herüberblickten. Dann begrüßte der Kaufmann ihn auch freundlich.

„Willkommen in meinem Haus, mein athenischer Gastfreund. Ich bin Dakos, langjähriger und treuer Handelspartner deines Vaters. Oder, besser gesagt, eigentlich sogar ein guter Freund, auch wenn wir uns noch nie persönlich begegnet sind." Mit diesen Worten schüttelte er ihm ausgiebig die Hand, wodurch er Lysias für einen kurzen Augenblick die Möglichkeit gab, seinen Gastgeber genauer zu betrachten.

Dakos war sicher über 1,80 Meter groß, hatte langes schwarzes Haar und trug einen Vollbart, der dem des skythischen Reiterführers von vorhin auf dem Marktplatz in nichts nachstand. Auch seine Kleidung war ungewöhnlich. Zwar trug er den für einen Griechen normalen Chiton aus kostbarem Stoff, wenn dieser auch auffällig schlicht war. Aber die kleinen, seltsamen Amulette, die er um den Hals trug, und die an einigen Stellen auf das Gewand aufgenähten Goldplättchen mit ungewöhnlichen Tierdarstellungen wollten für Lysias irgendwie doch nicht zu der zurückhaltenden Eleganz passen, wie sie nur großer Reichtum ermöglicht. Dieser Mann, so dachte Lysias bei sich, wirkte so, als ob er zwischen zwei Kulturen stand und sich für keine wirklich entscheiden konnte – oder entscheiden wollte.

„Wo bist du denn die ganze Zeit gewesen, Lysias? Wir hatten dich schon vor einer ganzen Weile erwartet", fragte Dakos ein wenig tadelnd, während er gleichzeitig neu angekommene Gäste mit einem herzlichen Lachen begrüßte. Lysias erinnerte sich plötzlich wieder an seinen Brief, den er noch im vergangenen Jahr von Sinope aus mit einem Transportschiff nach Pantikapaion geschickt und in dem er eine deutlich frühere Ankunft angekündigt hatte.

„Ich habe mich leider für das falsche Schiff entschieden, wie sich aber erst im Nachhinein herausgestellt hat“, antwortete er entschuldigend. „Ich war mir ehrlich gesagt nicht im Klaren darüber, dass derart viele Hafenstädte auf dem Weg von Sinope hierher existieren, die mein Kapitän dann auch noch alle ansteuern musste.“

Bei diesen Worten konzentrierte sich Dakos wieder vollständig auf seinen neuen Gast, begann zu schmunzeln und sagte in einem leicht überheblichen Tonfall: „Es gibt vermutlich vieles, was du über unsere Heimat hier noch nicht weißt. Aber das ist ja auch der Hauptgrund, warum dein Vater mich gebeten hat, dir während deines Aufenthaltes hier ein wenig unter die Arme zu greifen und dich in die grundlegenden Dinge unseres Geschäftes einzuführen.“ Mit einer aufmunternden Geste forderte er Lysias auf, die silberne Weinschale zu nehmen, die ihm ein Diener zu seiner Rechten höflich anbot.

„Wenn ich es mir recht überlege, so ist trotz aller Verspätung deinerseits der heutige Abend sogar wie dafür geschaffen, dich in die entsprechenden Kreise einzuführen. Alle Würdenträger aus Politik und Wirtschaft sind heute hier versammelt. Sowohl die, die wirklich wichtig sind, als auch die, die sich nur selbst dafür halten.“ Dakos nahm einen kräftigen Schluck aus seiner Trinkschale und fuhr fort: „Wir feiern ein außerordentlich lukratives Handelsabkommen, das ich mit dem Skythenfürsten Thymnes gerade heute Morgen abschließen konnte. Ich glaube, ihn hast du sogar vor kurzem kennenlernen dürfen, wenn ich Mike richtig verstanden habe.“ Bei seinen letzten Worten musste sich der Kaufmann ein Lachen regelrecht verkneifen.

„Lektion Nummer eins, mein lieber Lysias. Urteile nie nach dem ersten Augenschein, sondern bewerte einen Geschäftspartner immer danach, ob er verlässlich und ehrlich ist. Auch dann, wenn derselbe Mann dich vor kurzem beinahe über den Haufen geritten hätte. Wobei ich selbstverständlich zugeben muss, dass es Thymnes hier leider ein wenig an guter Erziehung fehlt.“

Die nächsten beiden Stunden verbrachte Lysias damit, den wichtigsten Würdenträgern Pantikapaions seine Aufwartung zu machen. So lernte er Sanon aus dem Geschlecht der Archaianaktiden kennen, der offenbar ganz oben in der städtischen Hierarchie stand und zurzeit die politischen Fäden in der Hand hielt. Dakos hatte ihm in einer kleinen Gesprächspause zugeraunt, dass die Zustimmung Sanons für die geplanten Handelsabkommen mit Athen im Allgemeinen und mit seinem Vater im Besonderen unbedingt vonnöten waren, weshalb sich Lysias ihm gegenüber besonders freundlich, ja beinahe schon unterwürfig zeigte. Er traf mit Sosias, Dalatos und Kleophon zusammen, offenbar alles enge Vertraute des Sanon, und beantwortete höflich und bescheiden all ihre Fragen über das ferne, berühmte Athen und natürlich auch über den Grund seiner Anwesenheit hier in Pantikapaion.

Zu seiner größten Zufriedenheit musste Lysias dabei feststellen, dass er diesmal seine Geschichte offensichtlich sehr überzeugend zum Besten gab. Zumindest konnte er bislang keinerlei Anzeichen dafür erkennen, dass ihm einer seiner zahlreichen Gesprächspartner keinen Glauben schenkte. Im Gegenteil. Man lud ihn zu verschiedenen Gesellschaften ein, versprach ihm jedwede Hilfestellung bei seinem Vorhaben, Land und Leute zu erforschen, und zeigte sich offen gegenüber seinen Zielen, Handelsabkommen mit Athen vorzubereiten. Vielleicht war es ja doch ganz gut gewesen, dass er die Feuertaufe für seine Tarnidentität bereits an Bord der *Argo* über sich ergehen lassen musste, so dass er die seinerzeit gemachten Fehler nun vermeiden und entsprechend schwierige Gesprächsthemen geschickt umgehen konnte.

Während seiner zahlreichen Gespräche mit Gästen, die Dakos für eine erste Kontaktaufnahme auswählte, gelang es Lysias, sich die nähere Umgebung genauer anzuschauen. Das große Fest verteilte sich tatsächlich über die gesamte untere Etage des zweistöckigen Hauses, so dass sich in den einzelnen Räumen – wie immer bei diesen Veranstaltungen – kleine Gruppen bildeten. Dakos selbst hielt sich offenbar am liebsten in dem großen zentralen Gartenhof auf, an dessen Seiten überall extra Klinen aufgestellt waren. Unzählige Diener kümmerten sich hier um das Wohlergehen der Anwesenden, indem sie für einen stetigen Nachschub an Wein und kleinen kulinarischen Köstlichkeiten Sorge trugen. Rund um den Hof herum grenzten verschieden große Räume, in denen ebenfalls Klinen standen und die mit kostbaren Mosaiken und Wandteppichen ausgestattet waren, die fast alle Legenden und Mythen aus grauer Vorzeit zeigten.

Ein stetiges Kommen und Gehen der Gäste verhinderte jeden Versuch, ihre Anzahl auch nur annähernd zu bestimmen. Vermutlich waren es mehr als achtzig Personen, die sich hier auf Kosten des

Hausherrn prächtig amüsierten. Es konnten aber auch viel mehr sein, so dass, wenn überhaupt, nur Dakos selbst wusste, wie viele Gäste wirklich anwesend waren. Lysias fühlte sich an sein Zuhause in Athen erinnert, wenngleich hier alles anscheinend eine Nummer größer und protziger geraten war. Und trotzdem: Auch wenn manch einer der Gäste so merkwürdig gekleidet war wie Dakos selbst, mit all diesen komischen Schmuckplättchen und Gewändern, so konnte er doch die einzigartige Atmosphäre wahrnehmen, die ein griechisches Fest vor allem auszeichnete. Man gehörte dazu, zu einer eingeschworenen Gemeinschaft, die es verstand, abseits des Alltags und abgeschottet von der Außenwelt einen vergnüglichen und feuchtfröhlichen Abend zu verbringen. Natürlich war das hier etwas anderes als das Symposion bei Perikles, wo diese ganze Geschichte ihren Anfang genommen hatte. Doch es ging in die gleiche Richtung. Wer von Dakos zu dieser Festgemeinschaft dazugeholt worden war, der hatte es geschafft, der gehörte zur Elite der pantikapäischen Bürgerschaft. Hier erfuhr man die wirklich wichtigen Neuigkeiten oder auch einfach nur den neuesten Klatsch und Tratsch, je nach Vorliebe und Notwendigkeit.

Lysias nippte an seiner Weinschale und verzog innerlich das Gesicht. Dieser Wein schmeckte, trotz seiner samischen Herkunft, ungewohnt, ja schauderhaft und stieg ihm zudem stark zu Kopf. Dakos hatte ihm gleich bei seiner ersten Schale erklärt, dass man hier auf die *skythische Art* zu trinken pflegte. Was nichts anderes bedeutete, als dass man den Wein unvermischt trank. Oh, großer Dionysos, wie kannst du so etwas nur zulassen? Lysias hatte sich bereits kurz nach seiner Ankunft gewundert, wo im Hause denn eigentlich die großen und prachtvoll verzierten Kratere standen, diese Mischgefäße, in denen der kultivierte Gastgeber seinen Wein mit Wasser verdünnte, bevor er ihn seinen Gästen darreichte. Jetzt wusste er, dass man hier in Pantikapaion, oder zumindest im Hause des Dakos, diesen eigentlich festen Bestandteil des griechischen Trinkgelages offensichtlich überhaupt nicht brauchte. Was für Barbaren!

Mit einer entschuldigenden Geste verabschiedete sich Lysias von seinem aktuellen Gesprächspartner, einem gewissen Konon, der offenbar maßgeblich für die Festsetzung der Hafenzölle zuständig war, und ging in Richtung der hinteren Räume, wo in einem griechischen Haus normalerweise der Andron lag. Sein Bedürfnis an intelligenten Gesprächen, die seiner vollen Aufmerksamkeit bedurften, damit ihm keine Fehler unterliefen, war über Gebühr gestillt. Auch merkte er, wie der schwere Wein allmählich die Kontrolle über seine Zunge übernahm, was erfahrungsgemäß sehr schlecht enden konnte. Hier galt es, sich selbst einen Riegel vorzuschieben, bevor man sich im wahrsten Sinne des Wortes verplapperte. Von nun an wollte er den Rest der Nacht doch lieber damit zubringen, die übrigen Gäste zu beobachten und sich möglichst viele Namen und Gesichter einzuprägen. Auch hoffte er inständig, dass er sich in nicht allzu ferner Zukunft in sein Zimmer im oberen Stockwerk zurückziehen konnte, da er doch allmählich ziemlich müde wurde. Kein Wunder, war es doch insgesamt ein sehr ereignisreicher Tag gewesen.

Auf seiner kleinen Erkundungstour durch das Haus sah Lysias überall mittlerweile sehr ausgelassene Gäste, die mit steigendem Alkoholkonsum einen durchaus bemerkenswerten Geräuschpegel zustandebrachten. Musikanten trugen flöteblasend das ihrige dazu bei. Auch sah er zahlreiche wohlgekleidete und äußerst aparte Frauen, die offenbar wie Mike dem käuflichen Gewerbe nachgingen und den angeheiterten Männern mit ihrer Gesellschaft den Abend versüßten. Mike!, schoss es ihm durch den Kopf. Was für eine schöne Frau, die es zudem verstanden hatte, ihre von den Göttern gewährte Figur mit der geschickten Auswahl ihrer Kleider noch stärker zu betonen! Sofern das überhaupt noch möglich war. Er hatte sie den ganzen Abend nicht mehr gesehen. Wo war sie nur abgeblieben, nachdem sie gemeinsam das Haus betreten hatten? Mike wäre jetzt genau die richtige Person, mit der er sich gerne noch ein wenig unterhalten hätte. Sie hatte ihn davor bewahrt, von diesem Thymnes über den Haufen geritten zu werden, hatte bei ihm den Eindruck hinterlassen, dass sie überaus gebildet war, und ihr Lächeln, ja allein ihr Lächeln ließ sein Herz ein wenig schneller schlagen.

Den kurzen Anflug eines schlechten Gewissens, der ihn bei diesen Gedanken überkam, verdrängte er schnell mit einem Schulterzucken. Seine Verlobte Polyxena war weit weg in Athen, und nur mit einer Hetäre zu reden, ihr zudem wichtige Informationen für seinen Geheimauftrag zu entlocken, das war ja wohl schließlich nicht verboten und konnte auch nicht als unschickliches Verhalten bezeichnet werden.

Das erste Aufeinandertreffen, Pantikapaion, April 439 v. Chr.

Als Lysias den Andron betrat, war er von der dargebotenen Extravaganz dieses Salons, der durch unzählige Leuchter zwar sehr hell, aber doch äußerst angenehm erleuchtet wurde, überwältigt. Hatte er den Andron im Haus des Perikles bereits als prunkvoll bezeichnet, so musste er nun zugeben, dass es durchaus noch eine Steigerung gab. Und was für eine! Zunächst war der Raum so groß, dass mindestens zwanzig Personen bequem darin Platz finden konnten. Das obligatorische Fußbodenmosaik im Zentrum zeigte eine Amazonenschlacht mit einer Detailverliebtheit, wie er sie noch nie gesehen hatte. Er schwor sich, dass er sich diese prachtvolle Darstellung am nächsten Tag auf jeden Fall nochmals anschauen würde, wenn er allein war, und nicht alle naselang jemand achtlos darüber hinwegschritt. Furchtlose Kämpferinnen drangen auf ihre griechischen Gegner ein, und es war für Lysias zumindest unter den gegenwärtigen Bedingungen nicht auf Anhieb erkennbar, wer in dieser gewaltigen Auseinandersetzung eigentlich die Oberhand gewinnen sollte.

An den Wänden hingen große Wandteppiche mit weiteren griechischen Sagenthemen, vereinzelt aber auch mit äußerst seltsamen Tierdarstellungen, die ihm in dieser Form völlig unbekannt waren. Da gab es löwenähnliche Kreaturen, deren Körper in sich verdreht waren und die ein hohes Maß an Abstraktionsfähigkeit des Betrachters voraussetzten. Schlangen, Fische, Fabelwesen und halbmenschliche Ungeheuer waren vereint in einer Szenerie, deren Sinn Lysias vollständig verschlossen blieb. Im Andron selbst standen rund an den Wänden Klinen, auf denen sich die zahlreich anwesenden Gäste räkelten und lautstark miteinander unterhielten. Auf manch einer Kline saßen oder lagen weitere Hetären gemeinsam mit den Männern, die sie mit all ihren Reizen verwöhnten.

Und da erblickte Lysias endlich auch Mike, auf einem der Klinen im Zentrum der hinteren Wand sitzend und sich lachend mit dem neben ihr liegenden Mann unterhaltend. Wieder schlug sein Herz für einen Moment lang schneller, als er sie mit starren Blick betrachtete, und er verspürte merkwürdigerweise zugleich einen leichten Stich, den man durchaus als kleinen Anflug von Eifersucht hätte interpretieren können. Was natürlich vollkommener Unsinn war und nur an dem ungewohnt starken Wein liegen musste.

„Sieh, Spartokos, da ist ja Lysias, der Gastfreund aus dem fernen Athen, von dem ich gerade erzählt habe“, rief Mike auf einmal unvermittelt und mit einem herzlichen Lachen in der Stimme. „Er ist kaum in unserer schönen Stadt angekommen, da wäre er auch schon beinahe unter den Hufen dieser skythischen Barbaren zertrampelt worden. Ein Glück, dass ich ihn noch retten konnte!“

Mit der Geschwindigkeit einer Flutwelle nach einem Seebeben stieg Lysias die Schamesröte ins Gesicht, und er wurde sich der unangenehmen Tatsache bewusst, dass er mit einem Mal im Zentrum der gesamten Aufmerksamkeit stand. Was sollte er denn nur jetzt machen? Völlig unbeholfen griff er zu einer neuen Weinschale, die ihm ein Diener zusammen mit einer kleinen Schale voller Oliven reichte, und dachte angestrengt über eine sinnvolle Erwiderung nach.

„Was kann einem Mann denn Besseres passieren, als von einer Tochter der Göttin Aphrodite selbst gerettet zu werden?“, brachte er mit einem gezwungenen Lächeln hervor. Es war vielleicht nicht die intelligenteste Antwort, die man in so einer Situation hätte geben können, doch sie erfüllte zumindest ihren Zweck. Überall war Gelächter zu hören, man schalt ihn freundschaftlich einen unverbesserlichen Charmeur, klopfte ihm auf die Schulter oder schüttelte weise den Kopf und beschäftigte sich dann wieder mit seinen eigenen Dingen. So schnell der Ausruf Mikes auch die Aufmerksamkeit der Anwesenden auf ihn gelenkt hatte, jemand Neues in der Runde war ja sowieso einen Blick wert, so schnell verflog das allgemeine Interesse an seiner Person wieder.

Nur zwei Personen fokussierten ihn weiterhin sehr eindringlich: die eine leicht ungläubig, die andere demgegenüber feindselig. Mike versuchte in seinem Gesicht zu lesen, ob das, was er da gerade über sie gesagt hatte, dem entsprach, was er wirklich dachte. Lysias bemerkte sogar aus dem Augenwinkel, dass sie ihn plötzlich und mit unverhohlenem Interesse intensiv musterte. Dies beschäftigte ihn so sehr, dass ihm der Blick der anderen Person direkt neben ihr entging, ein Umstand, der sich im weiteren Verlauf des Abends noch als Fehler herausstellen sollte. Spartokos' Augen blitzten wie eine polierte Speerspitze in der Mittagssonne, und trotz aller Zurückhaltung, die der junge Pantikapäer an den Tag zu legen versuchte, entglitten ihm für einen kurzen Moment die Gesichtszüge. Doch niemand bemerkte es.

„So so, aus dem fernen Athen kommst du zu uns hier an den Rand der griechischen Welt! Das ist eine große Ehre, über die wir uns natürlich sehr freuen."

Spartokos nickte nahezu unmerklich seinem Nebenmann zu, der daraufhin sofort und kommentarlos von seiner Kline aufstand und an der rückwärtigen Wand Position bezog.

„Setz dich, athenischer Gastfreund. Hier ist zufällig gerade eine Liege frei geworden. Erzähl uns von deinen Abenteuern auf deiner großen Fahrt! Berichte uns von deiner Heimatstadt, die für uns aus der Provinz das große Vorbild ist."

Lysias traute seinen Ohren nicht: zufällig eine Kline frei geworden, Vorbild für uns Provinzler? Was glaubte dieser Wichtigtuer denn, mit was für einem Trottel er es hier zu tun hatte? Glaubte dieser Spartokos ernsthaft, dass ihm der stumme Befehl an seinen Gefährten, die Kline zu räumen, entgangen war? War dieser Satyr wirklich der Meinung, dass er, Lysias, den beißenden Spott in seinen Worten nicht bemerkt hatte? In punkto Rhetorik musste Spartokos nochmals in die Lehre gehen, da war sich Lysias sicher, und er freute sich diebisch darauf, diesem Spartokos auf einem vermeintlich ungefährlichen Themengebiet ein wenig Paroli bieten zu können. Doch der schwere Wein machte in unvorsichtig, lähmte seine ansonsten schnelle Auffassungsgabe beträchtlich. Wenn er doch nur wüsste, wo er diesen Namen schon einmal gehört hatte. Es wollte ihm einfach nicht mehr einfallen.

Lysias nickte Spartokos dankend zu, ging zu der freien Kline, setzte sich hin und nahm einen großen Schluck Wein, bevor er das Wort an seinen Gesprächspartner richtete: „Ich danke dir herzlich für die Einladung, mein Freund. Da du ja bereits weißt, wer ich bin, gestatte mir doch nun zunächst die Frage, mit wem ich die Ehre habe, das Symposion zu begehen. Ich kenne ja bislang nur deinen Namen, Spartokos, da ihn diese zauberhafte Nymphe in deiner Begleitung vor wenigen Minuten über ihre Lippen hauchte."

Ein weiteres Mal bedachte Mike ihn mit einem durchdringenden Blick, leicht irritiert, leicht amüsiert, doch sie kam zu keiner Erwiderung, da Spartokos sich in diesem Moment ebenfalls aufrichtete und nun seinerseits das Wort ergriff.

„Selbstverständlich verrate ich dir, wer ich bin, Lysias. Verzeih meine Unaufmerksamkeit", sagte er mit messerscharfer Stimme, „Ich heiße tatsächlich Spartokos, ein Name, den du dir unbedingt merken solltest, sofern du tatsächlich an Handelsabkommen mit unserer schönen Stadt interessiert bist."

Spartokos wechselte einen kurzen Blick mit einigen der sie umgebenden Gäste, und Lysias bemerkte, dass mindestens drei der Anwesenden zu seinen engsten Vertrauten gehören mussten, da sie wohlwollend nickten. Die übrigen Personen schienen demgegenüber eher distanziert auf diese vor Selbstüberzeugung nur so strotzende Bemerkung zu reagieren, was Lysias dazu animierte, den Finger genau auf diese vermeintliche Wunde zu legen. Imponiergehabe, übersteigerter Weinkonsum oder was auch immer ihn dazu trieb, das Fest mit einem schönen Wortstreit ausklingen zu lassen – aber wenn ein Gesprächspartner ihm schon so eine Steilvorlage offenbarte, dann musste er seine Chance doch einfach nutzen.

„Gern werde ich mir deinen Namen merken, lieber Spartokos. Doch sag mir bitte, welche Funktion du in der hiesigen Verwaltung ausübst", erwiderte Lysias und bemerkte voller Freude, dass er Spartokos mit dieser Frage offenbar brüskiert hatte. Nun galt es, das gerade erst entfachte Feuer zu schüren, damit es nicht sofort wieder ausging.

„Ich hatte vorhin das große Vergnügen, mit Sanon zu sprechen, der mir seinerseits deutlich zu verstehen gab, dass er der erste Ansprechpartner für ein derartiges Anliegen sei. Gehörst du etwa zu seinen engeren Mitarbeitern?" Entspannt lehnte sich Lysias auf seiner Kline zurück und lächelte Spartokos und Mike gleichermaßen an.

Diese Provokation war eine maßgeschneiderte Kriegserklärung in dem nun beginnenden Wortgefecht, und Lysias sah zufrieden dabei zu, wie sein Gegenüber sich zum Wettkampf rüstete, indem er sich nun kerzengrade aufsetzte und ihn mit den Augen durchbohrte. Auch die übrigen Anwesenden im Andron spürten förmlich, dass sich zum Ende dieses grandiosen Festes offenbar noch ein kleiner Höhepunkt anbahnen sollte. Sie senkten ihre Stimmen und versuchten, einerseits die eigene Konversation höflich weiterzuführen, und andererseits bloß nichts von dem Gespräch zwischen Lysias und Spartokos zu verpassen. Da aber alle Anwesenden so reagierten, gelang ihnen dieses schwierige Kunststück ausgesprochen gut.

Der Disput, Pantikapaion, April 439 v. Chr.

„Ich bin kein Mitarbeiter von Sanon, dieses Emporkömmlings aus dem Geschlecht der Archaianaktiden“, sagte Spartokos ein wenig zu gelassen für Lysias' Geschmack, wobei er sich aber zugleich hektisch umsah, ob sich der Besagte möglicherweise gerade ebenfalls im Andron aufhielt.

„Seine sogenannte Macht basiert auf einem Ereignis, das sich vor Jahrzehnten zugetragen hat und über das es zudem die unterschiedlichsten Erzählungen gibt.“ Er sah Lysias direkt in die Augen: „Das wäre in etwa so, als ob eurer Perikles nur deshalb das Sagen in Athen hätte, weil er der Sohn oder meinetwegen auch der Enkel eines der siegreichen Befehlshaber während der Perserkriege ist.“

Lysias verschluckte sich fast an seinem Wein, mit dem er sich im Laufe des Abends mangels Alternativen immer stärker angefreundet hatte. Bei allen Göttern, woher wusste dieser Spartokos denn etwas über die Geschichte und die aktuelle Politik seiner Heimatstadt? Mit einem Mal wurde ihm klar, dass Spartokos zwar alles andere als ein guter Redner war, doch dumm schien er nicht zu sein, trotz des ersten Eindrucks, den er von ihm hatte. Er musste hier offenbar doch ein wenig mehr Vorsicht walten lassen, wenn er seinen erhofften Spaß bei diesem Disput haben wollte.

In seinen Gedanken ging er nochmals in Sekundenschnelle den bisherigen Wortwechsel durch und stellte lakonisch fest, dass er bislang eigentlich noch keine brauchbaren Informationen von seinem Gegenüber in Erfahrung gebracht hatte. Spartokos selbst hatte außer seinem Namen, den Lysias ja bereits vorher schon kannte, eigentlich nur gesagt, was er *nicht* ist. Sicher, mittlerweile war ihm wieder eingefallen, wen er da vor sich hatte, zumindest in der Theorie. Spätestens als Spartokos den Namen Perikles erwähnte, hatte er endgültig Gewissheit erlangt. Doch hatte er seine Informationen eben gerade nicht hier vor Ort erhalten, sondern zehrte von seinen Erinnerungen aus einer anderen Welt. Wie war das noch gewesen? Was hatte man ihm während seines Aufenthaltes in Perikles' Haus einem stetigen Wasserfall gleich unentwegt eingebläut? Sei auf der Hut, hatte man ihm gesagt. Obwohl das Geschlecht der Archaianaktiden einigermaßen stabil die aktuellen Tagesgeschäfte bestimmte, gärte es den Gerüchten nach unter der Oberfläche gewaltig. Ein gewisser Spartokos agitiere sehr geschickt im Hintergrund und warte nur auf eine Gelegenheit, selbst an die Macht zu gelangen. Man munkelte, dass er sogar zu einem gewaltsamen Umsturz bereit sei, sobald seine Anhängerschar groß genug wäre. Finde so viel wie möglich über ihn heraus, hieß es. Bringe in Erfahrung, ob er Athen freundschaftlich oder eher feindlich gegenübersteht. Aber mische dich im Namen der Götter nicht in die inneren Angelegenheiten der Stadt ein! Bereite im Hintergrund alles vor, aber überlass die aktive Rolle uns!

Wie es schien, war dies der Moment, wo er mit eben jenem Auftrag beginnen konnte. Die Moiren selbst, die Schicksalsgöttinnen, denen niemand entkam, hatten es offenbar für sinnvoll erachtet, dass er gleich am ersten Abend in Pantikapaion mit Spartokos zusammentreffen sollte. Eine Chance, die man nutzen sollte, ohne allerdings dabei heute Nacht auf seinen Spaß verzichten zu müssen.

„Wenn du kein Mitglied der derzeitigen Regierung in dieser Stadt bist, lieber Spartokos, wer bitte bist du dann und in welchen wirtschaftlichen oder organisatorischen Belangen darf ich dich zukünftig bemühen?“ Erneut zeigte Lysias ein beinahe schon unschuldiges Lächeln, als er sich wieder direkt an Spartokos wandte.

„Ich stamme aus einem alteingesessenen, angesehenen Geschlecht, dessen Wurzeln im ruhmreichen Thrakien liegen, dort, wo König Sitalkes aus dem mächtigen Odrysengeschlecht seit kurzem alle Fäden in der Hand hält. Er und seine Vorgänger haben dort tatsächlich das geschafft, wovor andere Weichlinge hierzulande zurückschrecken.“

Mit stolzgeschwellter Brust saß Spartokos auf seiner Kline und ignorierte für einen kurzen Moment sein gesamtes Umfeld, während sein Blick ins Leere zu gehen schien. Lysias verstand sofort. Diesen Blick kannte er zur Genüge, hatte ihn schon häufig bei seinen Vorgesetzten in Athen gesehen, die unverhohlen von einer Glanzkarriere als oberstem Befehlshaber Griechenlands schwärmten. Hier in Dakos' Haus saß ihm nun ein Mann gegenüber, der noch größere Ambitionen verfolgte, indem er offenbar von einem mächtigen Reich träumte – unter seiner Führung, versteht sich.

„Ich bin einer der führenden Händler dieser Stadt, Lysias. Da meine Familie aber auch sonst sehr reich ist, kann ich es mir zudem leisten, mich sehr ausgiebig um das Wohlergehen unserer Stadt zu kümmern und mich dabei ganz den Errungenschaften unserer eigenen Kultur zu widmen."

In den nächsten Minuten hielt Spartokos einen Monolog und ließ sich dabei von niemandem unterbrechen. Er sprach vom Entwicklungspotential der Stadt, den vertanen Chancen, gegenüber den umliegenden Barbaren und vor allem den Skythen selbstbewusster aufzutreten, redete von Kampfbündnissen und vereinigten Machtstrukturen aller griechischer Städte am Bosporos und entwickelte die Vision eines Territorialreiches, das schon bald Wirklichkeit werden könne. Während Spartokos auf nervtötende Weise immer weiter von einer besseren Zukunft schwadronierte, beobachtete Lysias die übrigen Anwesenden im Andron. Die meisten von ihnen schienen diesen nicht enden wollenden Vortrag schon mehr als einmal gehört zu haben. Sie wendeten sich wieder ihren Gesprächen zu, ohne Spartokos noch weiter ernsthaft zu beachten.

Doch da waren auch andere Gäste, die ganz offensichtlich mit ihm gleicher Meinung waren und seinen Ausführungen ein wenig verstohlen, aber dafür umso aufmerksamer lauschten. Und dabei handelte es sich nicht nur um seine engeren Parteigänger! Spartokos' Saat schien also zumindest teilweise auf fruchtbaren Boden gefallen zu sein, schien langsam, aber stetig aufzugehen, so viel war sicher. Allein die Tatsache, dass niemand den Raum verließ oder Spartokos erfolgreich das Wort abschnitt, war ein deutliches Anzeichen für eine breiter werdende Akzeptanz seiner Ideen.

Lysias sah zu Mike hinüber, die sich ein wenig von Spartokos abgewandt hatte, aber offenbar dennoch seine Ausführungen sehr aufmerksam verfolgte. Und urplötzlich verstand er, erkannte, was ihm da die ganze Zeit im Kopf herumspukte, ohne einen konkreten Gedanken zu formen. Nun wusste er endlich, was ihn an der Atmosphäre im Hafenviertel gestört hatte und warum ihm das erste Gespräch mit Mike nach dem Beinaheunfall auf dem Marktplatz so seltsam vorgekommen war. Was hatte sie noch gesagt? Die Skythen seien letztlich bloß Barbaren mit merkwürdigen Gesetzen und Moralvorstellungen? Das klang vom Wortlaut her wie ein kleiner Auszug aus all dem Unfug, den er sich hier gerade anhören musste. Mike war eine Anhängerin des Spartokos! Nicht nur seine Gespielin für angenehme Stunden, sondern tatsächlich eine Befürworterin seiner Ansichten! Und dann diese seltsam angespannte Atmosphäre im Hafen mit all dem Stimmengewirr aus den Lokalen. Die politische Situation in Pantikapaion war offensichtlich wesentlich prekärer, als Lysias nach all den Gesprächen heute Abend zunächst vermutet hatte. Alle Würdenträger, sein Gastgeber Dakos mit eingeschlossen, hatten ihm eine heile, nahezu perfekte Welt vorgegaukelt. Doch diese heile Welt erhielt in diesem Moment tiefe Risse, und das trotz all des Weines, den er heute zu sich genommen hatte.

Der von Perikles und seinen Mitverschwörern befürchtete Umsturz stand zwar offensichtlich noch nicht unmittelbar bevor, und ob er gewaltsam vonstattengehen würde oder nicht, das konnte man auch noch nicht sagen. Doch Veränderung lag in der Luft wie ein Geruch, der selbst den wohlriechenden Duft des Weines überlagerte. Jemand, der ihn tagtäglich einatmete, nahm ihn vielleicht gar nicht mehr wirklich wahr. Doch er selbst war erst wenige Stunden in Pantikapaion. Für ihn war alles noch neu und sehr lebendig, vielleicht sogar lebendiger, als ihm lieb sein konnte.

In diesem Moment schoss ihm ein weiterer Gedanke durch den Kopf, der ihn frohlocken ließ und zugleich ungemein amüsierte. Hier wurde ihm der Schlüssel zur Eröffnung seiner Mission ja förmlich auf einem silbernen Tablett serviert. Wenn es ihm *jetzt* gelang, über die zwar interessanten, aber belanglosen Gespräche an diesem Abend hinaus das Wohlwollen und die Aufmerksamkeit der derzeitigen Führungsschicht auf sich zu ziehen, dann wäre er seinem eigentlichen Ziel einen enormen Schritt näher gekommen. Besser noch: Sanon und das Geschlecht der Archaianaktiden waren offensichtlich angeschlagen, standen aber zumindest momentan noch halbwegs fest am Ruder. Wenn man ihnen nun die Vorzüge besonderer Handelsabkommen mit Athen schmackhaft machen könnte, dann schlug man möglicherweise zwei Fliegen mit einer Klappe. Wenn man Sanon und seine Gefolgsleute in ihrer weiteren Handlungsfähigkeit stärkte, indem man ihnen die ideelle und materielle Unterstützung Athens in Aussicht stellte, bekam man sicherlich einen verlässlichen und sehr entgegenkommenden Handelspartner. Vielleicht gelang es Lysias ja sogar, den Weg für einen Beitritt der Stadt zum Seebund vorzubereiten.

Für einen Moment entstand vor seinem geistigen Auge eine strahlende Zukunft: Perikles trifft in Pantikapaion ein, wird stürmisch empfangen und erhält nicht nur die gewünschten Konditionen für den Getreidehandel, sondern auch die Bitte um einen Seebundbeitritt. Und wem wäre dieser riesige, dieser unglaubliche Erfolg zu verdanken? Ihm, Lysias, dem hochdekorierten Offizier des attischen Heeres, der sich zukünftig überhaupt keine Sorgen mehr über seinen weiteren beruflichen und gesellschaftlichen Weg machen müsste. Was für eine wunderbare Vorstellung!

Lysias kehrte mit seinen Gedanken zurück in die Gegenwart. Man hatte ihm aufgetragen, sich nicht aktiv einzumischen. Alles klar. Doch so eine geniale Möglichkeit konnte man bei aller umsichtigen Planung ja auch nicht vorhersehen. Hier war jetzt spontanes Handeln gefragt, um diesen Vorteil für sich zu nutzen. Auch schloss diese Weisung aus Athen ja wohl kaum ein, diesem Möchtegern-Herrscher mit seinen Großmachtphantasien zumindest eine kleine verbale Lektion zu erteilen, völlig losgelöst von jeder Politik. Immerhin war dies eine ausgelassene, seit Stunden andauernde Feier mit viel Alkoholkonsum, da konnte man einem so etwas doch nicht übelnehmen.

Lysias nahm einen weiteren, kräftigeren Schluck aus seiner Trinkschale. „Halt ein, Spartokos, halt ein!“, rief er laut in den Raum, womit er erneut die allgemeine Aufmerksamkeit auf sich zog. „Glaubst du nicht auch, dass du genug über Politik gesprochen hast? Mike sitzt seit über einer Stunde direkt neben dir, und du hast sie nicht einmal angesehen. Wäre ich an deiner Stelle, ich hätte ihr sanft über die Schenkel gestreichelt, hätte ihren Busen liebkost und mich anschließend unter irgendeinem albernen Vorwand aus dem Zimmer geschlichen, nur um mit ihr das Nachtlager zu teilen!“

Er stand auf und sah, wie Spartokos unvermittelt verstummte, während im die Zornesröte ins Gesicht stieg. So hatte man ihn offenbar bislang noch nicht bei seinen Reden unterbrochen, was hier und da im Andron auch ein leises, verstohlenes Lachen hervorbrachte. Gut so!

„Was muss dieses göttergleiche Geschöpf denn nur von dir denken? Dass dir deine Machtphantasien, die, wie du zugeben musst, doch sehr unrealistisch klingen, wichtiger sind als eine Nacht in ihren Armen?“

Lysias ging weiter in die Raummitte und stand nun direkt auf dem Amazonenmosaik. Als er wie beiläufig versuchte, mit einem Blick nach unten weitere Details zu erkennen, merkte er zu seinem Leidwesen, dass er mindestens eine Schale Wein zu viel getrunken hatte. Ha, zechen auf skythische Art, was für ein Unsinn!

Lysias richtete erneut den Blick auf seinen Kontrahenten, sah aber gerade noch im Augenwinkel, dass Sanon direkt in der Türöffnung stand. Wie lange er schon da war, wusste Lysias nicht. Das war aber auch nicht wichtig, Hauptsache, er war überhaupt da. Perfekt!, dachte er. Besser konnte es hier ja gar nicht laufen.

„Ich bin ein Kaufmann aus Athen, Spartokos, und gerade erst in eurer schönen und berühmten Stadt angekommen. Ich kenne daher eure Gepflogenheiten nicht, vor allem was die politische Streitkultur betrifft." Lysias setzte sein breitestes Lächeln auf und fuhr fort: „Sei mir daher nicht böse, Spartokos, wenn ich mich nicht weiter für deine Zukunftsphantasien interessiere. Ich bin nach Pantikapaion gekommen, um für meinen Vater die realen Möglichkeiten von Handelsabkommen auszuloten. Handelsabkommen, von denen nebenbei bemerkt beide Seiten immens profitieren könnten."

Bei diesen Worten ging das von Lysias erhoffte Raunen durch den Andron, und er holte zum verbalen Todesstoß aus. „Und da wir in Athen immer sagen, das nur dem Tüchtigen das Glück hold ist, werde ich mich deshalb an den hart arbeitenden Sanon aus dem Geschlecht der Archaianaktiden halten, den rechtmäßigen Machthaber in dieser Stadt. Doch wie versprochen werde ich mich natürlich auch an deinen Namen erinnern, Spartokos, und zwar immer dann, wenn mir die zarte und liebreizende Mike in den Sinn kommt."

Bei diesen letzten Worten war Spartokos aufgesprungen und sah Lysias nun voller Hass an, was dieser jedoch gar nicht mehr bemerkte, da er sich am Gelächter der Umstehenden labte.

„Wenn du mit dem Kapitän eines untergehenden Schiffes Geschäfte machen möchtest, so lass dich nicht aufhalten. Doch solltest du mir irgendwie in die Quere kommen, sei es auf politischer Ebene oder auch im privaten Bereich", Spartokos sah Mike eindringlich an, „so bete zu den Göttern, dass wir uns niemals wieder persönlich treffen."

Mit einem kurzen Kopfnicken zu seinen Gefährten hin verließ er das Andron, ohne eine Antwort abzuwarten. Lysias rief ihm zwar noch gut gelaunt hinterher, er sei ein schlechter Verlierer in diesem kleinen Wortgefecht und er möge doch wenigstens einen weiteren Wein mit ihm trinken. Doch Spartokos reagierte nicht mehr auf diese Einladung und ging, ohne sich von Dakos als Gastgeber offiziell zu verabschieden, aus dem Haus.

Das Ende eines schicksalhaften Abends, Pantikapaion, April 439 v. Chr.

„Gratuliere, mein athenischer Freund“, sagte Mike sarkastisch. Während man sich überall im Andron wieder in die eigenen Gespräche vertiefte, jetzt, da dieses kurzweilige und äußerst amüsante Wortgefecht leider zu Ende war, näherte sich Mike dem Athener, der mit einem Mal ziemlich einsam im Zentrum des Raumes stand. Nur hier und da gab es einige verstohlende Blicke in seine Richtung, manche wohlwollend und zustimmend, manche aber auch sehr feindselig. Lysias selbst nahm dies aber nicht wahr, sondern widmete seine ganze Aufmerksamkeit der schönen Hetäre, die nun direkt vor ihm stand.

„Du hast es tatsächlich in nur einer Stunde geschafft, dir einen der wohl einflussreichsten Männer dieser Stadt zum Feind zu machen.“ Mike sah ihn bedachtsam an. „Spartokos mag kein brillanter Redner wie du sein, doch er ist gebildet, schlau und äußerst erfahren auf dem politischen Parkett. War es den wirklich nötig, ihn heute Abend auf diese Weise vorzuführen? Gehört so etwas in deiner Heimatstadt Athen vielleicht zum guten Ton, dass ein auswärtiger Gast, der gerade erst angekommen ist, einen städtischen Würdenträger derart brüskiert? Und das, obwohl er ihn noch nicht einmal kennt?“

Irritiert durch diese Worte blickte Lysias seiner Gesprächspartnerin direkt in die Augen. Und so entging es ihm nicht, dass Mike trotz des scharfen Tons in ihrer Stimme ein gewisses Interesse an seiner Person nicht verbergen konnte. In ihren Augen leuchtete ein merkwürdiges Feuer, das seine Sehnsucht nach einer innigen Umarmung, ja nach einer stürmischen Liebesnacht anfachte und auf eine magische Art genau das Gegenteil von dem zu sagen schien, was seine Ohren zu hören bekamen.

Dennoch machten ihm Mikes Worte bewusst, dass er den Bogen wohl doch ein wenig überspannt hatte. Aus dem ursprünglich honigsüßen Gefühl des Sieges in diesem Wortgefecht war die dumpfe Ahnung einer sich nachträglich anbahnenden Niederlage geworden. Sei es auch nur, weil er auf diese Weise Mike ganz offensichtlich verärgert hatte. Und was plötzlich noch schlimmer an ihm nagte: Wie mochte wohl der Hausherr auf sein kleines Theaterspiel reagieren? Lysias schaute zum Eingang hinüber, dorthin, wo er zuletzt seinen Gastgeber Dakos hatte stehen sehen. War er wütend oder gar enttäuscht?

Doch Dakos hatte das Zimmer bereits kurz nach Spartokos verlassen. Er hatte ebenfalls mit großem Spaß den Disput verfolgt und war über Lysias' Worte durchaus erfreut. Doch äußerlich verzog der gewiefte Geschäftsmann selbstverständlich keine Miene, weshalb es für die Umstehenden nicht auszumachen war, was er selbst von der ganzen Sache hielt.

Die Feier schien sich dem Ende zuzuneigen, doch sie würde mit Sicherheit über Monate hinweg das Stadtgespräch in den gehobenen Kreisen bilden. Und das, so war sich Lysias sicher, nicht zuletzt wegen ihm selbst und seinem Wortgefecht mit Spartokos.

Immer noch leicht ungehalten, aber eingedenk dessen, wozu sie eigentlich an diesem Abend eingeladen worden war, ließ sich Mike von Lysias überreden, im Garten etwas Luft zu schnappen. Sie setzten sich auf eine der Klinen. Ein kleinwüchsiger, lustloser Diener mit kurzem krausen Haar, der unverhohlen und sogar etwas anklagend vor sich hin gähnte, brachte zwei weitere Schalen Wein, und so begannen sie eine Unterhaltung, die ein wenig angespannt und steif verlief. Lysias versuchte, sich für den gerade stattgefundenen Disput wortgewandt zu rechtfertigen. Er versprach sogar, wenngleich auch etwas halbherzig, da er eigentlich gar nicht so genau wusste warum, sich gleich am nächsten Tag bei Spartokos persönlich zu entschuldigen. Für Mike war dieses etwas lieblose Versprechen jedoch offensichtlich ausreichend. Mit einem Mal war sie wieder die geschickte Gesellschafterin, unbeschwert und fröhlich, und redete mit Lysias über die verschiedensten Themen, wohlweislich ohne politische Dinge auch nur anzudeuten.

Mike geizte nicht mit ihren weiblichen Reizen, sondern schmiegte sich im Laufe der Unterhaltung enger an Lysias, fing an, ihm zärtliche Dinge ins Ohr zu flüstern, und führte seine linke Hand zart streichelnd über ihre eigenen Arme. Der Wein und ihr naher Duft taten das ihrige, und er widerstand der süßen Verlockung zu seiner Linken nicht mehr lange.

Sie übernahm jetzt die Kontrolle über den weiteren Verlauf der Nacht, indem sie ihn mit schelmischen Augen fixierte und ihm mit ihrer dunklen Stimme zuraunte, die jedes Eis zum Schmelzen gebracht hätte: „Indem du Spartokos so verärgert hast, mein lieber Lysias, bist du nicht nur um einen Feind reicher. Nein, du hast mir damit auch die Aussicht auf ein gemütliches und luxuriöses Nachtlager versperrt.“ Sie führte seine Hand an ihre Brust, was er mit großer Erregung geschehen ließ. „Was gedenkst du denn dagegen zu unternehmen, mein starker, mein schöner athenischer Freund?“

In Lysias’ weinschwerem Kopf schwirrten die Gedanken wie die Arbeiterinnen in einem großen Bienenstock. Da war seine Verlobte, sein Auftrag, sein Gastfreund, die Gewissheit, dass Mike eine Hetäre und letztlich eine Anhängerin des Spartokos war, zudem dessen Drohung, dass er seiner Geliebten nicht zu nahe kommen solle. Und doch, da war diese begehrenswerte Frau, dieses Spiegelbild der Aphrodite, die ihm soeben unverhohlen angeboten hatte, die Nacht mit ihm zu verbringen, so kurz sie auch nur noch sein mochte. Ob sie ihm tatsächlich vergeben hatte oder ob sie nur ihre Verführungskräfte auf die Probe stellen wollte, wusste Lysias nicht zu entscheiden – es war ihm auch egal! Diese Frau war schön, Hetäre und zu nichts anderem auf diesem Fest! Er wollte mit ihr schlafen, jetzt! Morgen, so dachte er, ist immer noch Zeit genug für Gewissensbisse.

Er nahm Mikes Hand, stand wortlos auf und führte sie in den ersten Stock in das Zimmer, das ihm bei seiner Ankunft von einem Diener zugewiesen worden war.

Kaum hatten sie die Tür hinter sich geschlossen, da umarmten sie sich stürmisch, zogen sich noch im Stehen gegenseitig die Kleider aus und sanken langsam zu Boden. Von der kleinen Tonlampe auf dem reich verzierten Holztisch im hinteren Bereich des Zimmers, dessen Einrichtung die beiden Liebenden nicht wahrnahmen, fiel dabei ein schwaches Licht über Mikes Körper, und das Schattenspiel auf ihren Formen brachte Lysias beinahe um den Verstand. Selbst bis zum Äußersten erregt, streichelte er Mikes Kopf, küsste leidenschaftlich ihre Brustwarzen und drang zärtlich in sie ein. Für Lysias war es die Erfüllung all seiner Wünsche und Träume, war es das höchste Glück auf Erden, welches er, vom Wein stark benebelt, gar nicht richtig fassen konnte. So fühlen sich wohl die Götter, schoss es ihm für einen kurzen Augenblick durch den Kopf, als er erschöpft und überglücklich in Mikes Armen lag.

Die ersten Sonnenstrahlen fielen bereits durchs Fenster und erhellten das Zimmer ein wenig stärker, als es die kleine Öllampe bislang vermocht hatte. Erst jetzt realisierten sie, dass sie es gar nicht mehr bis in das gemütlich anmutende Bett geschafft hatten, sondern tatsächlich direkt davor auf dem harten Fußboden lagen. Sie fingen wie aufs Stichwort beide gleichzeitig wie kleine Kinder an zu kichern, schalten sich gegenseitig einen Lüstling, der es nicht erwarten konnte, und schlüpften schließlich unter die weiche, aus feinsten Tierfellen hergestellte Bettdecke.

Erneut überkam sie die Lust, und erneut vergaß Lysias alles um sich herum. Nachdem sie sich noch einmal heißblütig geliebt hatten, fielen sie schließlich eng umschlungen in einen tiefen Schlaf bis zum späten Mittag.

Böses Erwachen, Pantikapaion, April 439 v. Chr.

Sein Kopf schmerzte, so als wäre er bei einem seiner Reitmanöver in vollem Galopp gegen einen zu tief hängenden Ast geprallt. Selten in seinem Leben war ihm beim Aufwachen so schlecht gewesen wie an diesem Nachmittag in Dakos' Haus.

Und er hatte wieder geträumt. Seit frühester Kindheit kam der Traum immer wieder, immer wenn etwas in seinem Leben wichtig und bedeutend war. Er kannte „seinen" Traum, wie er ihn nannte – er machte ihm nicht richtig Angst, nur dass er immer wiederkehrte, war seltsam. Wie ein alter Freund, so bekannt. Ein Adler. Rote Wellen in Blau. War das der athenische Himmel im Sommer? Nein, die Luft war anders, dicker. Eine Stimme am Rande des Bewusstseins.

Lysias dreht sich vorsichtig auf den Rücken.

Was war das für eine Nacht! Er versuchte probeweise ein Auge zu öffnen, doch es blieb zunächst bei einem ersten Vorhaben. Erst nach und nach gelang es ihm, Pulsschlag für Pulsschlag, sein linkes Auge zu öffnen und seine Umgebung wahrzunehmen. Da war das große Fenster, durch das die Sonne so gnadenlos auf sein Gesicht schien. Auch sah er wunderschöne Teppiche an den Wänden, erkannte zudem die reich verzierte Kommode wieder, auf der die kleine Tonlampe stand. Bei ihrem Anblick kam ihm blitzlichtartig die wunderschöne Silhouette von Mike in den Sinn, die in der vergangenen Nacht im schwachen Lichtschein dieser Lampe seine Lust ins Unermessliche gesteigert hatte. Apropos Mike, wo war sie? Er setzte sich mühsam auf, in freudiger Erwartung, ihren schönen Körper zu erblicken. Doch sie war nicht da. Hatte er diese Nacht etwa nur geträumt? Einen Moment lang gefror ihm das Blut in den Adern, bis er ihr kostbares Haarband sah, welches neben ihm auf dem Kopfkissen lag. Es war also doch kein Traum und tatsächlich geschehen!

Lysias stand ganz langsam auf, darauf bedacht, keine schnelle Bewegung zu machen, die seinen angegriffenen Kreislauf zu sehr herausgefordert hätte. Nach anfänglichem Schwanken, das dem eines Schiffes im Sturm durchaus vergleichbar war, zog er seinen Chiton an und gürtete sich mit dem Ledergürtel, den er schon bei seiner Ankunft in Pantikapaion getragen hatte. Seine Kleidung hatte den gestrigen Abend ebenfalls nicht ganz unbeschadet überstanden und sonderte einen derart unangenehmen Weingeruch ab, dass Lysias sie sich am liebsten sofort wieder vom Leib gerissen hätte. Doch trotz der nagenden Kopfschmerzen konnte er sich irgendwie dunkel daran erinnern, dass seine gesamten Sachen noch als Faustpfand im Bug der *Argo* verstaut waren und erst noch darauf warteten, von ihm ausgelöst zu werden. Verfluchter Melas! Poseidon persönlich soll ihn mit seinem Dreizack treffen, allerdings erst wenn er sein Reisegepäck zurückbekommen hatte.

Nachdem er sich mit frischem Wasser aus einer großen, mit merkwürdig stilisierten Tierkörpern verzierten Metallschüssel das Gesicht gewaschen hatte, blickte er sich nochmals um. Mike war wirklich hier gewesen, und ihr hatte er mit Sicherheit auch das frische Wasser zu verdanken. Doch wo war sie jetzt? Und vor allem: Wie spät war es jetzt eigentlich? Der Sonnenstand ließ ihn ahnen, dass es mindestens schon früher Nachmittag sein musste. Aber hatte er nun für wenige Stunden einen nahezu komatösen Schlaf genossen, oder war es etwa schon der Folgetag? Er schwor sich feierlich beim Namen der Göttin Athena, nie wieder in seinem Leben auf skythische Art zu zechen. Möge ihn der Zorn der Rachegöttin Nemesis mit voller Härte treffen, sollte er diesen Schwur auch nur ansatzweise brechen!, dachte er missmutig. Die Menschen hier am Bosporos wurden von den Athenern ziemlich abfällig Barbaren genannt. Und hier und jetzt stimmte Lysias uneingeschränkt zu, obwohl er sich sonst eigentlich rühmte, keine wirklichen Vorurteile zu haben. Wie konnte man nur dieses schwere Gesöff ohne Wasser vermischt trinken? Und wie hatte er sich nur verleiten lassen, diesen Unsinn auch noch mitzumachen?

Er verließ sein Zimmer, trat auf den Flur hinaus und blickte über das Holzgeländer hinunter in den Innenhof. Hier erinnerte nichts mehr an das bunte Treiben der vergangenen Nacht. Die Klinen waren entfernt und durch verschiedene Zierpflanzen in großen Tonkübeln ersetzt worden. Am Beckenrand des kleinen zentralen Bassins saß Mike in ihrem roten Kleid, die sich lachend mit dem Hausherrn unterhielt und mit den Beinen im Wasser baumelte, was Lysias in seinem momentanen Zustand allein schon beim Zusehen als äußerst erfrischend empfand. Dass die Hetäre ebenfalls noch ihre Kleidung vom gestrigen Abend anhatte, bestätigte seine Vermutung, dass ihr Übernachten hier in diesem Haus tatsächlich eine spontane Idee gewesen war. Der Gastgeber selbst saß auf einem Klappstuhl in ihrer Nähe und hatte seine Festkleidung gegen einen bequemen, einfachen Chiton eingetauscht, der zwar vollkommen unverziert war, doch allein durch seine Stoffqualität und Verarbeitung eine vornehme, vor allem aber teure Eleganz ausstrahlte. Auch Dakos war offensichtlich gut gelaunt und setzte gerade zu einer Erwiderung an, als er Lysias im ersten Stock erblickte.

„Sieh, Mike, wen wir da haben!", rief er lachend aus und wies mit dem ausgestreckten Arm in seine Richtung. „Unser athenischer Gastfreund ist von den Toten auferstanden und beehrt uns mit seiner Anwesenheit! Komm zu uns herunter, Lysias. Ich lasse dir gleich ein verspätetes Frühstück bringen. Oder besser gesagt, ein verfrühtes Abendessen." Erneut brach er in schallendes Gelächter aus. „Ich bin beeindruckt, Lysias. Selten hat ein gerade erst eingetroffener Gastfreund einen so nachhaltigen Eindruck bei der hiesigen Oberschicht hinterlassen wie du. Freund der Archaianaktiden, Feind der Spartokiden! Ich glaube, so könnte man das gestern Geschehene auf eine Formel reduzieren. Gratuliere!"

Und auch Mike setzte nach: „Nun, mein ausländischer Liebhaber! War die gestrige Nacht so anstrengend für dich, oder warum bist du erst so spät aufgestanden? Sollte ich dich etwa überfordert haben? Auch wenn ich zugeben muss, dass diese kurze Nacht sehr unterhaltsam war!"

Bei diesen Worten stieg Lysias mit der Geschwindigkeit eines Wasserfalls die Schamesröte ins Gesicht, und für einen kurzen, schrecklichen Augenblick dachte er an seine Verlobte Polyxena im fernen Athen.

„Nun komm schon, du Tropf!", rief Dakos.

Sobald ich wieder einen klaren Kopf habe, schalt sich Lysias selbst, werde ich über das, was geschehen ist, nachdenken. Zurzeit bin ich noch mehr als genug damit beschäftigt, mich nicht an Ort und Stelle zu übergeben. Und was war das mit Freund der Archaianaktiden, Feind der Spartokiden? Was in Zeus' Namen hatte Dakos denn damit gemeint?

Der Auftrag beginnt, Pantikapaion, April 439 v. Chr.

Als Lysias nur wenige Augenblicke später den Innenhof erreichte, war bereits wie von Geisterhand ein Stuhl für ihn aufgestellt worden, auf den er sich erleichtert und leise seufzend niederließ. Auch nahm er dankbar zur Kenntnis, dass man ihm weder Wein noch etwas zu essen anbot, sondern ungefragt einen Becher mit kühlem und äußerst wohlschmeckendem Wasser reichte. Offenbar war sein äußeres Erscheinungsbild aussagekräftig genug, so dass Lysias eine weitere peinliche Situation erspart blieb.

„Ich danke dir für die ausgezeichnete Unterbringung in deinem Haus, lieber Dakos. Und ich hoffe sehr, dass ich dich und auch meinen Vater im fernen Athen gestern Nacht nicht zu sehr brüskiert habe."

Nach einer bedeutungsschwangeren Pause fügte er noch hinzu: „Ich hätte den Wein gestern nicht trinken sollen. Aber wie heißt es so schön? Nachher ist man immer schlauer."

„Wie ich schon sagte. Dein gestriger Auftritt war so ziemlich das Ungewöhnlichste, was mir bei allen Festlichkeiten jemals untergekommen ist. Doch ich muss gestehen, dass deine Worte wohl gesprochen waren und mir das, was du gesagt hast, sehr imponiert und manches natürlich auch sehr geschmeichelt hat."

Aus den Augenwinkeln bemerkte Lysias, dass Mike bei diesen Worten alles andere als glücklich war und sie ihren Gastgeber plötzlich feindselig ansah. Mit einem Mal war die heitere Stimmung wie weggewischt, und auch Dakos fuhr plötzlich sehr ernst fort: „Du scheinst mir das Herz am rechten Fleck zu tragen. Und ich muss gestehen, dass du offenbar eine äußerst schnelle Auffassungsgabe zu haben scheinst. Ansonsten wärest du gestern nicht so elegant und so sicher über unser hiesiges politisches Parkett geglitten. Du bist wirklich zum ersten Mal in Pantikapaion?" Dakos sah Lysias durchdringend an, der sich plötzlich äußerst unbehaglich fühlte. War seine Tarnung etwa wieder aufgeflogen, so wie schon während seiner Fahrt auf der *Argo*?

„Dein Vater hatte in seinem Brief darum gebeten, dass ich mich um dich kümmere und dich in die entsprechenden Kreise der hiesigen gehobenen Gesellschaft einführe. Um Letzteres brauche ich mich nun wirklich nicht mehr zu sorgen, das ist dir gestern Abend bereits im Handstreich gelungen."

Mit einer beiläufigen Geste deutete er in Richtung Andron. „Deine Rede von gestern Abend, Lysias", fuhr er fort, „hat dir Tür und Tor bei all meinen Freunden geöffnet und – was noch viel wichtiger ist – vor allem auch bei den Vertretern des Archaianaktiden-Clans. Obwohl diese gestern Abend bei dem eigentlichen Disput nicht mehr anwesend waren, kannst du davon ausgehen, dass sie spätestens heute Morgen in aller Ausführlichkeit davon erfahren haben."

Das war das erste Angenehme, was Lysias heute zu hören bekam. Sollte gestern vielleicht doch nicht alles schiefgelaufen sein?

„Positiv gestimmte Verhandlungspartner sind dir gewiss, womit du den ersten Schritt bereits geschafft hast. Solltest du in den folgenden Wochen nun auch das entsprechende Geschick an den Tag legen, so bin ich mir sicher, dass dein Vater bei deiner Rückkehr nach Athen mehr als zufrieden sein wird. Wie lange dein Stern in der hiesigen Wirtschaftselite leuchtet, bleibt aber abzuwarten. Du hast dir mit Spartokos einen echten Feind geschaffen. Er ist ein schlechter Verlierer, und zu seinen schlimmsten Eigenschaften gehört leider, dass er extrem nachtragend ist."

Erneut schien Mike von diesen Worten alles andere als begeistert zu sein, fing sie doch nun an, verärgert mit kleinen Gegenständen nach den harmlosen und zudem unschuldigen Fischen im Bassin zu werfen.

„Ein weiterer Charakterzug ist seine Zielstrebigkeit. Er versucht hartnäckig, die politische Macht hier am Bosporos an sich zu reißen. Sollte ihm das eines Tages gelingen, und das, mein lieber Lysias, ist gar nicht so abwegig, dann brauchst du gewiss kein weiteres Mal nach Pantikapaion reisen. Weder geschäftlich, noch privat."

Bei seiner letzten Bemerkung sah er ganz unverhohlen zu Mike hinüber und konnte sich ein Schmunzeln nicht verkneifen. Auch Lysias und Mike wechselten nun bedeutungsvolle Blicke, und es war mehr als deutlich, dass jeder seinen eigenen Gedanken nachhing. Und irgendwie kam man nun stillschweigend zu der Übereinkunft, dass der gestrige Abend und die sich möglicherweise daraus entwickelnden negativen Konsequenzen kein weiteres Gesprächsthema mehr sein sollten. Ein folgenschwerer Fehler, wie sich noch herausstellen sollte.

Um das mittlerweile recht lang andauernde Schweigen zu brechen, übernahm Lysias die Initiative und lenkte die Unterhaltung langsam, aber sicher in Richtung Melas, dessen korpulente Erscheinung ihm unglücklicherweise immer stärker im Kopf rumspukte. Durch seine verschmutzte Kleidung daran erinnert, dass er gerne seine Sachen wechseln wollte, dachte Lysias wieder an die gestrige Einfahrt in den Hafen und die Drohung des durchtriebenen Kapitäns, seine Tarnung auffliegen zu lassen. Er musste Dakos davon überzeugen, mit Melas Geschäfte zu machen. Zwischen diesen beiden Personen lagen Welten, und das nicht nur auf rein finanzieller, sondern vor allem auch gesellschaftlicher Ebene. Aber Lysias gelang es, Melas als einen zuverlässigen und verhältnismäßig günstigen Kapitän darzustellen, mit dem es sich tatsächlich lohnte, Geschäfte zu machen. Je mehr er sich dafür hasste, derartige Lügen zu verbreiten, desto mehr weckte er Dakos' Interesse.

„Warum machen wir nicht gleich einen kleinen Spaziergang zum Hafen hinunter?“, fragte Dakos endlich. „Dann können wir einerseits gleich dein Gepäck abholen und andererseits mit Melas ein erstes unverbindliches Gespräch führen. Vielleicht entwickelt sich hier ja wirklich eine neue Zusammenarbeit. Das ist in unserem Beruf die Grundlage für ein erfolgreiches Geschäft. Und eine erste Empfehlung durch einen Kollegen wie dich, Lysias, ist trotz deiner jungen Jahre wie überall sonst der erste Schritt auf dem Weg zum Erfolg.“

Wäre dem Athener nicht schon schlecht gewesen, so hätte spätestens jetzt das flaue Gefühl im Magen eingesetzt. Wie dreist er seinen Gastgeber belogen hatte, den einzigen Menschen, dem er neben Mike und mangels Alternative ein gewisses Vertrauen schenkte. Im Stillen fragte er sich zum wiederholten Mal, wann sein ganzes Lügengebäude wie eine Feder im kühlen Nordwind weggefegt werden würde. Die nächste Bewährungsprobe stand ja nun an. Jetzt würde sich zeigen, wie gut er Melas im Griff hatte.

Er stand auf, folgte mit Mike seinem Gastgeber zur Tür und betrat mit leicht wankenden Knien und einem Rest an Kopfschmerz die fremde Stadt, die er nun zum ersten Mal bei Tageslicht sah.

Stadtimpressionen, Pantikapaion, April 439 v. Chr.

Als Lysias auf die Straße trat, traf ihn die Hitze wie ein Schlag. So gemütlich und auch erfrischend kühl es im Inneren des Hauses gewesen war – hier draußen fühlte man sich wie in einem Backofen, und das bereits im Frühling! Sie standen unvermittelt auf dem großen Marktplatz, der um diese Zeit einem Ameisenhaufen glich und der eine beachtliche Geräuschkulisse erzeugte. Überall hatte man ohne erkennbare Struktur kleine Kaufmannsläden errichtet, in denen Waren jeglicher Art verkauft wurden. Aber ein Geruch aus edlen Kräutern und kostbarem Parfüm ließ Lysias ahnen, dass dies ein Markt für Luxusgüter und nicht für den alltäglichen Gebrauch war. Entweder wurden Nahrungsmittel hier überhaupt nicht verkauft, oder zumindest nicht an diesem Tag oder um diese Uhrzeit.

Dakos sah seinen Blick und lachte: „Vermisst du die ganzen Leckereien von euren Märkten in Athen? Die konnte man heute Vormittag kaufen, aber du hast ja noch geschlafen. Alles Lebensmittel von bester Qualität, das kann ich dir versichern! Nachmittags gibt es hier Luxus aus aller Welt zu kaufen, bis hin zu kostbaren Gewürzen aus dem Orient! Und selbst Stoffe und wertvolle Amulette aus dem fernen Ägypten kommen zu uns an den Bosporos“, fügte er nicht ohne Stolz hinzu.

Sie gingen mitten durch die Warenstände hindurch, wobei sie eigentlich mehr dem Strom folgten, als dass sie selbst die Richtung zu bestimmen vermochten. Mehrfach hatte Lysias Angst, man würde ihm die Geldbörse stehlen. Links sah er einen Tisch voller feintoniger Gefäße mit rotfigurigen Szenen auf den Außenflächen, allesamt der griechischen Mythologie entnommen. Hier konnte er sich ein kleines Lächeln nicht verkneifen, denn er wusste, dass diese Gefäße in seiner Heimatstadt Athen speziell für den Export hergestellt wurden. Es waren athenische Künstler, die diese Produkte aus attischem Ton herstellten. Sie kamen aus seiner Heimatstadt, und Lysias kannte sogar den einen oder anderen Handwerker persönlich, wusste ganz genau, in welcher Straße er arbeitete und welches sein Markenzeichen war. Aus dem Augenwinkel heraus versuchte er in den Bildern eine Künstlerhandschrift zu entdecken

– leider wenig erfolgreich. Gegenüber waren die von Dakos erwähnten ägyptischen Amulett-Figuren in einer derartigen Vielfalt ausgestellt, dass sich Lysias unweigerlich die Frage stellte, wie groß eigentlich der ägyptische Götterhimmel sein mochte.

Als sie von der Menge weitergeschoben wurden, sah er am Ende der kleinen provisorisch errichteten Gasse einen weiteren Stand, der seinen Blick magisch anzog – und nicht nur den seinen, wie er sehr schnell erkannte. Obwohl am Rand der Agora gelegen, war dieser Stand von vielen Marktbesuchern umringt, die sich lautstark gegenseitig etwas zuriefen, von dem Lysias glaubte, dass es sich um Zahlen handelte. Hier schien eine Auktion im Gange zu sein. Der Stand selbst war knapp vier Meter lang, und bevor Lysias sehen konnte, worum es sich bei den hier angepriesenen Waren eigentlich handelte, fielen ihm die beiden Erscheinungen direkt zu den Seiten des Standes auf. Groß, muskulös und mit einem Gesicht aus Stein, präsentierten sich diese Aufseher, deren imposantes Äußeres auch durch ihre prunkvollen Waffen unterstrichen wurde: einen Bogen in einem goldenen Futteral an der linken Seite und ein kurzes Schwert mit kunstvoll verziertem Griff in der rechten Hand. Aufmerksam beobachteten sie die Menge vor dem Stand, die einen respektvollen Abstand zu diesen beiden Kriegern hielt.

„Was verkauft dieser Händler da?“, fragte Lysias neugierig, als Dakos wieder neben ihm stand.

„Das ist der neueste Schrei, der hier angeboten wird“, antwortete Dakos, während er Lysias und Mike langsam zum Rand der Agora dirigierte. „Skythische Waffen, die für ihre Qualität berühmt sind, kombiniert mit Darstellungen aus der griechischen Bilderwelt. Es gibt mittlerweile ein ganzes Auftragsgewerbe, welches sich nur mit diesen Objekten beschäftigt. Wenn du eine solche Waffe haben willst, beispielsweise einen Bogen mitsamt einem kunstvoll verzierten Köcher, dann kannst du hier ins Handwerksviertel zu einem Goldschmied gehen und deine Bestellung aufgeben.“ Dakos deutete zurück auf die Menschenmenge, die sich um den Verkaufsstand drängte. „Das Geschäft ist ziemlich einträglich für die hiesigen Goldschmiede, weil die Bestellungen sogar aus beiden Richtungen kommen, von den Skythen wie auch von den Griechen. Die Handwerker sind geübt in den Bildersprachen beider Kulturen, weshalb mittlerweile selbst große Fürsten der Reiternomaden ihre Prunkwaffen bei uns fertigen lassen.“

Mit einem letzten Blick zu dem Stand, auf dem offenbar eine Reihe von Musterexemplaren lagen, verließen sie den Markplatz und gingen in Richtung Hafen, ihrem eigentlichen Ziel entgegen.

In Gedanken war Lysias aber noch bei diesem Händler und seinen Erzeugnissen, die so merkwürdig und vollkommen unkompliziert die Gedankenwelt zweier Kulturen vermengten, ohne dass sich auch nur einer der Anwesenden wirklich darüber aufzuregen schien. Im Gegenteil, offenbar traf dieses Vorgehen auf eine breite Zustimmung. Lysias war sich nicht wirklich sicher, ob diese Art der kulturellen Vermischung in Athen ebenfalls so ohne weiteres möglich gewesen wäre. Zum ersten Mal bekam das Bild seiner Heimatstadt als Keimzelle kultureller Weiterentwicklung einen kleinen Riss – und es sollte nicht das letzte Mal gewesen sein, dass sein einstmals unerschütterlicher Glaube an die allumfassende Überlegenheit Athens ins Wanken geriet.

Nach dem bunten Treiben des Marktplatzes erschienen Lysias die kleinen gewundenen Gassen, durch die sie nun gingen, eng und muffig. Wie ihm am Vorabend bereits aufgefallen war, gab es hier keine erkennbare Planung in der städtischen Bebauung. Irgendwie schien die Stadt völlig unkontrolliert und dennoch funktional aufeinander abgestimmt gewachsen zu sein. Dies stieß ihn einerseits ab, doch es faszinierte ihn andererseits auch im besonderen Maße.

Als sie um die nächste Biegung kamen, wo ihnen ein äußerst unangenehmer Geruch von Abfall und Unrat in die Nase stieg, blieb Dakos plötzlich stehen und zeigte auf den Burgberg, der sich vor ihnen erhob und auf den sie von dieser Stelle einen beeindruckenden Blick hatten.

„Dort oben, Lysias, auf dem Gipfel des Burgbergs", er wies mit dem Finger direkt auf die Bergspitze, „dort steht das Wahrzeichen unserer Stadt. Der Tempel für Apollon, der in guter alter Tradition und mit den besten und teuersten Materialien errichtet worden ist. Ich habe von dem pompösen Tempel für Athena in eurer Stadt zwar nur gehört, ein Bauprojekt, das Perikles wohl in besonderem Maße vorantreibt. Aber ich bin sicher, dass unser prachtvolles Gotteshaus für den pfeilschießenden Sohn der Leto in Größe und Schönheit nicht zu übertreffen ist."

Voller Stolz und Zustimmung erwartend blickte er zu Mike, die sich jedoch langweilte, und dann zu Lysias, der sich ein Lachen verkneifen musste. Dieser monumentale Tempelbau, so prächtig er auch sein mochte, was man von hier aus aber noch gar nicht beurteilen konnte, sollte so schön sein wie der Jahrhunderttempel für Athena auf der Akropolis? Provinzler, dachte er.

„Und dort, etwas weiter südlich, siehst du da diese riesige Baustelle? Dort lassen sich Spartokos und seine Anhänger zurzeit einen Palast errichten, der an Größe und Protz in der ganzen Stadt seinesgleichen sucht. Ich weiß zwar nicht, wen er für die Genehmigung alles bestochen hat, doch es müssen eine Menge einflussreicher Personen gewesen sein. Ein solch pompöses Gebäude bauen zu dürfen, direkt am Fuße des heiligen Bezirkes auf der Bergspitze, das ist fast schon ein Geschenk der Götter!"

Bei diesen Worten blickte er aus den Augenwinkeln zu Mike, die jedoch keinerlei Reaktionen zeigte. Überhaupt schien sie diese spontane Stadtführung durch ihren Gastgeber nicht zu interessieren. Für sie war das ja auch alles nicht neu, da sie ja schon einige Jahre in Pantikapaion lebte und all die Bauten und die damit verbundenen Geschichten sehr gut kannte.

„Du siehst, Lysias", fuhr Dakos fort, „Spartokos ist nicht nur auf dem Parkett des politischen Ränkespiels zu Hause. Er weiß ebenso gut die unterschiedlichen Formen einer perfekt ausbalancierten Selbstdarstellung für sich zu nutzen. Nicht einmal die Archaianaktiden – und die haben ihren Amtssitz immerhin unweit des Hafens – haben sich so etwas geleistet. Wie auch? Das ist ja fast schon ein kleiner Königspalast! Hier versucht jemand ganz offensichtlich, seinen völlig überzogenen und durch nichts legitimierten Führungsanspruch in Stein zu verewigen. Und dass dieser Jemand dazu in der Lage ist, noch bevor er überhaupt irgendeine Art von Regierungsverantwortung ausübt, verdeutlicht doch unmissverständlich, dass unsere derzeitige Führungsriege unter Sanon nicht mehr allzu fest im Sattel sitzt."

Den letzten Satz sprach Dakos mit einer Verbitterung in der Stimme aus, die unmissverständlich klarmachte, was er selbst von dieser Entwicklung hielt.

Im Hafen, Pantikapaion, April 439 v. Chr.

Ohne ein weiteres Wort zu sagen, wandte sich Dakos um und ging in eine kleine Gasse, die den Hang hinunter zum Hafen führte. Für eine Weile verschwanden sie im Herzen der pulsierenden Stadt. Erst nach gut zwanzig Minuten Abstieg öffneten sich vor ihnen die Hafenanlagen, wo jenes hektische Treiben herrschte, wie es für jeden Hafen dieser Welt charakteristisch war. Nahezu jeder Ankerplatz war belegt, überall trugen Sklaven kostbare Waren in die großen Lagerräume, deren Silhouetten Lysias bereits am Abend zuvor aufgefallen waren. Zu seinem großen Erstaunen sah er nun auch zum ersten Mal den eigentlichen Grund für seine Anwesenheit in Pantikapaion, ja für seinen ganzen Auftrag: Für jeden Sack mit kostbaren Waren, der in den umliegenden Lagerräumen verschwand, schienen tatsächlich zwei wie aus dem Nichts kommende Säcke zurück auf die Schiffe getragen zu werden. Ameisen gleich trugen unzählige Hafenarbeiter ebenso unzählige Säcke mit Getreide, deren Gewicht zusammengenommen Hunderte von Tonnen ausmachen musste.

Wie hatte Perikles bei dem geheimen Treffen an jenem schicksalhaften Abend doch noch gesagt? *Diese Getreidequellen als Erster für das griechische Festland zu erschließen, das sei die beste Strategie, um sich dauerhaft ein sicheres Standbein für mögliche Versorgungsengpässe in kriegerischen Zeiten zu schaffen.* Jetzt bekam diese Einschätzung auf einen Schlag eine beinahe greifbare Realität. Wer sich dieses nicht enden wollenden Stroms an Getreide und anderen Nahrungsmitteln versichern konnte, der brauchte sich über knappes Brot bei der Kriegsführung keine Gedanken mehr zu machen, dessen Kornkammern wären immer prall gefüllt. Vor seinem geistigen Auge sah Lysias sich plötzlich am Bug eines großen Handelsschiffs stehen, das als erstes einer ganzen Flotte in den Piräus, den berühmten Hafen Athens, einfuhr. An Bord das kostbare Getreide, welches die belagerte Stadt so dringend bedurfte. Er war der Held der Stunde, wurde am Kai von Perikles selbst empfangen, der ihn für alle hörbar zum Retter Athens erklärte. Ja, das war ein Szenario, das ihm gefiel. Der Retter in der Not, der Held, einem Theseus gleich!

Sein Tagtraum zerplatzte wie eine reife Melone, die auf den Boden fällt, als vor ihm eine bekannte Stimme rief: „Ja, wen haben wir denn da? Ist das nicht Lysias, unser athenischer Händler, mit dem wir in den letzten Wochen die Meere unsicher gemacht haben?"

Ohne es zu bemerken, waren sie den Kai entlanggelaufen und standen direkt vor der *Argo*. Er hatte das, was Dakos in der Zwischenzeit alles über die Geschichte seiner Heimatstadt erzählt hatte, gar nicht mitbekommen, da er lieber seinen Träumen nachgehangen war. Farbenfrohe Visionen, die leider viel zu schnell und viel zu unsanft wieder durch die Realität verdrängt worden waren.

„Wie ich sehe, hast du deinen verehrten Gastgeber gestern Abend tatsächlich noch gefunden. Denn ich gehe doch recht in der Annahme, dass ich es mit Dakos zu tun habe, dem wohl erfolgreichsten Kaufmann in ganz Pantikapaion?"

Die beinahe unterwürfige Schmeichelei in diesen Worten verfehlte ihre Wirkung nicht, sondern lähmte gleichsam wie das Gift einer Schlange den ansonsten scharfen Verstand des Dakos. Lysias traute seinen Ohren nicht. War dies der gleiche Melas, der ihm gestern noch so unverblümt gedroht hatte? War dies das zweite Gesicht eines Mannes, dessen Broterwerb auf einem erfolgreichen Umgang mit seinen Kunden bestand?

Er schaute den Kapitän sehr aufmerksam an, um irgendeine Form des Spottes auszumachen, doch er sah nur einen landestypischen Schiffer, wie er ihn auf seiner Fahrt mehrfach eindrücklich erfahren hatte. Und obwohl Lysias wusste, das Melas im Grunde genommen ein Halsabschneider war, so stand hier vor ihnen doch in diesem Moment ein Mann, dem die Worte Ehrlichkeit und Redlichkeit auf der Stirn zu stehen schienen. Melas trug wie gewöhnlich ein langes, diesmal schneeweißes Gewand mit einer derartigen Menge an aufgenähten Schmuckgegenständen, dass Lysias sich erneut fragte, wie lange es eigentlich noch dauern konnte, bis der Kapitän unter dieser Last zusammenbrechen musste.

Zwischen Dakos und Melas hatte sich demgegenüber von Anfang an und trotz der Tatsache, dass man sich noch nie begegnet war und zu vollkommen unterschiedlichen Gesellschaftsschichten gehörte, eine gemeinsame Gesprächsebene entwickelt, wie sie nur zwischen zwei Kaufleuten existieren konnte. Beim Ausloten des jeweils anderen, beim Einschätzen, Abwägen und Suchen des eigenen Vorteils, waren die beiden so miteinander beschäftigt, dass sie ihre Umwelt für die nächste halbe Stunde vollkommen vergaßen.

Lysias war gar nicht böse darüber, sondern im Gegenteil sogar dankbar, da sich die ganze Sache mit seinem Gepäck und den Forderungen des windigen Kapitäns offenbar gerade von selbst erledigte. Auch merkte er, dass er Mike sträflich vernachlässigt hatte, nachdem sie aus dem Haus des Dakos hinausgetreten waren.

„Langweilst du dich denn nicht, Mike? Erst diese Stadtführung durch Dakos, die für dich ja wohl mehr als überflüssig war, und nun diese Verhandlungen hier am Kai, die für eine Frau deines Standes sicher uninteressant sein dürften. Und dann dieser Geruch, den nicht einmal dein wohlduftendes Parfüm überlagern kann."

Die Hetäre sah Lysias ungläubig an. „Warum denkt ihr Männer eigentlich immer, dass der Warenhandel für uns Frauen zu langweilig, ja zu kompliziert ist? Habt ihr solche Angst davor, dass wir es besser machen könnten als ihr?" Sie lachte ein wenig verächtlich vor sich hin.

„Ach, ihr werdet euch wohl nie ändern", fügte sie hinzu und blickte aufs Meer hinaus. „Aber du hast recht, ich langweilige mich wirklich ein wenig. Dakos ist ein guter Gastgeber, aber seine Qualitäten als Stadtführer lassen doch etwas zu wünschen übrig. Und ich möchte nach Hause, da mir die Vorstellung frischer Kleider doch von Minute zu Minute besser gefällt. Soll ich dir, mein kleiner Liebhaber, an einem der nächsten Tage mal eine richtige Stadtführung geben?"

Sie sah mit Vergnügen, dass Lysias bei den Worten ‚kleiner Liebhaber' leicht errötete. „Ich verspreche dir auch, dass ich dir nicht nur großartige Denkmäler zeige. Nein, wir beide erkunden zusammen das gesellschaftliche Leben in der Stadt, und damit meine ich auch das Nachtleben! Hättest du Lust?"

Sie schmiegte sich keck an ihn, gab ihm einen Kuss und ging beschwingt und äußerst wohlgelaunt in Richtung Innenstadt. Als sie das Ende des Kais erreichte, drehte sie sich noch einmal um und rief Lysias zu: „Bevor du Dakos fragst, wo ich wohne, lass es lieber. Er weiß es nämlich nicht. *Ich* werde dich abholen, da ich ja weiß, wo du wohnst. Bis dahin, Lysias! Versuche, bei all deinen Verhandlungen nicht so viel Wein zu trinken. Der bekommt dir nämlich nicht, wie du ja schon gemerkt hast! Und meide in jedem Fall Spartokos!"

Mit diesen letzten Worten verschwand sie in der Menge.

Es dauerte nochmals eine geschlagene Stunde, die Lysias wie eine halbe Ewigkeit vorkam, bis Dakos und Melas ihr Verhandlungsgespräch beendet hatten. Auf ihren Gesichtern sah man einen äußerst zufriedenen Ausdruck, so dass Lysias keinen Zweifel daran hegte, dass beide in ihrer neuen Partnerschaft das Bestmögliche für sich erzielt hatten.

Dies ist vermutlich der günstigste Moment, um mein Gepäck zurückzubekommen, dachte er bei sich, und so wandte er sich an Melas: „Kapitän, wie ich sehe, hast du dich mit Dakos einigen können. Wie schön! Vor allem auch deshalb, weil ich meinen kleinen Teil dazu beitragen durfte, indem ich euch miteinander bekannt gemacht habe."

Ein leichter Schatten flog über Melas' Gesicht, der nicht ganz sicher war, was nun kommen würde.

„Da ich für die nächsten Wochen mein Quartier bei deinem neuen Geschäftspartner bezogen habe", fuhr Lysias fort, „wollte ich dich von der Last meines Reisegepäcks befreien, auf das du dankenswerterweise die letzte Nacht ein Auge geworfen hast."

Schlagartig fiel Melas das besagte Gepäck unten im Laderaum wieder ein, das er völlig vergessen hatte. Überhaupt war er äußerst verwundert darüber, Lysias und erst recht Dakos an diesem Nachmittag zu treffen. Im Stillen war er davon ausgegangen, seinen Passagier der letzten Wochen niemals wiederzusehen und bei nächstbester Gelegenheit das Reisegepäck dieses jungen athenischen Idioten verkaufen zu können. Dass er in den letzten zwei Stunden tatsächlich äußerst lukrative Verkaufsgespräche führen konnte, die zudem dauerhafte Verbindungen versprachen, stimmte ihn im Moment äußerst milde. Doch diese zweideutige Formulierung, er habe ein Auge auf Lysias' Sachen geworfen, verärgerte ihn schon ein wenig.

„Aber sicher, dein Gepäck, lieber Lysias", erwiderte er. „Entschuldige bitte, dass ich nicht sofort daran gedacht habe. Du kennst mich ja. Wenn ich mit beruflichen Dingen beschäftigt bin, dann vergesse ich alles um mich herum. Ich bin halt ein Händler, durch und durch!"

Er lächelte ein wenig verschwörerisch, gab einem seiner Männer den Auftrag, das besagte Gepäck zu holen, und setzte dann nach: „Hast du denn schon deine ersten Kontakte knüpfen können? Wenn ich mich recht erinnere, war das doch dein Anliegen hier in Pantikapaion, oder?"

Lysias hätte ihn am liebsten erwürgt. Bislang war alles glatt gelaufen. Er befand sich gerade auf der Zielgeraden für den ersten Teil seines Auftrages, da durfte dieser dicke untersetzte Mann jetzt nicht alles noch kaputt machen. Doch bevor er mit einer scharfen Erwiderung einen riskanten Wortwechsel vom Zaun brach, kam ihm Dakos unerwartet zu Hilfe.

„Da ist ja dein Gepäck!“, rief er plötzlich und beauftragte einen der umstehenden Sklaven, Lysias' Sachen in sein Haus zu tragen. „Und nun, Melas, wollen wir dich nicht länger aufhalten. Du hast sicher noch eine Menge zu tun, bevor du morgen ausläufst.“ Bei diesen Worten wandte er sich an Lysias. „Und wir auch, mein junger Kaufmann. Ich möchte dir noch ein wenig die Stadt zeigen, bevor es dunkel wird.“

Melas wusste, dass nun Diplomatie gefragt war und er sein privates Vergnügen aufgeben musste, Lysias weiter zu erpressen, wenn er seinen neu gewonnnenen Geschäftspartner nicht gleich wieder verlieren wollte. Er hatte ja auch bekommen, was er wollte. Ja, sogar mehr als jemals erhofft. Daher verabschiedete er sich in aller Form von Dakos und raunte Lysias zu: „Na, dann wünsch ich dir mal viel Erfolg bei deinem Vorhaben. Was immer es auch sein mag! Denn du bist kein Geschäftsmann, dafür lege ich weiterhin meine Hand ins Feuer. Und ich bin mir sicher, dass ich früher oder später wieder von dir hören werde. Das sagt mir meine Nase, die mich noch nie getäuscht hat!“

Mit einem weiteren Lächeln drehte er sich um und verschwand im Rumpf seines Schiffes.

Auftragserfüllung, Pantikapaion, Juni 439 v. Chr.

Die nächste Zeit verging für Lysias wie im Flug. Es waren mittlerweile über sechs Wochen ins Land gegangen, dass er zum ersten Mal pantikapäischen Boden betreten hatte. Nach seinem legendären Einstieg in die hiesige Oberschicht war es ihm gelungen, Schritt für Schritt das Wohlwollen und das Vertrauen der wichtigsten Persönlichkeiten zu gewinnen. Oder zumindest derjenigen, die zurzeit das Sagen in Pantikapaion hatten, wie Sanon und sein Kreis von Anhängern. Lysias war zu verschiedenen Symposien eingeladen gewesen, hatte zudem viel Zeit mit Mike verbracht, die ihm tatsächlich viele interessante Aspekte ihrer Wahlheimat nahebrachte und mit der er eine sehr enge Beziehung eingegangen war. Lysias wusste nicht genau, ob hier echte Liebe im Spiel war, oder ob es sich nur um ein rein körperliches Verlangen handelte. Doch die Antwort auf diese Frage interessierte ihn nicht wirklich, hatte er doch in Sachen Sex so manch eine Lehrstunde durch die schöne Hetäre erhalten. Und das war im Moment für ihn ausschlaggebend.

Lysias saß auf einem bequemen Stuhl in einer kleinen Taverne und genoss den Schatten eines großen Baumes. Obwohl es gerade einmal Mittag war, standen auf dem kleinen Tisch vor ihm ein Becher mit kühlem Samos sowie einer voll mit Wasser. Er hatte mit dem Wirt eine lange Diskussion über Sinn und Unsinn eines Kraters geführt, dieses gottgefälligen Mischgefäßes, doch er war wieder einmal nur auf völliges Unverständnis gestoßen. Dieser an sich sehr nette und intelligente Mann wollte einfach nicht verstehen, dass man den Wein auch auf eine andere als die skythische Art zu sich nehmen konnte. Als er endlich merkte, dass er auf taube Ohren stieß, gab Lysias auf und bestellte sich einfach einen separaten Becher mit Wasser. Verrückt und archaisch, ja, aber immer noch besser, als unvermischten Wein zu trinken. Ihm lief ein leichter Schauer über den Rücken, als er an seinen Schwur dachte, den er im Namen der Göttin Athena am Morgen nach seinem Besäufnis ausgerufen hatte – oder besser gesagt, laut gemurmelt hatte, mit Rücksicht auf seine damaligen Kopfschmerzen.

Lysias dachte an zu Hause, dachte seit langer Zeit mal wieder an Polyxena, seine hübsche Verlobte im fernen Athen. Mit einem Schlag wurde ihm bewusst: Je häufiger er mit Mike zusammen war und je stärker er in das gesellschaftspolitische Leben Pantikapaions eintauchte, desto mehr vergaß er sein früheres Leben. Nicht seinen Auftrag, den natürlich nicht. Die Erfüllung seiner Pläne hatte immer noch die höchste Priorität für ihn. Auch seine Eltern hielt er in Ehren und vermisste sie sogar sehr, wenn er ehrlich zu sich selbst war. Doch das Bild seiner Verlobten wurde von Tag zu Tag mehr zu einem sich langsam auflösenden Schatten in seinem Kopf. Wie der Morgennebel über den weiten Feldern Arkadiens wogten seine Erinnerungen an Polyxena vor seinem geistigen Auge hin und her, lösten sich auf und verdichteten sich an anderer Stelle plötzlich zu einer ihm vollkommen unbekannten Person.

Zu Anfang hatten ihn seine Gewissenbisse noch gequält, hatte er versucht, jede erotische Lehrstunde durch Mike als Teil seines offiziellen Auftrages zu sehen. Damit hatte er sich lange Zeit selbst beruhigt, zumal er Polyxena ja auch gar nichts davon erzählen durfte. Schließlich war es ein Geheimauftrag des Perikles, dessen Zielrichtung ebenso wie dessen Details nicht weitererzählt werden durften. Doch dann erreichte er – ohne es wirklich zu merken – den Punkt, an dem er gar nicht einmal mehr darüber nachdachte, wie er sein Tun und Handeln daheim rechtfertigen könne. Obwohl er es sich immer noch nicht eingestehen wollte, wusste er doch schon in seinem tiefsten Inneren, dass er dabei war, sich grundlegend zu verändern. Aus dem einstigen Vorkämpfer Athens war ein gewiefter Taktiker geworden, der jede auch noch so kleine Gelegenheit wahrnahm, seinen Vorteil zu erlangen. Für ein geregeltes Privatleben gab es da keinen echten Platz mehr. Offensichtlich hatte Perikles diese Entwicklung vorausgesehen, hatte Lysias von Anfang an richtig eingeschätzt, dass er auf diese Weise reagieren würde. Lysias selbst wäre demgegenüber jedem an die Gurgel gegangen, der ihm noch vor einem Jahr gesagt hätte, er würde eines Tages am Rande der griechischen Welt eine Hetäre seiner Verlobten vorziehen. Was für eine Entwicklung!

Lysias ließ die Stationen seines bisherigen Aufenthalts im Zeitraffer vor seinem inneren Auge entlangziehen. Es begann damit, dass sein Gastgeber und er, nachdem sie bei Melas am Hafen gewesen waren, gemeinsam in die westliche Unterstadt zum Stammsitz der Archaianaktiden gegangen waren, um Sanon zu besuchen. Im Vergleich zu dem luxuriösen Bau, den sich Spartokos im Schatten des Burgbergs errichtete, war Sanons Anwesen tatsächlich so prunkvoll wie eine Hafentaverne. Lysias sah ein großes Gebäude, doch der Bausubstanz selbst hätte die eine oder andere Renovierung gutgetan. Überall nagte der Zahn der Zeit an den Wänden, die an vielen Stellen bereits beunruhigende Risse aufwiesen. Waren das hier die ersten Anzeichen für einen nahenden Untergang des altehrwürdigen Geschlechtes? Immerhin waren die Archaianaktiden nunmehr seit über vierzig Jahren an der Macht, wie er von Dakos erfahren hatte. Vielleicht wünschten sich die Bewohner der Stadt ja tatsächlich einen Wandel, da das bestehende System zu verkrustet war?

Als sie jedoch in das Haus eintraten und Sanon sie in seinem Lichthof empfing, da kam Lysias sehr bald aus dem Staunen nicht mehr heraus. Zunächst war das Haus von innen in einem wesentlich besseren Zustand als an der Außenseite. Es erweckte einen derart gepflegten und sauberen Eindruck, dass man vom Boden hätte essen können. Rein theoretisch natürlich, ergänzte Lysias hochroten Kopfes, als er merkte, dass er seinen letzten Gedankengang unglücklicherweise laut ausgesprochen hatte.

„Lass dich nie vom äußeren Eindruck in deinem Urteilsvermögen beeinflussen, Lysias! Das habe ich dir schon bei unserer ersten Begegnung erklärt. Hier in Pantikapaion ist vieles anders, als es den Anschein hat“, dozierte Dakos lehrerhaft und brachte den ansonsten zurückhaltenden Sanon dazu, in ein herzliches Lachen auszubrechen.

Nachdem er sich aber die Tränen aus den Augen gewischt hatte, erklärte der Hausherr bereitwillig und nicht ohne Stolz, dass der Zustand des Gebäudes auf sein Alter zurückzuführen sei. Ein Alter, dessen man sich rühmte und das man bewusst nach außen hin dokumentieren wollte.

„Natürlich könnte ich eine Grundrenovierung durchführen lassen, nach der das ganze Haus wie neu aussähe. Doch bedenke, Lysias, hier in diesem Innenhof begann der Aufstieg meiner Familie! Hier in diesem Haus traf man Entscheidungen, die bis heute das Fundament meiner Macht in Pantikapaion sind. Ein Palast hat keine wirkliche Bedeutung, wenn seine tragenden Mauern auf Sand gebaut sind. Davon lassen sich nur Dummköpfe blenden.“

Jeder der Anwesenden verstand diese Anspielung auf Spartokos. Nur einer der Bediensteten, der im Schatten des Säulengangs darauf wartete, den Gästen Erfrischungen bringen zu dürfen, stimmte nicht in das Gelächter mit ein. Er verzog keine Miene, doch ein aufmerksamer Beobachter hätte das wilde Blitzen in den Augen des Dieners gesehen, das mehr sagte als tausend Worte. Doch wer achtete in einer solchen Situation schon auf einen Sklaven?

Der Besuch verlief sehr angenehm. Nachdem man die obligatorischen Höflichkeitsfloskeln ausgetauscht und dabei sehr schnell gemerkt hatte, dass man offensichtlich in vielen Punkten übereinstimmende Gedanken hegte, wurden die Gespräche immer freundschaftlicher und privater. Lysias brachte sein wochenlang einstudiertes Anliegen vor und erreichte bereits an diesem ersten Nachmittag in Sanons Haus all das, weshalb er überhaupt nach Pantikapaion gekommen war.

Zunächst erfuhr er, dass es in der hiesigen Politik tatsächlich nicht zum Allerbesten stand, was er ja auch schon selbst mitbekommen hatte. Doch Sanon schien diese Situation nicht zu beunruhigen, und er überzeugte Lysias davon, dass er nicht mit dem Kapitän eines sinkenden Schiffes verhandelte, wie Spartokos dies formuliert hatte. Besonders erfreulich war, dass Sanon bereits von sich aus mit dem Gedanken eines Beitritts zum attischen Seebund spielte, von dessen Existenz er nicht nur wusste, sondern sogar bis ins Detail über dessen Strukturen, Größe und vor allem Perspektiven informiert war, was Lysias doch sehr erstaunte. Natürlich dachte Sanon dabei an die Sicherung seiner eigenen Machtstellung, die durch einen Bündnispartner wie Athen zweifellos dauerhaft gesichert wäre, das war ihm klar. Doch offenbar hatte dieser Fuchs auch verstanden, welch wirtschaftliches Potential in einem solchen Zweckbündnis steckte. Und selbst wenn sie hier in der größten Stadt am Bosporos saßen, so befand man sich doch immer noch am Rande der griechischen Welt, sprich: in der Provinz! Durch einen Beitritt zum Seebund zumindest offiziell teilzuhaben an den Geschehnissen in der großen weiten Welt, das erschien offenbar sehr verlockend.

Lysias traf sich noch viele Male mit Sanon, der mehr und mehr zu einem väterlichen Freund für ihn wurde und der seine Gegenwart offensichtlich ebenso genoss. Bei manch einem dieser Treffen waren zudem Sosias, Dalatos und Kleophon zugegen, die er auf dem Fest in Dakos' Haus schon kurz hatte kennenlernen dürfen und die ebenfalls sehr weitreichenden Handelskonzessionen in Aussicht stellten.

Auch gelang es Lysias, die Rolle seines „Vaters", des Reedereibesitzers, zugunsten der des Staatsmanns Perikles in den Hintergrund zu drängen. Das bedeutete, dass eine Trennung zwischen Handelsabkommen und politischen Absichtserklärungen bald nicht mehr möglich war. Wenn der kühle Stratege Perikles ihn jetzt sehen könnte, so wäre er sicher mächtig stolz auf ihn, dachte Lysias in solchen Momenten bei sich.

Es folgten Einladungen zu weiteren Symposien und anderen gesellschaftlichen Ereignissen. Man sah Lysias zu Gast bei den einflussreichsten Handelsfamilien der Stadt, und so manch eine Tochter aus gutem Hause warf mehr als nur einen Blick auf diesen durchtrainierten jungen Mann, der auch weiterhin jeden Morgen seine sportlichen Übungen konsequent absolvierte. Doch Lysias hatte nur Augen für Mike, die nun häufig in seiner Gesellschaft anzutreffen war, was bereits zu ersten einschlägigen Gerüchten führte. Als Lysias sie fragte, ob Spartokos deshalb nicht mehr als nur verstimmt war, erwiderte Mike lapidar, dass sie sich treffen könne, mit wem auch immer sie wolle. Doch sie ließ ihn andererseits auch immer wieder deutlich spüren, dass sie eine überzeugte Anhängerin des Spartokos war, und so vermieden es beide, politische Themen auch nur anzuschneiden. Es gab aber auch so genug zu erzählen, und in der übrigen Zeit erfreuten sie sich an ihrer Liebe, die ihnen die Sinne derart berauschte, dass ein Gedanke an staatstragende Dinge nicht möglich war.

Und nun saß er hier in dieser kleinen Taverne. Er, der nunmehr ein geachteter Gast und geschätzter Gesprächs- und Handelspartner hier in Pantikapaion war. Die Sache war zu einem Selbstläufer geworden, und hätte er in dieser Situation die hiesige Bürgerschaft beantragt, er hätte sie ohne Umschweife bekommen, da war sich Lysias ganz sicher.

Sein Auftrag war im Prinzip erfüllt, und er überlegte, ob er nicht so schnell wie möglich die Heimreise nach Athen antreten sollte – ja, eigentlich antreten musste. Immerhin wäre das für seine ununterbrochen propagierte Tarnidentität wichtig gewesen, nach der er ja nur als Vorabkommando die Lage sondieren und dann seinem

Vater berichten sollte. Aber andererseits hatte Dakos ihn vor wenigen Tagen eingeladen, zusammen mit einer von ihm angeführten kleinen Handelsdelegation auf die asiatische Seite des Bosporos zu fahren. Bei diesem Gedanken bekam Lysias eine Gänsehaut. Der asiatische Teil! War das hier alles um ihn herum schon merkwürdig und trotz der letzten Wochen auch immer noch fremd, so lag der andere Teil des Bosporos für ihn in einem absoluten Nebel. Er hatte von Maioten und Sindern gehört, die dort leben sollten. Friedlich, in gegenseitigem Einverständnis mit den dortigen Griechenstädten. Und dorthin sollte er jetzt ganz offiziell mit seinen neuen „Geschäftspartnern" reisen!

Die Vorstellung war maßlos verlockend, gestand er sich ein, während er erneut das Kunststück fertigbrachte, aus beiden Bechern nahezu gleichzeitig zu trinken. Man musste sich halt nur zu helfen wissen, schweifte er für einen Moment von seinem eigenen Gedankengang ab, als er die Becher mit einem breiten Grinsen wieder auf den Tisch stellte. Doch dann riss er sich wieder am Riemen. Nicht nur, dass er durch diese Einladung seines Gastgebers vielleicht noch mehr für Perikles und die Mitverschwörer in Athen erreichte, indem er auch in alten Städten wie Phanagoreia und Hermonassa lukrative Handelsabkommen vorbereiten konnte. Was noch viel stärker wog, war die Tatsache, dass er dadurch seine Abfahrt vom Bosporos ohne irgendwelche Erklärungsnöte – sich selbst und den athenischen Stadtoberen gegenüber – hinauszögern durfte. Länger mit Mike zusammen sein!, schoss es ihm durch den Kopf. Länger mein eigener Herr sein, meine eigenen Entscheidungen treffen! Gerade dieser letzte Punkt war ihm als Militär, der es trotz seines hohen Ranges gewohnt war, ständig Befehle zu empfangen, in den letzten Wochen besonders ans Herz gewachsen. Hier war er allein sich selbst verantwortlich, und er machte seine Sache tadellos, wie er fand.

Sein Blick fiel auf das bunte Treiben im Hafen, den er von seinem Sitzplatz beinahe vollständig einsehen konnte. Irgendetwas ist mit mir passiert, dachte er. Ich fange tatsächlich an, diese Stadt zu mögen – trotz ihrer ganzen Gegensätze und Provinzialität, sie hat doch irgendwie auch ihren Charme.

Lysias wusste, dass er seine Entscheidung eigentlich schon gefällt hatte. Er würde weiterhin vor Ort bleiben, würde mit Dakos zum asiatischen Teil des Bosporos reisen und sich nach seiner

Rückkehr weiter mit Mike treffen. All die Informationen über seine bisherigen Erfolge in Pantikapaion konnte er ebenso gut mit einem Brief an Perikles senden. Da brauchte er nun wirklich nicht selbst wieder nach Athen zu reisen. Im Gegenteil, wäre es nicht besser, wenn er als Vertreter seiner Heimatstadt am Kai stehen würde, wenn das Schiff des Perikles anlegte? Wenn er, der alle Vorbereitungen für eine erfolgreiche Expedition des athenischen Staatsmannes in den Pontos Euxeinos getroffen hatte, die Rolle des Vermittlers und Stadtführers übernahm? Diese Vorstellung gefiel Lysias außerordentlich gut, so dass er – wenn es denn noch einer Überredung bedurft hätte – nun endgültig davon überzeugt war, das Richtige zu tun.

Lysias stand auf, ging zum Hafen hinunter und steuerte dabei zielstrebig den letzten Kai an, an dem zu beiden Seiten insgesamt sechs Schiffe vertäut waren. Erst letzte Woche hatte er die Information erhalten, dass ein Schiff aus Athen eingelaufen war und dass dieses Schiff übermorgen wieder zu seinem Ursprungsort zurückkehren sollte. Eigentlich hatte er selbst mit diesem Schiff die Heimreise antreten wollen, doch nun sollte der Kapitän einen Brief für ihn transportieren.

Den Brief hatte Lysias schon vor Tagen geschrieben und trug ihn seit dieser Zeit mit sich herum. Irgendwie hatte er wohl damals schon geahnt, dass er bleiben würde. Als er den Kapitän der attischen Triere, die sinnigerweise den Namen *Odysseus* trug, nach längerem Suchen schließlich beim Hafenmeister fand, übergab er ihm den Brief mit den eindringlichen Worten, das Schriftstück tatsächlich nur Perikles persönlich auszuhändigen. Dabei hatte er keine Bedenken, dass man ihm nicht trauen konnte. Im Gegenteil, ein kurzes Treffen mit dem Kapitän vor drei Tagen in einer gemütlichen Taverne mit einer beachtlichen Menge an Wein war ausreichend genug gewesen, um in dem Seemann einen loyalen athenischen Bürger zu erkennen, der nichts lieber tat, als seiner Heimatstadt und damit auch ihren politischen Führern wie Perikles bedingungslos zu dienen. Dieser Sosikles würde eher sterben, als seinen Brief nicht zu übermitteln.

Mit sich selbst und der Welt zufrieden, schlug Lysias den Weg hinauf zu Weststadt ein und damit zurück zu Dakos' Haus. Es war ein heißer Tag, und er freute sich sehr über seine neue luftige Kleidung, die Mike bei ihrem letzten gemeinsamen Einkaufsbummel für ihn ausgesucht hatte. Diese seltsamen Amulette, die in Form von kleinen aufgenähten Goldplättchen den Saum seines Chitons schmückten, waren zwar immer noch ungewohnt für ihn. Auch verstand er die meisten der Darstellungen auf diesen Applikationen nicht wirklich, da sie komische Tiere zeigten, doch er musste gestehen, dass er langsam, aber sicher Gefallen an dieser Art Schmuck fand. Steht mir doch, dachte er.

Überhaupt machte ihm sein Auftrag viel Spaß, zumal ja bislang alles wunschgemäß verlief. So durfte es ruhig weitergehen, dachte Lysias, und er verschwand in einer kleinen Gasse, die hinauf zum Marktplatz führte. Die Stadt verschlang ihn wie ein Raubfisch, der mit offenem Maul durch das Wasser pflügte und ausnahmslos alles fraß, was ihm in die Quere kam. Er war bereit für einen neuen Tag, war bereit für ein neues Abenteuer auf der anderen Seite des Bosporos, das seinen Erfolg hier vor Ort vervollkommnen sollte! Er, der Held Athens!

Wie sehr er sich täuschte, konnte er zu diesem Zeitpunkt noch nicht ahnen.

Das Geheimtreffen, Pantikapaion, Juli 439 v. Chr.

„Woher weißt du das alles, Spartokos? Oder sind das nur Vermutungen?“, fragte Satyros sichtlich genervt.

Mit seinen Fingerspitzen trommelte er schon seit einer ganzen Weile auf dem provisorischen Tisch vor ihm, was die übrigen Anwesenden fast um den Verstand brachte. Insgesamt waren sie zwölf Personen, die an diesem von Spartokos anberaumten geheimen Treffen teilnahmen, welches natürlich nur zu dieser späten Stunde stattfinden durfte. Geheimtreffen? Als ob ihre politischen Gegner nicht schon längst wussten, dass sie seit Monaten zusammenhockten und Pläne schmiedeten. Pläne für eine glorreiche Zukunft, für eine neue Gesellschaftsordnung. Kurzum, Pläne, bei denen sie die Hauptfiguren waren.

Doch allen Anwesenden – und natürlich auch ihren politischen Gegnern – war eigentlich klar, dass sie sich hier Luftschlösser bauten, dass sie sich die Köpfe über Dinge heiß redeten, die sowieso nicht eintrafen. Allen, bis auf Spartokos, was nur niemand wahrnahm. Gerade deshalb genossen sie ihre kurzweiligen, in jeder Beziehung vermeintlich harmlosen Treffen, bei denen sie für einen kurzen Moment in ihrer Traumwelt leben konnten und – das war sogar noch wichtiger – bei denen es immer eine herausragende Verköstigung gab. Da ließ sich Spartokos nicht lumpen, sondern servierte seinen Mitverschwörern immer das Feinste vom Feinen.

Zu ihrer aller Missmut hatte sich aber herausgestellt, dass Spartokos sie dieses Mal – ganz gegen seine bisherigen Gewohnheiten – in seine zukünftige Residenz geladen hatte. Dieses Haus würde sicherlich irgendwann der schönste und luxuriöseste Palast in ganz Pantikapaion sein, daran bestand überhaupt kein Zweifel. Doch im Moment war er nichts anderes als eine riesige Baustelle, die muffig stank und die ausschließlich aus Dreck zu bestehen schien. Man brauchte sich gar nicht hinzusetzen, sondern es reichte aus, sich fünf Minuten in einem der halbfertigen Räume aufzuhalten, bis das Verlangen nach einem reinigenden Bad entstand. Wenigstens war es ein warmer Sommerabend. Ein kalter, womöglich sogar nasser Abend hätte dem Ganzen die Krone aufgesetzt.

„Ich wiederhole die Frage nochmals, Spartokos. Woher glaubst du das alles zu wissen? Verfügst du über Quellen, die du uns bislang vorenthalten hast?“ In Satyros’ Worten lag ein vorwurfsvoller Unterton, der jedoch wirkungslos an ihrem Gastgeber abprallte.

„Ich werde mich hüten, euch meine Informanten zu nennen. Es ist mir klar, dass euch das sehr gefallen würde, aber daraus wird nichts!“ Spartokos stand auf und ging zu einer halberrichteten Mauer, die später einmal die Ostwand des Androns mit einem großen Gemälde sein sollte.

Vor seinem geistigen Auge entstand ein großes Schlachtbild mit zahllosen Reitern und Fußsoldaten, die in mehreren Ebenen gestaffelt aufeinander einschlugen. Und er selbst würde als zentrale Figur mittendrin stehen. Mit schillernder Rüstung und Prunkwaffen. Er, der neue Herrscher am Bosporos! Ein kurzes Lächeln umspielte seinen Mund, als er über diesen Bildentwurf nachdachte, den er selbst gestaltet hatte. Dann wurde er sich wieder seiner gegenwärtigen Situation bewusst.

Fast eine geschlagene Minute geschah jedoch nichts. Spartokos drehte den Anwesenden weiter den Rücken zu und blickte schweigend hinauf zum heiligen Bezirk, wo sich die Silhouette des Apollontempels in den Nachthimmel bohrte.

Dann aber drehte er sich plötzlich um und sprach mit ruhiger, ernster Stimme: „Ich wiederhole mich ebenfalls: Wir müssen handeln, meine Freunde! Früher als geplant, das gebe ich ja gerne zu – aber dennoch glaubt mir: Wir sind ausreichend vorbereitet!“

Seine Gesichtszüge bekamen einen feierlichen Ausdruck, und mit der durchdringenden Stimme eines Priesters fügte er hinzu: „Lasst uns die Macht ergreifen! Lasst uns Sanon und seine Kumpane in die Unterwelt jagen!“

Seine Worte schossen in den Raum wie Pfeile, die von der Bogensehne Apollons ihren Opfern entgegenschnellten. Man konnte nicht entkommen, sondern wurde unbarmherzig von Spartokos’ Redegewalt getroffen, mitgerissen wie ein Stück Treibholz im Fluss. Obwohl seine Anhänger diese Worte schon oft gehört hatten und auch schon in Gedanken mitsprechen konnten, wussten sie alle, dass Spartokos es jetzt wirklich ernst meinte. Und das lag nicht zuletzt an dem, was er ihnen in den letzten zwei Stunden so wortgewandt offenbart hatte. Die Luft um sie herum fing an zu knistern.

„Wenn du deine Informationen von Mike hast, Spartokos, so lass dir gesagt sein, dass sie mir in letzter Zeit zu häufig mit diesem Athener gesehen wurde. Ich denke nicht, dass sie noch wirklich vertrauenswürdig ist! Man munkelt sogar, dass die beiden eine heiße Liebesbeziehung haben, mit allem Drum und Dran“, sagte Satyros, der sich zustimmungheischend in der Runde umschaute.

Satyros wollte Spartokos mit diesen Worten bewusst verletzen, wollte ihn aus der Fassung bringen. Ihm gefiel die Situation in der Stadt. Bei einem Bankett über Umstürze und gewaltsame Machtergreifungen zu reden, war das eine. Sie konkret in die Tat umzusetzen, mit allen sich daraus entwickelnden Konsequenzen, etwas völlig anderes! Hier musste man Spartokos umgehend stoppen, bevor er anfing, sich selbst und alle anderen ins Unglück zu stürzen.

Satyros wusste, dass man Spartokos hierfür am besten bei seiner einen großen Schwachstelle fassen konnte: Mike! Sie war sein blinder Fleck, seine Achillesferse. Und er kannte diese Schwachstelle ihres Anführers, immerhin war er sein jüngerer Halbbruder. Sosehr sein Bruder sich auch in allen Lebenslagen unter Kontrolle hatte, so schnell brachte ihn die Hetäre aus dem Konzept. Das beste Beispiel war dieser peinliche Abend im Haus des Dakos gewesen, als Spartokos sich von einem Grünschnabel aus Athen hatte provozieren lassen. Bei den Göttern! Dieser Lysias konnte ihm doch überhaupt nicht das Wasser reichen, und trotzdem hatte er Spartokos als Idioten dastehen lassen. Und warum? Nur wegen dieser Frau. Wie auch immer Spartokos darauf kam, dass Mike mehr von ihm wollte, wusste Satyros nicht. Sicher, sie war eine glühende Anhängerin seiner Ideen und Pläne, zumindest bis jetzt! Doch ihr Beruf war es nun mal, Männern, die es sich leisten konnten, schöne Augen zu machen und das Geld aus der Tasche zu ziehen. Am beachtlichen Reichtum seines Halbbruders, der ihr ein mehr als nur angenehmes Leben ermöglichte, fand sie dabei offensichtlich ganz besonderen Gefallen. Warum wollte dieser das nicht endlich einsehen?

Wer in diesem Moment das gefährliche Blitzen in Spartokos' Augen bemerkte, der wusste, dass Satyros nicht nur ins Schwarze getroffen, sondern auch den Bogen überspannt hatte. Der wusste, dass nun allergrößte Vorsicht geboten war.

„Mein lieber Satyros“, sagte Spartokos ruhig und scheinbar völlig emotionslos, „ich kenne deine Abneigung gegen Mike. Doch merke es dir endlich ein für alle Mal: Sie ist meine Gefährtin! Mit ihr zusammen werde ich den Thron besteigen, werde ich die Herrschaft über den Bosporos erringen." Seine Stimme wurde eisig: „Hüte also deine Zunge – oder fürchte die Konsequenzen!"

Alle Anwesenden, und besonders Satyros, zuckten bei diesen Worten erschrocken zusammen. Noch nie hatte Spartokos einem seiner eigenen Anhänger gedroht! Sein Hass und seine Verwünschungen richteten sich immer nur gegen ihre Gegner. Doch jetzt war offensichtlich ein neues Kapitel in ihrem Leben aufgeschlagen worden, hatten die Moiren, die Schicksalsgöttinnen, damit begonnen, einen neuen Faden zu spinnen! Jetzt wurde ihnen bewusst, dass sie dem Strudel der kommenden Entwicklung nicht entkommen würden. Nun schien man ihnen für die vergangenen Monate, die sie auf Kosten ihres Anführers so angenehm verbracht hatten, ganz offensichtlich die Rechnung zu präsentieren. Eingeschüchtert, verängstigt, aber zugleich in gespannter Erwartung schwiegen sie alle, und in der unheimlichen Stille konnte man eine Ratte rascheln hören, die im Nebenraum über den Fußboden huschte.

Als diese Stille immer beklemmender, ja fast schon erdrückend wurde und Spartokos, der seinen Halbbruder immer noch mit stechendem Blick anstarrte, keinerlei Anstalten machte, etwas zu sagen, ergriff Leukon verschüchtert das Wort. „Es gibt keinen Grund, Satyros zu drohen. Dass dein Halbbruder dich gerne provoziert, weißt du doch schon seit deiner Kindheit. Das ist nichts Neues. Warum richtet sich dein Zorn also gegen ihn, ja gegen uns alle? Wir sind deine Gefolgsleute, und dennoch habe ich, haben *wir* das Gefühl, dass du uns plötzlich misstraust."

Leukon stand auf und versuchte, so viel Abstand wie möglich zwischen sich und Spartokos zu bringen, indem er wie zufällig in dem unfertigen Raum auf und ab ging. In dieser merkwürdig angespannten Situation konnte man ja nie wissen. Er ertappte sich sogar dabei, wie er unbewusst nach einem Fluchtweg aus der Baustelle Ausschau hielt. Ein Schauer lief ihm über den Rücken.

„Freunde", erwiderte Spartokos schließlich, „ich bitte um Entschuldigung, wenn ich euch ungerecht behandelt habe. Dies lag nun wirklich nicht in meiner Absicht."

Seine Worte sollten versöhnlich klingen, doch sie überzeugten nicht wirklich. Dafür hing die ausgesprochene Drohung gegen Satyros noch zu greifbar in der Luft. Was, so durchzuckte es sie alle gleichzeitig, wenn einer von ihnen in Zukunft etwas Falsches sagte oder tat?

„Ich bin tatsächlich sehr beunruhigt über die jüngsten Ereignisse, die uns zu diesem frühen Handeln zwingen. Da rutscht mir vielleicht das ein oder andere raus, was sich wesentlich schärfer anhört, als es gemeint ist."

Spartokos ging zu dem provisorischen Tisch, setzte sich seinem Halbbruder gegenüber auf die Holzbank und zwang sich zu einem jovialen Lächeln. „Meine Informationen beziehe ich nicht ausschließlich von Mike, das versichere ich euch. Auch wenn ich zugeben muss, dass ich ständig mit ihr in Verbindung stehe. Meine wichtigste Quelle ist zurzeit aber eine Kontaktperson im Haus des Sanon selbst. Von dieser Person, deren Namen ich euch jedoch jetzt noch nicht nennen kann, werde ich ständig auf dem Laufenden gehalten. Ihr seht also, dass es sich dabei um Informationen aus erster Hand handelt. Bist du damit vorerst zufrieden, Satyros?"

Satyros zögerte keine Sekunde, seinem Bruder zu versichern, dass dies natürlich etwas vollkommen anderes sei. Doch egal, was Spartokos ihm gesagt hätte, dies wäre in jedem Fall seine Antwort gewesen. Zu tief saß der Schock durch die unverhohlene Drohung, als dass er sich ein weiteres Mal offen gegen ihn hätten stellen wollen.

Doch seine Angst vor dem, was da kommen würde, war ebenso groß. Daher versuchte er es nochmals, jedoch diesmal mit wesentlich mehr Diplomatie. „Ich stehe voll hinter dir, mein Bruder, und das weißt du auch! Doch warum diese Eile? Die Archaianaktiden sind nun schon seit über vierzig Jahren an der Macht. Da kommt es auf den einen oder anderen Monat nun auch nicht mehr an."

Spartokos sprang auf und war nunmehr drauf und dran, sich auf Satyros zu stürzen. Doch im letzten Moment bezwang er sich und stieß zwischen zusammengebissenen Zähnen hervor: „Ich habe es euch doch gerade erklärt. Habt ihr mir nicht zugehört? Aber bitte, dann eben noch mal von vorn."

Er lehnte sich an ein Holzgerüst und schalt sich insgeheim selbst, dass er solch ängstliche Mitstreiter hatte. Ihr Götter, wie waren sie begriffsstutzig. Jetzt galt es doch zu handeln, sonst wäre alles verloren. Sahen sie das denn nicht?

„Wie ihr wisst, sind Sanon und seinem Haufen in letzter Zeit eine Menge Fehler unterlaufen. Das Volk ist unzufrieden. Es will Veränderungen, neue Gesichter an der Spitze, die ihre Interessen besser vertreten. Und wer könnte das besser tun als wir?" Er blickte fragend in die Runde. „Die Archaianaktiden waren nicht in der Lage, die übrigen Städte hier am Bosporos zu unterwerfen und Pantikapaion zur neuen Hauptstadt zu erheben. Handels- und Bündnisverträge mit den Städten im Umland – bah, das ist doch die Politik von Provinzlern!"

Spartokos wandte sich Leukon zu, der zusammen mit Seleukos und Pairisades zu seinen ältesten Freunden zählte. Zumindest bis heute Abend. „Ich misstraue euch nicht, Leukon! Im Gegenteil, ich zähle auf euch, ohne jede Einschränkung."

Mit einer ausladenden Handbewegung wies er Richtung Hafen, der zwischen den halb errichteten Hauswänden hindurch schemenhaft zu erkennen war. „Die Stadt mit all ihren Möglichkeiten liegt uns zu Füßen wie eine reife Frucht. Lasst uns Sanon mit einem bloßen Fingerschnippen fortjagen. Und das so schnell wie möglich, meine Freunde, dann werden wir auch Erfolg haben! Wir dürfen nicht mehr länger warten, da sich die öffentliche Meinung langsam ändert. Dieser Lysias bekommt zu viel Einfluss in Pantikapaion. Er verspricht allen hier eine glorreiche Zukunft, wenn wir uns nur mit Athen verbünden!"

Bei diesen Worten spuckte er verächtlich zu Boden. „Wenn wir jetzt nicht handeln, dann könnten zu viele unserer derzeitigen Gefolgsleute von ihm geblendet werden. Wenn wir jetzt unsere Pläne nicht in die Tat umsetzen, dann kann es passieren, dass wir nachher ohne sichere Basis dastehen. Alles wäre umsonst gewesen, und wir würden alles verlieren, bevor wir es wirklich besessen haben!"

Die Anwesenden waren hin und her gerissen zwischen euphorischer Aufbruchstimmung und grenzenloser Angst vor der Zukunft. Spartokos hatte sich erneut in Rage geredet, sprach wie ein Prophet zu seinen Anhängern und schaffte es allein durch die magische Kraft seiner Worte, Bilder von Macht und Reichtum in ihren Köpfen entstehen zu lassen. Hier war jemand, der begeistern konnte. Nicht wie dieser Athener, der vielleicht rhetorisch geschult war, der aber niemals dieses Feuer versprühen konnte wie Spartokos. Er war der geborene Anführer – sofern man auf der richtigen Seite stand. Andererseits war da die Drohung gegenüber Satyros, die sie wohl nicht so schnell vergessen würden. Es kam ihnen so vor, als führen sie auf einem selbstgebauten Floß über das Meer, und das rettende, Glück verheißende Ufer wäre soeben in Sicht gekommen. Doch noch ließ sich nicht mit Sicherheit sagen, ob sie alle ihr Ziel erreichen würden, und nicht jedem war in diesem Moment klar, wer sie letztlich daran hindern könnte: ihre möglicherweise zu wagemutigen Umsturzpläne an sich oder vielleicht sogar ihr eigener Kapitän, der sich auf dem Weg zur Macht um niemanden als sich selbst kümmerte und sprichwörtlich über Leichen ging?

Leukon trank einen tiefen Schluck aus einer kleinen Schale, die mit einer umlaufenden Darstellung der berühmten kalydonischen Eberjagd verziert war. Auch damals, so dachte er, musste den griechischen Helden ihre Aufgabe übergroß erschienen sein. Und trotzdem hatten sie sich aufgemacht, das Untier zu jagen und zu töten. Viele der Helden waren auf der Strecke geblieben, wurden von dem riesigen Eber niedergetrampelt oder in Stücke gerissen. Doch es hatte sich gelohnt: Der Ruhm der Überlebenden war unsterblich, die Macht der griechischen Helden von niemandem in ganz Hellas mehr in Frage gestellt geworden. Wer kannte sie nicht? Meleager, Atalante oder Peleus? Sollte dies vielleicht ein Zeichen der Götter sein, dass er, Leukon, gerade jetzt dieses Vasenbild betrachtete? Sollten sie trotz aller Unwägbarkeiten geschlossen und kritiklos hinter Spartokos stehen? Sicher, das kam einem Ritt auf dem kalydonischen Eber gleich, dessen war sich Leukon bewusst. Die möglichen Gefahren, dass ihre Pläne scheiterten, auf der einen und die Drohungen des Spartokos auf der anderen Seite machten ihm das unmissverständlich deutlich. Doch wer nicht wagt, der nicht gewinnt, hatte ihm sein Vater immer gesagt.

Es war die Nacht der Entscheidung, das war Leukon plötzlich klar. Und er wollte die Macht, wollte die Anerkennung, die ihm seiner Meinung nach schon seit langem zustand. So hatte es Spartokos jedenfalls immer wieder ausgedrückt. Die Bewohner Pantikapaions sollten ihn und seine Mitstreiter als ihre neuen Anführer respektieren. Und wer das nicht konnte, der sollte sie fürchten!

Es war so weit: Hier in dieser Baustelle, in diesem Moment begann ein neues Zeitalter, von dem die zukünftigen Generationen voller Ehrfurcht und Bewunderung sprechen sollten. Hier im Rohbau von Spartokos' neuer Residenz sollte der Grundstein für einen Dynastiewechsel gelegt werden, der den Griechen beiderseits der Kimmerischen Bosporos endlich den ihnen gebührenden Platz zuwies.

Bislang hatte er an einer halbfertigen Hauswand gelehnt, aber nun richtete Leukon sich auf, sah direkt auf Spartokos und sprach feierlich mit ruhiger Stimme: „Ich bin dein Mann, Spartokos, du kannst auf mich zählen. Wenn du willst, dann hole ich auf der Stelle mein Schwert und werde noch heute Nacht mit dir zusammen vollendete Tatsachen schaffen!“

Das Eis war gebrochen. Leukons Worte wirkten auf die Anwesenden so gewaltig, wie ein einzelner Schneeball zu einer unaufhaltsamen Lawine werden konnte. Nicht einmal Satyros konnte sich der nunmehr entfesselten Euphorie widersetzen, die in jeden noch so kleinen Winkel des Raumes drang. Die leisen, warnenden Stimmen in den Köpfen der Verschwörer wurden ausgeblendet und durch bedingungslosen Gehorsam ersetzt. Sie alle standen in diesem Moment hinter ihrem Anführer, der ihre wortgewaltigen Treuebekundungen ruhig, aber mit einem zufriedenen Lächeln auf dem Gesicht zur Kenntnis nahm.

Spartokos hatte sie in seiner Hand, das wusste er nun! Nun würden sie tun, was er von ihnen verlangte. Und waren sie erst einmal dabei, konnte man sie allein mit ein wenig Druck bei der Stange halten. Doch Spartokos war sich sicher, dass dies nicht nötig werden würde. So begriffsstutzig seine Anhänger auch sein mochten – hatten sie erst einmal Blut geleckt, dann hörten sie bedingungslos auf seine Anweisungen. Das war bisher so gewesen, und das würde auch in Zukunft so sein. Dass Spartokos nicht wirklich vorhatte, die Macht zu teilen, das brauchten seine Leute ja noch nicht zu wissen. Sie würden noch früh genug mitbekommen, wer zukünftig was zu sagen hatte. Jetzt galt es zunächst, die angefachte Glut zu schüren und die aufgestauten Emotionen in die richtigen Bahnen zu lenken.

„Ich freue mich sehr, Freunde, dass ihr mir folgen wollt! Und ich verspreche euch hier und jetzt, dass ihr es nicht bereuen werdet!“ Spartokos schaute jeden Einzelnen der Anwesenden nacheinander an und ging dann wieder zum Tisch zurück, wo er sich einen neuen Becher Wein eingoss.

„Wir werden also gemeinsam zuschlagen und uns die Macht holen! Schon bald, meine Mitverschwörer, schon bald werden wir es allen zeigen. Aber noch nicht heute Nacht! Wir müssen schnell reagieren, dürfen dabei aber auch nichts überstürzen. Deshalb lasst uns hier und jetzt unser weiteres Vorgehen besprechen, damit wir keinen Fehler machen und alles planmäßig verläuft.“

Er wandte sich Satyros zu. „Die wichtigste Frage ist: Was macht der Athener zurzeit? Ich denke, das wirst du uns am ehesten sagen können, mein lieber Satyros, da du diesen Lysias ja offenbar sehr genau überwachst."

Spartokos bemühte sich, bei dieser Frage so freundlich wie möglich zu klingen, auch wenn er die Bemerkung seines Halbbruders noch nicht wirklich verdaut hatte. Doch das musste jetzt warten.

„Er ist heute Abend wieder einmal zu einem inoffiziellen Treffen von einigen Wirtschaftsgrößen unterwegs", antwortete Satyros bereitwillig, froh, dass Spartokos ihn offenbar weiterhin um Rat fragte. „Ich glaube, sie treffen sich heute bei Sosias, diesem Getreidehändler aus Phanagoreia, der aber schon seit Jahren in unserer Stadt wohnt und arbeitet. Als ob wir nicht genug fähige Köpfe in unseren eigenen Reihen hätten!" Er schüttelte verständnislos seinen Kopf und nutzte die eigene Gesprächspause, um einen kräftigen Schluck Wein zu trinken. So ganz ohne feste Nahrung stieg ihm der samische Tropfen langsam, aber sicher zu Kopf, was mit ein Grund dafür war, dass er euphorischer wurde.

„Na, wie dem auch sei. Es geht sicherlich wieder um Handelsabkommen mit Athen und konkrete Absprachen mit der Reederei. Wenn Lysias so weitermacht, dann hat er tatsächlich schon bald mit jedem einflussreichen Bürger unserer Stadt Verträge."

„Da habt ihr es!", rief Spartokos aus. „Dieser Athener ist wie ein schlechter Traum, der einen nächtelang verfolgt. Es wird Zeit, ihn aus dem Weg zu räumen. Aber halt, meine Freunde", sagte er und hielt Pairisades, Leukon und Seleukos, die voller Tatendrang und von Mordlust getrieben aufgesprungen waren, mit einer unmissverständlichen Geste zurück. „Lysias hat bereits zu viele einflussreiche Freunde in Pantikapaion. Wenn ihm hier in unserer Stadt etwas zustoßen würde, gäbe es viel zu viele Fragen. Fragen, die unser gemeinsames Vorhaben gefährden könnten. Nein, hier müssen wir geschickter vorgehen!"

Er senkte effektvoll seine Stimme und fuhr mit verschwörerischer Miene fort: „Wir werden der elenden Hydra zwei Köpfe auf einmal abschlagen! Lasst uns Lysias erledigen und die Tat gleichzeitig den Skythen in die Schuhe schieben. Diese unzivilisierten Wilden töten unseren athenischen Gastfreund, welch eine Tragödie!" Bei diesen Worten lachte er laut auf. „Ich habe schon lange auf eine Möglichkeit gewartet, diesem Thymnes sein arrogantes Lachen aus dem Gesicht zu prügeln. Nun sind die Schicksalsgöttinnen mir gnädig."

Pairisades ließ hörbar die Atemluft entweichen und setze sich geräuschvoll auf ein an der Wand lehnendes Holzgerüst, das unter dem sprunghaft ansteigenden Gewicht lautstark ächzte und jeden Moment zusammenzubrechen drohte.

„Wie bitte willst du das denn erreichen? Willst du einfach so zu diesen Barbaren in ihre stinkenden Zeltlager gehen und sagen: ‚Hey, Thymnes. Wie wär's? Du bringst unseren Athener um, und wir bringen dich dafür auch noch in Misskredit?' Ich glaube kaum, dass du da auf einen freundlichen Empfang hoffen kannst!"

Seine Hochstimmung bekam auf einmal einen spürbaren Dämpfer – und damit war er augenscheinlich nicht allein, wie ihm ein Blick in die Runde verriet. Thymnes war in Pantikapaion beinahe schon ein Mythos. Der Fürst der Skythen, der gottgleiche Kämpfer, der gerüchteweise noch keine einzige Schlacht verloren hatte. Wenn er in seinem so angeberisch mit Gold verzierten Hosenanzug durch die Straßen ritt, flohen alle Bürger in die Hauseingänge und Seitenstraßen. Man stelle sich das einmal vor: Griechische Bürger flohen von ihren eigenen Straßen, weil Nichtgriechen glaubten, sich alles herausnehmen zu können! Die Menschen fürchteten sich vor diesen Barbaren. Pairisades selbst fürchtete sich vor ihnen, und vor Thymnes ganz besonders. Diese Ausgeburt der Unterwelt wollte Spartokos für seine Zwecke instrumentalisieren? Oh, du göttlicher Apollon! Das ist genauso unmöglich wie ein Pfeil von dir, der sein Ziel verfehlt!

Der Plan, Pantikapaion, Juli 439 v. Chr.

Pairisades wurde unsanft in seinen Gedanken unterbrochen, als ihn ein kleiner Stein an der Schulter traf. „Hör auf, so einen Blödsinn zu reden! Und lass vor allem die Finger vom Wein, der dir offensichtlich nicht gut bekommt", giftete Spartokos ihn an. „Niemand hat davon gesprochen, dass ich selbst zu Thymnes gehe und ihn mit einem Mord beauftrage. Für wie dämlich hältst du mich eigentlich?" Erneut trat eine angespannte Stille ein.

„Wenn alles so läuft, wie ich mir das vorstelle, dann werden wir am Ende wie die ruhmreichen Retter dastehen! Wir werden die Skythen für einen feigen Meuchelmord an unserem ‚Gastfreund' aus Athen bestrafen und gleichzeitig diese unfähige Regierung ersetzen, die sich zu eng mit diesen unberechenbaren Wilden eingelassen hat!"

Mit einer energischen Handbewegung fegte Spartokos alle auf dem Tisch stehenden Becher und Kannen einfach beiseite, ging zu einem Steinhaufen in einer der Raumecken und holte etwas umständlich eine zusammengerollte, leicht verknitterte Karte dahinter hervor. Dabei zog er sich einen kleinen Schnitt an der linken Hand zu, weil das Pergament ein gewisses Eigenleben entwickelte und sich eine Zeit lang standhaft weigerte, aus seinem Versteck zu kommen. Mit einem leisen Fluchen trat Spartokos zurück zum Tisch und breitete das große Pergament vor seinen Mitverschwörern aus, ohne dass er sich dabei auch nur im Geringsten um die kleinen Pfützen auf der Tischoberfläche kümmerte. Vor ihnen lag nun ein detaillierter Plan Pantikapaions und des Umlandes mit all den kleinen Landgütern der reichen Oberschicht, die sich um die Stadt herum ihre kleinen Sommerresidenzen gebaut hatte.

Obwohl sein Versuch missglückt war, elegant und wie aus dem Nichts heraus eine Karte zu präsentieren, so, wie es ein gewiefter Staatsmann eben zu tun pflegt, war der gewünschte Effekt nicht vollständig zur Lachnummer verkommen. Im Gegenteil: Niemand kam auch nur auf die Idee zu fragen, wie es sein konnte, dass Spartokos dort auf der Baustelle eine Karte versteckt hatte. Nicht einmal Satyros, der für sein fast schon krankhaftes Misstrauen allgemein bekannt war, erkannte das von Anfang an geplante Vorgehen seines

Bruders. Im Gegenteil, wie alle anderen blickte auch er in gespannter Erwartung auf die Karte und fragte sich, was da nun kommen würde.

Spartokos frohlockte innerlich, als er mit einem heimlichen Blick in die Runde bemerkte, dass sie förmlich an seinen Lippen hingen.

„Ihr wisst, dass mir neben zahlreichen Ländereien auch ein sehr schönes Anwesen in Küstennähe gehört. Dort, an der Grenze zum skythisch kontrollierten Territorium." Mit ausgestrecktem Finger deutete Spartokos auf die Karte.

„Diese kleine Residenz habe ich von meinem Vater geerbt, der sie mit eigenem Blut und Schweiß vor vielen Jahren dort errichtete, nachdem er das Land gegen die Skythen verteidigt hatte. Hier soll der Umsturz seinen Anfang nehmen, soll der Blitz des Zeus auf unsere Feinde niedergehen."

Passenderweise grollte in der Ferne ein Donner und kündigte ein baldiges Gewitter an. Wenn es darauf ankommt, lächelte Spartokos still in sich hinein, dann haben auch die Götter einen ausgeprägten Sinn für Dramatik. Wie schön!

„Lasst uns das Donnern als ein Zeichen dafür nehmen, dass uns der Göttervater höchstpersönlich bei unserem Vorhaben unterstützt!", rief er den Anwesenden voller Inbrunst entgegen. „Ich werde also Lysias und Thymnes ganz offiziell zu einem Wochenendaufenthalt in mein Landhaus einladen, um dort mit beiden neue Wirtschaftsverträge auszuhandeln. Der Athener wird kommen, da bin ich mir sicher. Er wird sich vermutlich sogar sehr darüber freuen, dass ich ihm augenscheinlich nicht mehr böse bin. Ich bin der letzte einflussreiche Händler in Pantikapaion, den er noch nicht um den Finger wickeln konnte. Das wird er zu ändern versuchen wollen!"

Erneut zeigte Spartokos auf die Karte. „Mit Thymnes wird es natürlich ein wenig schwieriger, da er ein ausgebuffter Hund ist. Doch auch ihn werde ich überreden können, indem ich ihn bei seiner Ehre fasse. Er wird es sich nicht entgehen lassen, als Vertreter aller Skythen am Bosporos auftreten zu wollen. Er, der Fürst, der sich mit einem Abgesandten aus Athen trifft."

Es dauerte noch eine ganze Weile, bis auch der Letzte der Anwesenden von der Durchführbarkeit dieses Planes überzeugt war. Seleukos hatte dabei die stärksten Zweifel und murrte in einem fort, jedoch leise, da er Spartokos nicht zu einem weiteren Wutanfall animieren wollte. Seleukos sah zum fernen Horizont, wo er durch die immer schneller aufeinander folgenden Blitze schemenhaft die gewaltigen Gewitterwolken erkennen konnte, die sich langsam, aber sicher auf sie zubewegten.

Vorsichtig fragte er: „Was hat das bitte für einen Sinn, die beiden in dein Haus einzuladen, nur um sie dort umzubringen? Werden wir da nicht sofort als Täter überführt?"

„Hast du mir nicht zugehört?", erwiderte Spartokos verärgert. „Wir werden es so drehen, dass die Skythen für den Tod des Atheners die Schuld tragen. Und wir, die wir zur Hilfe eilten, haben zumindest diesen feigen Thymnes noch bestrafen können. Was glaubst du, wie diese Nachricht in der Stadt aufgenommen wird, Seleukos?"

Er sah seinen Gesprächspartner an, aber just in diesem Moment verweigerte die kleine Öllampe auf dem Tisch ihren Dienst. Der zweifelnde Blick in Seleukos' Augen entging ihm. Leukon stand auf, tastete sich geräuschvoll zur Eingangstür durch und fing an, das dort befindliche Baugerüst abzusuchen.

„Was bei den Göttern tust du da?", fragte Pairisades sichtlich irritiert. Die unerwartete Dunkelheit, nur durchbrochen durch die hellen Gewitterblitze am Horizont, hatte auf einmal etwas Unheimliches. Komisch, dachte er. Wie oft war er doch bei Nacht von einer Zechtour nach Hause gewankt, ohne auf irgendein Licht angewiesen zu sein. In seiner Heimatstadt kannte er beinahe jeden Kieselstein. Doch hier und jetzt verspürte er plötzlich so etwas wie Angst.

„Ich habe vorhin gesehen, dass hier eine andere Öllampe stand", rief Leukon ihm zu. „Die suche ich, damit wir wieder vernünftiges Licht haben!" Endlich fand er die Lampe, zündete sie an und ging zum provisorischen Kartentisch zurück. Der Schrecken der Dunkelheit war auf der Stelle fort.

Da ganz offensichtlich niemand seine rhetorische Frage beantworten wollte, nahm Spartokos letztlich selbst den Gesprächsfaden wieder auf. Er wollte die Diskussion am Laufen halten, wollte nicht riskieren, dass seine Mitstreiter erneut anfingen, Angst vor ihrer eigenen Courage zu bekommen.

„Hier in der Stadt werden alle denken: Ich habe es schon immer gewusst! Die Skythen sind unzivilisierte Wilde, die nicht einmal davor zurückschrecken, offizielle Gäste unserer Stadt zu töten. Dem müssen wir endlich Einhalt gebieten! Lasst uns diesen Spartokos und seine Getreuen im Kampf gegen die Reiternomaden unterstützen, denn die wissen ganz offensichtlich, was sie tun. Lasst uns Pantikapaion zum Zentrum der griechischen Kultur machen und unseren Einfluss am Bosporos ausweiten. Das, meine lieben Freunde, werden sie sagen!"

Erneut sah er zu Seleukos, den er im Licht der Öllampe nun wieder klar erkennen konnte.

„Die Sache mit der Ehre und der Eitelkeit ist schon immer der Stolperstein hochgelobter Personen gewesen. Du wirst sehen, Seleukos: Auch Lysias und Thymnes werden an diesem Fieber erkranken und daran zugrunde gehen. Wir selbst beschleunigen nur einen Prozess, der früher oder später sowieso in Gang gekommen wäre. Aber dadurch, dass wir unsere Gegner nun nach unseren Spielregeln tanzen lassen, können wir deren Untergang ganz bewusst für uns nutzen. Lasst sie uns zu den Fundamenten unseres Triumphes machen, das wird im Moment des Todes ihre größte Niederlage sein!"

Mit diesen Worten begann eine hitzige Diskussion über die eigentliche Umsetzung ihrer großen Verschwörung. Spartokos selbst hielt sich von nun an weitgehend im Hintergrund. Er sagte nicht mehr viel, sondern lenkte die Gespräche nur hier und da in die von ihm gewünschte Richtung. Seine eigentliche Arbeit war getan. Sie würden ihn unterstützen, bedingungslos, da war er sich sicher. Nun sollten sie sich ruhig ein wenig austoben und ihre „eigenen" Umsturzpläne schmieden. Es würde nachher sowieso das gemacht, was er sagte.

Trotzdem verfolgte er mit großem Interesse gerade die Vorschläge, die Pairisades in die Runde warf. Nicht, dass diese besser als seine eigenen waren, doch er hatte schon immer einen guten Strategen erkennen können, selbst wenn er noch so jung war, wie in diesem Fall. Spartokos war überzeugt davon, dass Pairisades eine große Zukunft unter seinen Gefolgsleuten bevorstand, solange er sich ihm selbst gegenüber zu einem kompromisslosen Gehorsam verpflichten würde.

Als der Morgen bereits graute, hatten sie ihren Plan in allen Details besprochen. Die Aufgaben für jeden Einzelnen waren nun verteilt. Jeder wusste, was zu tun war und was von ihm persönlich erwartet wurde. So sollte Satyros im Namen seines Halbbruders zu Lysias gehen und ihn zu dem Treffen im Landhaus einladen. Dabei hatte man sich sehr schnell darauf geeinigt, dass diese Einladung auch Dakos mit einschloss, dessen man sich bei dieser Gelegenheit auch gleich entledigen wollte. Satyros sollte bei seinem Besuch ruhig ein wenig auf die Tränendrüse drücken und sich für seinen Bruder vorab entschuldigen, dem das Geschehene äußerst unangenehm und peinlich sei. Weder Lysias noch Dakos sollten diese Einladung, die ja vordergründig der Versöhnung diente, guten Gewissens ausschlagen können.

Zur gleichen Zeit würde Spartokos einen Boten zu Thymnes schicken und ihm ebenfalls mit sehr schmeichelnden Worten die Einladung überbringen. Man wollte in jeder Beziehung die Form wahren, um diese Zusammenkunft so überzeugend wie möglich wirken zu lassen. Ihre „Gäste" durften auf keinen Fall Zweifel an der Ernsthaftigkeit ihres Anliegens bekommen. Sie sollten sich rundum sicher fühlen und sich darauf freuen, dass sie in angenehmer Atmosphäre und bei guter Verköstigung, für die Spartokos berühmt war, möglicherweise einen lukrativen Geschäftsabschluss erwirken konnten.

Spartokos selbst wollte sich parallel dazu durch Mike über jeden Schritt des Atheners auf dem Laufenden halten. Die Hetäre sollte Lysias auch davon überzeugen, dass man zwar keine neue politische Richtung vertrat, aber doch zumindest die Notwendigkeit guter Kontakte nach Athen nunmehr aus einem anderen, nüchterneren Blickwinkel betrachtete. Auch sie sollte dem Athener Sand in die Augen streuen, was ihr sicherlich nicht schwerfallen würde. Für seine ehrgeizigen Ziele verdrängte er bewusst, dass Mike im Rahmen ihres Auftrages auch immer wieder das Bett mit Lysias teilte. Aber der Zeitpunkt seiner Rache würde kommen. Die Vorstellung, dass er selbst den tödlichen Stich führen würde, der Lysias treffen sollte, war eine angenehme Entschädigung. Das Blut des Atheners würde die Erde besudeln. Und genau da, wo es auf den Boden trifft, wollte er einen Altar für Ares errichten!

Spartokos sah zu seinen laut diskutierenden Mitverschwörern und senkte dann seinen Blick auf die Karte. Der Donner war nun laut und nah, Blitze tauchten die Baustelle mitsamt dem provisorischen Kartentisch immer wieder in ein grelles Licht. Es war Zeit, nach Hause zu gehen, sofern sie noch trockenen Fußes dort ankommen wollten.

Er wollte die Karte gerade einrollen und sich nochmals verschwörerisch von den Anwesenden verabschieden, als er mitten in der Bewegung erstarrte. Die Karte hatte sich verändert. Dort, wo Pantikapaion eingezeichnet war, sah Spartokos einen dunklen, feuchten Fleck, der zweifellos von dem verschütteten Wein auf der Tischoberfläche herrührte. Doch in der letzten Stunde hatte der Papyrus die Feuchtigkeit immer stärker aufgesogen, weshalb der Fleck immer größer geworden war und jetzt bereits wieder einzutrocknen begann. Wie ein Feuer, das sich kreisförmig zu den Seiten ausbreitete, waren die Gebiete beiderseits des Kimmerischen Bosporos zu einer großen, zusammenhängenden Fläche geworden. Von Pantikapaion ausgehend hatte sich die Feuchtigkeit in alle Richtungen gleichermaßen verteilt, so als ob die Stadt der unumstößliche Mittelpunkt des gesamten merkwürdigen Gebildes war.

Spartokos erschauderte. Das war ein echtes Zeichen der Götter! So würden seine Truppen den ganzen Bosporos besetzen. Er würde die griechischen Städte vereinen und zu einem einzigen großen Machtzentrum machen – ob sie nun wollten oder nicht. Er, der in Pantikapaion residierte, würde ein neues Geschlecht in die Herrscherlinie einführen, das den skythischen Barbaren endlich den nötigen Respekt gegenüber den Griechen abverlangte. Seinen Namen würde man noch in tausend Jahren mit Ehrfurcht nennen!

Mit ruhiger Hand rollte er die Karte vorsichtig ein, die er zum Grundstock, zum Symbol seiner neuen Herrschaft machen wollte. Er wusste, dass er es richtig gemacht hatte, wusste, dass er von jetzt ab göttlichen Beistand hatte. War er zu Beginn des Abends noch nicht wirklich sicher gewesen, ob diese Narren hier mitziehen würden, so spielte das alles nun keine Rolle mehr. Er würde König werden, und zwar bald!

Gemeinsam verließen sie die Baustelle und gingen in Richtung Straße. Niemand sprach ein Wort, es war alles gesagt. Nun sollten Taten folgen. In wenigen Wochen würden Thymnes, Lysias und Dakos tot und sie selbst die Herrscher dieser Stadt sein!

Ohne sich nochmals voneinander zu verabschieden, gingen sie ihrer Wege, und die dunkle Stadt verschluckte einen nach dem anderen. Kurz darauf fielen die ersten Tropfen wie kleine Steingeschosse auf den staubigen Boden. Die Ratte im zukünftigen Palast des Spartokos schaffte es gerade noch, in ihren sicheren Bau zu gelangen, als der Himmel plötzlich all seine Tore öffnete und die anschließende Regenflut wie eine umgestürzte Wanne auf die Stadt niederfiel. Es war, als ob Zeus selbst alle verräterischen Spuren der vergangenen Nacht wegwischen wollte. Doch die meisten Bewohner bekamen von diesem Unwetter nichts mit und schliefen ruhig in ihren bequemen Betten. Ihr böses Erwachen würde jedoch kommen – schon bald.

Der Fluch der Geschichte, Pantikapaion, August 439 v. Chr.

Lysias sah Mike zweifelnd an. „Und du glaubst wirklich, Spartokos meint es ernst mit dieser Einladung? Hat mir Dakos nicht in den Ohren gelegen, welchen ach so großen Feind ich mir da geschaffen habe? Damals, bei meinem – wie ich zugeben muss – nicht ganz so geglückten Einstand in der hiesigen Gesellschaft?"

Sie saßen im Schatten der großen Befestigungsmauer, die den Burgberg mit dem heiligen Tempelbezirk umschloss. Diese Mauer war wirklich beeindruckend, wie Lysias zugeben musste. Ihr guter Zustand ließ darauf schließen, dass sie erst vor wenigen Jahren errichtet worden war, und ihre beachtlichen Ausmaße machten jedem Betrachter klar, dass sie nicht nur zu repräsentativen Zwecken hier stand.

„Wenn ich es dir doch sage, Lysias. Er meint es wirklich ernst. Was nicht heißen soll, dass er ab sofort dein bester Freund ist. Nein, das nun wirklich nicht."

Sie schmiegte sich an seine linke Schulter, was er mit großer Freude zur Kenntnis nahm. In den vergangenen Tagen waren sie wieder viel in der Stadt unterwegs gewesen. Immer hatten sie dabei einen gewissen Abstand zueinander bewahrt, zumindest in der Öffentlichkeit. Dies war das erste Mal, dass sie ganz ungeniert an einem belebten Platz so etwas wie körperliche Zuneigung zeigte. Und gerade in diesem Moment mussten sie natürlich über Spartokos reden! Was für eine blöde Idee.

„Spartokos hat in den letzten Wochen begriffen, dass er, wie man bei uns sagt, entweder mit den Skythen reiten muss oder von ihnen überrannt wird. Er neidet dir deinen Erfolg, sicher. Aber er hat auch verstanden, dass er nichts dagegen machen kann. Will er selbst ein Stück vom Kuchen abhaben, der hier gerade so großzügig verteilt wird, so muss er eben über seinen eigenen Schatten springen." Sie sah ihn lächelnd an. „So ist er nun mal, unser Spartokos! Geschäftsmann und Stratege durch und durch. Private Interessen stehen bei ihm immer in zweiter Reihe."

Die Art, wie sie den letzten Satz betonte, hätte Lysias eigentlich aufhorchen lassen müssen. Doch er war zu sehr damit beschäftigt, gegen seine aufkommende schlechte Laune anzukämpfen, als dass er dies wahrnahm. Für heute hatten sie sich eigentlich vorgenommen, den Burgberg zu erkunden. Hier im eigentlichen Stadtzentrum wollte er mit Mikes Hilfe in die Geschichte der Stadt eintauchen, wollte den nächsten Versuch starten, die vielen Merkwürdigkeiten, die ihm in den letzten Monaten begegnet waren, endlich zu verstehen. Und was machte sie? Sie sprach über Spartokos und seine seltsame Einladung.

Lysias sah dem hektischen Treiben auf der Straße zu, die entlang der großen Gebäude hinauf zum Burgberg führte. Er betrachtete die riesige Baustelle, wo zahlreiche fleißige Handwerker unermüdlich damit beschäftigt waren, diesen Prunkbau für Spartokos zumindest halbwegs im geplanten Zeitrahmen zu errichten. Er sah Tempelbedienstete, die sich mitsamt ihrer Lasttiere abmühten, die unten in der Stadt erworbenen Lebensmittel und Verbrauchsgüter nach oben zu bringen. Besonders unterhaltsam war dabei vor einigen Minuten ein dicklicher Priester gewesen, der sich mit wachsender Verzweifelung darum bemüht hatte, seinen störrischen Esel zum heiligen Bezirk zu treiben. Je weniger Lust das Tier verspürte, sich überhaupt in irgendeine Richtung zu bewegen, desto mehr unheilige Sprüche waren dem gottesfürchtigen Mann über die Lippen gekommen. Die Krönung war dann aber, als ein jüngerer Priester seinem Kollegen zu Hilfe kam und ohne sichtliche Anstrengung das Tier in Richtung Tempelbezirk wegführte. Lysias war sich sicher, dass der kleine Dicke den heutigen Tag in einer Taverne beenden und aller Wahrscheinlichkeit nach voller Inbrunst gegen die Ungerechtigkeit dieser Welt antrinken würde. So zumindest deutete er den Gesichtsausdruck des dicken Priesters, der wie auf ein Stichwort zurück in Richtung Hafen verschwunden war.

Eigentlich ist diese Einladung aber doch eine Bestätigung für mein bisheriges Auftreten, dachte Lysias bei sich. Mit nahezu allen wichtigen Persönlichkeiten dieser Stadt hatte er seit seinem Eintreffen Verhandlungen geführt und dabei natürlich immer wieder darauf hingewiesen, wie interessant und vor allem lukrativ sich ein Beitritt zum Seebund gestalten würde. Dabei hatte er es selbst niemals für möglich gehalten, wie einfach das funktionieren und wie bereitwillig man ihm zuhören würde. Doch es war offensichtlich, dass die Menschen hier nach Veränderungen lechzten. Die Zeit war reif für eine andere Zukunft, man musste bloß damit anfangen! Nur Spartokos und seine Anhänger waren bislang von seinen Bemühungen ausgeschlossen gewesen – aus bekannten Gründen. Sollte er aber nun auch noch mit ihnen ins Gespräch kommen, wäre sein Auftrag eine unbeschreibliche Leistung, für die er sich den ewigen Dank seiner Heimatstadt verdient hätte.

Lysias hatte es in den vergangenen Tagen immer wieder wie eine Art Wettlauf betrachtet. Er war sich im Klaren darüber, dass sein Aufstieg in Pantikapaion und seine Reden über Bündnisbeiträge und Handelsabkommen nicht überall gleich gut ankamen, und das nicht nur bei Mikes Gönner und dessen Vertrauten. Es gab genügend Kräfte, die sich eine eher distanzierte Politik gegenüber Athen vorstellten und dies auch gerne bei Versammlungen, Festlichkeiten oder auch beim kleinen Spaziergang über den Markplatz zum Besten gaben. Doch Lysias war ihnen immer einen Schritt voraus. Er befand sich bereits auf der Zielgeraden, während seine Gegner noch in der letzten Kurve vor sich hinstolperten! Das offensichtliche Friedensangebot des Spartokos war der letzte Ansporn, auf der verbleibenden Strecke nochmals zu beschleunigen. Lysias spürte auf einmal wieder dieses Kribbeln in der Magengegend.

Er riss sich zusammen, sah Mike zärtlich an und sagte: „Wenn das so ist, meine geliebte Freundin, so will ich gerne zu dieser Einladung hingehen. Wirst du mich und Dakos denn begleiten? Oder gilt die Einladung nicht für dich?"

„Und ob ich dabei sein werde!" Mike richtete sich auf, schaute Lysias keck in die Augen und lächelte süffisant. „Erstens bin ich persönlich eingeladen. Und zweitens: So ein gesellschaftliches Ereignis lasse ich mir doch nicht entgehen! Außerdem freue ich mich schon darauf, zu sehen, wie ihr beiden einerseits eure Geschäfte besprechen und andererseits um meine Gunst buhlen werdet. Das wird mit Sicherheit ein großer Spaß."

Sie sprang auf und forderte Lysias mit einer ausladenden Handbewegung auf, ihr zu folgen. „Aber nun genug von all dem! Wolltest du nicht mehr über die Geschichte unserer Stadt erfahren? Ehrlich gesagt frage ich mich, was du eigentlich noch hören willst. Immerhin bist du ja schon mehrere Monate hier. Aber wie dem auch sei: Hier stehe ich und bin bereit. Was willst du wissen?"

In ihrem eleganten weißen Gewand mit diesen dezenten Goldkettchen am Hals und an den Unterarmen sah sie so zauberhaft aus, dass Lysias ihr wegen der letzten Bemerkung nicht einmal böse sein konnte. Er stand ebenfalls auf und folgte ihr.

Sie schlenderten über die Straße, die zu Lysias' Erstaunen auf ihrer ganzen Länge sehr sorgfältig mit großen Steinplatten ausgelegt war. Auch hier hatte man offensichtlich keine Kosten und Mühen gescheut. Sie waren im Vorzeigeviertel Pantikapaions unterwegs, daran gab es keinen Zweifel.

„Was ich nicht verstehe, Mike, ist diese seltsame politische Situation bei euch. Wie und wann ist denn das Geschlecht der Archaianaktiden überhaupt an die Macht gekommen? Und wie kommt es dazu, dass Spartokos so offen und unverblümt dagegen opponieren kann?"

„Das Ganze liegt mittlerweile 41 Jahre zurück." Mike zögerte für einen kurzen Moment und fügte dann leise hinzu: „Zumindest sagen uns das die offiziellen Stadtchroniken. Es gibt allerdings Leute, die anderer Ansicht sind. Doch das ist jetzt nicht so wichtig."

Lysias zog eine Augenbraue hoch und wartete gespannt darauf, was Mike ihm nun erzählen würde. Immerhin war es das erste Mal, dass sich ihm gegenüber jemand zum Aufstieg der Archaianaktiden äußerte. Und ihre seltsamen Andeutungen machten ihn neugierig.

„Damals stritten unsere offiziellen Vertreter über die weitere Zukunft aller griechischen Städte hier am Bosporos. Die Situation war total verfahren. Je mehr Stimmen gehört wurden, desto mehr unterschiedliche Meinungen wurden deutlich. Vor allem aber begannen die Abgesandten der einzelnen Städte, sich gegenseitig der Vorteilnahme auf Kosten der anderen Kolonien zu beschuldigen. Aus ursprünglichen Freunden in der Fremde wurden allmählich Konkurrenten, ja schlimmer noch, sie wurden Gegner!" Mikes Gesicht verfinsterte sich, und ihre Stimme bekam einen merkwürdigen Klang. „Und warum das alles? Ich denke, du kannst es auch so erraten", sagte sie und sah ihn auffordernd an.

Lysias hatte nicht die geringste Ahnung, was der Auslöser für die damaligen Geschehnisse gewesen war. Unumwunden gab er es gegenüber Mike zu, die ihn völlig irritiert anschaute.

„Na, wegen der Skythen natürlich! Warum denn sonst?"

Lysias blieb stehen und sah sie nun seinerseits verständnislos an. „Wegen der Skythen? Wie in Zeus' Namen sind denn die Skythen für diese Entwicklung verantwortlich?"

Bevor Mike ihm antworten konnte, gab es urplötzlich direkt um Lysias herum einen kleinen Tumult auf der Straße. Sein abruptes Anhalten hatte dazu geführt, dass die Personen hinter ihm wie unaufmerksame Rinder in einer Herde auf ihre Vordermänner aufliefen. Ihrerseits nun stehenbleibend, lamentierten sie herum, suchten einen Schuldigen und erreichten damit einen nur noch größeren Verkehrsstau, da bislang unbeteiligte Passanten in Erwartung eines interessanten Schauspiels nun ebenfalls anhielten. Innerhalb von Sekunden war das Chaos perfekt, und die beteiligten Personen wurden immer gereizter.

Mike griff Lysias am Arm und zog ihn hastig in einen kleinen Seitengang, bevor die Stimmung endgültig umzukippen drohte. Während Lysias ihr orientierungslos und völlig ergeben folgte, hörte er, wie die aufgeregten Gemüter von der Straße immer leiser wurden, bis sie schließlich ganz verstummten.

Sie hatten ein kleines, von Baustellen übersätes Plateau erreicht, an dessen Seiten wieder die große Stadtmauer zu sehen war. Schweigend setzten sie sich auf eine niedrige, leicht gerundete Mauer, die an ihrer Oberfläche stark verwittert war. Lysias verfolgte den Mauerverlauf mit den Augen und erkannte sehr schnell, dass sie ganz offensichtlich einmal zu einem großen Rundbau gehört haben musste. Ein Rundbau, der allerdings schon seit vielen Jahrzehnten nicht mehr existierte.

„Mit dir wird es wirklich nicht langweilig, Lysias. Ich kann mich nicht daran erinnern, wann es das letzte Mal einen derartigen Aufruhr auf unser heiligsten Straße gegeben hat!“, sagte Mike lachend und schüttelte dabei ihren Kopf. „Ich bin mir sicher, dass der heutige Tag ebenfalls Eingang in unsere Stadtchronik finden wird.“

Lysias fing ebenfalls an zu lächeln, jedoch noch immer etwas verunsichert darüber, was eigentlich soeben geschehen war. „Ich danke dir für die Hilfe. Ich war da wohl etwas überfordert. Bitte erzähl weiter, nachdem wir unterbrochen wurden. Du wolltest mir über die Skythen und ihren Anteil an eurer Geschichte berichten. Du hast mich da wirklich neugierig gemacht.“

Das Lachen verschwand aus Mikes Gesicht, und sie wurde wieder ernst. „Als die ersten Kolonisten seinerzeit zum Bosporos kamen“, fuhr sie nach kurzem Zögern und auf einmal sichtlich unwillig fort, „haben sie natürlich nach den besten Plätzen für eine Besiedlung gesucht. Die Gründungsväter kamen dabei sehr schnell zu der merkwürdig irrigen Ansicht, dass man sich am ehesten an den althergebrachten Verkehrsrouten der Steppennomaden orientieren sollte."

Sie sah Lysias an und erkannte ohne weitere Worte die naheliegende Frage auf seinem Gesicht: Wie konnte man damals über diese Wege Bescheid wissen, obwohl doch noch keine einzige Stadt existierte?

„Es ist in unseren Archiven belegt, dass es bereits vor der ersten Koloniegründung Handelskontakte in diese Region gegeben hat", beantwortete sie die unausgesprochene Frage des Atheners. „Mehr noch: In der Gründungslegende unserer Stadt steht sogar geschrieben, dass die allererste Siedlung an dieser Stelle unter Beteiligung des skythischen Königs errichtet wurde, indem er selbst den ersten Siedlern das Territorium überließ. Wenn ich daran denke, dass unser ruhmreiches Pantikapaion auf den Schultern eines skythischen Königs ruhen soll, wird mir speiübel. Das ist der Fluch unserer Geschichte!"

Die letzten Worte stieß sie förmlich zwischen ihren zusammengebissenen Zähnen hervor, bevor sie verstummte und mit blitzenden Augen in die Ferne schaute.

Das Wechselspiel der Mächte, Pantikapaion, August 439 v. Chr.

Lysias war schlau genug, in den nächsten Minuten ebenfalls nichts zu sagen, womit er Mike Zeit gab, ihre Wut zu bändigen. Es war ihm in letzter Zeit stärker aufgefallen, wie zwiespältig sich das Verhältnis seiner Gesprächspartner zu den Skythen gestaltete. Sie waren gleichzeitig ungebildete Barbaren, ernstzunehmende Geschäftspartner und unheimliche Zeitgenossen, die man fürchtete und vor denen man den Kopf einzog. Und in wenigen Fällen waren sie offenbar so etwas wie Freunde, wenngleich man das zurzeit auch nur hinter vorgehaltener Hand aussprach. Langsam, aber sicher begann Lysias nun zu ahnen, wo die Wurzeln dieses kulturellen Spannungsverhältnisses lagen.

Als er sah, dass Mike sich wieder halbwegs beruhigt hatte, bat Lysias sie fortzufahren.

„Diese Gründungslegende, so offiziell sie auch sein mag, wird natürlich von jedem klar denkenden Bürger angezweifelt. Es handelt sich mit Sicherheit um eine nachträgliche Verklärung der ganzen Situation! Angezettelt von irgendwelchen Weichlingen, die so gerne die Freundschaft der Skythen haben wollten und dafür sogar die Geschichte umschrieben."

Sie war überzeugt von dem, was sie sagte, das war Lysias bei jedem ihrer Worte vollkommen klar.

„Na, jedenfalls wurden tatsächlich fast alle unsere Städte entlang zweier Wanderrouten der Skythen angelegt, die beide von Westen, von den Taurern her kommend, über den im Winter zugefrorenen Bosporos zum asiatischen Teil führen. Die wichtigere, nördliche Route verläuft in direkter Nähe von Pantikapaion über Porthmion diesseits und Kepoi jenseits der Meerenge. Die südliche Route hingegen führt über diese unselige Stadt Nymphaion, die einige Stadien südlich von uns liegt, hinüber nach Hermonassa, Phanagoreia und dann weiter Richtung Osten."

Lysias hörte wie gebannt zu. Er erfuhr, dass das Arrangement mit den Stadtgründungen entlang der Verkehrsrouten für beide Seiten – die Kolonisten wie auch die Nomaden – anfangs offensichtlich äußerst lukrativ gewesen war. Zumindest, wenn man den offiziellen

Berichten Glauben schenkte. Doch im Laufe der Zeit hatte sich das Kräfteverhältnis am Bosporos verändert. Die griechischen Niederlassungen, die zu Beginn nur eine lose Ansammlung von einigen Häusern und provisorisch errichteten Einrichtungen wie Gerichts- oder Versammlungsstätten gewesen waren, wuchsen in nur kurzer Zeit zu großen Städten heran. Immer neue Siedler fanden den Weg an die Meerenge und führten sehr schnell zu einer wahren Bevölkerungsexplosion. Eine Bevölkerung, die Platz beanspruchte und die vor allem auch ein gesteigertes Selbstwertgefühl entwickelte. Lysias konnte es sich förmlich vorstellen, wie laut es damals in den Ratssitzungen zugegangen sein musste. Wie überall auf der Welt hatte es sicherlich genug „besorgte" Bürger gegeben, die eine größere Kontrolle der Verkehrsverbindungen forderten. Sie, die Vertreter der überlegenen griechischen Kultur, sollten stärkeren Einfluss auf die Bewegungen der Skythen nehmen, was natürlich nichts anderes war als der glühende Wunsch nach höheren Einnahmen durch neue Wegezölle oder Zollgebühren. Innerlich schüttelte sich Lysias bei der Vorstellung, wie sich die Ratsmitglieder gegenseitig in Rage geredet haben mussten. Nur gut, dass in seiner Heimatstadt Athen so besonnene Politiker das Staatsruder in der Hand hatten.

„Auf jeden Fall war man hier in Pantikapaion der Ansicht, dass es endlich Zeit für eine stärkere Kontrolle der Verkehrsrouten sei", fuhr Mike fort. „Einige Städte in der Umgebung wie Myrmekion, Tyritake und auch Porthmion unterstützten diesen von Dalatos vorgebrachten Antrag, der für alle Kolonien gemeinsam gedacht war. Doch es gab massiven Widerstand, der letztendlich sogar zur Auflösung der Ratsversammlung und zur Spaltung der griechischen Städte am Bosporos führte."

Lysias merkte, wie in Mike aufs Neue der Ärger emporstieg.

„Aldis aus Nymphaion hatte sich zum Anführer der gemäßigten Kräfte aufgespielt und warf Dalatos Verrat an den bestehenden Bündnissen mit den Skythen vor. Dabei war er doch selbst der eigentliche Verräter!" Sie stand auf und fing an, im Kreis zu laufen, wobei sie unbewusst die seltsamen Mauern der Ruinen abschritt. „Genau hier, wo wir gerade stehen, Lysias! Genau hier in diesem einst so prachtvollen Rundbau, von dem nur noch diese kläglichen, von allen vergessenen Überreste übrig geblieben sind. Genau hier entzweiten sich die griechischen Koloniestädte, die bis dahin eine geschlossene Einheit gebildet hatten."

Lysias war von Mikes Erzählung gefesselt. Er sagte kein Wort und glaubte sogar, den rauen Atem der Geschehnisse noch spüren zu können. Lysias hatte Ehrfurcht vor geschichtsträchtigen Orten. Immerhin kam er doch aus Athen! Bei diesem Gedanken lief ihm plötzlich ein Schauer über den Rücken. Endlich wusste er jetzt, woran ihn die Ruinen hier eigentlich schon die ganze Zeit über erinnerten!

Es hatte ihm auf der Zunge gelegen, aber er war einfach nicht darauf gekommen. Es erinnerte ihn natürlich an die berühmte Tholos in Athen! Dieser kreisrunde, vor wenigen Jahren erst errichtete Prachtbau, der als offizieller Amtssitz des städtischen Verwaltungsrates eine ständig bereite Eingreiftruppe für den Notfall beherbergte. Sollten diese hinterwäldlerischen Hellenen hier am Ende der griechischen Welt etwa tatsächlich bereits viele Jahre vor seiner eigenen Heimatstadt über eine solche repräsentative Einrichtung verfügt haben? Vor Athen, der Keimzelle der griechischen Kultur? Das war unvorstellbar! Dennoch konnte er die Ruine, die in besseren Zeiten sogar vergleichbare Ausmaße wie die athenische Tholos besessen haben mochte, nicht einfach wegdiskutieren. Immerhin saß er just in diesem Moment auf einer ihrer Mauern! Es war ja zum Verrücktwerden. Je weiter er versuchte, diese Stadt zu verstehen, desto mehr Rätsel gab sie ihm auf. Er fühlte sich schon beinahe wie Sisyphos, der es niemals schaffen sollte, den Stein über die Anhöhe zu wuchten. Doch noch gab er nicht auf.

„Aldis beschwor die alten Zeiten und vor allem die guten Kontakte seiner Heimatstadt Nymphaion zu den Skythen, von denen seinerzeit sogar schon die Ersten damit begonnen hatten, sich in der Nähe der Stadt anzusiedeln." Mike setzte sich wieder hin und sprach mit ruhiger Stimme. „Das Ende vom Lied war, dass sich die Städte an der südlichen Route zu einem Schmusekurs gegenüber den Skythen entschlossen und bekanntgaben, dass sie die ehrwürdige Versammlungsstätte in Pantikapaion, dieses alte Gebäude hier, nicht mehr betreten wollten. Und dabei ist es bis heute geblieben."

Lysias sah auf, als Mike plötzlich verstummte. „Willst du mir damit etwa sagen, dass Pantikapaion seit dieser Zeit mit allen anderen Städten verfeindet ist? Dass ihr euch sogar in einem jahrzehntelangen Krieg befindet?", fragte er sichtlich erschrocken. Warum hatte er denn davon noch nichts gehört? Das wäre jetzt so ziemlich das Letzte, was er kurz vor seiner Fahrt auf den asiatischen Teil des Bosporos gebrauchen konnte. Doch seine aufkommenden Befürchtungen wurden von Mike mit einem energischen Handstreich fortgewischt.

„Sei nicht dumm, Lysias! Hast du hier in den letzten Wochen etwa irgendwelche Soldaten oder Kriegstreiber gesehen? Nein, natürlich nicht. Die Habgier der Menschen ist viel zu groß, als dass man sich die Gelegenheit entgehen lassen würde, sich gegenseitig über den Tisch zu ziehen." In ihrer Stimme klang plötzlich eine unerfüllte Sehnsucht mit. „Als die Gemäßigten Pantikapaion verlassen hatten, nutzten gewisse Elemente in unserer Stadt die günstige Situation, um an die Macht zu kommen. Archaianax verdrängte Dalatos mit einem geschickten Schachzug aus der Verantwortung und übernahm mitsamt seinen Getreuen die Macht. Eine Macht, die sein Geschlecht nunmehr seit über vierzig Jahren unangefochten in den Händen hält. Zu aller Leidwesen war niemand da, der sie ihnen seitdem streitig machte – bis heute! Jetzt bläst ihnen endlich ein stärkerer Wind entgegen, der sich schon bald zu einem unbesiegbaren Orkan entwickeln und sie endlich wegfegen wird!"

Da war er wieder, dieser Funke in ihren Augen, der immer aufglomm, wenn es um die Zukunftsvisionen seines Nebenbuhlers ging. Doch Lysias schluckte seinen bissigen Kommentar hinunter. Er wollte das Ende der Geschichte hören.

Und Mike tat ihm diesen Gefallen. So erfuhr Lysias schließlich, dass Archaianax zwar Bündnisse mit den kleineren, direkt um Pantikapaion herum gelegenen Städten geschlossen hatte und dass diese tatsächlich eine stärkere Kontrolle der nördlichen Route erwirkten. Doch aus dem ursprünglichen Gedanken des Dalatos, geeint und massiv gegen die Barbaren vorzugehen, wurde nichts. Die südliche Route über den Bosporos blieb weiter unbehelligt, weshalb die Skythen nun einen Großteil ihres Warentransfers über die – zugegeben etwas beschwerlichere – Linie Nymphaion, Hermonassa und Phanagoreia abwickelten. Gleichzeitig war das neu geschaffene Bündnis jetzt auch gezwungen, seine Städte massiv und in aller Eile zu befestigen, da die Nomaden verständlicherweise immer wieder versuchten, die Kontrolle über den besseren Meeresübergang zurückzugewinnen. Sinkende Einnahmen durch einen kräftigen Rückgang der Handelskontakte, steigende Kosten durch den Bau von Fortifikationsanlagen und schließlich ein ernster Zwist mit den Nachbarn!

Eine beachtliche Bilanz dieser hochtrabenden Pläne, wie Lysias fand. Zumal Nymphaion sich auch noch anschickte, Pantikapaion langsam, aber sicher den Rang abzulaufen! Auch die Archaianaktiden mussten dies wohl sehr schnell erkannt haben, da sie schon bald ein entspannteres Verhältnis zu den Skythen suchten. Und wie frei sich dieses Reitervolk nach Jahren der Annäherung wieder in der Stadt bewegen konnte, das hatte Lysias ja an seinem ersten Abend auf dem Marktplatz selbst miterleben dürfen.

Aber jetzt war da auf einmal dieser Spartokos, der eine jüngere Kopie des Dalatos vor zwei Generationen darstellte. Ein Mann, der von einem geeinten Reich am Bosporos träumte! Der die Skythen endlich in die Schranken weisen wollte! Aber eben auch ein Mann, der die Alleinherrschaft anstrebte, ohne Rücksicht auf Verluste. Interessant, wie sich die Geschichte hier wiederholte. Lysias war sich aber noch nicht im Klaren darüber, wie es diesmal ausgehen würde. Möglicherweise trug er gerade dazu bei, dass die Archaianaktiden noch einige Jahre obenauf blieben, dass sie sogar so etwas wie einen kleinen zweiten Frühling ihrer Macht erlebten. Doch er sah dunkle Gewitterwolken am Horizont aufziehen, in denen Spartokos wie der Blitzeschleuderer persönlich waltete. Die Zeiten waren ganz offensichtlich andere als damals.

Aber das war ihm jetzt egal. Was zählte, war die Tatsache, dass er eine zweite Chance bekam, sich schließlich noch mit dem letzten Großhändler in Pantikapaion zu treffen und mit ihm erste Gespräche über Handelskonzessionen zu führen. Sollten diese Gespräche auch nur halbwegs erfolgreich verlaufen, ja dann war es ihm sogar völlig egal, wer diesen Machtkampf letztlich gewinnen würde. Er, Lysias, wäre in jedem Fall auf der Gewinnerseite.

Eine Weile saßen sie schweigend nebeneinander und hingen ihren eigenen Gedanken nach. Die ganze Zeit über war kein einziger Mensch an diesen verlassenen Ort gekommen, der beinahe schon wie eine Grabstätte wirkte. Vermutlich war sie es im weiteren Sinne ja auch, dachte Lysias. Immerhin hatte man hier vor über vierzig Jahren die gemeinsame Zukunft der Koloniestädte auf dem Altar der Machtgelüste geopfert. Wären da nicht überall diese Baustellen gewesen, die den Platz allmählich in die neu entstandene Architektur eingliederten, so hätte man meinen können, dass die Menschen diesen Ort bewusst mieden. Würde man die Überreste des Versammlungshauses wohl nach der Umgestaltung des Areals als

Mahnmal stehen lassen? Oder nutzte man die einmalige Gelegenheit, eine ungeliebte Vergangenheit endgültig zu vergessen, indem man die letzten stummen Zeugen vernichtete? Eine interessante Frage, wie Lysias fand, und er nahm sich vor, dieses Thema bei nächstbester Gelegenheit mit Sanon zu erörtern.

Doch jetzt knurrte ihm der Magen. Er sah zum Horizont, wo sich die Sonne langsam dem Meer zuneigte, und dachte an den nächsten Morgen. Sie würden in aller Frühe zum Hafen aufbrechen und mit dem Schiff nach Phanagoreia übersetzen. Doch die ganze Nacht lag noch vor ihm, und er wollte sie auf keinen Fall allein verbringen.

„Was hältst du von einem guten Wein und einem leckeren Abendessen?", wandte er sich an Mike, die bei seinen Worten aus ihrem eigenen Tagtraum aufschreckte. Sie schenkte ihm aber ein herzliches Lächeln und nahm seine Hand.

„Wenn das eine Einladung war, dann nehme ich sie gerne an. Wir sollten in unsere Lieblingstaverne gehen und danach, ja, danach..." Sie sah ihn herausfordernd an. „Wann ging noch mal euer Schiff morgen früh? Direkt bei Sonnenaufgang? Na, da haben wir ja nicht viel Zeit. Also los, mein athenischer Ritter. Du hast noch einiges vor heute Nacht, auch wenn du es vielleicht noch nicht weißt."

Sie sprang auf und lief, ohne auf ihn zu warten, in Richtung Straße. Frauen!, dachte Lysias, schüttelte den Kopf und folgte ihr schweigend, nicht ohne nochmals einen langen, stummen Blick auf die Ruinen des Versammlungshauses zu werfen. Er konnte es sich nicht erklären, doch irgendwie wirkten diese Mauerreste auf einmal wie ein schlechtes Vorzeichen. Pläne, die gescheitert waren. Menschen, die ihre Träume hatten begraben müssen. War das wirklich nur Zufall gewesen, dass sie nach dem Tumult auf der Straße gerade die Gasse nehmen mussten, die hierher führte? So langsam kamen ihm da Zweifel.

Unterwegs in Asien, Kimmerischer Bosporos, August 439 v. Chr.

Sie ritten gemächlich in Richtung Osten. Am Horizont erahnte man schon eine große Stadt, doch der Horizont in der Hitze flimmerte derart, dass man noch keine weiteren Details erkennen konnte. Sie waren auf dem Weg nach Labrys, der Königsstadt der Sinder!

Seit einiger Zeit fühlte Lysias sich wie in einem Märchenland, wenn man mal von seinem Magen absah. Da war zunächst die wohl auf ewig unvergessliche Nacht mit Mike gewesen. Oh großer Zeus, wie sehr konnte diese Frau die Sinne vernebeln. Dreimal hatten sie sich stürmisch geliebt, so stürmisch, dass das Bett unter ihnen zusammengebrochen war. Sie hatten einander so sehr begehrt, dass sie es nicht einmal mehr in das Haus des Dakos geschafft hatten, sondern sich direkt nach dem üppigen Abendessen von dem süffisant lächelnden Wirt ein Zimmer geben ließen.

Doch Lysias wollte sich zu diesem Zeitpunkt keine weiteren Gedanken machen, wie man dem Wirt das eingestürzte Bett erklären sollte. Sie waren einfach in den Trümmern ihrer Leidenschaft eng umschlungen liegen geblieben. Sein letzter Gedanke vor dem Einschlafen führte ihn jedoch noch einmal in seine Heimatstadt, die er fast genau auf den Tag ein Jahr zuvor verlassen hatte. Lysias dachte an seine Eltern, und die Tränen stiegen ihm in die Augen. Wie mochte es ihnen wohl in diesem Moment gehen? Und dann dachte er an seine Verlobte und schämte sich plötzlich für einen kurzen Augenblick doch, hier in den Armen einer anderen Frau zu liegen. Aber er machte sich schon seit Wochen nichts mehr vor. Polyxena war Geschichte, sie wusste es nur noch nicht. Trotzdem fühlte er sich in diesem Moment elend. Aber schließlich hatte Morpheus Mitleid mit ihm, schloss ihn in seine Arme, und Lysias schlief endgültig ein.

Am nächsten Tag waren sie dann auf ein Schiff namens *Tanais* gestiegen und in See gestochen. Nachdem Lysias etwas umständlich und sehr zögernd erklärt hatte, warum er in der letzten Nacht nicht zurückgekommen war, ließ sich Dakos ein wenig besänftigen. Doch war er zu Beginn ihrer Fahrt immer noch schweigsam und verstimmt, so dass Lysias mehrfach versuchen musste, ihn in ein

Gespräch zu verwickeln. So hatte Dakos ihm schließlich auf Nachfrage erklärt, dass der Tanais ein großer Fluss weit im Norden war, auf dem man tief ins Inland gelangen konnte.

„Aber hüte dich davor, diesen Fluss zu befahren", sagte er. „Die Menschen dort sind uns Griechen alles andere als wohlgesinnt. Drei meiner Freunde haben dieses gefährliche Unterfangen gewagt. Aber keiner von ihnen ist je zurückgekehrt."

„Aber wieso trägt dann dieses Schiff einen solch unheilvollen Namen?"

„Weil der Name gleichzeitig der einer wunderschönen Amazone ist. Du weißt ja, wie sehr die Menschen hier die Amazonen verehren."

Lysias wusste es nicht und gab es auch unumwunden zu.

Dakos sah ihn leicht verwundert an: „Du bist seit fast einem halben Jahr hier, und du weißt nichts über die Amazonen? Du solltest dich mehr mit dem geschäftlichen Dingen deines Vaters beschäftigen als mit schönen Frauen. Und ein bisschen mehr Interesse an der Kultur und des Geschichte dieser Welt hier wäre in diesem Zusammenhang auch nicht schädlich! Na, ist ja jetzt auch egal, wir legen gleich an. Erinnere mich daran, dass ich es dir unterwegs erkläre."

Das war vor zwei Tagen gewesen. Nachdem sie im Hafen von Phanagoreia angekommen waren, hatten sie sich zunächst eine Unterkunft in einer Hafentaverne gesucht. Der letzte Teil der Überfahrt war sehr stürmisch gewesen, und das schlechte Wetter hatte dazu geführt, dass sie nur mit einer sehr großen Verspätung an ihrem Ziel ankamen. Natürlich in der Nacht, hatte Lysias vor sich hingegrummelt, als sie von Bord gingen. Es war ja auch gar nicht anders möglich gewesen! Seit er damals dieses unsägliche Schiff *Argo* im Hafen von Sinope betreten hatte, erreichte er immer nur nachts irgendwelche Häfen. Von wegen „Gastfreundliches" Meer, pah! „Schwarzes" Meer müsste es heißen, so dunkel wie es für ihn immer war. Das wäre ein wirklich passender Name! Lysias war nun seinerseits so genervt, dass ihm nicht einmal das üppige Abendessen schmecken wollte. Nachdem er sich halbwegs gestärkt hatte, verabschiedete er sich von Dakos und ging ohne ein weiteres Wort schlafen.

Auch den ganzen nächsten Tag blieb Lysias noch auf seinem Zimmer, da er zu allem Überdruss etwas beim Abendessen nicht vertragen hatte. Die halbe Nacht hatte er im Hof verbracht und sich die Seele aus dem Leib gebrochen. Es musste dieser verdammte Fisch gewesen sein, dachte er in einem der wenigen Augenblicke, wo er einen halbwegs klaren Gedanken fassen konnte – bevor sein Magen wieder die Kontrolle übernahm. Am liebsten hätte er Poseidon mitsamt seinem ganzen Meer in die Unterwelt verflucht. Doch er musste ja irgendwann wieder zurück nach Pantikapaion fahren. Und dass ging nun mal leider nur über die Meerenge, so dass er sich seinen Fluch für später aufhob. Sicher war sicher.

Schließlich waren sie aber dann doch noch in aller Frühe des nächsten Tages aufgebrochen. Lysias ging es wieder besser, und er bedauerte es nun sehr, dass er außer seinem Zimmer und der Hoftoilette nichts von Phanagoreia gesehen hatte. Diese Stadt erschien ihm irgendwie merkwürdig. Ihre Silhouette im frühen Morgenlicht ließ erahnen, dass Phanagoreia ungefähr genauso groß wie Pantikapaion sein musste. Doch einerseits fehlte hier dieser große Burgberg im Zentrum der Stadt, und andererseits sah Lysias beim Verlassen Phanagoreias nirgends eine Stadtmauer, was ihn sehr verblüffte. Er dachte an die langen Mauern in Athen, die die Stadt mit dem Piräus verbanden, dachte an die zahlreichen Befestigungslinien in Pantikapaion selbst, die jede für sich von der Macht und der Stärke der Stadt zeugten. Und hier in Phanagoreia? Nichts. Für ihn als Bewohner der griechischen Festlands eigentlich unvorstellbar. Hier konnte irgendetwas nicht stimmen.

„Dort in der Ferne liegt die Hauptstadt der Sinder, Lysias“, rief Dakos ihm zu. „Du kannst sogar von hier aus ihre mächtigen Mauern erkennen, die die Stadt umschließen. Man sagt, es waren griechische Architekten, die beim Bau geholfen haben sollen, und das bereits vor über fünfzig Jahren!“

Als hätte Dakos seine Gedanken erraten, lieferte er ihm wie auf Kommando das Stichwort. „Da wir gerade von Stadtmauern reden, Dakos. Wie kommt es eigentlich, dass diese Barbarensiedlung eine solch mächtige Umfassung besitzt, Phanagoreia aber nicht? Das will mir irgendwie nicht einleuchten.“

Dakos, der an der Spitze der kleinen Gruppe aus Kaufleuten ritt, mit der sie zusammen Phanagoreia verlassen hatten, lenkte sein Pferd genau neben das des Lysias. Verstohlen sah er sich um. „Erstens, mein junger Freund: Ich weiß zwar, dass ihr in Athen alle Nichtgriechen als Barbaren bezeichnet und das noch nicht einmal wirklich böse meint. Aber hier solltest du ein wenig auf die bekannte athenische Hochnäsigkeit verzichten, ansonsten könnte das unangenehme Folgen haben. Immerhin reiten wir geradewegs auf die Hauptstadt der Sinder zu, und nicht auf irgendein kleines Küstendorf. Wir sind hier nicht mehr im Einzugsbereich von Pantikapaion. Keiner käme uns im Ernstfall zu Hilfe. Hast du das begriffen?", mahnte er Lysias eindringlich und starrte ihn so lange an, bis der etwas verschüchtert mit dem Kopf nickte.

Jetzt übertreibt Dakos aber doch etwas, dachte Lysias. Es waren nun einmal Barbaren. Na und? Hatten sie vielleicht so außergewöhnliche Kunstwerke geschaffen wie die Athener? Nein, mit Sicherheit nicht!, sagte er voller Überzeugung zu sich selbst und vergaß vor lauter Vorurteilen völlig, dass er ja soeben zum allerersten Mal überhaupt sindischen Boden betrat.

„Was deine eigentliche Frage angeht, so ist die Antwort für jemanden, der nicht hier aufgewachsen ist, sehr schwierig zu verstehen. Ich will aber dennoch versuchen, es dir so weit es geht zu erklären. Denn das könnte wichtig für dich sein. Wichtig für deinen Vater, wenn ihr hier am Bosporos tatsächlich längerfristig Fuß fassen wollt. Ist dir die Geschichte bekannt, wie Archaianax vor vierzig Jahren an die Macht gekommen ist und was der Auslöser dafür war?"

Lysias dankte Mike im Stillen auf Knien dafür, dass sie ihn bei ihrem letzten Treffen diese Lektion in bosporanischer Geschichte erteilt hatte. Als ob sie es geahnt hätte, dass es auf seiner Fahrt in den Osten des Bosporos noch wichtig sein würde. Was für eine tolle Frau!

Lysias sah Dakos in die Augen und sagte mit fester, leicht beleidigt klingender Stimme: „Du glaubst ja offenbar tatsächlich, dass ich mich in der letzten Zeit nur mit Frauen beschäftigt habe, oder? Natürlich weiß ich, wie Archaianax nach dieser schicksalhaften Versammlung das Ruder übernommen und damit seinem Geschlecht den Weg in die Führungsspitze geebnet hat."

Trotzig straffte er den Rücken und sah demonstrativ an Dakos vorbei in Richtung der Stadt. Er hoffte sehr, dass seine Äußerungen überzeugend klangen, da er es hasste, wie ein kleiner Junge dazustehen. Erst der Patzer mit den Amazonen und nun beinahe dieser neue Beweis seiner Unkenntnis. Das wäre denn doch zu viel gewesen. Irgendwie hatte Dakos ja recht. Lysias war in letzter Zeit eher seinen privaten Dingen nachgegangen, als sich weiter um seinen offiziellen wie auch inoffiziellen, eigentlichen Auftrag zu kümmern. Doch jetzt konnte er ja hier in Labrys wieder aktiv werden. Er hatte halt nur ein paar Tage Urlaub gemacht, warum denn auch nicht?

„Na, wenigstens etwas", fuhr Dakos zufrieden fort. „Die Skythen hatten damals einen regen Handelsverkehr über den Bosporos organisiert. Zu uns Griechen waren sie überwiegend freundlich, wenngleich sie weitgehend auf Distanz blieben und nur zum Handeln mit uns zusammentrafen. Na ja, diese Verhaltensweise haben sie eigentlich bis heute nicht abgelegt, wie dir vermutlich, oder besser gesagt: hoffentlich bereits aufgefallen ist."

Dakos betrachtete ihn nun seinerseits aus den Augenwinkeln. Er hatte Lysias in den vergangenen Tagen kaum zu Gesicht bekommen, da dieser immer häufiger mit Mike unterwegs gewesen war. Ihm kamen langsam echte Zweifel, ob sich der junge Mann tatsächlich für die harte Geschäftswelt eignete. Dabei hatte Lysias einen solchen Glanzstart hingelegt! Innerhalb kürzester Zeit kannte ihn jeder einflussreiche Unternehmer in Pantikapaion. Es war ihm sogar gelungen, ernstzunehmende Vorverhandlungen zu führen, worüber sein Vater sehr stolz sein würde. Doch in der letzten Zeit fing Lysias an, sich so intensiv den schönen Seiten des Lebens zu widmen, dass er Gefahr lief, zu einem dieser Weichlinge zu werden, die es in der Stadt schon so zahlreich gab. Nein, hier musste, hier *wollte* Dakos eingreifen.

„Während wir Griechen also mehr oder weniger in Eintracht mit den Skythen leben konnten, vor allem natürlich auch deshalb, weil beide Seiten sehr stark voneinander profitierten, war dieses Glück den Sindern und Maioten nicht vergönnt." Dakos wies mit der ausgestreckten linken Hand in Richtung Labrys. „Die Skythen betrachteten ihre östlichen Nachbarn beinahe schon als Verräter und behandelten sie wegen ihrer eigenen militärischen Überlegenheit lange Zeit sehr schlecht. Ihrer Meinung nach hatten sich diese Völker viel zu sehr der griechischen Kultur und Lebensweise angepasst. Handel mit den Neuankömmlingen aus dem Mittelmeer – ja! Aber von fremden Einflüssen in kulturellen und gesellschaftlichen Fragen hatte man vor zwei Generationen noch deutlich andere Vorstellungen, als das heute glücklicherweise der Fall ist."

„Das erklärt die Festungsmauern in Labrys, nicht aber das Fehlen einer Stadtmauer in Phanagoreia", warf Lysias ein, während er sein Pferd zu einer etwas schnelleren Gangart antrieb. Einmal, nur ein einziges Mal wollte er vor Sonnenuntergang an seinem Ziel ankommen. Oh Hermes, Gott der Reisenden, bitte lass es uns diesmal schaffen! Auch fing sein Magen wieder an, sich auf unangenehme Art und Weise zu melden. Nie wieder würde er Fisch essen. Das hatte er sich geschworen.

„Nachdem sich die Vertreter der Kolonien in zwei Lager gespalten hatten, blieb das natürlich nicht ohne Konsequenzen für die einzelnen Städte. In Pantikapaion und den kleineren Niederlassungen wie Tyritake, Porthmion und Myrmekion errichtete man nun vorsorglich Verteidigungsanlagen. Man hatte die Zügel gegenüber den Skythen angezogen und befürchtete ernstzunehmende Gegenschläge“, dozierte Dakos, der sich in diesem Moment wie ein Hauslehrer anhörte.

Komisch, dachte Lysias. Genauso war es auch bei Mike gewesen, als sie ihm über die damaligen Geschehnisse berichtete. Irgendwie schien dieser Teil der Vergangenheit tiefe Spuren im Gedächtnis der bosporanischen Griechen hinterlassen zu haben.

„An der südlichen Transferroute über die Meerenge beschritt man demgegenüber einen anderen Weg“, fuhr Dakos fort. Jener Aldis aus Nymphaion, der als Wortführer der Gemäßigten aufgetreten war, hatte den Stadthäuptern seiner Heimatstadt sowie den Kolonien Hermonassa und Phanagoreia eindringlich geraten, auf diese Machtdemonstrationen zu verzichten. Ein äußerst kluger Rat, wie sich herausstellen sollte. Zumindest bis jetzt.“

Bei diesen letzten Worten horchte Lysias auf. „Wieso bis jetzt? Gibt es wieder neue Schwierigkeiten mit den Skythen? Das kann ich mir gar nicht vorstellen, wo wir doch gerade erst von Spartokos zu einem Treffen mit deren Führern eingeladen worden sind.“

„Ich rede ja auch nicht von den Skythen, Lysias! Es ist eben jener Spartokos, der mir Angst macht. Ja, wirklich Angst macht! Stell dir doch mal vor, dass er die Macht in Pantikapaion erlangt und dann plötzlich mit seinen Truppen vor den unbefestigten Koloniestädten steht. Was glaubst du wohl, welche Chance die in einem solchen Fall hätten?“

„Hat er sich diesbezüglich schon einmal geäußert?“

Dakos antwortete nicht sofort auf Lysias’ Frage, sondern spuckte zunächst angewidert zu Boden. „Mehr als einmal“, antwortete er schließlich, „doch alle halten das nur für hirnloses Geschwätz eines Angebers. Aber wir beide, Lysias, du und ich, wir wissen es besser.

Zeus sei uns gnädig, dass dieser Tag nicht kommen mag. Er wäre unser aller Untergang!"

Den restlichen Weg ritten sie schweigend nebeneinander her. Lysias gab es nur ungern zu, aber er hatte in der letzten halben Stunde mehr über die bewegte Geschichte dieser Region gelernt als in den ganzen Monaten zuvor. Die Beziehungen zu den Skythen waren also weit unterschiedlicher, als er das nach Mikes Erzählungen angenommen hatte. Im Norden war man auf Konfrontation gegangen. Im Süden verfolgte man demgegenüber tatsächlich einen Annäherungskurs, der dazu führte, dass man demonstrativ seine Städte für die Reiternomaden öffnete. Hier gab es keinen abgeschlossenen Bereich, keine mächtigen Verteidigungsanlagen. Jeder konnte, ja jeder *sollte* in diese Städte kommen, die ihre Gäste willkommen hießen. In der Region um Pantikapaion war man als Skythe demgegenüber offensichtlich nur für kurze Zeit geduldet – so lange man eben zum eigentlichen Handeltreiben benötigte.

Plötzlich wurde Lysias auch klar, warum man sich auf dem Landgut des Spartokos treffen würde. Beide Seiten, Skythen wie auch Griechen, hatten kein großes Interesse daran, sich in dieser Metropole für einen längeren Zeitraum zu treffen. Hier existierte sie noch, diese traditionelle Distanz zwischen den beiden Kulturen. Ein Treffen an der Grenze der jeweiligen Einflusssphären kam beiden Seiten zugute, traf man sich doch auf fast schon neutralem Boden. Spartokos war schlau, dachte Lysias, das musste man ihm lassen. In der Stadt schürte er einerseits die latent vorhandenen Aggressionen gegen die Barbaren, mit denen er auf der anderen Seite einen lukrativen Handel betrieb – nur eben außerhalb der griechischen Zentren. Schlau, wiederholte sich Lysias, sehr, sehr schlau!

Sie waren noch ein gutes Stück von Labrys entfernt, als sie sich plötzlich in eine lange Schlange einreihen mussten, die sich vor den Toren der Stadt gebildet hatte. Da waren unzählige Transportwagen mit unterschiedlichsten Gütern zu sehen. Männer, Frauen und Kinder standen gehorsam an, was aber sicher nicht zuletzt an den grimmig dreinblickenden, schwer bewaffneten Soldaten lag, die in regelmäßigen Abständen den Tross beobachteten, der sich langsam in Richtung Labrys bewegte. Wie die Dompteure in einem Tierkäfig schienen sie nur darauf zu warten, dass jemand aus der Reihe tanzte. Ihre Rüstungen, die sehr große Ähnlichkeit mit griechischen Brustpanzern aufwiesen, glänzten in der Abendsonne.

Auch ihre übrige Aufmachung ließ einen deutlichen hellenischen Einfluss erkennen, so dass Lysias keine weitere Bestätigung benötigte. Dies waren sindische Soldaten! Vermutlich so etwas wie eine Abteilung der Stadtwache, die sich um die Sicherheit von Labrys kümmern sollte.

„Sehen die immer so mürrisch aus?“, fragte er Dakos leise. „Man könnte ja glauben, dass man hier immer noch auf den nächsten Angriff der Skythen wartet.“

„So weit aus der Luft gegriffen ist das gar nicht“, erwiderte Dakos angestrengt, da er große Mühe hatte, sein Pferd unter Kontrolle zu behalten. Anders als Lysias, der einen Großteil seines bisherigen Lebens auf dem Rücken von Pferden verbracht hatte, ritt Dakos nur selten aus. Daher wusste er auch nicht genau, wie man ein Reittier richtig behandelte, das offensichtlich Angst vor größeren Menschenmengen hatte.

„Du musst die Zügel ein wenig anziehen und ihm gleichzeitig gut zureden“, riet ihm Lysias, der seine Not bemerkte und in dem für einen kurzen Moment der Anführer einer athenischen Elitetruppe hervorbrach. „Sonst scheut das Pferd, und du wirst abgeworfen.“

„Woher kennst du dich eigentlich so gut mit Pferden aus?“ Dakos presste voller Anstrengung die Lippen zusammen, weshalb Lysias ihn kaum verstand.

„Mein Vater besitzt mehrere Pferde, auf denen ich in den Sommermonaten immer üben durfte. Da habe ich so das ein oder andere gelernt“, erwiderte der Athener, und als er sah, dass Dakos seinen Hengst endlich beruhigen konnte, wiederholte er seine Frage von eben.

„Genau wie bei uns gibt es in Labrys mehrere Fraktionen, die einen unterschiedlichen Kurs gegenüber den Skythen bevorzugen“, antworte Dakos leise. „Zurzeit bestimmt Matasys über das Schicksal der Sinder. Matasys gehört zur älteren Generation, die in ihrer Kindheit die letzten Skythenüberfälle noch miterlebt hat. Er traut ihnen nicht, und die Tatsache, dass es auch am Bosporos immer noch ähnliche Gesinnungen gibt, bestärkt ihn in seinen Ansichten. Als Skythe musst du schon einen verdammt guten Grund haben, um die Torschwelle in die Stadt überschreiten zu dürfen.“

Lysias blickte die schier unendlich lange Reihe der Wartenden entlang. Und in der Tat sah er nur vereinzelt Männer, die durch ihre Kleidung als Skythen zu erkennen waren – oder zumindest als

Personen, die skythische Kleidung bevorzugten. Er selbst und auch die anderen Mitglieder ihrer kleinen Karawane hatten alle typisch griechische Kleidung angezogen: einen schlichten hemdartigen Chiton, der wieder mit einem edlen, aber unauffälligem Ledergürtel drapiert war, und darüber einen dreieckigen braunen Mantel. Auch durften natürlich der Reisehut und schließlich ein kleines Kurzschwert für den Notfall nicht fehlen. „Du musst auf den ersten Blick als Grieche zu erkennen sein“, hatte Dakos ihm geraten, „sonst verbringst du Stunden bei den Eingangskontrollen.“

Es war schon irgendwie eigenartig gewesen, als er in Phanagoreia seine beinahe liebgewonnene Kleidung mit all den kleinen Schmuckgegenständen wieder gegen seine früheren Sachen aus athenischer Produktion eingetauscht hatte. Bei der Vorbereitung ihrer Reise musste er seine Sachen auch erst einmal lange suchen, bevor er sie schließlich tief in einer Truhe verstaut in seinem Zimmer fand. Und nun saß er hier hoch zu Pferd mit seiner sehr kostbaren und edel wirkenden Kleidung, wodurch er eine schon beinahe herrschaftliche Ausstrahlung hatte – und trotzdem fühlte er sich nackt. Er hätte es niemals laut zugegeben, doch all diese kleinen Amulette mit den in sich verdrehten Tierdarstellungen und mythischen Fabelwesen fehlten ihm. Vielleicht wurde es doch bald Zeit, dass er den Rückweg in seine Heimatstadt Athen antrat. Aber wenn er ging, dann würde er Mike mitnehmen.

Vor den Toren der Stadt, Labrys, August 439 v. Chr.

„Das riecht nach Ärger."

Lysias schrak aus seinen Gedanken hoch. „Was ist los?", fragte er Dakos alarmiert und legte unbewusst eine Hand auf sein Kurzschwert.

„Nimm die Hand runter, du Idiot, und lächle!", erwiderte Dakos und nickte nahezu unmerklich mit dem Kopf nach vorn.

Als Lysias in die angedeutete Richtung blickte, stockte ihm für einen kurzen Moment der Atem. Zwei athletisch anmutende Soldaten kamen direkt auf sie zu, während sie sich mit einer dritten Person unterhielten, die unaufhörlich mit dem ausgestreckten Arm auf sie zeigte.

„Was in Zeus' Namen soll das denn jetzt werden?"

Dakos zuckte mit den Schultern. „Ich weiß es nicht. Irgendwie habe ich das Gefühl, dass ich den Mann da kennen sollte. Doch ist es nun schon fast drei Jahre her, dass ich das letzte Mal hier war. Ich kann mich einfach nicht erinnern."

Lysias sah zu den anderen Kaufleuten hinter sich, mit denen zusammen sie diese Reise von Phanagoreia nach Labrys unternommen hatten. Ich kenne nicht mal ihre Namen, dachte Lysias. Und das, obwohl wir bereits den ganzen Tag gemeinsam unterwegs sind. Wie war das noch? Der große, braungebrannte Reiter am Ende ihrer Reisegruppe kommt aus einer Stadt namens Kepoi, und der andere dort neben ihm, war der nicht aus Phanagoreia selbst? Lysias konnte sich beim besten Willen nicht mehr erinnern. Als Dakos sie einander vorgestellt hatte, war Lysias noch immer damit beschäftigt gewesen, seinen eigenen Magen samt noch vorhandenem Inhalt unter Kontrolle zu bringen. Wie dem auch sei. Ein kurzer Blick in ihre erschrockenen Gesichter machte ihm deutlich, dass auch sie nicht wussten, was hier vor sich ging.

Als Lysias sich wieder umdrehte, stand die Gruppe bereits direkt vor ihm und Dakos.

„Sei gegrüßt, Dakos, Sohn des Akamantis! Und auch Euch, Lysias aus dem fernen Athen, Sohn des Androklos, heiße ich mitsamt Eurer Freunde in unserer Hauptstadt willkommen!"

Lysias verschlug es schlichtweg die Sprache, während Dakos mit der linken Hand langsam über seinen Bart fuhr. Auch er war offenbar über alle Maßen von diesem Empfang überrascht.

„Mein Name ist Oktamasades, Sohn des Hekataios, des zukünftigen Königs der Sinder!" Noch während er die letzten Worte voller Stolz ausrief, deutete er eine leichte Verbeugung vor den Reitern an.

Oktamasades war eine imposante Erscheinung. Er trug einen weißen, ärmellosen Chiton, der an den Rändern mit einem schmalen, purpurfarbenen Streifen verziert war und auf dessen Vorderseite eine ganze Reihe dieser kleinen Plättchen aus Gold aufgenäht waren, die Lysias selbst so schmerzlich vermisste. Seinen Hals zierte ein dicker Goldreif, der aus drei ineinander verdrehten Schnüren bestand, deren Enden jeweils gemeinsam in einem Löwenkopf mündeten. Dieser Torques mochte gut drei Kilogramm wiegen, dachte Lysias, der dieses Schmuckstück für maßlos übertrieben hielt. So etwas würde ein echter Grieche niemals tragen. Doch er hütete sich davor, diesen Gedanken laut auszusprechen.

„Oktamasades?", fragte Dakos zögernd. „Haben wir uns nicht vor drei oder vier Jahren im Haus des Matasys bei einem großen Symposion getroffen?"

Lysias schätze ihren Gesprächspartner auf nicht mehr als zwanzig Jahre. Demzufolge wäre Oktamasades damals gerade einmal 16 Jahre alt gewesen, wenn seinen Gastgeber die Erinnerung nicht täuschte. Das hielt er doch für unwahrscheinlich, jedoch wurde Lysias unmittelbar darauf eines Besseren belehrt.

„Ich bewundere dich für dein perfektes Gedächtnis, Dakos. Ja, wir trafen uns damals bei dieser Gelegenheit. Es freut mich wirklich sehr, dass du dich an mich erinnerst. Und das, obwohl ich damals noch ein Junge war und so viele Leute das Fest besuchten."

Oktamasades schien wirklich sehr erfreut zu sein, und ein Lächeln auf seinem Gesicht ließ erahnen, dass er den besagten Abend vor seinem geistigen Auge nochmals Revue passieren ließ. Doch dann spannten sich seine Gesichtszüge mit einem Mal wieder, und er fuhr in einem geschäftlichen Ton fort:

„Als mein Vater Hekataios von euch die Nachricht bekam, dass ihr in diesen Tagen nach Labrys kommen werdet, beauftragte er mich, nach euch Ausschau zu halten. Seit zwei Tagen warte ich nun schon auf euch, und ich fing langsam schon an zu glauben, dass ihr nicht mehr kommen würdet."

Lysias brauchte sich in dieser Sekunde nicht umzuschauen. Er wusste auch so, dass alle Blicke seiner Mitreisenden vorwurfsvoll auf ihn gerichtet waren. Was konnte er denn dafür, dass er als Einziger diesen verdammten Fisch nicht vertragen hatte? Ja, seinetwegen waren sie zu spät in der sindischen Hauptstadt angekommen. Das hatte man ihm im Laufe des Tages immer wieder in Andeutungen zu verstehen gegeben.

„Unsere Abreise aus Phanagoreia hat sich leider ein wenig verschoben", sagte Dakos in die peinliche Stille hinein. Allerdings konnte selbst er dabei nicht ein kleines süffisantes Lächeln unterdrücken. „Doch sag mir bitte, warum dich Hekataios auf uns warten ließ und warum du mit zwei Soldaten zu uns kommst. So, als wolltest du uns verhaften."

„Euch verhaften?" Oktamasades schaute verwirrt zu den beiden Wachen, dann zu Lysias und schließlich wieder zu Dakos. „Euch *verhaften*?", wiederholte er. „So ein Unsinn! Ich bin mit meinen beiden Getreuen gekommen, um euch sicheres Geleit in die Stadt zu geben. Vorbei an all den Wartenden in der Schlange, damit ihr schon bald einen kühlen Wein im Haus meines Vaters genießen könnt! Oder wollt ihr hier etwa warten, bis es dunkel wird?"

Lysias' Herz schlug einen Salto. Das war mit Abstand die beste Nachricht seit langem! Hermes, du windschneller Bote der Götter, du Beschützer der Reisenden, ich danke dir! Sie würden tatsächlich vor Einbruch der Nacht an ihrem Ziel ankommen. Das hätte er niemals für möglich gehalten.

Nachdem Oktamasades sie gebeten hatte, abzusteigen, scherten sie aus der Schlange aus und folgten den beiden Soldaten, die ihnen den Weg freimachten. Hier und da hörte man ein leises Fluchen über diese Sonderbehandlung. Doch die Stimmen verstummten sofort, wenn einer der Soldaten dem Protestierenden das Schwert an die Kehle hielt, während ihn sein Partner nach allen Seiten sicherte. Das hier war nicht das demokratische Athen, wo die Bürger gewisse Rechte hatten, schoss es Lysias durch den Kopf, als sich diese Szene mehrmals wiederholte. Es war ihm auch ein wenig mulmig dabei, dass er selbst nun Nutznießer dieser straffen Hierarchie war, die sich offenbar im Wesentlichen auf den Einsatz von Gewalt stützte. Aber andererseits hatte er auch keine Lust, bis spät in den Abend hinein in dieser Schlange zu stehen. Nur um dann vielleicht zu sehen, wie ihm kurz vor dem Ziel das Tor vor der

Nase zugeschlagen wurde. Nein, er wollte in diese Stadt, und zwar jetzt! Wie, war im jetzt egal.

Als sie endlich das Tor erreichten, mussten sie ein paar Minuten warten, da Oktamasades zunächst mit den Stadtwachen sprechen wollte. Lysias lächelte verstohlen. Torwächter waren doch überall auf der Welt gleich. Sie hatten in ihrem kleinen, aber strategisch wichtigen Bereich die absolute Macht. Wen sie nicht reinlassen wollten, der kam auch nicht rein. Ob Bettler, Adliger oder Krieger. Wollte man sogar besonders schnell in die Stadt, indem man etwa an den Kontrollen vorbeigeschleust wurde, so hatte man für diese Sonderbehandlung entsprechende „Gebühren" zu entrichten. Da half es auch überhaupt nichts, sich auf seinen Stand oder gar gute Freunde in der Stadt zu berufen. Im Gegenteil, mit solchen versteckten Drohungen wäre man vermutlich als Letzter drangekommen. Hier galt es, einfach die Ruhe zu bewahren und gute Miene zum bösen Spiel zu machen. Eine andere Wahl hatte man nicht.

Während sie warteten, betrachtete Lysias aufmerksam die gewaltigen Festungsmauern. Dakos hatte recht gehabt. Diesen Mauern sah man den griechischen Architekten sofort an, da gab es überhaupt keinen Zweifel. Sorgsam gesetzte Steinquader, in regelmäßigen Abständen hervorspringende, turmartige Zungen sowie eine eigentliche Mauerbreite von über zwei Metern ließen zudem erahnen, dass es sich bei dieser Anlage nicht nur um eine reine Verteidigungslinie handelte. Hier wollte jemand pure Macht demonstrieren – und das war ihm auch wirklich gelungen, wie Lysias anerkennend zugeben musste. Sein Blick blieb an den massiven und feuergehärteten Holzflügeln hängen, von denen der rechte leicht in den Torraum hineinragte und auf diese Weise die ursprüngliche Durchgangsbreite beachtlich verringerte. Wie Wasser durch einen Trichter rann, so mussten alle Neuankömmlinge durch diese schmale, künstlich geschaffene Gasse gehen. Dabei wurden sie genauestens von den Wächtern zu beiden Seiten beobachtet, und wehe dem, der irgendwie auffällig war.

Es waren mindestens zwanzig Minuten vergangen, bis Oktamasades endlich zu ihnen zurückkam. Obwohl es zum Unwillen aller Beteiligten wesentlich länger als versprochen gedauert hatte, so war Lysias aber auch nicht entgangen, dass sich die Schlange der Wartenden in der Zwischenzeit ebenfalls um keinen einzigen Zentimeter bewegt hatte. Mit einer stoischen Ruhe untersuchten die Soldaten einen Handkarren, der trotz einer Ladung aus stinkenden Fischen und verschiedenen Nutztieren ungewöhnlich schwer und damit sehr verdächtig erschien. Allein bei dem Anblick des Fisches, den die Wachen beim Durchsuchen des Wagens und unter lautem Geschrei des Händlers auf den Boden geworfen hatten, wurde Lysias schlecht. Sein Magen wollte sich erneut zu Wort melden, was so ziemlich der ungünstigste Zeitpunkt überhaupt war, wie Lysias seinem Verdauungstrakt in einem stillen Zwiegespräch vorwarf. Doch bevor er sich ernsthaft nach einer Möglichkeit umsehen musste, sich ohne Hunderte von Zuschauern übergeben zu können, zog ihn das weitere Geschehen vollständig in seinen Bann, wodurch er seine plötzlich aufkommende Übelkeit schlichtweg vergaß.

Die Wachen hatten den Handkarren fast zur Hälfte ausgeräumt, als einer der Soldaten einen triumphierenden Schrei ausstieß. „Hab' ich es doch gewusst, du Wurm! Seit wann transportiert man denn Fisch in diesen Amphoren aus Samos? Willst du unseren König Matasys etwa um seine Zolleinnahmen bringen? Weißt du denn nicht, was Schmuggler hier bei uns erwartet?"

In hohem Bogen warf er das Beweisstück in Richtung Stadtmauer, wo die kleine Amphora mit einem lauten Krachen zerbrach und ihren Inhalt über die Steinwand ergoss.

„Nehmt ihn fest und konfisziert seine Ladung. Allerdings nur den Wein. Diesen verdorbenen Fisch und den Rest hier schmeißt in den Fluss. Das ist ja widerwärtig!" Bei diesen Worten erbleichte der vermeintliche Fischhändler, fiel auf die Knie und bat lautstark um Vergebung. Doch die Wachen hatten ihren Befehl erhalten und setzten ihn sofort und ohne jegliches Mitleid um.

„Bei uns werden die Gesetze sehr genau beachtet", sagte Oktamasades, der sich offenbar genötigt fühlte, die Szene entschuldigend zu kommentieren. „Jeder Händler, egal welcher Herkunft, ist bei uns jederzeit willkommen, solange er sich an die Spielregeln hält. Aber das ist bei euch sicherlich nicht anders, oder meine Freunde?" Er sah seinen Gästen nacheinander in die Augen und fuhr dann unvermittelt fort: „Nun aber genug davon. Ich habe mit dem Torvorsteher gesprochen, und wir dürfen ohne weitere Kontrollen in die Stadt gehen. Bitte folgt mir!"

Mit einer ausladenden Geste seines linken Armes unterstrich Oktamasades seine Aufforderung und ging ohne ein weiteres Wort in

Richtung Torschwelle. Lysias wusste nicht genau, ob es ihm als Einzigem aufgefallen war. Aber nach dem Gespräch mit dem Wächter fehlte an Oktamasades' linkem Handgelenk ein goldener, sehr kunstvoll verzierter Armreif, der sicherlich eine Menge Geld gekostet hatte.

Mit einem wissenden Lächeln auf dem Mund folgte er dem Sinder und betrat die Königsstadt.

Die Königsstadt, Labrys, August 439 v. Chr.

Oktamasades führte die Gruppe zielstrebig zum Haus seines Vaters. Dabei verzichtete er aber nicht darauf, als Reiseführer aufzutreten und unterwegs ein wenig von der Stadtgeschichte zu erzählen.

„Labrys ist eine recht junge Stadt, vor nicht einmal mehr als drei Generationen gegründet", begann er seinen einstudierten Vortrag, während sie sich ständig bemühten, durch den nicht enden wollenden Menschenstrom, der sich in beiden Richtungen ergoss, nicht plötzlich getrennt zu werden.

„Dabei seid es eigentlich ihr Griechen gewesen, die den Anstoß dazu gaben. Ihr brauchtet Kontakte ins Hinterland samt Zugang zu den unendlichen Weiten an kostbarem Ackerland, wir hingegen wollten über euch an die Produkte des fernen Mittelmeeres herankommen. Tja, und so entstand Labrys als unsere erste Hauptstadt des sindischen Volkes. Eine Stadt, auf die wir sehr stolz sind!"

Während der Sinder ohne Unterlass eine Lobrede auf seine Stadt hielt, gingen Dakos und Lysias schweigend nebeneinander her. Links und rechts der Straße sahen sie große Steingebäude aus sorgsam bearbeitetem, lokalem Kalkstein, deren Wände fast so mächtig wie die Stadtmauern waren. Teilweise besaßen sie zwei Stockwerke und manches Mal sogar Kellerräume, wie die in die Tiefe führenden Treppen neben dem Eingangsbereich vermuten ließen. Das Verrückte aber war, dass diese seltsam anmutenden Häuser, oder besser gesagt Festungen, direkt neben schlichten, leicht in den Boden eingetieften Bauten standen, deren einfaches Mauerwerk man aus Holz und Lehmziegeln errichtet hatte. Krasser konnte der Unterschied eigentlich nicht sein, und doch schien sich alles zu einem harmonischen Ganzen zusammenzufügen.

Im Vergleich zum ersten Eindruck draußen vor der Stadt, wo Labrys auf den Neuankömmling erst einmal sehr abweisend, ja nahezu feindlich gewirkt hatte, herrschte hier ein völlig anderes Bild. Die Stadt schien irgendwie noch weniger planmäßig gegliedert zu sein als Pantikapaion, doch man hatte das Gefühl, dass alles aufeinander abgestimmt war. Überall lagerten Handelswaren, von Weinamphoren bis zu großen Ständen mit kostbaren Kleidern. Händler boten

Kostproben ihrer Getreidevorräte oder sonstiger Nahrungsmittel an. Hier arbeiteten Griechen neben Sindern und Maioten, die sich alle, oft sogar miteinander, in den unterschiedlichsten Sprachen unterhielten. Lysias hörte Griechisch, wenn auch in einem merkwürdigen Dialekt. Dann war da das offenbar Sindische, von dem er zwar überhaupt nichts begriff, dessen Klangmelodie ihm aber sehr gut gefiel. Und schließlich hörte er noch andere Sprachen, die er nicht einmal wirklich zuordnen, geschweige denn verstehen konnte. Eines aber war klar: Diese Stadt lebte, und ihr Reichtum bestand aus den Menschen, die hier wohnten und arbeiteten. Lysias war wieder einmal sprachlos, doch dieses Mal vor ungläubigem Staunen. Diese Art der Offenheit, ja der Toleranz gegenüber der jeweils fremden Kultur hatte er nicht erwartet. Nicht in einer Stadt der Barbaren!

Als hätte Oktamasades seine Gedanken erraten, blieb er plötzlich stehen und drehte sich lächelnd zu ihnen um. „Wir denken hier eher pragmatisch und bauen unsere Häuser funktional und nach dem jeweiligen Bedarf. Auch halten wir die alten Häuser aus der Gründerzeit in Ehren und sehen in ihnen Garanten für eine blühende Zukunft. Das scheint mir bei euch in Pantikapaion etwas anders zu sein, wenn ich richtig informiert bin, nicht wahr?“ In seiner Stimme schwang ein kleiner Vorwurf mit.

„Aber wie dem auch sei, verehrte Reisende aus den griechischen Städten, wir sind da. Das hier ist das Haus meines Vaters.“

Oktamasades wies auf ein großes Steingebäude am Ende der Straße, das sicherlich zu den größten Häusern der Stadt zählte. Lysias spannte innerlich die Muskeln. Nun wurde es wieder offiziell. Jetzt galt es wieder, seine Rolle zu spielen und alles Notwendige zu tun, damit seine Reise hierher erfolgreich verlaufen würde, trotz dieser dämlichen Fischvergiftung. Doch das, was er bisher von Labrys und seinen Bewohnern gesehen und gehört hatte, stimmte ihn sehr zuversichtlich. Hier schien ein weiterer Apfel reif am Baum zu hängen und nur darauf zu warten, gepflückt zu werden. Man musste es halt nur tun.

Als sie das Haus betraten, wurde es mit einem Mal mucksmäuschenstill um sie herum. Draußen pulsierte das Leben, doch hier drin, so fand Lysias, war es so ruhig wie auf einem Friedhof. Oder besser gesagt, so ehrfürchtig still wie im Allerheiligsten eines Tempels. Mit einem kurzen Blick zurück sah er, dass auch diese Hauswände beinahe genauso dick waren wie die Stadtmauern. Kein Wunder also, dass man den Straßenlärm hier nicht mehr wahrnahm. Wenn die hiesigen Bewohner ihre Häuser „funktional" und „pragmatisch" bauten, dachte er bei sich, während ihm ein leichter Schauer über den Rücken fuhr, dann möchte ich nicht herausfinden wollen, welcher Pragmatismus zur Errichtung einer derart schwer befestigten Anlage geführt hatte. War hier vielleicht doch nicht alles so rosig?

Bevor Lysias sich allerdings weitere Gedanken darüber machen konnte, welche Ereignisse den Hausbesitzer wohl zu diesem ungewöhnlichen Schritt genötigt hatten, erschien wie aus dem Nichts ein schüchtern dreinblickender Diener und führte ihre Mitreisenden in einen angrenzenden Raum auf der linken Seite. Ihn selbst und Dakos aber geleitete ein zweiter, ebenfalls nicht sehr gesprächiger, mürrischer Sklave in den zentralen Hof.

„Dieser alte Mann da heißt Cholkos und ist der Lieblingssklave meines Vaters", sagte Oktamasades, der ihnen folgte. Er sah Cholkos hinterher. „Warum auch immer", fügte er provozierend hinzu. Doch sein Tonfall machte deutlich, dass er den Diener eigentlich nur ärgern wollte.

„Wie immer ist der junge Herr zu Scherzen aufgelegt. Sollte ich nach meiner Tagesarbeit noch Zeit zum Lachen haben, werde ich mich selbstverständlich gebührend darüber amüsieren." Ohne sich auch nur umzudrehen, ging Cholkos weiter.

Lysias wartete gespannt auf ein gehöriges Donnerwetter, das aber zu seinem maßlosen Erstaunen ausblieb. Obwohl dieser Cholkos gerade derart unverschämt geantwortet hatte, ob nun provoziert oder nicht, lachte Oktamasades laut auf und legte dem alten Mann freundschaftlich den Arm um die Schultern.

„Ach, Cholkos, mein alter Cholkos. Seit meiner Jugend musst du nun meine Neckereien ertragen. Und ich bewundere dich für dein Durchhaltevermögen."

Ein liebevolles Blitzen in den Augen des Dieners verriet, dass er Oktamasades offenbar weit mehr Zuneigung entgegenbrachte, als es normalhin üblich war.

„Nun bitte ich dich aber um einen großen Gefallen, mein alter Lehrer! Lauf zu meinem Vater und informiere ihn, dass unsere Gäste endlich eingetroffen sind. Wir werden hier im Hof warten."

Cholkos schlurfte davon, nicht ohne aber noch etwas zu murmeln, was in Lysias' Ohren wie „Wenn es denn sein muss" klang. Was für ein komischer Kauz, dachte der Athener.

Zukunftspläne, Labrys, August 439 v. Chr.

„Willkommen in meinem Haus, Dakos aus Pantikapaion, und vor allem auch du, Lysias aus dem fernen Athen! Es ist mir eine Ehre, euch im Namen von König Matasys und der gesamten Händlerschaft von Labrys begrüßen zu dürfen."

Freudestrahlend schritt Hekataios auf sie zu und wiederholte seine Begrüßung sogar noch herzlicher, als er direkt vor ihnen stand. Dakos und Lysias wechselten einen kurzen Blick. Hier war jemand, der sich tatsächlich über ihre Anwesenheit freute. Zeus selbst müsste da schon Einwände erheben, wenn man das nicht während der kommenden Verhandlungen zum eigenen Vorteil ausnutzen konnte.

Lysias schätzte, dass Hekataios ungefähr vierzig Jahre alt war. Sein Haar glänzte graumeliert und verlieh ihm eine gewisse Würde, die durch seinen aufmerksamen, klaren Blick noch unterstützt wurde. Über seinem kräftigen, durchtrainierten Körper trug Hekataios griechische Gewänder aus kostbarem Stoff. Das Besondere aber war die purpurne Farbe des Chitons, der zusätzlich an seinen Rändern kleine Goldappliken mit Tierdarstellungen aufwies. Lysias verengte die Augen, und auf seiner Stirn erschienen kleine Furchen. Purpur? Soweit er wusste, trug der Großkönig im fernen Persien diese Farbe als Zeichen seiner Macht. Aber der saß viele Tagesreisen entfernt in Persepolis, oder wo auch immer er sich gerade aufhielt. Sollte diese herrscherliche Farbsymbolik etwa auch hier ihre Bedeutung haben? Hier, an den Grenzen der griechischen Welt? Wie dem auch sei: Vor sich sahen sie einen Mann, der in der hiesigen Hierarchie ganz oben stand und der sich dessen auch bewusst war. Was hatte Oktamasades bei ihrem ersten Aufeinandertreffen vor den Toren der Stadt noch gesagt? Mein Vater Hekataios, der zukünftige König der Sinder?

„Matasys ist leider zurzeit nicht in der Stadt. Vor zwei Tagen musste er wegen kleinerer Grenzstreitigkeiten mit unseren maiotischen Nachbarn nach Osten aufbrechen, und es ist ungewiss, wann genau unser Herrscher zurückkehren wird."

Sie hatten sich auf bequemen Klinen niedergelassen und damit begonnen, die dargereichten Köstlichkeiten zu genießen. Selbst

Lysias griff mit erneut aufkommendem Appetit zu, nachdem er sich vergewissert hatte, dass Fisch nicht zu den Speisen gehörte. Sein Magen war wieder mehr oder weniger in Ordnung, aber Fisch hätte er nicht ertragen.

„Vielleicht ist das aber auch gut so", griff Hekataios seinen Gedankengang wieder auf. „Matasys ist alt geworden und durch die schrecklichen Erfahrungen in seiner Kindheit geprägt. Je älter er wird, desto misstrauischer und ängstlicher reagiert er auf alle sich anbahnenden Veränderungen. Die Götter mögen ihm noch ein langes Leben schenken, doch seine Tage als Herrscher der Sinder sind wohl weitgehend gezählt."

Das waren seltsam harte, offene Worte, ausgesprochen zwei Fremden gegenüber, die Hekataios so gut wie gar nicht kannte!

„Wir bedanken uns in aller Form für die freundliche Aufnahme in deinem Haus und die großartige Hilfe bei der Überwindung dieser nervtötenden Kontrollen am Tor", erwiderte Dakos. Lysias fiel plötzlich auf, dass es das Erste war, was sein Freund seit dem Betreten der Stadt überhaupt gesagt hatte. „Doch verzeih mir, wenn ich offen rede. Deine Worte haben mich ein wenig verwirrt. Sie klangen für einen Außenstehenden schon beinahe wie der Aufruf zu einem Umsturz! Wir sind einzig und allein wegen der geplanten Handelsgespräche hier. Mit Politik haben wir nichts zu schaffen. Sollte die Zeit also ungünstig sein, so wäre es wahrscheinlich besser, wenn wir wiederkommen, sobald sich diese internen Dinge hier geregelt haben."

Bei diesen Worten durchzuckte es Lysias. Wenn du nur wüsstest, Dakos, dachte er. Wenn du nur wüsstest, wie sehr du selbst zu einem Akteur in einem groß angelegten Ränkespiel geworden bist, das von Athen initiiert wurde. Er unterdrückte sein aufkommendes schlechtes Gewissen und konzentrierte sich wieder vollends auf das Hier und Jetzt.

„Du missverstehst mich, Dakos!" Mit einem Wink seiner linken Hand forderte er den Diener hinter ihm auf, etwas Wein nachzuschenken. „Matasys selbst sprach ganz offen davon, mir in näherer Zukunft die Königswürde zu übertragen. Es ist sein eigener Wille, dass ich sein Nachfolger werden soll. Kein Umsturz, kein Machtkampf oder unnötiges Blutvergießen. Ganz legal und von den Göttern gewollt."

Mit einem leicht süffisanten Lächeln blickte er zu seinem Sohn, der es seinerseits sichtlich genoss, die verwirrten Gesichter ihrer

Gäste wahrzunehmen. „Falls ihr es aber vorzieht, mit dem scheidenden König zu sprechen, so kann ich euch leider nur bitten, zu warten. Ich bin mir aber sicher, dass Matasys nach seiner Rückkehr gern mit euch über die Politik der Griechenstädte der letzten Jahre und besonders natürlich über deren lockeren Umgang mit den Skythen diskutieren will."

Trotz des Lächelns auf dem Gesicht ihres Gastgebers verstand Lysias die Botschaft sofort. Er hob seine Weinschale.

„Es ist mir eine Ehre, dem zukünftigen König der Sinder gegenübersitzen und in seinem Haus Station machen zu dürfen. Ich bin mir sicher, dass unsere Verhandlungen zu deiner vollen Zufriedenheit verlaufen werden."

Alle Anwesenden prosteten Hekataios zu, der diese Ehrerbietung offenbar zu schätzen wusste und nun seinerseits auf die Gesundheit seiner Gäste trank. Das Eis war gebrochen, die Fronten waren klar abgesteckt. Jetzt konnte der eigentliche Teil der Verhandlungen beginnen.

„Reden wir doch bitte ohne Umschweife über den eigentlichen Grund unseres Treffens", sagte Hekataios denn auch, nachdem sie alle ausgiebig zu Abend gegessen hatten und nun den lauen Spätsommerabend genossen. Lysias war dabei sehr zufrieden, dass sein Magen seit längerer Zeit keine Schwierigkeiten mehr machte und der Wein ihm wieder schmeckte. Er lag auf seiner bequemen Kline und sah für einen kurzen Moment verträumt zwei Libellen zu, die um den Brunnenrand im Zentrum des Hofes herumflogen und einen wundersamen Tanz vollführten. Trotzdem hörte er seinem Gastgeber aufmerksam zu.

„Ich denke, dass mein Sohn euch über die Geschichte unserer Stadt bereits in Grundzügen informiert hat. Zumindest kann ich mir nicht vorstellen, dass er sich diese Möglichkeit hat entgehen lassen." Bei diesen Worten bekam Oktamasades einen hochroten Kopf und sah verschämt zu Boden. „Eines der wichtigsten Ziele unserer damals neu gegründeten Hauptstadt war es, den Handel mit euch Griechen und auch mit den Skythen zu unserem eigenen Nutzen zu intensivieren. Aber das war, bevor Matasys an die Macht gelangte."

Hekataios schien zu überlegen, wie er nun fortfahren konnte. „Seine persönlichen Erfahrungen während dieser Wirren vor gut vierzig Jahren haben ihn sehr geprägt, war er doch damals fast noch ein Kind." Lysias erinnerte sich an die kleine Expresseinführung in die Geschichte der Sinder, die ihm Dakos auf dem Ritt hierher gegeben hatte.

„Natürlich war das damals eine schreckliche Zeit, und diese marodierenden Skythenverbände haben viel Unheil angerichtet. Aber obwohl das alles nun schon viele Jahre her ist und sich die Rahmenbedingungen ganz wesentlich geändert haben, ist der Handel mit den Skythen zurzeit faktisch nicht existent. Auch die Verbindungen zu euren Griechenstädten könnten insgesamt besser laufen. Und genau deshalb habe ich diesem Treffen zugestimmt. Und glaubt mir, mit mir zu verhandeln ist für euch wesentlich angenehmer und lukrativer, als auf Matasys zu warten und dabei mit dem scheidenden Kapitän des großen Staatsschiffes zu verhandeln."

Wäre die Situation nicht so ernst gewesen, so hätte Lysias am liebsten laut losgelacht. Kapitän auf einem sinkenden Schiff? Diese Redewendung war ihm nur noch allzu gut in Erinnerung, hatte Spartokos doch damals über Sanon gesprochen wie Hekataios soeben über den derzeitigen Sinderkönig. So gleich und dennoch so verschieden, schoss es ihm durch den Kopf. Dort in Pantikapaion strebte ein Mann an die Macht, der den Skythen gegenüber feindlich eingestellt war und der keinen großen Wert auf engere Kontakte mit der Mittelmeerwelt legte – zumindest nicht über das zwingend notwenige Maß eines lukrativen Handelskontaktes hinaus. Und Lysias hatte in den vergangenen Wochen und Monaten gesehen, wie die Anhängerschaft des Spartokos langsam und doch stetig angewachsen war. Vermutlich würde Spartokos sich also tatsächlich eines nicht mehr allzu fernen Tages durchsetzen. Damit hatte er sich eigentlich bereits innerlich abgefunden gehabt.

Und nun saß er hier im Sinderreich einem zukünftigen König gegenüber, der das genaue Gegenteil verfolgte und der sich gegenüber äußeren Einflüssen wesentlich aufgeschlossener zeigte, als es der derzeitige Herrscher tat. Am besten wäre es, die bislang recht losen Kontakte zwischen Sanon und Hekataios zu intensivieren. Dies würde beiden Seiten nutzen und die angespannten Verhältnisse in Pantikapaion wieder zugunsten der Archaianaktiden verschieben – wodurch Spartokos wieder aus dem Rennen wäre! Gerade dieser letzte Gedanke zauberte wie von Geisterhand ein zufriedenes Lächeln auf Lysias' Gesicht. Längst hatte er sich an diese Ränkespiele auf dem politischen Parkett gewöhnt. Hatte er sie zu Beginn seiner Mission noch gehasst, so spielten seine Gedanken mittlerweile selbsttätig verschiedene „Was wäre, wenn"-Szenarien durch, bevor er sich zu einer bestimmten Handlung entschied.

Lysias sah ihren Gastgeber an und wollte gerade ansetzen, seinen spontanen Gedanken auszusprechen, als Hekataios ihm zuvorkam.

„Ich sehe", sagte er mit fester Stimme, „dass wir uns offenbar verstehen und unser Gespräch daher fortsetzen können, oder?" Eher bestimmt als fragend blickte er in die Runde. Als er keine Antwort auf seine rhetorische Frage bekam, fuhr er zufrieden fort: „Aber bevor wir nun die Einzelheiten näher besprechen, möchte ich zunächst sicherstellen, dass keine unbefugten Ohren hören, was wir zu besprechen haben."

Er stand auf und bat seine Gäste, ihm in einen der angrenzenden Räume zu folgen. Als Oktamasades sich ebenfalls anschickte, das Zimmer zu betreten, drehte sich Hekataios auf der Türschwelle um und sah in seine Richtung.

„Mein Sohn, ich dachte, du wolltest dich um die Warenlieferung aus Phanagoreia kümmern, die heute Morgen angekommen ist?"

Völlig perplex blieb Oktamasades vor seinem Vater stehen. „Wie bitte? Darum kann sich doch Cholkos kümmern, wie er es schon immer getan hat. Ich will bei dem Gespräch dabei sein und will hören, was unsere Gäste zu sagen haben. Immerhin bin ich dein Stellvertreter und in ferner Zukunft auch dein Erbe!"

Hekataios sah ihn lächelnd an. „Und gerade weil das so ist, musst du allmählich lernen, wie die Dinge wirklich stehen. Ich erwarte heute Abend deinen vollständigen Bericht. Wenn du dir noch unsicher bist, dann kannst du ja Bromis als Unterstützung mitnehmen."

Ohne ein weiteres Wort zu sagen, ging der zukünftige Sinderkönig in den Raum hinein und schlug dem verdutzten Oktamasades die Tür vor der Nase zu.

„Verzeiht dieses kleine familiäre Schauspiel", entschuldigte er sich bei Lysias und Dakos. „Aber das, was wir jetzt besprechen wollen, soll nicht schon morgen auf dem Tisch von eurem Spartokos landen. Ich habe zwar noch nicht herausbekommen, wie viel der Pantikapäer meinem Sohn bezahlt, doch eines weiß ich ganz genau: Er steht auf dessen Gehaltsliste, und zwar als überaus fleißiger und wissbegieriger Spion."

Bei diesen Worten prustete Lysias seinen Schluck Wein vor Schreck wieder aus. Leider traf es einen sehr kostbar wirkenden

Teppich, der an der Rückwand des kleinen Raumes aufgehängt war. Einer der Helden in der Mitte des kunstvollen Gewebes hatte nun einen recht unschönen Flecken Rotwein im Gesicht, was dem dargestellten Geschehen ein wenig die Würde nahm.

Während Dakos sich mit größter Mühe das Lachen verkneifen musste und Hekataios ebenfalls ein kleines Schmunzeln nicht verbergen konnte, wurde Lysias rot vor Scham. Selten hatte er sich so blamiert. Aber diese Enthüllung, so beiläufig ausgesprochen wie eine Warenbestellung auf dem Markt, traf ihn bis ins Mark. Dabei hatte ihm weniger die Tatsache, dass der Sohn ihres Gastgebers offenbar in Spartokos' Diensten stand, das Blut in den Adern gefrieren lassen, als vielmehr die plötzlich aufkommende Gewissheit, dass man Spione auch entlarven konnte. Natürlich war das keine neue Erkenntnis, doch zeigte ihm diese Situation, dass er es beileibe nicht mit Stümpern zu tun hatte. Seine verschiedenen Gesprächspartner verstanden ihr Handwerk mindestens genauso gut wie er selbst. Vielleicht sogar besser?

„Ich bitte dich herzlich um Entschuldigung für mein schlechtes Benehmen", sagte Lysias in Richtung Hekataios, ohne ihrem Gastgeber dabei in die Augen zu schauen. „Natürlich werde ich die Kosten für die Reinigung oder falls nötig für den Ersatz übernehmen. Aber ich bin geschockt von deiner Enthüllung. Dein eigener Sohn? Ein Spion des Spartokos?"

„Wir leben in spannenden Zeiten, mein lieber Lysias. Dessen solltest du dir immer bewusst sein! Er ist nur an all dem interessiert, da ihm mein Erfolg den eigenen Weg ebnet. Von Spartokos erhofft sich mein Sohn, dass er mir schneller als normal auf den Thron folgt. Sprich, sollte Spartokos erfolgreich sein, hätte er in Oktamasades einen willigen und treuen Gefolgsmann in der Sindike."

„Und wieso hast du ihn nicht schon längst aus dem Haus geworfen, wenn du über all das Bescheid weißt?", warf Dakos ein.

„Weil Oktamasades sich derart dämlich anstellt, dass ich mehr über die Geschehnisse am Bosporos erfahre als er über mich und meine Pläne. Doch jetzt fürchte ich, dass unser Spiel in eine neue Runde geht."

Hekataios ging zur Tür, öffnete sie einen Spalt und schielte hinaus. Als er mit einem zufriedenen Gesichtsausdruck die Tür wieder schloss und sich seinerseits nun auf eine Kline setzte, fragte Lysias: „Wieso in eine neue Runde?"

„Ist das nicht offensichtlich? Noch in dieser Stunde wird ein Bote nach Pantikapaion aufbrechen, um Spartokos Bericht zu erstatten. Er ist ein Fanatiker, aber er ist nicht dumm. Spartokos wird wissen, dass ich meinem Sohn nicht mehr traue, da ich ihn von unserem Gespräch ausgeschlossen habe."

Hekataios griff neben sich auf den kleinen Beistelltisch, nahm sich eine Handvoll Trauben und aß sie genüsslich eine nach der anderen. „Damit bleiben den beiden nun zwei Optionen", sprach er zwischen dem Kauen. „Spartokos wird meinen Sohn entweder den Skythen zum Fraß vorwerfen, wie man so schön sagt, oder ihn davon zu überzeugen versuchen, mich zu stürzen, sobald ich den Thron bestiegen habe. *Das* meine ich mit einer neuen Runde."

Erneut machte er eine kleine Gesprächspause und aß ein paar Trauben. „Da ich aber nicht die Absicht hege, meinem Sohn vorzeitig die Macht zu überlassen, bin ich an Verträgen mit den Griechenstädten am Bosporos und vor allem auch dem griechischen Mutterland sehr interessiert. Mehr noch. Ich will auch auf die Skythen zugehen und ihnen die Hand reichen. Diese Reiternomaden sind nicht nur potentielle Handelspartner für mich. Sie könnten eines Tages vielleicht sogar mein militärischer Rückhalt für den Notfall sein."

Der Traum, Labrys, August 439 v. Chr.

Sie besprachen sich die ganze Nacht. Hekataios stand zu seinem Wort und machte seinen Gästen weitreichende Zugeständnisse bei den Warenzöllen, Vorkaufsrechten und Lagerbedingungen. Auch versprach er, dass man nach seiner baldigen Thronbesteigung nochmals nachverhandeln werde, da er dann über einen größeren Handlungsspielraum verfügen würde. Im Gegenzug versicherten Lysias und Dakos, Sanon mit allen zur Verfügung stehenden Mitteln den Rücken zu stärken und den Aufstieg des Spartokos nach Möglichkeit zu verhindern.

Zum ersten Mal, dachte Lysias am Ende ihrer Verhandlungen, sprach er mit anderen Personen ganz offen über politische Intrigen und gezielte Einmischungen in die hiesigen Machtverhältnisse. In dieser Nacht war er tatsächlich zu einem Doppelspion geworden! Doch das bereitete ihm kein Kopfzerbrechen. Im Gegenteil. Um den Auftrag des Perikles erfolgreich durchzuführen, war ihm von Anfang an jedes Mittel recht gewesen. Wenn er sich also nun einer Gruppe von Verschwörern anschließen musste, um die Verhältnisse in der Region zu seinen Gunsten zu stabilisieren, dann sollte es eben so sein. Die Hauptsache war, dass es keiner seiner Gesprächspartner mitbekam, wie er weiterhin auf eigene Rechnung arbeitete.

Als der Morgen bereits graute, hatten sie ihre Verträge schließlich zu ihrer aller Zufriedenheit ausgehandelt. Hekataios lud sie zu einem kleinen Abschlusstrunk ein, doch Lysias hatte nur den einen Wunsch, wenigstens etwas Schlaf zu bekommen. „Die Jugend von heute!“, frotzelte ihr Gastgeber.

„Lass ihn ruhig“, erwiderte Dakos. „Glaub mir, es ist dir mit Sicherheit lieber, dass Lysias sich zurückzieht. Andernfalls wäre es durchaus möglich, dass er noch ein Streitgespräch mit deinem Sohn oder sonst einem deiner Hausgäste anfängt.“ Auch er sah Lysias nun lachend an. „Ich habe da gewisse Erfahrungen sammeln dürfen. Damals, als Lysias vor einem halben Jahr das erste Mal mein Haus betreten hatte.“

„Macht euch nur ruhig lustig über mich, ihr standfesten Herren! Ich habe gerade erst eine ekelhafte Fischvergiftung hinter mir, und wir haben hier die ganze Nacht verhandelt. Ich finde, da darf ich ruhig mal müde sein."

Er wandte seinen Blick an Hekataios. „Mich interessiert aber trotz allem noch eine letzte Frage, Hekataios, oder besser gesagt, zwei Fragen."

Als er sah, dass ihr Gastgeber etwas besorgt die rechte Augenbraue hochzog, fuhr er schnell fort: „Erstens frage ich mich schon die ganze Zeit über, wo eigentlich unsere Mitreisenden abgeblieben sind. Und zweitens, wie verhalten wir uns eigentlich persönlich deinem Sohn gegenüber, sollten wir ihm noch über den Weg laufen. Was sagen wir ihm denn, wenn er fragt?"

Hekataios' Gesichtszüge entspannten sich. Offenbar hatte er mit wesentlich schwierigeren Fragen gerechnet. „Eure Reisegefährten werden sicherlich eine sehr angenehme Nachtruhe genießen. Vielleicht sogar in den Armen einer schönen Frau. Wer weiß? Im Laufe des Vormittags werden sie dann mit einer städtischen Delegation zusammentreffen, die sich aus hochrangigen Vertretern der hiesigen Kaufmannsschicht zusammensetzt. Alles sehr ergebene Freunde von mir, die den Auftrag haben, in unserem Sinne die Verhandlungen zu führen."

Hekataios stand auf und füllte Dakos und sich selbst noch einmal die Schalen. „Sie werden den ganzen Tag beschäftigt sein und gar nicht auf den Gedanken kommen, vor eurer gemeinsamen Rückreise nach euch beiden zu fragen. Und falls doch, dann wird man ihnen erzählen, dass die Verhandlungen mit einem Vertreter Athens eben aus Effizienzgründen gesondert durchgeführt werden mussten. Das wird ihnen reichen, denn so gute Freunde seid ihr ja nun auch wieder nicht."

„Und was ist mit Oktamasades?", hakte Dakos nach, dem diese Frage offensichtlich ebenfalls durch den Kopf gegangen war.

„Ich weiß meinen Sohn ebenfalls den ganzen Tag über mit Arbeit einzudecken", entgegnete Hekataios. „Er wird euch vor eurer Abreise heute Abend nicht mehr über den Weg laufen und deshalb auch keine Fragen mehr stellen können. Das verspreche ich euch."

Als Lysias sich verabschiedet hatte, traten Hekataios und Dakos gemeinsam in den Hof hinaus. Die Nacht war sternenklar gewesen und jetzt, gegen Ende August, konnte es bereits empfindlich kalt werden. Dakos hüllte sich in seinen Mantel ein und sah zum Himmel.

„Wir leben in spannenden Zeiten. Das hast du sehr treffend formuliert.“ Er unterbrach sich und fuhr erst nach einer ganzen Weile fort: „Ich will ehrlich zu dir sein, Hekataios. Ich bin mir nicht sicher, ob die Anwesenheit unseres jungen athenischen Freundes nun ein Segen oder nicht doch eher ein Fluch ist.“ Hekataios sah ihn überrascht an.

„Versteh mich bitte nicht falsch. Ich mag den Jungen, mag seine Art, wie er mit Menschen umgeht. Es stört mich einfach nur, dass er im Auftrag seines Vaters und damit seiner Heimatstadt Athen hier ist. An ihm hängt der Makel des Fremden, auch wenn er schon ein halbes Jahr bei uns ist. Und ohne es zu merken, hat er in den vergangenen Monaten Dinge in Bewegung gebracht, die nur noch schwer zu kontrollieren sind.“

Dakos lehnte sich an eine der Säulen des Vordachs und hing seinen Gedanken nach. Mehr zu sich selbst fügte er noch leise hinzu: „Oder es hat zumindest den Anschein, dass er es unbewusst getan hat.“

„Ich kann dir nicht folgen, Dakos“, sagte Hekataios. Eigentlich konnte er es sich nicht erklären, wie es zu dieser Vertrautheit zwischen ihnen beiden gekommen war. Noch gestern Nachmittag hatten sie sich als zwei lauernde Löwen begrüßt, ein jeder darauf bedacht, den größtmöglichen geschäftlichen Vorteil für sich zu erlangen. Eigentlich sollte er jetzt zu Bett gehen, seinen Erfolg genießen und sich gleichzeitig diebisch darüber freuen, seinem Sohn eins ausgewischt zu haben. Doch im Laufe der Nacht hatte er das Gefühl bekommen, in Dakos unverhofft einen Weggefährten getroffen zu haben, der die gleichen Ideale besaß und für die gleiche politische Richtung eintrat. Hier wuchs ein kleines Pflänzchen namens Freundschaft heran, das man hegen und pflegen musste, bevor es wieder einging. Gerade das Beispiel seines Sohnes hatte ihm deutlich gemacht, wie kostbar Vertrauen war.

„Sag mir, Dakos, was bedrückt dich so?“, hakte er deshalb noch einmal nach.

„Weißt du, Hekataios, es ist merkwürdig. Seit Tagen verfolgt mich ein Traum, der mich wirklich sehr beunruhigt. Und ich bin mir nicht sicher, ob es nur ein reines Nachtgespinst ist, oder ob es Morpheus selbst ist, der mich mit dieser Vorsehung über die nahe Zukunft heimsucht.“

Hekataios kniff die Augen zusammen. „Was für eine Vorsehung?“

Dakos hatte eigentlich keine rechte Lust gehabt, das Thema weiter zu vertiefen. Andererseits litt er immer stärker unter diesem Traum, der ihm den erholsamen Schlaf raubte. Vielleicht war es gar nicht schlecht, einmal offen darüber zu sprechen.

„Ich sehe immer und immer wieder einen großen Adler mit ausgebreiteten Schwingen, wie er einen Hasen auf dem Feld schlägt. Alles ist voller Blut. Der Jäger ist unbarmherzig, das Opfer chancenlos.“ Er sah seinen Gesprächspartner an. „Kennst du diese Darstellungen auf den kleinen goldenen Gewandappliken der Skythen? Die mit dem Adler, der sich auf den Hasen stürzt? Das ist ein Gleichnis aus der Tierwelt. Für eine erfolgreiche, erbarmungslose Jagd. Genauso ist es in meinem Traum.“

Hekataios sah, wie Dakos sich innerlich schüttelte. Freundschaftlich legte er seinen Arm auf dessen linke Schulter und sprach beruhigend auf ihn ein. „Aber da hast du doch schon die Antwort. Deine eigene Phantasie spielt dir einen Streich, indem du diese skythischen Darstellungen im Schlaf verarbeitest. Du bist einfach nur ein bisschen überarbeitet. Deshalb träumst du so was, das Bild zeichnet deine Situation nach. Gleichzeitig Jäger und Gejagter, oder im geschäftlichen Sinne: Käufer und Verkäufer. Rastlos, da die Konkurrenz ja auch nicht untätig ist. Und daher immer auf der Suche nach neuen Märkten!“

Hekataios lächelte Dakos aufmunternd zu und hoffte, dass er seinen neuen Freund damit ein wenig von seinen trüben Gedanken ablenken konnte. Doch dem war nicht so. Dakos starrte weiterhin in die Ferne und fuhr leise fort.

„Du verstehst nicht, Hekataios. In meinem Traum bin ich der Hase! Ich spüre, wie der Adler seinen scharfen Schnabel in meinen Bauch hackt. Immer und immer wieder! Wie er meine Eingeweide herausreißt!“ Schweiß trat ihm auf die Stirn. „Die Schmerzen erscheinen mir derart real, dass ich schweißgebadet aufwache und meine Hand auf die vermeintlichen Wunden presse, um die Blutung zu stoppen. Meistens ist mir dabei so schlecht, dass ich mich übergeben muss.“

„Und wann hat das anfangen?“, fragte Hekataios sichtlich besorgt.

„Seitdem Lysias und ich wenige Tage vor unserer Abfahrt nach Labrys von Spartokos eine Einladung auf sein Landgut erhielten. Ich habe kein gutes Gefühl dabei. Diese Kehrtwende von Spartakos kommt mir viel zu plötzlich. Das kann man nicht nur mit wirtschaftlichen Beweggründen erklären. Da steckt mehr dahinter."

„Fürchtest du, dass er versucht, euch zu übervorteilen? Oder hast du Angst vor einem Überfall der Skythen? Darauf könnte zumindest die Art deines Traumes hindeuten."

Sie standen eine Weile schweigend nebeneinander und betrachteten den glutroten Himmel, als die Sonne endlich im Osten aufging. Es schien, als ob der ganze Horizont in Flammen stand.

Die Kulisse unterstrich Dakos' Stimmung nur zu gut. Düster fuhr er fort: „Nein, mein Freund, nicht die Skythen fürchte ich. Es sind vielmehr meine eigenen Landsleute, die mich zaudern lassen. Und das Schlimmste dabei ist: Ich weiß nicht, ob es Spartokos oder Lysias sein wird, der meinen Untergang besiegelt."

Der zukünftige König der Sinder sah seinen Gastfreund erstaunt an. „Hast du etwa doch einen konkreten Beweis für deinen Verdacht, Lysias könnte dir etwas Böses wollen?"

Hekataios räusperte sich und nahm den letzten Schluck Wein aus seiner Schale. „Ich halte mich für einen guten Menschenkenner, Dakos. Und ich denke, dass Lysias in Ordnung ist. Vielleicht sagt er nicht immer die ganze Wahrheit. Er ist halt doch noch ein junger Mann, der noch viel zu lernen hat. Aber ich glaube, dass man ihm weitestgehend vertrauen kann."

„Lysias ist beinahe wie ein Sohn für mich", erwiderte Dakos. „Umso mehr würde es mich wie ein Pfeil Apollons, des göttlichen Bogenschützen, treffen, wenn er mich auf irgendeine Weise hinterginge." Bei diesen Worten fuhr er sich mit seiner linken Hand durch das Haar. „Ich habe keinen konkreten Verdacht, nur so ein mulmiges Gefühl. Letztlich hat doch alles damit begonnen, dass dieser Grünschnabel an den Bosporos kam und in nur wenigen Stunden die halbe Wirtschaftselite meiner Heimatstadt gegen sich aufgebracht hat. Und nun schau ihn dir an! Eine geachtete Persönlichkeit, die mittlerweile die Verhandlungen wie ein alter Profi führt." Für einen kurzen Moment lächelte er vor sich hin.

„Er ist sogar so gut geworden, dass wir beide aufpassen müssen, nicht schon morgen zum alten Eisen zu gehören! Irgendwo in einer Ecke abgelegt in Hephaistos' ewiger Schmiede!" Auch Hekataios schmunzelte bei diesen Worten. Doch Dakos wurde schnell wieder ernst. „Er mag tatsächlich ein echtes Naturtalent sein. Dennoch ist mir sein Aufstieg zu einem einflussreichen Geschäftsmann in so kurzer Zeit ein Rätsel, das muss ich zugeben. Denk einfach mal daran, wie viele Jahre wir beide gebraucht haben, um dahin zu kommen, wo wir jetzt sind. All das hat Lysias gerade einmal in vier Monaten geschafft."

Etwas verärgert sah Hekataios zu Boden. „Du hast recht. Wenn ich das mit der Entwicklung meines eigenen Sohnes vergleiche, kommt mir der Wein wieder hoch." Dann sah er Dakos an. „Ich verstehe, was du meinst. Du befürchtest also, dass Lysias *zu* gut ist? Dass er etwas zu verbergen hat? Aber kann es nicht sein, dass sein Vater ihn in Athen einfach nur exzellent vorbereitet hat?" Gemächlichen Schrittes bewegten sie sich auf die Treppe zum Obergeschoss zu, wo sich ihre Zimmer befanden.

„Du hast vermutlich recht, Hekataios. Wahrscheinlich tue ich dem Jungen völlig unrecht. Es liegt sicher daran, dass sich die Dinge in meiner Heimatstadt langsam, aber stetig zum Schlechten entwickeln und ich einfach nur Angst vor der Zukunft habe."

Vor der Treppe hielten sie nochmals an, und Dakos sah zum Hof zurück. Überall erschienen bereits dienstbare Geister, die ihrem normalen Tagewerk nachgingen. Es war manchmal angenehm, zur reichen Oberschicht zu gehören, dachte er. Wenn andere mit ihrer Arbeit begannen, konnte man selbst ins Bett gehen.

„Aber nun genug davon. Es ist nur ein Traum, zumindest bis jetzt. Wollen wir hoffen, dass es auch so bleibt und wir in Zukunft noch viele gute Geschäfte machen können, mein lieber Hekataios." Er fasste ihn an der Schulter. „Um ehrlich zu sein, war ich gestern noch sehr skeptisch, ob das mit uns hier geschäftlich klappen würde. Ich war drauf und dran, wieder abzureisen, um mich zu einem späteren Zeitpunkt dann mit Matasys zu treffen. Aber diese Nacht hat mir gezeigt, dass wir offenbar viel gemeinsam haben. Ich bin froh, dass wir geblieben sind."

Er hob seinen Becher und prostete Hekataios zu.

„Ich möchte auf dein Wohl trinken. Ich denke, dieses Treffen kann der Beginn einer echten und dauerhaften Freundschaft sein!"

Mit diesen Worten verabschiedeten sie sich und gingen auf ihre Zimmer. Während Hekataios sehr schnell in einen erholsamen Schlaf versank, dachte Dakos noch lange über seinen Traum nach. Zwei Stunden später schreckte er auf und hielt sich beide Hände an die Seite, wo ihn der Adler angegriffen hatte. Er musste unbedingt die Blutung stillen, sonst wäre es um ihn geschehen! In seinem Kopf hämmerte der Schmerz, und ihm wurde schlecht.

Der Verrat, Pantikapaion, September 439 v. Chr.

„Dieser verfluchte Athener. Hephaistos soll ihm mit seinem Schmiedehammer eins verpassen! Haltet mich fest, sonst gehe ich noch in dieser Minute zum Haus des Dakos und zünde es ihm unter dem Hintern an!"

Mit voller Wucht warf Spartokos eine vor ihm stehende Obstschale an die Wand.

„Erst lässt sich dieser Stümper Oktamasades von seinem Vater austricksen, so dass wir keine Einzelheiten des Treffens in Erfahrung bringen konnten. Und dann kommen die beiden ‚Helden' Dakos und Lysias nach Pantikapaion zurück und prahlen in aller Öffentlichkeit mit irgendwelchen Verhandlungserfolgen, die sie nach Sanons Rückkehr aus Olbia mit ihm besprechen wollen. Was sind das für Erfolge? Worum geht es da?" Mit einem Funkeln in den Augen sah er Satyros an. „Na, mein verehrter Halbbruder, was sagst du dazu?"

Seit sie sich letzten Monat auf der Baustelle getroffen hatten, war ihr Verhältnis angespannt geblieben. Das war für alle in ihrer Umgebung sichtbar, weshalb man sich auch langsam, aber sicher von Satyros distanziert hatte. Man konnte ja nicht wissen, wie das Ganze ausging. Satyros selbst bemerkte diese Veränderungen jedoch nicht einmal. Er stand ruhig von seinem Platz am Tisch auf und schaute aus dem Fenster.

„Dass unsere, oder besser gesagt, dass deine Quelle in Labrys versagt hat, ist nicht meine Schuld. Hättest du uns hier eher eingeweiht, wären uns vielleicht andere Möglichkeiten der Informationsbeschaffung offen gewesen. Aber du musstest es ja unbedingt wieder im Alleingang machen", erwiderte er seinem Bruder.

Satyros wusste, dass er mit diesen Worten auf dem Vulkan tanzte. Doch das war ihm im Moment egal. Er hatte nur noch ein Ziel vor Augen: die Macht! Da durfte man doch einmal seine Meinung äußern. Sicher, so wie damals auf der Baustelle, als er Spartokos gezielt beleidigt hatte, durfte er es nie wieder machen. Das wäre in der Tat lebensmüde gewesen. Aber in einem ruhigen, sachlichen Ton war das schon in Ordnung, dachte er bei sich.

Die übrigen Anwesenden hielten den Atem an. Offene Opposition gegen Spartokos konnte böse enden, das wussten sie mittlerweile alle. Hatte Satyros denn nichts begriffen? In den vergangenen Tagen waren einflussreiche Bürger der Stadt, die sich irgendwann einmal öffentlich gegen ihn und seine Pläne geäußert hatten, wie aus dem Nichts überfallen und zusammengeschlagen worden. Auf den Straßen Pantikapaions ging mehr und mehr die Angst um. Alle ahnten, wer hinter diesen feigen Anschlägen steckte, doch keiner wagte es, diesen Verdacht laut zu äußern. Und keiner konnte Spartokos etwas nachweisen.

„Es war deine Aufgabe, den Hafen zu überwachen!", zischte Spartokos. „Du hättest uns die Rückkehr der beiden sofort melden sollen. An die Fersen ihrer Reisegefährten solltest du dich heften, um möglichst viel von ihnen zu erfahren. Und was machst du? Du sitzt in irgendwelchen Tavernen rum und lässt dich vollaufen!"

Bevor Satyros etwas erwidern konnte, trat ein Diener ins Zimmer, ging zu Spartokos und flüsterte ihm etwas ins Ohr. Augenblicklich erhellte sich dessen Miene, und er gab dem Sklaven leise eine Anweisung, worauf dieser umgehend verschwand.

„Aber wie es scheint, haben wir Glück im Unglück." Er sah triumphierend in die Runde. „Es ist Zeit, dass ihr meine wichtigste Quelle über Dakos kennenlernt. Ihr glaubt immer noch, dass es Mike ist? Nun, da muss ich euch enttäuschen. Meine Hetäre habe ich auf Lysias direkt angesetzt. Über das, was Dakos so treibt, darüber berichtet mir ein anderer!"

Nach einer quälend langen Pause trat ein leicht untersetzter Mann ins Zimmer. Er hatte kurzes schwarzes Haar und trug einen recht billig wirkenden Chiton ohne Verzierung oder Gürtel. Sein Blick war starr auf den Boden gerichtet, so dass man von seinem Gesicht kaum etwas erkennen konnte. Jedem der Anwesenden war auf der Stelle klar, dass es sich um einen Sklaven handeln musste.

„Ich darf euch Agaros vorstellen, einen Hausdiener des Dakos. Und was noch viel wichtiger ist: von der ersten Stunde an einen treuen Anhänger unserer Ideen."

Ein Raunen ging durch das Zimmer.

„Das gibt es doch nicht!", entfuhr es Leukon.

„Doch, Leukon, das gibt es! Agaros zählt zu den Ersten, die mich bedingungslos unterstützt haben. Schon damals, als mich noch niemand ernstnehmen wollte. Auch ihr nicht!"

Er sah einen nach dem anderen an und bemerkte mit heimlicher Genugtuung, dass sie sich offenbar äußerst unwohl in ihrer Haut fühlten. Richtig so, dachte er bei sich. Sollen sie ruhig ein wenig schwitzen! Hättet ihr mir damals eher euer Vertrauen geschenkt und meine Ideen nicht einfach nur für Spinnereien gehalten, wer weiß, vielleicht wären wir jetzt schon an der Macht?

Spartokos wandte sich Agaros zu: „Aber lassen wir diese Geschichten. Ich bin gespannt zu hören, was du uns zu berichten hast, mein treuer Gefolgsmann!"

Agaros stand im Zentrum des Raumes und brachte zunächst kein einziges Wort heraus. Als Sklave war er es nicht gewohnt, dass man ihm eine solch ungeteilte Aufmerksamkeit entgegenbrachte. Und das auch noch von so wichtigen Persönlichkeiten der städtischen Oberschicht! Hektisch glitt sein Blick von Leukon über Satyros, Pairisades hinüber zu Seleukos, der auf der anderen Seite des Raumes an einer Säule lehnte. Schließlich blickte er verschüchtert Richtung Spartokos.

„Mein Herr", stammelte er, „ich kam in dein Haus, weil ich wichtige Informationen für dich habe. Zumindest glaube ich, dass sie wichtig sind."

Erneut schwieg der Diener vor lauter Aufregung und machte keinerlei Anstalten, auch nur mit einem einzigen Wort fortzufahren. Spartokos schluckte seinen aufkommenden Ärger hinunter. Hier war Fingerspitzengefühl angesagt, so viel stand fest. Wenn er Agaros drängelte oder gar anschrie, er möge endlich und ohne Umschweife zum Kern der Sache kommen, würde der Sklave vermutlich sofort in Ohnmacht fallen. Hoffentlich war das, was Agaros zu berichten hatte, die Mühe auch wert.

„Mein Freund", sagte er jovial zu Agaros und richtete sich auf seiner Kline auf. „Du brauchst keine Angst zu haben. Wir alle hier verfolgen das gleiche Ziel, und ein jeder von uns trägt den Teil dazu bei, den er zu leisten vermag."

„Spartokos hat recht", pflichtete Seleukos ihm bei, denn auch er hatte bemerkt, dass Agaros ein wenig Zuspruch benötigte. Er wollte unbedingt hören, was der Diener zu berichten hatte. Entweder war es tatsächlich wichtig für sie. In diesem Fall konnten sie die Informationen für ihre weiteren Pläne nutzen. Oder es entpuppte sich als loses Gewäsch – was ihnen aber auch nutzte. Immerhin könnten sie ihren Anführer dann dazu drängen, mehr mit ihnen zu kooperieren, wenn es um die Beschaffung notwendiger Informationen ging. Engere Zusammenarbeit hieß auch größere Einflussnahme in Zukunft. „Alles, was du uns berichtest, wird diesen Raum nicht verlassen. Das versprechen wir dir." Er sah auffordernd zu Spartokos hinüber, der zustimmend nickte. „Wie du siehst, Agaros, bist du hier unter Freunden."

„Wenn Dakos erfährt, dass ich hier bei euch war und dass ich ihn verraten habe, wird er mich auf der Stelle töten. Ich hoffe, ihr denkt daran, auch nachdem ich euch alles erzählt habe."

Agaros wusste selbst nicht, woher er plötzlich die Kraft hatte, so mit den Anwesenden zu reden. Normalerweise bestand sein Gesprächsbeitrag aus einem „Ja, mein Herr" oder „Sofort, Dakos". Aber vermutlich hing er so an seinem Leben, dass er die gottgegebenen Grenzen zwischen freien Bürgern und Sklaven überschritt.

„Dakos und Lysias planen, euch in der nächsten Woche den Wind aus den Segeln zu nehmen. Sie wollen ihren Verhandlungserfolg mit den Sindern dazu nutzen, Sanon den Rücken zu stärken. Ihr Ziel ist eine neue Ära mit engen Beziehungen zu den Barbaren. Zumindest habe ich das heute gehört, als ich bei einem großen Geschäftsessen in Dakos' Haus den Mundschenk machte."

Stille. Niemand sagte ein Wort. Nicht einmal Satyros, der normalerweise immer und zu allem seinen Kommentar abgeben musste. Diese Neuigkeit, durch einen Sklaven vorgetragen, war eingeschlagen wie ein riesiger Felsblock, den einer der legendären Titanen auf sie geschleudert hatte.

Spartokos' rechte Hand verkrampfte sich so fest in die Tischkante, dass der Nagel des kleinen Fingers abbrach. Doch er spürte den Schmerz nicht. Er war zu geschockt. Mit allem hatte er gerechnet. Mit einem neuen Annäherungsversuch an die Skythen und Sinder in den wirtschaftlichen Belangen, ja. Mit einem allgemeinem Unterstützungsversuch für Sanon, auch ja. Aber mit einem gezielten Angriff auf seine eigene Person? Niemals! Ihm trat der Schweiß auf die Stirn, und für einen Augenblick wusste er nicht, was er jetzt tun sollte.

„Sie wissen es", stieß Leukon plötzlich hervor. „Oh ihr Götter, sie wissen es! Wir sind verloren!"

Er sprang auf und wollte fluchtartig den Raum verlassen, aber Spartokos, durch die Bewegung aufgeschreckt, donnerte: „Halt, Leukon. Du gehst nirgendwohin! Kapiert?" Dann wandte er sich

Agaros zu, der völlig verängstigt in der Raummitte stand und überhaupt nichts mehr verstand.

„Agaros, wir danken dir für deine wichtigen Informationen." Er zwang sich, ruhig und besonnen zu wirken. „Damit hast du uns einen unschätzbaren Dienst erwiesen, was wir dir nie vergessen werden." Spartokos stand auf und drückte dem völlig eingeschüchterten Sklaven zwei Bronzemünzen in die Hand, legte seinen Arm um dessen Schulter und führte ihn langsam zum Eingangsbereich. „Jetzt geh zu Dakos zurück und halte weiter die Ohren für uns auf! Du musst uns weiter über alles auf dem Laufenden halten. Ach ja, und bitte verzeih diesen kleinen theatralischen Auftritt von Leukon." Bei diesen Worten funkelte er Leukon an, der immer noch mitten in der Bewegung erstarrt war. „Er ist Laienschauspieler und probt an einer neuen Rolle. Manchmal allerdings auch zu einem sehr unpassenden Zeitpunkt. Ein Künstler halt."

Nachdem Agaros das Zimmer verlassen hatte, fuhr Spartokos herum. „Bist du eigentlich noch zu retten? Willst du uns alle ans Messer liefern?"

Leukon wagte es endlich wieder, sich zu bewegen. „Aber du hast doch gehört, was Agaros sagte. Sie wissen Bescheid und wollen dich entmachten, bevor wir losschlagen."

„Red doch keinen Unsinn!", schnitt ihm Spartokos das Wort ab. „Erstens können sie nichts von unseren konkreten Plänen wissen. Niemand außer uns selbst weiß davon. Und von uns wird es ihnen ja wohl keiner verraten haben. Oder?"

Stille im Raum.

„Und zweitens: Hätten sie irgendetwas Konkretes gegen uns in der Hand, dann säßen wir doch schon längst im Gefängnis! Völlig egal, ob Sanon zurzeit in der Stadt ist oder nicht."

„Aber was haben Dakos und Lysias dann vor?", fragte Satyros. Und seine Frage schien berechtigt, das musste Spartokos sich eingestehen. Während er nach einer überzeugenden Antwort suchte, fiel sein Blick beiläufig auf die Rückwand des Androns. Im flackernden Kerzenschein schienen sich die Personen auf dem kunstvoll gewebten Teppich zu bewegen. Als er genauer hinsah, lief ihm ein kleiner Schauer über den Rücken. Es war sein Haus, und natürlich kannte er alle seine Kunstwerke. Doch als er den Teppich bei diesem Licht sah, überkam ihn für einen kurzen Augenblick eine bislang unbekannte Angst: Dort sah er Orest, wie er den König von Mykene mit dem Schwert erschlug, den Mörder seines Vaters Agamemnon. Auch er selbst war im Begriff, einen Herrscher zu stürzen. Sollte ihm das gleiche Schicksal blühen? Getötet zu werden durch einen Nachkommen des Sanon?

Spartokos zwang sich, die Augen von der Darstellung abzuwenden. Warum nur hatte er den Teppich damals überhaupt gekauft? Gewiss: Der Mythos um Orest und seinen Vater hatte natürlich ganz direkt etwas mit dieser Region zu tun. Immerhin ging Orest nach seiner Rache hierher, ins Land der Taurer, um von seiner Schuld entsühnt zu werden. Daher war diese Geschichte am Bosporos auch ziemlich populär. Aber obwohl er nicht wirklich abergläubisch war, würde Spartokos den Teppich ersetzen lassen. Man musste ja nicht unbedingt die Schicksalsgöttinnen herausfordern.

„Natürlich wollen sie uns kleinkriegen. Es ist doch kein Geheimnis, dass wir immer stärkeren Zulauf bekommen", sagte er. „Die Menschen sind unzufrieden. Also hören sie uns zu. Und hier wollen Dakos und Lysias offenbar einhaken."

Insgeheim fragte Spartokos sich, wen er mehr überzeugen musste, seine Freunde oder sich selbst? „Wenn es diesen räudigen Hunden gelänge, Sanon den Rücken zu stärken und einen stabilen Handel zu den Skythen aufzubauen, dann würden uns die Menschen nicht weiter unterstützen. Warum etwas ändern, wenn alle wieder profitieren?" Doch, das klang auch für Spartokos selbst überzeugend, je länger er darüber nachdachte.

„Aber wenn das wirklich so ist, was wollen wir dann dagegen tun?" Endlich hatte auch Satyros seine Sprache wiedergefunden. „Haben wir denn überhaupt eine Möglichkeit, die neuen Handelskontakte mit den Sindern zu stören? Oder ihnen etwas Vergleichbares entgegenzusetzen?"

„Nein, das haben wir nicht", erwiderte Spartokos mürrisch. Er ärgerte sich am meisten darüber, dass es ausgerechnet sein Halbbruder war, der den Finger in die Wunde legte. Dennoch verzichtete er auf eine weitere Spitze gegen Satyros und fuhr mit fester Stimme fort: „Wenn Agaros recht hat, wollen unsere Gegner ihre Neuigkeiten bis zu Sanons Rückkehr zurückhalten."

Er stand auf und zwang sich, nicht mehr zum Teppich zu blicken. „Der wird aber frühestens Anfang nächsten Monats wieder hier in Pantikapaion sein. Daher müssen wir jetzt sofort handeln! Wir müssen das Treffen in meinem Landhaus vorziehen. Lysias und Dakos müssen bereits tot sein, wenn Sanon zurückkehrt!"

Obwohl keiner ein Wort sprach, sah Spartakos in den Gesichtern der Anwesenden Zustimmung. Er schlug vor, dass noch heute Boten zu Thymnes und Dakos geschickt werden sollten, um ihnen den vorgezogenen Termin zu übermitteln. Als Begründung wollte man angeben, dass Spartokos schon bald zu einer längeren Reise nach Thrakien aufbrechen müsse – immerhin hatte er dort entfernte Verwandte, so dass diese Begründung nicht völlig abwegig erschien. Die einzelnen Verschwörer sollten ihre Zeitpläne den neuen Bedingungen anpassen und sich schneller auf das Treffen vorbereiten.

Als Spartokos sie am Ende der Versammlung schließlich hinausbegleitete, sprach er in feierlichem Tonfall: „Meine Freunde! Der Worte sind nun genug gesprochen. Mit Apollons Hilfe werden in wenigen Tagen endlich wieder die Griechen das Sagen in unserer Stadt haben. Keine zwielichtigen Reiternomaden oder diese Sinder von drüben. Wir werden herrschen!"

Als der Letzte gegangen war, sah er ihnen hinterher und sprach mit leiser Stimme, ohne sich dabei umzudrehen: „Es wäre sehr nützlich, wenn Agaros heute Abend einen kleinen Unfall hätte. Einen schlimmen Unfall, falls du verstehst, was ich meine."

Im Schatten der offenen Tür stand ein Mann, der mit einer leichten Verwunderung in der Stimme erwiderte: „Aber es ist Agaros. Er gehört zu deinen treuesten Dienern."

„Das ist wahr. Und es fällt mir schwer, dir diesen Auftrag zu erteilen. Doch Agaros wird mir gegenüber seine größte Verbundenheit zeigen, indem er für unsere Sache stirbt."

Aus dem Schatten der Tür hörte Spartokos ein kurzes, heiseres Lachen.

„Es darf keine Verbindung zwischen diesem Sklaven und unserer Gruppe hergestellt werden", fuhr er fort. „Jetzt nicht mehr, wo sich der Zeitplan geändert hat. Niemand darf wissen, dass wir über das Treiben in Dakos' Haus so gut informiert sind. Also, für den üblichen Preis. Einverstanden?" Ein bejahendes Murmeln bestätigte ihm, dass sein Auftrag verstanden worden war. „Mach es möglichst schmerzlos. Agaros soll nicht allzu sehr leiden."

Mit diesen Worten schloss Spartokos die Tür, drehte sich um und ging in das Obergeschoss. Ein geruhsames Schläfchen wäre jetzt genau das Richtige. Und im Anschluss daran wollte er sich um diesen Teppich kümmern, der ihm einfach nicht mehr aus dem Kopf gehen wollte. Das Gewebe wäre vielleicht ein schönes Grabgeschenk für Agaros, dachte er bei sich. Irgendwie tat ihm der Sklave fast schon leid. Aber er selbst brachte ja auch Opfer für die Sache. Jeder das, was er konnte. Das war nun einmal so.

Der Streit, Pantikapaion, September 439 v. Chr.

Mike schmiegte sich an seine nackte Brust und war für einen Moment einfach nur glücklich. Nur ein paar Tage nach seiner Rückkehr waren Lysias und sie in die kleine Taverne gegangen, in der sie in der Nacht vor seiner Abreise das Mobiliar zerstört hatten. Als der Wirt sie sah, konnte er sich ein Lachen nicht verkneifen.

„Willkommen zurück! Euer Zimmer ist wieder das gleiche wie beim letzten Mal. Ich wünsche euch einen schönen Aufenthalt. Doch bitte lasst diesmal die Einrichtung in Ruhe!“

Lysias hatte sich bei diesen Worten verstohlen und leicht verschämt im Schankraum umgesehen. Zu seiner Beruhigung war aber nur ein Gast anwesend, der mit dem Kopf auf dem Tisch lag und seelenruhig vor sich hin schnarchte.

Nun war es bereits später Abend. Dreimal hatten sie sich geliebt und sich beinahe bis zur Besinnungslosigkeit geküsst. Als er in sie eindrang, explodierten in Mikes Kopf tausend Sterne in den Farben der Götter. Was für ein Unterschied zu Spartokos, mit dem sie in den vergangenen Wochen nur noch ein paar Mal geschlafen hatte! Bei ihm hatte sie nichts gespürt, sogar Schmerzen gehabt. Doch jetzt und hier fühlte sich wie von Aphrodite geführt.

„Ihr wart also erfolgreich bei eurer Fahrt, wie man so hört.“ Mike küsste Lysias auf die Brust.

„Das könnte man so sagen“, erwiderte er und gab ein wohliges Brummen von sich.

„Jetzt spann mich nicht auf die Folter! Was habt ihr denn so Tolles erlebt? Und was sind das für lukrative Geschäftsabkommen, von denen hier alle Welt spricht?“

Lysias strich ihr mit der linken Hand durch das Haar. „Musst du denn jetzt unbedingt vom Geschäft reden? Und wenn wir dann schon einmal dabei sind: Was macht denn eigentlich mein guter Freund Spartokos, auf dessen Einladung wir ja bald ein paar schöne Tage in seinem Landhaus verbringen dürfen?“ Er lachte leise vor sich hin und konnte nicht anders, als einen weiteren Scherz auf Kosten seines Nebenbuhlers zu machen. „Agitiert er immer noch so schön erfolglos gegen Sanon und die herrschende Schicht?“

Ein stechender Schmerz ließ ihn jedes weitere Lächeln sofort vergessen. Mike hatte ihm nach seiner letzten Bemerkung plötzlich in die Brust gebissen und war danach wie die leibhaftige Rachegöttin aufgesprungen.

„Es wird der Tag kommen, an dem Spartokos die Macht erlangen wird. Vielleicht nicht morgen, vielleicht nicht dieses Jahr. Aber seine Ideen werden sich durchsetzen", sagte sie zornig und nicht ohne Stolz. „Du magst eine freundschaftliche Beziehung zu Sanon, Dakos und dem Rest seines Clans pflegen. Das ist mir egal." Sie griff nach ihrem Kleid. „Ich selbst mag Dakos sehr gern", sagte sie, während sie sich anzog. „Aber das ändert nichts an der Tatsache, dass sie alle für eine alte Idee stehen, die nicht funktioniert hat. Sieh dich doch um, Lysias. Die Menschen wollen Veränderungen!"

„Du müsstest dich mal reden hören! Du redest doch Spartokos einfach nur nach dem Mund!" Lysias war ebenfalls aufgestanden und blickte Mike kampfeslustig an. „Wie lange träumt dein Held schon von diesen sagenumwobenen Veränderungen? Fünf Jahre? Zehn? Nichts wird passieren! Im Gegenteil, die kommenden Wochen werden schwer für ihn zu ertragen sein. So viel kann ich dir jetzt schon einmal verraten!"

Er machte keinerlei Anstalten, sich anzuziehen. Nackt stand er vor ihr, und sein Zustand zeigte nur allzu deutlich, woran er eigentlich gerade dachte.

Mit der linken Hand griff Mike den Wasserkrug von der kleinen Kommode und schüttete ihm den kalten Inhalt entgegen. Der Krug glitt ihr dabei im Schwung noch aus der Hand und flog dicht an Lysias vorbei gegen die Wand, wo er mit einem lauten Scheppern in Hunderte Scherben zersprang.

Das kühle Wasser und das Scheppern des zerbrechenden Krugs verfehlten ihre Wirkung nicht. Da war kein Gedanke mehr an ein weiteres erotisches Abenteuer.

„Bist du von Sinnen?", fuhr er Mike an. „Willst du mich verkrüppeln?"

Instinktiv hielt Lysias die Hände schützend vor seine Lenden. Aber dann griff er blitzschnell seinen Chiton und zog ihn über. Er trug immer noch seine griechische Kleidung von der Reise, aber er freute sich schon darauf, wieder die Gewänder mit den kleinen Goldplättchen anzuziehen, die er vermisst hatte.

Mike benötigte einige Sekunden, um über den ungewollten Wurf hinwegzukommen. Dann aber giftete sie zurück: „Das mit dem Krug wollte ich nicht. Das tut mir leid. Das mit dem Wasser aber nicht! Ich hoffe, der Herr hat sich ein wenig abgekühlt." Ihre Augen funkelten. „Du bist wirklich ein netter Kerl. Und du bist gut im Bett!" Sie stemmte die Arme in ihre Hüften. „Doch du hast nicht die Klasse von Spartokos! Das ist ein Mann mit Visionen. Ein Mann der Tat! Er beruft sich nicht dauernd auf seinen reichen Vater im fernen Athen. Er braucht niemanden, der ihm den Rücken frei hält." Mike sah ihm direkt in die Augen. „Spartokos ist nicht nur ein reicher Kaufmannsjunge, so wie du! Er ist der geborene Anführer!"

Das saß! Lysias wusste nicht, was er tun sollte. Alles in ihm drängte dazu, Mike die Wahrheit zu sagen. Immerhin war er im Geheimauftrag des Perikles unterwegs! Im Geheimauftrag seiner Heimatstadt Athen! Er war viel mehr wert, viel wichtiger als dieser Provinzpolitiker, dessen rhetorische Fähigkeiten denen eines zwölfjährigen Jungen entsprachen! Was bildete sich Mike ein, ihn mit diesem Emporkömmling zu vergleichen? Sobald Pantikapaion zum Attischen Seebund gehörte, würde er dafür sorgen, dass Spartokos von der Bildfläche verschwand. Und bis dahin würde er alles in seiner Macht Stehende tun, ihm das Leben schwer zu machen. Er schäumte vor Wut!

„Mike! Hör mir zu!", sprach er mit ungewohntem Befehlston, der die Hetäre kurzfristig verstummen ließ. „Ich bin nicht der dumme kleine Junge, für den du mich hältst." Voll angezogen baute er sich stolz vor ihr auf. „Ich bin im Auftrag meiner Stadt unterwegs. Ich kann dir nicht mehr sagen, als dass ich einen wichtigen Geheimauftrag zu erfüllen habe." Mike lachte auf.

„Ha, na klar! Du bist ein Spion und sollst herausfinden, ob wir Frauen hier am Bosporos genauso gut sind wie eure Athenerinnen. Und, wer hat gewonnen?"

Lysias' Arme schnellten hervor, und er packte sie wutentbrannt an ihren Schultern. „Red keinen Unsinn, du dummes Weib! Ich bin wegen weit Wichtigerem hier als wegen euch Frauen. Hier geht es um Staatsgeheimnisse und nicht um billiges Vergnügen!"

Mike versuchte sich aus seinem Griff zu lösen. „Du tust mir weh, Lysias!", sagte sie voller Zorn.

Lysias ließ sie los und ging einen Schritt zurück.

„Das also denkst du von mir? Dass ich ein dummes Weib bin, dem man bloß so eine phantasievolle Geschichte auftischen muss, um es ins Bett zu kriegen?" Sie packte ihre restlichen Sachen und ging zur Tür. „Da ist mir Spartokos lieber! Der ist zwar bei weitem nicht so gut im Bett wie du. Aber immerhin nimmt er mich ernst. Bin mal gespannt, was er von deiner Geschichte hält, wenn ich sie ihm erzähle. Ich bin mir sicher, dass du sein Lachen noch in Dakos' Haus hören wirst!"

Mit diesen Worten verließ sie das Zimmer und ging die Treppe hinunter. Er hörte sie laut zum Wirt sagen: „Das Zimmer und die Vase bezahlt Lysias. Und wenn ich du wäre, würde ich ihm die doppelte Summe abknöpfen. Verdient hätte er es!"

Lysias stand am Fenster und sah, wie Mike in der Menge verschwand.

Ihm war schlecht. Was war er doch für ein Idiot. Er hatte in einem Anfall von Eifersucht seine wahre Identität preisgegeben! Über ein Jahr hatte er erfolgreich an seiner Tarnung gearbeitet, hatte an Dutzenden von langweiligen Verhandlungsgesprächen teilgenommen. Er, ein Militär durch und durch, war zu einem Schreibtischtäter geworden. Zugegeben, es machte Spaß, weil er bislang so erfolgreich agierte. Doch nun dies! Er hatte alles aufs Spiel gesetzt, nur um dieser Frau zu imponieren. Er hätte sich vor Gram aus dem Fenster stürzen können.

Lysias setzte sich auf das Bett. Er betrachtete die Scherben auf dem Boden und versuchte, seine Gedanken zu ordnen. Gut, Mike hatte ihm nicht geglaubt. Das war schon einmal ein Anfang. Aber wenn sie ihre Drohung wahrmachte, dass sie Spartokos alles erzählte, dann war es vorbei. Spartokos würde augenblicklich erkennen, dass Lysias zwar angegeben hatte, dass er aber dennoch die Wahrheit sprach. Sein Schicksal würde dann in der Hand dieses Verrückten liegen. Spartokos könnte ihn nach Belieben auffliegen lassen. Wo und wann immer er es wollte. Sein Magen revoltierte, und er erbrach sich.

Nach einer Weile ging es ihm besser. Na toll, nun ist auch noch die zusätzliche Reinigung zu bezahlen, dachte er und sank förmlich in sich zusammen. Lysias schwor sich hoch und heilig, dass er nie wieder in diese Taverne zurückkommen würde.

Doch vielleicht spielte das alles auch keine Rolle mehr. Er betete zu allen Göttern gleichzeitig, dass Mike nichts von dieser Geschichte weitererzählte. Vielleicht vergaß sie ja auch schon bald, womit er ihr gegenüber geprahlt hatte. Er hoffte es von ganzem Herzen. Aber dazu war sie eigentlich zu intelligent, das wusste er.

Die Warnung, Pantikapaion, September 439 v. Chr.

Sie standen im Andron, und Dakos zeigte mit der linken Hand auf das Fußbodenmosaik mit der Amazonenschlacht. „Ich habe kein gutes Gefühl bei diesem Treffen, Lysias. Das ist ja in etwa so, als würden Griechen und Amazonen sich plötzlich vertragen."

„Übertreibst du da nicht ein bisschen? Ich gebe ja zu, ich habe mich anfangs auch über diese Einladung gewundert. Aber Mike hat mir versichert, dass Spartokos es ernst meint."

Dakos lachte auf. „Soso, die Hetäre hat es dir versichert. Du bist dir aber schon noch im Klaren darüber, dass sie eine Anhängerin der Gegenseite ist? Sie mag dir ja so manch ein Kunststück im Bett zeigen und auch sonst viel Zeit mit dir verbringen. Trotzdem rate ich dir, ihr nicht allzu sehr zu vertrauen!"

Lysias setzte sich auf eine der Klinen. Er hatte keine Lust mehr, sich über Mike zu unterhalten. Schon gar nicht nach ihrem gestrigen Streit. Wer weiß, ob er sie jemals wiedersehen sollte. Ob sie überhaupt noch mit ihm sprechen wollte? Und hatte sie Spartokos alles erzählt? Wie würde er reagieren? Würde er es ihm direkt auf den Kopf zusagen oder würde er sich in Andeutungen ergehen?

Ein wenig Sorge bereitete Lysias auch, dass Dakos versuchte, sich vor dem kommenden Treffen zu drücken. In den vergangenen drei Tagen hatte er immer wieder fadenscheinige Gründe erfunden, warum er die Einladung auf das Landhaus nicht annehmen konnte. Dabei war die Ausrede mit einem anderen gleichzeitigen Termin noch die glaubwürdigste Entschuldigung gewesen. Es folgte eine aufkommende Erkältung, obwohl er völlig gesund zu sein schien. Dann eine wichtige Schiffsladung, die er unbedingt persönlich in Empfang nehmen wollte. Ein detaillierter Bericht, den er für Sanon vorbereiten wollte. Und schließlich dieser Unsinn mit dem schlechten Vorzeichen. Wie war das noch? Just als der Bote die Nachricht überbrachte, dass das Treffen um zwei Wochen vorverlegt worden sei, prallte ein Wanderfalke im Flug gegen die Hauswand am zweiten Stockwerk. Er war auf der Stelle tot und fiel den Anwesenden mit einem unappetitlichen Geräusch direkt vor die Füße. Dakos war kreidebleich geworden. Er hatte irgendwas Unverständliches von einem Adler und einem Hasen gestammelt und war ohne ein weiteres Wort ins Haus gerannt. Den ganzen Tag über bekam ihn niemand mehr zu Gesicht.

„Ich verstehe deine Bedenken nicht, Dakos. Es läuft doch alles nach Plan. Sogar besser noch als jemals erhofft." Er sah seinen Gastfreund an. „Spartokos hilft uns freiwillig, engeren Kontakt mit den Skythen aufzunehmen. Im Anschluss daran fährt er für längere Zeit nach Thrakien, während wir ihm hier das Wasser abgraben." Hier unterbrach sich Lysias für einen Moment selbst. Fragend sah er Dakos an: „Wieso eigentlich noch mal Thrakien?" Doch bevor Dakos antworten konnte, fuhr er fort: „Na ja, ist auch egal. Wenn er wiederkommt, ist er bloß noch ein Niemand. Ein reicher Kaufmann, zweifellos. Aber eben nur einer unter vielen. Nicht mehr. Die Macht liegt erneut bei Sanon, der die Zügel wieder fest in der Hand hat." Und hinter dem in naher Zukunft dann auch die mächtige Flotte des Attischen Seebundes stehen wird. Überhaupt werdet ihr alle dann das tun, was Athen euch befiehlt. Ihr wisst es nur noch nicht! Zumindest solange Mike nichts von seinen Prahlereien preisgab. Was hatte er da bloß für einen Fehler begangen! Unverzeihlich!

„Dein bisheriger Erfolg hat dich offenbar unvorsichtig werden lassen. An dieser Geschichte stimmt was nicht. Da bin ich mir sicher", nahm Dakos einen neuen Anlauf.

„Beziehst du deine Weisheiten etwa aus dem Falkenflug?", frotzelte Lysias, womit er Dakos ein wenig ärgern wollte. Doch er erschrak heftig, als er seinen Gastgeber ansah. Wieder war Dakos weiß wie pentelischer Marmor geworden.

„Du bist nicht nur unvorsichtig, sondern dazu auch unhöflich geworden", sagte er und drehte dem Athener demonstrativ den Rücken zu.

„Ich bitte dich aufrichtig um Entschuldigung", erwiderte Lysias schnell, der sich sehr schämte. Er hatte die Reaktion seines Freundes schon beim ersten Mal nicht verstanden. Und jetzt erst recht nicht. Aber er sah, wie sehr Dakos der Schreck in die Glieder gefahren war. „Wieso bist du so ängstlich, Dakos? Das kenne ich gar nicht von dir."

Dakos blieb noch eine Zeitlang mit dem Gesicht zur Wand stehen, bis er sich endlich umdrehte. „Ich bin nicht ängstlich, sondern vorsichtig. Fällt dir denn der Widerspruch in dem ganzen Spiel nicht auf?" Traurig schüttelte er den Kopf. „Wir sollen uns mit dem hiesigen Anführer der Skythen im Landhaus des Spartokos treffen. Um den Skythen entgegenzukommen, die sich so ungern in einer griechischen Stadt aufhalten. Um Handelskontakte zu knüpfen. Um alles unter Dach und Fach zu bringen, bevor Sanon aus Olbia zurückkehrt." Missmutig ließ er sich in die Kissen auf seiner Kline fallen. „Ja bin ich denn hier der Einzige, der da stutzig wird?"

„Ich kann dir nicht folgen", erwiderte Lysias kurz angebunden. Auch seine Laune wurde langsam immer schlechter. Er hatte nun wirklich keine Lust darauf, sich wie ein kleiner Junge vorführen zu lassen. Erst der gestrige Streit mit Mike, jetzt diese leidige Diskussion über das bevorstehende Treffen. „Also bitte, Dakos. Kannst du nicht ein wenig deutlicher werden? Dafür wäre ich dir sehr dankbar!"

„Beim Zeus! Wir reden hier von Thymnes, mit dem ich seit geraumer Zeit Geschäfte mache." Die Antwort kam so schnell wie ein Blitz des Göttervaters selbst. „Natürlich sind wir keine echten Freunde. Und wir werden es wohl auch niemals werden." Dakos sprang auf. „Aber wir haben hier gemeinsam gestanden. Hier in meinem Andron. Mitten in Pantikapaion, der Stadt, in der sich die Skythen ja ach so unwohl fühlen! Zumindest, wenn man Spartokos Glauben schenkt", rief er erregt aus. „Genau hier haben wir gestanden und über die Amazonenschlacht gesprochen. Über die Legende, dass die Sauromaten am fernen Tanais von diesen kriegerischen Frauen abstammen sollen." Lysias sah Dakos verwundert an, der sich in Rage redete. „Ich habe dir schon auf dem Weg nach Labrys gesagt, dass du dich mehr mit der hiesigen Geschichte und Mythologie auseinandersetzen solltest. Wenn du hier etwas erreichen willst, musst du erst einmal lernen! Dafür hat dein Vater dich hergeschickt! Lass die Finger von der Frau und beschäftige dich mehr mit den Schriftrollen hier in meinem Haus. Lerne, Lysias, lerne! Dann erkennst du eine Falle, bevor du in sie hineinstolperst."

Die Heftigkeit dieser Worte verblüffte Lysias. Er überlegte einen Moment lang, wie er reagieren sollte. Ärger stieg in ihm auf, und er hatte ernsthaft Mühe, ruhig zu bleiben. Doch Dakos war sein Gastgeber und Freund. Daher verzichtete er auf eine harsche Antwort und dachte über das nach, was er soeben gehört hatte.

„Du hast recht, Dakos", sagte er nachdenklich und mit ruhiger Stimme. „Das ist in der Tat merkwürdig. Ich habe völlig vergessen, dass es Thymnes war, der mich an meinem ersten Abend hier vor deinem Haus beinahe über den Haufen geritten hat." Für einen kurzen Augenblick hallte in seinen Ohren das Geräusch galoppierender Pferde wider, die aus dem Nichts erschienen und im Nichts verschwanden. Wäre Mike nicht zugegen gewesen, wer weiß, ob er heute hier stehen würde.

Dakos hatte sich wieder hingesetzt und lächelte Lysias an. „Ich bitte dich in aller Form um Entschuldigung", sagte er leise. „Ich wollte dich wirklich nicht anschreien. Ich habe nur so eine dumpfe Vorahnung, dass wir offenen Auges in unser Verderben gehen. Bitte verzeih einem alten Mann."

Gedankenverloren ordnete er die kunstvoll bestickten Kissen hinter sich und fuhr fort: „Thymnes war bereits dreimal in meinem Haus. Er ist zwar nie über Nacht geblieben, doch hatten wir immer ausreichend Zeit für die Abwicklung unserer Geschäfte." Er deutete auf die Wand hinter Lysias. „Diesen Teppich hat mit Thymnes bei unserem letzten Geschäftsabschluss geschenkt. Den da mit den merkwürdig ineinander verdrehten Tieren. Eine Kunstform, die bei den Skythen hoch geschätzt wird und die sehr komplexe Inhalte wiedergibt."

Lysias brauchte sich nicht einmal umzudrehen. Er hätte die Darstellung auf dem Teppich blind nachzeichnen können, so häufig hatte er sie sich bereits angesehen. Auch wenn er diese Tierbilder bis heute nicht wirklich verstand, so wirkten sie doch bei weitem nicht mehr so fremdartig auf ihn wie damals, als er sie während des legendären Banketts zum ersten Mal gesehen hatte.

„Spartokos will kein Aufsehen. Er, der mit den Skythen verhandelt. Das macht sich nicht gut. Und das vor allem nicht in deinem Haus. Wenn wir uns hier bei dir versammeln würden, hätte es doch zu allem Überfluss auch noch den Anschein, als hättest du alles organisiert", wandte Lysias ein. „Und seine Hassreden gegen die Barbaren ermöglichen es ihm ja wohl kaum, eine solche Zusammenkunft in seinem eigenen Haus abzuhalten." Allein nur bei dem Gedanken daran musste er laut auflachen. „Stell dir das doch bitte nur einmal kurz vor, Dakos! Da kommt ein Thymnes in voller Prunkkleidung aus dem Haus des Spartokos. Und beide müssen zum Abschied lächeln, weil man ja ach so erfolgreich verhandelt hat. Das wäre ein Bild für die Götter!"

Auch Dakos konnte nicht mehr länger ernst bleiben. „Das wäre in der Tat das Stadtgespräch für die nächsten Monate. Und mit

Sicherheit der politische sowie gesellschaftliche Tod unseres Freundes. Da muss ich dir recht geben, Lysias. Aus diesem Blickwinkel hatte ich das noch gar nicht betrachtet."

Es war offensichtlich für Lysias, dass sich Dakos in diesem Moment über sich selbst ärgerte. Endlich hatte sein Gastgeber wohl gemerkt, dass er sich da in etwas verrannt hatte. Für Lysias' Pläne wäre es aber auch eine Katastrophe gewesen, wenn sie das Treffen allein wegen irgendeiner dunklen Vorahnung abgesagt hätten. Und das alles wegen eines blöden Falken, der ja unbedingt im richtigen Moment gegen die Hauswand fliegen musste! Nein, hier war Wachsamkeit angesagt. Notfalls würde er Dakos auf Knien bitten, ihn auf diesen Ausflug zu begleiten. Lysias brauchte ihn. Dakos kannte Thymnes und konnte ihm selbst zur Seite stehen, wenn es an die eigentlichen Verhandlungen ging. Und wenn Spartokos nun mal den Heimlichtuer spielen wollte, na dann bitte schön, sollte er es eben tun! Sobald dieser Emporkömmling in Thrakien wäre, würden sie zusammen mit Sanon an seinem Stuhl sägen. Eigentlich war Spartokos bereits jetzt schon erledigt. Er wusste es nur noch nicht.

So schlimm der gestrige Streit mit Mike auch gewesen war, er hatte ihn letztlich wachgerüttelt. Lysias musste seine Prioritäten endlich wieder neu setzen, das war ihm klargeworden. An erster Stelle stand sein Auftrag! Ein Auftrag, dessen Erfolg er gestern aus reiner Eifersucht so leichtfertig aufs Spiel gesetzt hatte. Jetzt galt es, die Dinge zu beschleunigen, damit er möglichst schnell Pantikapaion verlassen konnte. Dass ihr Treffen vorgezogen wurde, kam ihm da nur recht. Wenn die Dinge gut liefen, dann war dies der letzte Akt in einem Schauspiel, das nunmehr bereits über ein Jahr andauerte. Sinope war gut gelaufen. Lysias hatte die hiesige Kaufmannsschicht um den Finger gewickelt. Sanon hatte die Vorzüge eines Beitritts zum Attischen Seebund verinnerlicht. Er war bei den Sindern erfolgreich gewesen. Und nun musste er nur noch mit den Skythen eine Einigung erzielen. Danach konnte er guten Gewissens nach Olbia weiterreisen, der letzten Station seines Geheimauftrages. Und war er erst einmal fort, konnte Mike erzählen, was sie wollte. Niemand würde ihr mehr glauben. Niemand konnte ihn selbst befragen. Niemand würde die Wahrheit erfahren, bis es zu spät war!

„Ich werde dich zu diesem Treffen begleiten, Lysias", sagte Dakos, während er sich an den Türdurchgang lehnte. Offenbar hatte er in den letzten Minuten das Für und Wider abgewogen und war zu einem brauchbaren Ergebnis gekommen. „Was du gesagt hast, leuchtet mir ein. Wenn Spartokos tatsächlich ein Stück von dem Kuchen abhaben möchte, der gerade unter den finanzkräftigen Händlern Pantikapaions aufgeteilt wird, dann erscheint ein solches Treffen tatsächlich logisch."

Er sah hinaus in den Hof, wo ein gerade neu eingekaufter Sklave den Brunnenrand säuberte. Armer Agaros! Von einem herunterfallenden Dachziegel erschlagen. Dabei standen die Chancen für einen solch tragischen Unfall doch bei eins zu tausend. Vor allem, wenn man bedachte, wie breit die Straße an der Stelle gewesen war. Aber die Schicksalsgöttinnen hatten offenbar ihre eigenen Pläne mit ihm. Und letztlich war der Verlust nun auch wieder nicht ganz so tragisch, da Agaros nicht unbedingt zu den fleißigsten Hausbediensteten gehört hatte. Zudem war er immer neugierig gewesen, was für einen Sklaven ebenfalls keine lobenswerte Charaktereigenschaft darstellte.

„Ich komme mit, ja. Trotzdem, Lysias. Ich will nicht verhehlen, dass mir Zweifel bleiben. Es wissen bereits so viele Leute von diesem ach so vertraulichen Treffen, dass ich glaube, hier werden gezielt Informationen gestreut." Er griff sich in seinen Bart.

„Er kann die Verabredung nicht mehr verheimlichen", fuhr Dakos fort. „Warum treffen wir uns aber dann nicht einfach an einem anderen Ort in der Stadt? Etwa direkt vor den Toren der Stadt? Wo jeder sehen kann, was Spartokos da organisiert?" Dakos war wieder in den Raum hineingetreten. Er griff zu einem Becher und füllte ihn mit Wein, den er aus dem großen Bronzegefäß in der Ecke schöpfte. „Wenn du – notgedrungen – aller Welt zeigen möchtest, dass du über deinen eigenen Schatten springen kannst und zum Wohle der Stadt selbst mit den verhassten Barbaren einen Handel organisiert. Warum machst du das dann weiterhin in aller Stille?" Er trank einen kleinen Schluck und schüttelte den Kopf. „Ich an seiner Stelle würde das in aller Öffentlichkeit machen. Je mehr Leute mitbekommen, was für ein gewiefter Staatsmann ich bin, umso besser. Hier die Veränderungen, die ich durchführen will. Und dort die notwendigen Kompromisse, die ich dafür eingehen muss. Das wäre der Spartokos, den ich bislang gekannt habe." Er sah Lysias an. „Hier stimmt trotz allem etwas nicht, mein Freund. Ich weiß beim besten Willen nicht, was es ist. Aber Spartokos verfolgt hier noch ein ganz anderes Ziel. Und ich hoffe sehr, dass er es nicht auf unsere Kosten macht!"

Die beiden Freunde traten hinaus in den Hof und genossen für einen kurzen Moment die letzten Sonnenstrahlen. Zu dieser Jahreszeit fielen sie nur noch an wenigen Stunden des Tages ins Hausinnere. Ohne den Wind, der durch die Wände abgehalten wurde, war es aber noch richtig heiß, jetzt, am Ende des Monats Boedromion.

„Dann sind wir uns also einig, Dakos?", hakte Lysias nochmals nach. „Wir werden übermorgen zu diesem Treffen aufbrechen? Und nach Möglichkeit sogar ein paar angenehme Tage auf Kosten unseres ‚Freundes' verbringen?"

„Ja, Lysias, wir sind uns einig." Lysias merkte, wie schwer es seinem Gastgeber fiel, dieses Zugeständnis zu machen. „Doch lass dich gewarnt sein! Sei permanent auf der Hut, sobald wir das Landhaus betreten haben. Merke dir jedes noch so kleine Detail. Jedes Wort, das Spartokos sagt. Ich werde das Gefühl einfach nicht los, dass unser Leben davon abhängen könnte!"

Mit dieser eindringlichen Warnung drehte Dakos sich um und verschwand in seinem Arbeitszimmer am anderen Ende des Säulenganges. Lysias blieb noch eine Weile im Hof stehen und sah sich um. Auf einmal kamen ihm wieder diese dicken, festungsartigen Mauern in Hekataios' Haus in den Sinn. Was war das doch für ein Unterschied im Vergleich zu diesen ebenfalls solide gebauten, aber doch viel freundlicher gestalteten Räumlichkeiten um ihn herum! Er hatte leider vergessen, ihren Gastgeber in Labrys nach dem Grund dieser besonderen Bauweise zu fragen. Lysias konnte sich aber nicht vorstellen, dass es tatsächlich nur an den Skythenüberfällen gelegen hatte. Die waren bereits mehrere Jahrzehnte her, während Hekataios sein Haus vielleicht gerade einmal vor zehn oder fünfzehn Jahre errichtet hatte. Vielleicht war es einfach nur eine Machtdemonstration, etwa wie: Seht her, ich kann es mir leisten, so ein Haus zu bauen. Eine richtige Festung, in der ich im Notfall vor euch sicher bin! Der Adressat dieser Botschaft wäre dann aber weniger der berittene Skythe, der ja bereits draußen vor der Stadtmauer seinen geplanten Raubzug beenden musste. Nein, diese Botschaft war nach innen gerichtet. An die eigene Bevölkerung. Es war schon ein verrücktes Land, dachte Lysias, als er die Treppenstufen zum oberen Stockwerk überwand.

Er freute sich schon fast darauf, in absehbarer Zeit Pantikapaion zu verlassen. Nach der Fahrt zu den Sindern hatte ihn das Fernweh nicht mehr losgelassen. Er fing an, Herodot zu verstehen, er wollte wieder reisen. Das Zerwürfnis mit Mike und seine unglaublich dumme Selbstentlarvung machten ihm die Entscheidung sogar noch einfacher. Und nun auch noch Dakos mit seinen bösen Vorahnungen. Er mochte seinen Gastgeber. Lysias sah in ihm sogar etwas wie einen Vater. Dennoch ging er ihm langsam auf die Nerven mit seiner Schwarzseherei. Gemeinsam mit Sanon würden sie Spartokos wirtschaftlich und politisch seine Grenzen aufzeigen. Aber dann war es auch gut. Er würde mit einem Zwischenstopp in Olbia die Heimreise antreten. Je länger er darüber nachdachte, desto besser gefiel ihm diese Vorstellung.

Das Treffen, Landhaus des Spartokos, Ende September 439 v. Chr.

Dakos und Lysias standen am Ufer der Maiotis und schauten dem seichten Wellenspiel zu. Das Wetter war den ganzen Tag über traumhaft schön gewesen, und das beginnende Abendrot deutete an, dass es auch morgen noch so weitergehen sollte.

„Spartokos hat sich ein nettes Plätzchen für sein Landhaus ausgesucht. Das muss man ihm lassen." Lysias stand mit den Füßen im Wasser und sah zurück zum Haus, wo man das Abendessen vorbereitete.

Auch Dakos schien diesen Moment zu genießen. „Man bekommt tatsächlich Lust, sich ebenfalls ein solches Anwesen zu kaufen, wenn man das hier so sieht", erwiderte er. „Vor allem, wenn man so eine unbequeme Anreise hinter sich hat."

Leidvoll dachte Dakos an den fast zweistündigen Ritt hierher. Er war einfach kein Pferdefreund, was diese Mistviecher offenbar mit untrüglicher Sicherheit sofort herausfanden. Ansonsten konnte er sich nicht erklären, warum sie ihm das Leben besonders schwer machten, indem sie ihm einfach nicht gehorchten. Ganz anders Lysias. Dakos hatte den Eindruck, dass dieser Junge auf dem Rücken eines Pferdes geboren sein musste. Hätte er es nicht besser gewusst, dann hätte er geglaubt, einem Skythen begegnet zu sein. Wirklich seltsam für einen Kaufmann aus Athen.

„Wir sollten unseren mürrischen Gastgeber nun aber nicht mehr länger warten lassen. Immerhin haben wir Spartokos gesagt, dass wir nur kurz einmal ans Meer wollen. Das ist nun aber schon mindestens eine Stunde her." Dakos schlug den Weg zurück zum Haus ein, den sie auf ihrem Hinweg bereits genommen hatten. Lysias folgte ihm gemächlich und dachte darüber nach, wie der weitere Abend wohl verlaufen würde. Den Beginn konnte man ja getrost als einen Reinfall bezeichnen.

Sie waren gegen Mittag eingetroffen. Nach einer recht steifen Begrüßung hatte Spartokos ihnen etwas zu essen bringen lassen, und sie unterhielten sich ausschließlich über belanglose Dinge. Wenn wir jetzt auch noch über das Wetter reden, dachte Lysias, dann hole ich mein Pferd und reite wieder in die Stadt. Am meisten nervte ihn aber die Tatsache, dass Spartokos sich die ganze Zeit über mit Mike eine Kline teilte. Während sie sich angespannt unterhielten, liebkoste die Hetäre ihren Gastgeber ausdauernd und zärtlich, dass es die reinste Provokation für Lysias war. Aus dem Augenwinkel nahm er zudem wahr, dass sie ihm auch immer wieder einen verstohlenen Blick zuwarf. Er kochte innerlich.

Die skythischen Vertreter waren noch nicht eingetroffen. Spartokos hatte eine Nachricht erhalten, dass Thymnes und seine Begleiter erst am frühen Abend kommen würden. So mussten Dakos und Lysias sich den ganzen Nachmittag über mit ihrem Gastgeber und seinen Anhängern die Zeit vertreiben, was nicht wirklich angenehm war. Als immer deutlicher wurde, dass ihnen die Gesprächsthemen ausgingen, schlug Lysias vor, ob man nicht einen kleinen Spaziergang zur Küste machen könne. Die allseitige Zustimmung machte klar, dass diese Situation nicht nur an seinem Nervenkostüm kratzte. Vor allem, als man vorgab, noch vieles vorbereiten zu müssen, weshalb Dakos und Lysias diesen Ausflug an die frische Luft plötzlich allein unternahmen.

„Mike ist irgendwie nicht gut auf dich zu sprechen, nicht wahr?“, stichelte Dakos, dem dieses kleine Schauspiel natürlich nicht entgangen war.

„Bei der rachsüchtigen Hera! Von all den möglichen Themen, die du hättest anschneiden können, musstest du dich natürlich ausgerechnet für dieses entscheiden. Besten Dank, mein Freund“, entgegnete Lysias. „Ja, wir haben uns gestritten. Und ja, sie ist zu Spartokos zurückgegangen. Und nein, ich werde mich nicht weiter mit ihr treffen. Ende der Tratschgeschichte!“

Dakos lachte noch immer, als sie das Landhaus erreichten. Lysias fand, dass ihn seine Trennung von Mike ein wenig zu vergnügt stimmte. Doch bevor er Dakos eine passende Bemerkung entgegenschleudern konnte, verschlug es ihm die Sprache. Er hatte zufällig am Haus vorbei in Richtung Westen gesehen, wo die Sonne wie ein glutrotes Kohlenstück allmählich hinter dem Horizont verschwand. Und plötzlich waren sie da. Vier Reiter, wie aus dem Nichts. In leichtem Trott näherten sie sich ihnen, und Lysias sah bereits auf diese Entfernung all das Blinken, das sowohl Mensch als auch Tier in eine goldene Aura einhüllte. Thymnes war angekommen. Die Skythen waren endlich da.

„Thymnes!“, rief Spartokos, als die Reiter ihre Tiere vor dem Haus zum Stehen brachten. „Ich freue mich sehr, dass du endlich da bist. Bitte, steigt ab und kommt ins Haus. Das Essen ist gleich fertig." Mit einer einladenden Geste zeigte er auf die Eingangstür und lächelte seine Gäste freundlich an. „Ah, da seid ihr ja ebenfalls!", wandte er sich an Dakos und Lysias, als er die beiden hinter den Reitern erkannte. „Ihr habt euren Spaziergang zum richtigen Zeitpunkt beendet, und ich brauche euch nicht holen zu lassen. Wie schön, wie schön."

Ohne eine Antwort abzuwarten, ging er ins Haus. Lysias blieb verblüfft stehen. War das der gleiche Spartokos, der in Pantikapaion von den Skythen als verlauste Barbaren gesprochen hatte, deren ungebildete Anführer nach Pferdemist stanken?

„Ich warne dich nochmals, Lysias. Halt bloß die Augen offen", raunte Dakos ihm zu, als er sich auf Thymnes zu bewegte.

„Ich freue mich, dich wiederzusehen, Thymnes", sagte Dakos, als der Skythenfürst von seinem Pferd abgestiegen war. „Allerdings hätte ich mir nicht träumen lassen, dass unser nächstes Treffen gerade hier stattfinden würde."

Er hob seinen linken Arm zu Begrüßung. Dabei vergrub er den kleinen sowie den Ringfinger in den Handballen und streckte nur die drei übrigen Finger aus, was auf Lysias wie ein Geheimzeichen wirkte. Zu seinem maßlosen Erstaunen sah er, wie Thymnes auf die gleiche, fast theatralische Art den seltsamen Handgruß erwiderte und Dakos dabei tief in die Augen sah.

Ohne jegliche Regung auf seinem Gesicht sagte der Skythe mit rauer Stimme in fließendem Griechisch: „Sei gegrüßt, Dakos. Auch ich freue mich über unsere Zusammenkunft." Mit einem abschätzenden Blick sah er zu Lysias. „Und du bist also dieser Athener, der mit uns verhandeln will?"

Lysias war von der Erscheinung der Skythen so gefesselt, dass er überhaupt nicht mitbekam, wie Thymnes ihn ansprach. Er musterte all die Goldplättchen auf diesen merkwürdigen Hosenanzügen. Die Waffen, die über und über mit vergoldeten Darstellungen aus der Tier- und Menschenwelt verziert waren. Und dann dieser Pferdeschmuck, der dem ihrer Reiter in nichts nachstand. Unsanft stieß Dakos ihn in den Rücken.

„In der Regel ist es höflich, auf eine Frage zu antworten, mein lieber Lysias."

„Ich bitte um Verzeihung. Ich war völlig in Gedanken verloren. Was hattest du mich gefragt?"

„Wenn ein Mann seinen Träumen nachhängt, ist er bereits so gut wie tot", erwiderte Thymnes, ohne seine Frage nochmals zu wiederholen. „Entweder erwischt ihn der nächstbeste Pfeil im Kampf, oder ein Feind schlitzt ihm am Lagerfeuer die Kehle auf. Beides kein ehrenvoller Tod."

Lysias starrte den Skythenfürsten verständnislos an. Was sollte denn der Unsinn? „Ich bitte um Entschuldigung. Aber ich treffe zum ersten Mal mit einem Skythen zusammen. Zumindest zu einem Gespräch."

Vor seinem inneren Auge sah er sich wieder auf dem Marktplatz vor Dakos' Haus an seinem ersten Abend. Auch Thymnes schien bei dieser Bemerkung ein vergleichbarer Gedanke gekommen zu sein.

„Wir Barbaren sind nun mal rücksichtslose Tiere. Das solltest du bereits *vor* deinem ersten Treffen mit uns Reiternomaden gelernt haben. Dann lebst du auch länger."

Thymnes rief seinen Begleitern einen kurzen Befehl zu. Sofort kümmerte sich einer der berüchtigten Bogenschützen um die Pferde, während der zweite Skythe augenblicklich am Eingang Position bezog. Sein dritter Begleiter tauchte ebenso blitzschnell an der linken Seite des Fürsten auf, wachsam in alle Richtungen blickend. Lysias war schlichtweg begeistert. Er war soeben Zeuge eines perfekten militärischen Manövers geworden. In weniger als fünf Sekunden hatten die Skythen ihren Anführer nach allen Seiten hin abgesichert.

Langsam ging Thymnes nun auf den dunklen Eingangsbereich zu. Eine schillernde Gestalt, die sich dem Eingang des Hades näherte – so kam es Lysias wenigstens vor, als er die Szene betrachtete.

„Was war das denn für ein komisches Handzeichen zur Begrüßung?", fragte er Dakos, als sie sich anschickten, Thymnes zu folgen.

„Ich bin immer wieder verblüfft, wie wenig du weißt, Lysias", antwortete Dakos. „Die drei ausgestreckten Finger symbolisieren das dreigeteilte Königtum der Skythen. Nur in Kriegszeiten gibt es einen einzigen Anführer. Die Wurzeln dieser Gesellschaftsordnung gehen dabei zurück bis zu den Anfängen, bis zum Ursprung ihres Volkes. Und die Skythen sind stolz darauf." Er hielt Lysias am Arm fest und sah ihm ins Gesicht.

„Lysias, ich bitte dich eindringlich. Vergiss bitte für heute deinen athenischen Hochmut. Wie bei den Sindern ist eine herablassende

Art eindeutig fehl am Platz." Lysias spürte, dass Dakos es ernst meinte. „Du hast es hier mit Leuten zu tun, die sehr viel Wert auf Tradition und Ehre legen. Ein abfälliges Wort von dir, und du hast schneller eine Klinge am Hals, als du es überhaupt sehen kannst. Hast du mich verstanden?"

Als sie das Haus betraten, war das Bankett im Andron bereits angerichtet. Spartokos saß mit Mike auf der Kline gegenüber dem Eingang. Rechts von ihm saßen Leukon, Satyros und Pairisades. Links des Eingangs hatte sich Thymnes niedergelassen. Hinter ihm stand wie ein Schatten sein Leibwächter Ariantes. Es herrschte eine gespannte Ruhe, als Dakos und Lysias ihre Plätze einnahmen. Sofort kamen zwei Diener heran, die ihnen jeweils einen kostbaren Silberbecher mit Wein brachten.

„Ich begrüße euch nochmals sehr herzlich auf meinem Landgut. Schön, dass ihr alle gekommen seid. Ich trinke auf euer Wohl." Spartokos war der Einzige, der seinen Becher erhob und anschließend einen kräftigen Schluck nahm. Aber das schien ihn nicht zu stören. Im Gegenteil. Seine Stimmung schien von Minute zu Minute besser zu werden. „Ich bitte euch, greift zu. Mit vollem Magen lässt es sich doch viel besser verhandeln."

Wenigstens in diesem Punkt hatte Spartokos recht, dachte Lysias. Er nahm sich ein beachtliches Stück von dem gebratenen Fleisch, das einen wirklich außerordentlich verlockenden Geruch in dem kleinen Raum verströmte. In der Stadt hatte Spartokos den Ruf eines spendablen Gastgebers. Und den schien er auch hier im Landhaus verteidigen zu wollen. Die übrigen Gäste griffen nun ebenfalls zu, und so verbrachten sie weitere Minuten schweigend, während sie sich auf das Essen konzentrierten. Die einzige Stimme, die man vernahm, war das leise Säuseln von Mike, die Spartokos irgendwelche Liebesschwüre ins Ohr flüsterte. Lysias hätte sie am liebsten geohrfeigt. Warum nur musste sie hier sein? Hätte sie denn nach ihrem heftigen Streit nicht in der Stadt bleiben können?

Plötzlich stand Thymnes auf. „Ich danke dir für die Einladung, Spartokos." Er nickte ihrem Gastgeber beinahe unmerklich zu. „Aber ich will gleich von Anfang an ehrlich sein. Ich bin nur gekommen, weil ich neugierig bin. Und nicht, weil ich mit dir verhandeln will." Die letzten Worte waren eindeutig an Lysias gerichtet.

„Du, Spartokos, hast in den vergangenen Monaten keine Möglichkeit ausgelassen, gegen mein Volk zu hetzen. Unkultivierte

Barbaren hast du uns genannt. Abschaum der Götter. Ungeziefer, das es zu zerquetschen gilt." Thymnes legte bei diesen Worten reflexartig die Hand auf sein Kurzschwert. „Und nun diese seltsame Einladung. Lange habe ich überlegt, ob ich überhaupt an dieser Zusammenkunft teilnehmen soll. Der ausschlaggebende Grund war schließlich, dass auch Dakos eingeladen wurde." Er wandte sich Dakos zu, grüßte ihn erneut auf diese seltsame Art mit den eingeschlagenen Fingern. Dann sprach er wieder zu Spartokos. „Sage mir also ohne Umschweife den wahren Grund für deinen plötzlichen Sinneswandel. Ich habe nämlich nicht vor, die Nacht hier zu verbringen, und werde bald wieder aufbrechen."

Spartokos hatte dem Skythenfürsten aufmerksam zugehört. Er freute sich über seine damalige Eingebung, auch Dakos zu diesem Treffen einzuladen. Das stellte sich nun als brillanter Schachzug heraus. Du wirst bald den wahren Grund für deine Anwesenheit erfahren, du aufgeblasener Pferdenarr mit deinen goldenen Plättchen, zuckte es ihm durch den Kopf. Ich werde dir persönlich den Kopf von den Schultern trennen und dich anschließend in Stücke schneiden, um dein Fleisch den Hunden vorzuwerfen!

„Ich habe in der Vergangenheit vielleicht einiges gesagt und getan, was ich mittlerweile aufrichtig bereue", sagte er zu den Anwesenden. Er schlüpfte aus den Armen der Hetäre, stand auf und ging in die Mitte des Androns. Ganz gegen alle Gewohnheiten war der Raum sehr schmucklos eingerichtet. Gewiss, da waren die obligatorischen Teppiche an den Wänden und auf dem Fußboden. Aber es gab kein Mosaik oder große Gemälde, die von großen Schlachten aus grauer Vorzeit erzählten. Spartanisch, dachte Lysias. So etwas Schlichtes erwartete man eher in der lakonischen Stadt auf der Peloponnes als im Haus eines selbstverliebten Emporkömmlings. Interessant.

„Ich möchte dieses Treffen dazu nutzen, unsere geschäftlichen Beziehungen zu verbessern. Wir müssen ja keine Freunde werden. Aber vielleicht gute Partner." Wie das Gift einer Schlange sollten diese Worte in die Köpfe der Anwesenden eindringen.

Doch Spartokos hatte es nicht mit einem normalen Stadtbewohner zu tun, der sich so einfach blenden ließ. So unterbrach ihn Thymnes ohne jede Rücksicht. „Ich habe in den letzten Wochen durchaus verfolgen können, wie dieses Kind dir geschäftlich mehr und mehr in die Quere gekommen ist." Bei diesen Worten zeigte er auf Lysias. „Und ich kenne dich genau. Du führst etwas im Schilde, und ich will wissen, was es ist."

Spartokos ballte hinter seinem Rücken die Hand zu einer Faust, wobei die Knöchel weiß hervortraten. Bloß die Ruhe bewahren, dachte er.

Auch Dakos sah, dass die Stimmung bereits zu Beginn ihres Treffens umzukippen drohte. „Wie wäre es denn, Spartokos", sprach er in ruhigem Tonfall, „wenn du uns deine konkreten Pläne erklärst. Dann können wir gemeinsam darüber beraten. Und wer weiß? Vielleicht sind wir am Ende ja doch einen Schritt weiter, bevor uns Thymnes am späteren Abend wieder verlässt."

Spartokos sah zu seinen Mitstreitern. Sein Plan war in Gefahr. Eigentlich wollten sie ihre Gegner während der Nacht in ihren Betten töten. Das hatte einerseits den Vorteil einer geringen Gegenwehr. Immerhin waren die Skythen für ihre Stärke bekannt. Und andererseits war dieser Meuchelmord noch viel abscheulicher als ein offener Kampf. Richtig in Szene gesetzt, konnte man mit einer entsprechenden Schilderung auch den letzten Zweifler in Pantikapaion gegen diese barbarischen Skythen aufbringen.

Nun gut, dachte Spartokos. Hier galt es zu improvisieren. Er fasste sich mit der Rechten an den Hinterkopf und gab Leukon damit das verabredete Zeichen. Denn noch bevor sie ins Andron gegangen waren, hatte Spartokos seinen Gefährten zur Seite genommen und ihn auf den skythischen Wachposten bei den Pferden hingewiesen. Aus einem Bauchgefühl heraus hatte er zu diesem Zeitpunkt bereits die Notwendigkeit einer spontanen Planänderung ins Auge gefasst. Und glücklicherweise verfolgte sein Mitverschwörer das bisherige Gespräch aufmerksam genug, um zu demselben Schluss zu gelangen. Leukon stand auf und verließ den Raum mit der Entschuldigung, sich erleichtern zu müssen. Allein Spartokos kannte jedoch sein eigentliches Ziel: den Skythen bei den Pferden möglichst geräuschlos zu beseitigen. Dann hätten sie es nur noch mit Thymnes selbst und zwei seiner Leibwächter zu tun. Lysias und Dakos zählte er bewusst nicht mit. Das waren keine Kämpfernaturen. Im Gegenteil. Sie konnte man abschlachten wie wehrloses Vieh!

Spartokos sah Leukon nach, wie er das Zimmer verließ. Nun galt es, Zeit zu gewinnen. Sobald Leukon zurückkam und ihm seinen Erfolg signalisierte, konnte er sein wahres Gesicht zeigen. Dann würden sie hier einen Kampf entfesseln, der dem Freiermord des Odysseus aus der Ilias ebenbürtig sein würde. Wer weiß? Vielleicht würde er eines Tages die Wahrheit über die kommenden Geschehnisse berichten. Irgendwann, in einigen Jahren, wenn seine Herrschaft sich gefestigt hatte. Dann würde er einen Dichter damit beauftragen, seinen Machtantritt in einem Epos zu verewigen. Die Dynastie der Spartokiden sollte Jahrhunderte herrschen. Und hier hätte alles begonnen, jetzt!

Der Überfall, Landhaus des Spartokos, Ende September 439 v. Chr.

„Ihr alle kennt die momentane Situation in der Stadt", fing Spartokos seinen kleinen Vortrag an, der Leukon genügend Zeit verschaffen sollte. „Auch dir, Thymnes, brauche ich nicht zu erklären, was man derzeit von deinem Volk hält." Er vollführte eine theatralische Geste mit den Armen. „Das, was ich in den letzten Wochen gesagt habe, ist die Meinung der Stadtbewohner. Ich habe ihnen bloß eine Stimme gegeben!"

Thymnes schnaufte verächtlich. „Bloß eine Stimme gegeben, Spartokos? Du hast sie angestachelt! Bevor du mit deinem privaten Feldzug gegen uns begonnen hast, waren unsere Beziehungen zu den Griechen weitgehend normal. In privaten und kulturellen Dingen distanziert, in geschäftlichen Angelegenheiten auf einer Linie." Er sah zu Dakos hinüber. „Und außerdem: Du wirst wohl kaum behaupten können, dass du für alle Bewohner Pantikapaions sprichst. Oder?"

Auch Spartokos sah jetzt Dakos an, und in seinen Augen blitzte es gefährlich auf. „Nein, nicht für alle, aber für den Großteil."

„Ich sehe noch nicht, wohin uns das führen soll", erhob Lysias das Wort. Ihn beschlich allmählich das Gefühl, dass es doch keine so gute Idee gewesen war, hierher zu kommen. „Wo liegt dein Angebot, Spartokos? Denn wenn wir uns nur über deine verqueren Ansichten unterhalten sollen, dann ist das verlorene Zeit!"

„Ich bitte dich noch um ein wenig Geduld, Lysias. Hier handelt es sich zunächst um eine innere Angelegenheit, die dich vermutlich nicht näher interessieren sollte", sagte Spartokos jovial. „Wir werden dich selbstverständlich in unsere Diskussion mit einbeziehen, sobald es um den überregionalen Handel mit Athen geht!"

Lysias sah ihn verdutzt an. Sein Gastgeber hatte hier seinen wunden Punkt getroffen. Um seine Tarnidentität aufrechtzuerhalten, durfte er tatsächlich kein großes Interesse an diesen politischen Dingen zeigen. Er war nun einmal offiziell ein Händler. Staatsangelegenheiten gingen ihn nichts an. Daher erwiderte er so gelangweilt wie irgend möglich: „Ich dachte, wir wären allein wegen der Geschäfte hier. Und nicht wegen dieses politischen Krams."

„Das eine lässt sich nur schwer von dem anderen trennen", mischte sich Dakos ein, um von seinem Freund abzulenken. „Aber Lysias' Frage ist durchaus berechtigt, Spartokos. Was hast du anzubieten? Warum hast du uns in dein Landhaus eingeladen? Doch wohl kaum, um uns hier nur zu verköstigen." Er sah sich im Andron um und bemerkte, dass Satyros und Pairisades ungewöhnlich angespannt wirkten. Zumindest angespannter, als es diese Situation hier eigentlich erforderte. Merkwürdig, dachte Dakos.

„Ich möchte euch eine Art Friedensangebot unterbreiten. Eines, das uns allen nützt", erwiderte Spartokos, der immer noch mitten im Raum stand. „Meine Anhängerschar in Pantikapaion wächst stetig. Das wisst ihr! Doch nun stehen wir am Scheideweg. So wie seinerzeit Herakles, als er zwischen dem einfachen, bequemen und dem schweren, tugendhaften Weg wählen musste."

Er blickte zur Tür. Wo blieb Leukon bloß?

„Es dauert nicht mehr lange, und meine Gefolgsleute werden mich bitten, die Macht zu übernehmen. Und ich werde sie nehmen, da seid euch gewiss!" Spartokos ließ plötzlich alle Höflichkeit fallen. Mit eiskalter Stimme fuhr er fort: „Es liegt an euch, ob das Ganze blutig oder unblutig ablaufen wird. Ich jedenfalls biete euch hier und jetzt meine ausgestreckte Hand an." Wieder vollführte er eine theatralische Geste. „Ich wiederhole mich: Nicht in Freundschaft, beileibe nicht. Aber in dem Einsehen, dass wir gemeinsam bessere und lukrativere Geschäfte mit Athen machen können, als wenn wir uns bekämpfen würden."

Lysias glaubte, sich verhört zu haben. Dieser kurze Monolog ihres Gastgebers war eine Drohung und eine Erpressung zugleich. Ein verbales Erdbeben. Völlig unverblümt hatte Spartokos ihnen soeben mitgeteilt, dass er sie eigentlich alle verachtete. Dennoch wollte er aus reiner Profitgier mit ihnen zusammenarbeiten, um gegenüber Athen mit geeinter Stimme auftreten zu können. Das war nichts anderes als eine offene Kriegserklärung gegen ihn und seine Heimatstadt! Und als wäre dies noch nicht genug, versuchte Spartokos die Anwesenden zudem moralisch unter Druck zu setzen, indem er sie vor die vermeintliche Wahl stellte, die Art und Weise seines nahenden Machtantrittes zu bestimmen. Blutig oder unblutig! Spartokos konnte doch nicht wirklich glauben, dass er mit diesem Unsinn Erfolg hatte!

Thymnes stand langsam auf und sah Spartokos mit Verachtung in den Augen an. „Ich habe genug gehört. Ich wusste, dass du zu keiner Zeit ein Interesse daran hattest, zwischen Lysias und mir zu vermitteln. Das war mir von Anfang an klar. Und ich war neugierig, deswegen bin ich gekommen. Doch dass du so weit gehen würdest, uns derart offen zu drohen, hätte ich niemals für möglich gehalten." Seine Hand ruhte auf dem Griff seines Kurzschwertes.

„Du kannst von Glück sagen, dass wir Skythen die Gastfreundschaft ehren. Ansonsten hätte ich dir bereits mein Schwert in den Bauch gerammt. Bete zu deinen Göttern, dass wir uns nie wieder außerhalb eurer Stadtmauern über den Weg laufen. Das würdest du nicht überleben!"

Als Thymnes sich drohend einen Schritt auf Spartokos zubewegte, sprangen Pairisades und Satyros auf. Blitzschnell hatten sie Schwerter in den Händen und stellten sich angriffslustig neben ihrem Anführer auf.

Und plötzlich überschlugen sich die Ereignisse.

In dem Moment, als Thymnes auf Spartokos zuging und seine Mitstreiter ihm zur Hilfe eilten, erklangen dumpfe Rufe vom Eingangsbereich herüber. Spartokos war erleichtert. Das konnte nur Leukon sein, der vermutlich bereits mit dem zweiten Skythen am Eingang kämpfte. Keine Sekunde zu früh, schoss es ihm durch den Kopf. Jetzt war es endlich so weit! Die Masken konnten fallen.

„Tötet sie alle!" rief er seinen Freunden zu, ebenso den versammelten Sklaven, die sich bislang im Hintergrund aufgehalten hatten.

„Tötet sie, diese räudigen Hunde. Heute ist der Tag der Abrechnung. Nie wieder wirst du einen Fuß in meine Stadt setzen, Thymnes. Keiner von euch!" Die letzten Worte brüllte er heraus.

Alle Anwesenden waren von ihren Klinen aufgesprungen. Während Thymnes und sein Leibwächter Ariantes ebenfalls ihre eisernen Schwerter zogen und sich auf die Gegner stürzten, blickte sich Lysias voller Panik um. Er hatte keine Waffe dabei! Warum auch? Es sollte ja ein Geschäftstreffen sein. Hätte er doch nur auf Dakos gehört! Aus den Augenwinkeln sah er bestürzt, wie sein Freund, der ebenfalls unbewaffnet war, von einem nahestehenden Diener attackiert wurde. Ohne nachzudenken, griff er einen kleinen Holzschemel und schmetterte ihn voller Wut auf den Kopf des Sklaven. Das knirschende Geräusch war fürchterlich. Noch bevor der Diener blutüberströmt zu Boden sank, wusste Lysias, dass er ihm den Schädel eingeschlagen hatte. Der Soldat in ihm war zum Leben erwacht. Ein Jahr hatte der Kämpfer in ihm geschlummert. Doch jetzt war er wieder da!

Mit einer geschmeidigen Bewegung rollte er unter dem Lanzenstoß eines weiteren Angreifers hindurch und griff das auf dem Boden liegende Schwert des toten Dieners. Noch in der Vorwärtsbewegung hob er es hoch und stieß es dem Gegner mitten in den Unterleib. Der Sklave brach schreiend zusammen, wobei er den in der Ecke stehenden Tisch mitsamt dem Abendessen umriss. Weintrauben, Fleischstücke und Brotreste flogen umher, der Boden wurde glitschig und war jetzt voller scharfer Scherben. Lysias sprang auf. Im Zentrum des Androns standen Thymnes und sein Leibwächter Ariantes Rücken an Rücken und kämpften mit der Wut der Überraschten gegen ihre Gegner. Abwechselnd schlugen Spartokos und Satyros auf den Skythenfürst ein, während Ariantes von Pairisades und zwei Sklaven unablässig bedrängt wurde. In der hinteren rechten Ecke kauerte sich Mike auf den Boden. Ihr Gesicht war angstverzerrt. In der erhobenen rechten Hand hielt sie ein Messer, doch Lysias bezweifelte, dass sie es im Notfall auch benutzen würde. Er musste den Skythen zur Hilfe kommen. Und wo war Dakos?

„Ich wusste gar nicht, dass du so gut kämpfen kannst, Athener!“, rief Spartokos herüber. Er hatte mit angesehen, wie Lysias die beiden Sklaven außer Gefecht gesetzt hatte. „Stimmt die Geschichte vielleicht doch, dass du nicht der bist, für den du dich ausgibst?“

Lysias’ Blick fiel hastig auf Mike, die schuldbewusst ihren Kopf senkte. Doch bevor Lysias reagieren konnte, hörte er plötzlich neben sich einen langgezogenen Schrei. Lysias drehte sich um.

Und auf einmal verlangsamte sich die Zeit. Lysias musste hilflos mit ansehen, wie ein weiterer Haussklave voller Wucht einen langen Speer noch tiefer in Dakos’ rechte Seite stieß. Die Augen seines Freundes weiteten sich, der Schrei aus seiner Kehle erstickte, und dann brach er zusammen. Obwohl nur Sekunden vergangen waren, hatte Lysias das Gefühl, dass diese grausame Szene minutenlang angedauert hatte. Mit letzter Anstrengung versuchte Dakos, sich den Speer aus der Seite herauszuziehen, doch der Sklave ließ die Waffe nicht los. Da endlich erwachte der Athener aus seiner Starre.

Lysias sprang vor, wich einem gegnerischen Schwertstreich aus und warf sich mit einem Schrei auf den Sklaven, der Dakos angegriffen hatte. Rasend vor Wut riss er den Kopf seines Feindes zurück und schlitzte ihm ohne Gnade die Kehle auf. Das Blut des

Sklaven spritzte ihm entgegen. Doch Lysias kümmerte sich nicht darum. Er rannte weiter zu Dakos, der mit dem Rücken an der Wand saß. Sein Gesicht war kreidebleich, während sein weißer Chiton von seinem Blut durchtränkt war. Der Speer steckte noch immer in seiner Seite, doch schien es ihn nicht mehr zu stören. Er war tödlich getroffen, und ihm blieb nicht mehr viel Zeit.

„Was meinte Spartokos damit?", röchelte Dakos, während er weiteres Blut spuckte. „Du bist nicht der, für den du dich ausgibst? Hast du mich etwa die ganze Zeit belogen?"

Lysias wusste nicht, was er sagen sollte. Mit einer Hand hielt er das Schwert drohend in Richtung der Kämpfenden, mit der anderen versuchte er, Dakos zu stützen. Ihm steckte ein Kloß im Hals.

„Bist du etwa der Adler, der mich in meinen Träumen immer und immer wieder gerissen hat?", hörte er die schwächer werdende, zittrige Stimme seines Freundes, die bei all dem Krach um ihn herum kaum noch zu verstehen war.

„Nein, Dakos", erwiderte Lysias mit Tränen in den Augen. „Ich habe dich nicht betrogen." Er wusste, dass er von den Göttern schon bald für diese dreiste Lüge bestraft werden würde. Doch er wollte den Sterbenden in den letzten Sekunden seines Lebens eine weitere Enttäuschung ersparen. „Ich bin dein Freund, Dakos. Und ich werde dich rächen!" Er nahm Dakos' Hand und drückte sie, während sein Bewusstsein plötzlich die laute Umgebung ausblendete. Rote Wellen in Blau? Wut, Hass, Trauer. Adler? Nein, anders als sein Traum, er sah es deutlich vor sich: Blut, ein Hase, tot. Warum sah er das? Alle Gefühle drangen nun gleichzeitig auf ihn ein. Als er merkte, dass die Hand seines Freundes erschlaffte, wurde sein Geist wieder zurück in den Raum gezogen. Mit dem erneuten Schrei eines Wahnsinnigen stürzte er sich auf die Gegner.

Die Skythen waren mittlerweile in arge Bedrängnis geraten. Thymnes blutete stark an seiner linken Schulter. Offenbar hatte Spartokos ihn mit seinem Kurzschwert getroffen. Ariantes ging es nicht besser. Er war bereits an mehreren Stellen verwundet, und es war nur noch eine Frage der Zeit, dass ihn einer seiner Gegner endgültig niederstrecken würde. Gerade in dem Moment, als Lysias ihm zu Hilfe eilen wollte, sah er Pairisades, der mit der Waffe in seiner ausgestreckten Hand nach vorn stürzte. Er wollte Thymnes sein Schwert in den Leib rammen, und Lysias wusste, dass er auch dieses Mal zu spät kommen würde. Doch plötzlich vernahm er unmittelbar neben seinem rechten Ohr ein surrendes Geräusch. Lysias sah, wie Pairisades mitten in der Bewegung erstarrte und ungläubig auf seine Brust schaute. Aus seinem Oberkörper ragte ein Pfeil heraus, der wie aus dem Nichts gekommen war. Ohne irgendeinen Laut sackte Pairisades zusammen und war auf der Stelle tot.

Für einen kurzen Moment herrschte Stille. Alle Kämpfer hatten gesehen, wie Pairisades gestorben war. Doch keiner von ihnen hatte den tödlichen Pfeil abgeschossen. Plötzlich surrte ein zweiter Pfeil durch die Luft und traf einen Sklaven in den Oberschenkel. Während der Diener vor Schmerzen aufschrie, blickte sich Lysias hastig um. Eingefasst von der Türrahmung sah er den Skythen, den Thymnes als Wache vor dem Haus zurückgelassen hatte. Wie Apollon selbst war dieser auf einmal erschienen und hatte Tod und Verderben über ihre Gegner gebracht. Aber auch er schien bereits verletzt. Zumindest ließ seine merkwürdig nach vorn gebeugte Haltung darauf schließen.

Trotz dieser unerwarteten Hilfe hatte sich der Kampf noch nicht gewendet. Thymnes brauchte alle seine Kräfte, immer noch kämpfte er gegen zwei Verschwörer gleichzeitig. Er war zwar in der Lage, die gegnerischen Schwertschläge zu parieren und den tödlichen Stößen auszuweichen. Doch das würde nicht mehr lange gutgehen. Lysias musste handeln. Auch wenn der Skythenfürst ihn bislang ziemlich herablassend behandelt hatte, waren sie nun Waffenbrüder. Der Feind meines Feindes ist mein Freund, dachte er mit einer gehörigen Portion Sarkasmus. Er griff ohne zu zögern Spartokos an, der von dieser Attacke völlig überrascht wurde. Lysias drängte ihn Schlag für Schlag zurück, nutzte jede Möglichkeit der Deckung und schaffte es so, Thymnes die nötige Entlastung zu geben. Trotz der Überzahl ihrer Gegner gelang es ihnen für einen Moment sogar, die Oberhand zu gewinnen. Nun zeigte sich, dass die Skythen tatsächlich so gute Kämpfer waren, wie man immer von ihnen behauptet hatte. Und Lysias selbst merkte, dass er trotz des Müßiggangs des vergangenen Jahres nichts von seiner Ausbildung vergessen hatte. Sie waren erprobte Soldaten, während ihre Gegner sich nur auf ihren glühenden Hass stützen konnten. Sie mussten diesen Vorteil ausnutzen, wenn sie hier mit halbwegs heiler Haut davonkommen wollten.

Lysias trieb Spartokos weiter vor sich her. Schlag folgte auf Schlag. Unbarmherzig. Sie sollten für den Tod seines Freundes büßen, jeder Einzelne von ihnen. Jetzt wusste Lysias auch, was seine älteren Kameraden bei der Armee damit meinten, wenn sie von einer plötzlich im Kampf aufkommenden, blanken Mordlust sprachen. Er hatte so etwas noch nie erlebt. Bis jetzt. Er sah die ganze Szenerie durch einen blutroten Schleier. Sah, wie Spartokos plötzlich über einen zerbrochenen Tisch stolperte und der Länge nach zu Boden fiel. Sein Schwert rutschte ihm aus der Hand, und er wusste, dass dies das Ende war. Wie eine Schildkröte krümmte er sich zusammen und wartete auf den tödlichen Streich. Lysias lachte laut auf. Den Gefallen wollte er ihm gerne tun! Er holte aus und war im Begriff, zuzuschlagen, als er plötzlich einen sengenden Schmerz im Rücken verspürte.

Das Schwert glitt ihm aus der Hand. Er stürzte auf die Knie. In seinem Kopf explodierten tausende Sterne, und ihm wurde übel. Er versuchte sich umzudrehen, weil er sehen wollte, wer ihn niedergestochen hatte. Doch es gelang ihm nur mit größter Mühe, seinen Kopf zu wenden. Und da stand sie, mit der Waffe in der erhobenen Hand. Mike! Seine Gefährtin der letzten Monate, seine Geliebte. Er konnte es nicht fassen und sah sie mit weit geöffneten Augen an. Von der Klinge ihres kleinen Messers tropfte noch Blut, sein Blut! Das Atmen fiel ihm schwer, als er ihr in die Augen sah.

„Warum?“, stieß er hervor. „Warum hast du das getan, Mike?“

„Weil ich zu Spartokos gehöre!“, rief sie laut, und der schrille Klang ihrer Stimme machte deutlich, dass sie dem Wahnsinn nahe war. „Ich diene ihm, und das habe ich immer getan. Du warst für mich nur eine willkommene Abwechslung, Lysias! Doch wenn ich mich zwischen ihm und dir entscheiden muss, dann bleibt mir nur zu sagen: Lebe wohl, Athener! Und stirb wie ein Mann!“

Mit diesen Worten trat Mike auf Lysias zu. Sie wollte ihm das Messer in die Brust rammen, um ihn endgültig zu töten. Lysias schwanden die Sinne. Sein Oberkörper fing an zu schwanken. Mike sah ihrem Gegner direkt in die Augen, lachte schrill auf und holte zum entscheidenden Stoß aus. Doch im gleichen Moment war sie bereits tot.

Getroffen von einem Pfeil, der ihr durch den Hals drang und wie ein bizarrer Schmuck aus der rechten Wange wieder hinaustrat! Das Blut spritze aus ihrem Hals, besudelte Lysias, traf den Wandteppich und die hinter ihr umgestürzte Kline, auf der sie Minuten zuvor noch mit Spartokos gelegen hatte. Sie kippte nach hinten und schlug mit dem Kopf auf den kleinen Beistelltisch, der mit einem lauten Krachen in tausend Stücke zerbrach. Die schöne Hetäre hatte keine Chance gehabt. Als der skythische Bogenschütze am Eingang gesehen hatte, wie sie Lysias bedrängte, hatte er auf Mike angelegt und seinen todbringenden Pfeil mit absoluter Perfektion abgeschossen.

Ein jäher Schrei hallte durch das Andron. Spartokos sprang auf und rannte an Lysias vorbei zu der Stelle, an der Mike zusammengebrochen war. Auch die übrigen Verschwörer blieben mitten in der Bewegung stehen und sahen ihrem Herrn nach. Satyros krümmte sich, durch einen Überraschungsstreich von Thymnes getroffen.

Diese kleine Kampfpause nutzte Ariantes und lief zu Thymnes. „Mein Fürst! Das ist die Gelegenheit zur Flucht. Lauf! Wir werden deinen Rückzug decken. Toxaris mit seinem Bogen und ich mit meinem Schwert!"

Thymnes schnappte nach Luft.

„Niemals werden wir dem Kampf ausweichen, Ariantes! Ich will dieses Schwein töten, hier und jetzt." Bei diesen Worten zeigte er mit dem ausgestreckten Arm auf Spartokos. Doch seine Hand zitterte, so erschöpft war er. Ariantes fasste ihn an der Schulter.

„Bitte, Thymnes. Sie sind immer noch in der Überzahl. Und wer weiß, wie viele Sklaven hier noch im Haus rumlaufen, die ihrem Herrn zu Hilfe eilen können. Du musst verschwinden. Jetzt, solange es noch geht!"

Thymnes sah, dass ihre Gegner langsam aus ihrer Starre erwachten. Ariantes hatte recht. Es waren einfach zu viele.

„Also gut", sagte er. „Rückzug. Aber wir gehen zusammen. Niemand wird zurückgelassen. Und den Athener nehmen wir auch mit. Immerhin hat er mir vorhin das Leben gerettet." Er fasste Lysias unter die Schultern und schleifte ihn zum Eingang, während Ariantes kampfbereit in seinem Rücken stand.

„Toxaris!", rief dieser auf einmal laut auf. „Da hinten, links!" Ariantes deutete auf einen Sklaven, der einen weiteren Speer zum Wurf erhoben hatte. Toxaris schoss in Sekundenschnelle seinen letzten Pfeil ab und traf den Diener in die Schulter, der schmerzerfüllt die Waffe fallen ließ.

Bevor sich die Verschwörer neu formieren konnten, erreichten Thymnes und Ariantes den Eingang, und mit Lysias im Arm drängten sie hinaus. Toxaris schlug die Tür zu und blockierte sie so lange mit seinem eigenen Gewicht, bis Ariantes einen kleinen Holzkeil fand. „Das sollte sie eine Weile beschäftigen", rief er und rammte den Keil unter die Tür.

Als sie vor das Haus traten, sahen sie ihren Kampfgefährten, der tot auf dem Boden lag. „Sie haben Skyles von hinten niedergestochen. Er ist tot, mein Fürst", flüsterte Toxaris. „Doch ich habe seinen Mord bereits gerächt", fuhr er fort und zeigte auf einen leblosen Körper im Schatten der Hauswand.

„Das ist doch dieser Leukon", sagte Thymnes und spukte voller Abscheu auf den Boden. „Alles ehrlose Mistkerle. Der Kriegsgott soll sie alle holen und bis in alle Ewigkeit verdammen!"

Sie gingen zu den Pferden. Niemand trat ihnen in den Weg. Falls sich tatsächlich noch weitere Personen im Haus aufhielten, so waren sie offensichtlich klug genug, sich nicht zu zeigen.

Thymnes hob den mittlerweile bewusstlosen Lysias auf sein Pferd und stieg dann hinter ihm auf. Ariantes und Toxaris kümmerten sich gemeinsam um den Leichnam des Skyles.

Als sie alle auf ihren Pferden saßen, sah Thymnes ein letztes Mal in Richtung des Hauses. „Wir werden uns wiedersehen, Spartokos. Das verspreche ich dir!" Dann trieben sie ihre Pferde an und ritten in die Nacht hinein. Nach nur wenigen Augenblicken waren sie verschwunden.

Der Schwur, Landhaus des Spartokos, Ende September 439 v. Chr.

Spartokos kniete neben Mikes Leiche und hielt ihren Kopf in seinen Händen. Es war totenstill um ihn herum. Niemand sagte ein Wort. Niemand bewegte sich. Diejenigen von ihnen, die wie durch ein Wunder keine Verletzungen davongetragen hatten, versuchten ihren Freunden zu helfen, die weniger vom Glück begünstigt waren. Überall roch es nach Blut. Die Einrichtung war vollständig zertrümmert, und in der hinteren Ecke war sogar ein Teppich in Brand geraten, als eine Öllampe während des Kampfes auf dem Fußboden zerbrach.

Satyros schleppte sich auf allen vieren zum Brandherd und erstickte die Flamme mit dem letzten vollständigen Krug Wein, den er hatte finden können. Im Geiste sah er wieder und wieder Lysias, wie er mit erhobenem Schwert über Spartokos stand und zum letzten tödlichen Schlag ausholte. Dann der Hieb des Skythen in seine ungeschützte Flanke. Diese grauenhafte Szene würde er niemals in seinem Leben vergessen! Sie würde ihn bis zum letzten Atemzuge verfolgen. Verfluchter Athener! Wieso hatte der denn auf einmal so gut kämpfen können? „Wir haben es nur mit den Skythen zu tun", hatte Spartokos ihnen gesagt. „Lysias und Dakos sind kein Problem." Ha! Von wegen kein Problem! Man könnte meinen, dass Barbarenblut durch Lysias' Adern floss!

Plötzlich drangen laute Geräusche vom Eingang her. Die Tür wurde aufgestoßen, und die schwankende Gestalt Leukons erschien. Mit der linken Hand hielt er sich am Mauerwerk fest, während er die rechte Hand auf eine klaffende Bauchwunde presste. Er versuchte etwas zu sagen, doch verließen ihn die letzten Kräfte und er sank erschöpft zu Boden. Satyros sah zu seinem Halbbruder hinüber. Ein Gutes hat das ganze Drama wenigstens, dachte er bei sich. Endlich ist diese Hetäre in Hades' Reich, wo sie hingehört. Vielleicht kam Spartokos ja jetzt wieder zur Besinnung. Sie mussten jetzt umgehend handeln, sollten sie überhaupt noch etwas von dieser abstrusen Situation retten wollen.

„Spartokos! Hör mir doch zu, mein Bruder! Der Plan hat nicht funktioniert! Du musst zu dir kommen, sonst sind wir verloren!" Er kroch zu Pairisades und fühlte nach seinem Puls. Nichts. Sein Freund war tatsächlich tot.

„Bitte, Spartokos! Du musst in die Stadt zurück. Wenn das hier bekannt wird, ohne dass wir unsere Version des Geschehens vorher verbreitet haben, werden sie uns lebendig begraben!" Satyros dachte einen kurzen Moment nach und fuhr dann kreidebleich fort: „Oder die Skythen erwischen uns noch vorher. Dann will ich mir gar nicht vorstellen, welches Schicksal uns erwartet."

Satyros richtete sich mühsam auf und wankte langsam zu Dakos, der immer noch mit dem Rücken an der Wand lehnte. Hätte er nicht diesen hässlichen Speer in der Seite gehabt, lächelte Satyros freudlos vor sich hin, könnte man fast glauben, dass er nur ein kleines Schläfchen machte. Auch ihm fühlte Satyros den Puls und stellte zufrieden fest, das Dakos' Herz nicht mehr schlug. Die zweite gute Nachricht an einem völlig verkorksten Tag!

„Satyros hat recht", krächzte Leukon kaum hörbar. Er versuchte sich ein wenig aufzurichten, wobei er schmerzerfüllt das Gesicht verzog. „Lass endlich von dieser Hetäre ab. Sie hat uns das Unheil doch erst ins Haus gebracht!" Wut kam in ihm auf. „Und du selbst bist schuld an diesem Desaster hier. Also sieh zumindest zu, dass wenigstens der zweite Teil unseres Plans noch funktioniert."

Trotz seiner zahlreichen Verletzungen sprang Spartokos plötzlich auf und näherte sich Leukon mit gezogenem Schwert. „Ein weiteres Wort gegen Mike, und ich bringe dich eigenhändig um!" Seine Hand zitterte zwar, doch es bestand keinerlei Zweifel, dass er zu einem weiteren tödlichen Streich durchaus in der Lage war.

Aber Leukon hatte einfach keine Kraft mehr, um Angst zu haben. „Stoß doch zu, Spartokos. Dann hat dieses Drama wenigstens für mich ein Ende."

Bei diesen Worten kam Spartokos endlich zur Besinnung. Er lehnte sich gegen die Wand und wischte sich die Tränen aus dem Gesicht.

„Ich weiß, Leukon, dass mein Bruder recht hat. Und du auch." Er sah sich im Andron um, sah die Leichen mitten in dem zertrümmerten Mobiliar. Er blickte zu Pairisades Körper und erschauderte. Einen Sklaven wie Agaros töten zu lassen war das eine. Einen Mitstreiter und engen Freund zu verlieren etwas vollkommen anderes. Das hatten diese Mistkerle nicht umsonst gemacht. Er ging zu Dakos und trat ihn wie einen Hund.

„Wenigstens dich hat es bereits erwischt. Und ich versichere dir, dein athenischer Freund wird dir bald folgen!" Spartokos war wieder Herr seiner Sinne. Nun musste es wirklich schnell gehen. Er sah zu seinen Mitstreitern. „Schafft ihr einen schnellen Ritt in die Stadt zurück? Wir müssen sofort los und allen Bewohnern berichten, wie uns die Barbaren getäuscht und überfallen haben." Das Glitzern war in seine Augen zurückgekehrt. „Sobald diese Version der Geschichte im Umlauf gerät, ist es völlig egal, ob Lysias und Thymnes noch am Leben sind. Niemand würde ihnen irgendetwas glauben. Im Gegenteil! Wenn die beiden in Pantikapaion auftauchen, wird man sie sofort töten." Er lächelte grimmig. „Und das würde uns sogar eine Menge Arbeit ersparen!"

Leukon sah ihren Anführer mit glasigen Augen an. „Ich freue mich, dass du wieder der Alte bist", stammelte er und spuckte ein wenig Blut. „Ich selbst schaffe es aber nicht. Ich bin mir nicht einmal sicher, ob ich den morgigen Tag erlebe." Und noch bevor er fortfahren konnte, fiel Leukon in Ohnmacht.

„Mach dich allein auf den Weg, Spartokos!" sagte Satyros stockend. „Ich selbst bin auch nicht mehr in der Lage zu reiten. Außerdem muss sich einer um Leukon kümmern, sonst haben wir noch ein weiteres Opfer zu beklagen." Satyros hustete schwer. „Sieh zu, dass das alles hier nicht umsonst war. Das könnte ich nicht ertragen. Hol dir die Macht, Spartokos. Sie steht dir zu! Aber vergiss dabei nicht, wer dich bei deinem Weg an die Spitze unterstützt hat. Und das mit seinem eigenen Blut!"

Spartokos sank neben seinem Bruder auf die Knie und legte feierlich den Arm auf dessen Schulter. „Wir waren in der Vergangenheit nicht immer einer Meinung. Und ich gebe zu, dass ich dich mehr als einmal im Namen der Götter verflucht habe." Satyros setzte zu einer Erwiderung an, doch sein Bruder kam ihm zuvor. „Doch jetzt sehe ich dich mit anderen Augen. Denn erst in Zeiten der größten Not zeigt sich, wer Freund und wer Feind ist." Er umarmte Satyros und stand dann langsam auf.

„Ich schwöre bei Zeus, dass wir die Macht am Bosporos erlangen werden. Und ich schwöre dir, dass ich euch nicht vergessen werde. Wir beide werden uns die Macht teilen. Du, Satyros, wirst mit mir zusammen auf dem Thron sitzen, und wir werden gemeinsam mit Leukon gegen die Skythen kämpfen! Wir werden gemeinsam bis zu unserem letzten Atemzug über die Griechen herrschen. Hart, aber gerecht."

Spartokos sah sich noch einmal im Andron um und ließ seinen Blick lange auf Mikes Leiche ruhen. Mit eisiger Kälte fuhr er fort: „Und ich schwöre dir noch etwas, bei der rachsüchtigen Hera! Ich werde nicht eher ruhen, bis ich Lysias eigenhändig getötet habe. Er wird dafür büßen, was er uns angetan hat. Seinen Kopf will ich ihm abschlagen und Thymnes schicken!“

Auf dem Weg zu seinem Pferd befahl Spartokos seinen Haussklaven, die Verwundeten zu versorgen und das Chaos im Andron zu beseitigen. Er machte sich keine Sorgen darüber, dass seine Diener die Wahrheit kannten. Sie waren ihm bedingungslos ergeben. Niemand würde je ein Wort über die ganze Sache verlieren. Es sei denn, ihr Herr befahl es. Und dann würden sie sich fraglos an die offizielle Variante halten, eben genau so, wie Spartokos es ihnen auftrug.

Er stieg auf sein Pferd. Seine eigenen Verletzungen ließen ihn dabei vor Schmerz aufkeuchen. Doch eigentlich bemerkte er das nicht wirklich. Das Feuer des Hasses und der Wut brannte in ihm lichterloh. Er erinnerte sich plötzlich an eine merkwürdige Geschichte über die Skythen, die man gern in Tavernen zum Besten gab. Zu besonderen Anlässen berauschten sich diese Barbaren durch das Verbrennen seltsamer Kräuter derart stark, dass sie das Gefühl der Unsterblichkeit übermannte. So hieß es zumindest. Und genauso fühlte Spartokos sich in diesem Moment! Unsterblich! Obwohl bislang so ziemlich alles schiefgelaufen war, fühlte er ganz deutlich, wie sich ihm das Glück nun zuwandte. Jetzt oder nie, dachte er bei sich, trieb seinen Hengst an und galoppierte vom Hof.

Als der letzte Hufschlag in der Ferne verklungen war, spannte sich die Stille der Nacht wie ein Leichentuch über das Anwesen. Es war der Beginn einer neuen Ära. Doch sie war mit Blut getränkt.

Das helle Licht, Land der Königsskythen, Dezember 439 v. Chr.

Der Adler schwebte hoch über dem Boden. Rote Wolkenwellen zogen durch intensives Blau, unendlich über ihm. Seine scharfen Augen machten eine plötzliche Bewegung am Boden aus. Da war es. Diesmal würde er nicht das Nachsehen haben. Er ging in den Sturzflug über. Mit rasender Geschwindigkeit kam die Erde auf ihn zu, doch es machte ihm keine Angst. Die Freiheit zu fliegen. Wohin man wollte. Wann man wollte. Dann war er plötzlich über dem Hasen. Mit seinen Krallen fuhr er ihm in den Nacken. Sie überschlugen sich, doch der Adler ließ nicht los. Als die Schwerkraft ihre Geschwindigkeit endlich abgebremst hatte, richtete er sich zu seiner vollen Größe auf und schlug seinen Schnabel mit aller Kraft in die Seite des Tieres. Er schmeckte warmes Blut. Und fing an zu würgen.

„Er träumt offenbar schon wieder", sagte eine junge Frauenstimme. „Ich verstehe das nicht! Er wacht einfach nicht auf!"

„Ich bin mittlerweile auch ratlos", erwiderte eine zweite Frau mit einer rauhen Stimme. „Das geht jetzt schon seit Wochen so. Er ist weder tot noch lebendig. Und ich komme in der Zwischenwelt einfach nicht an ihn heran."

„Wird er denn überhaupt jemals wieder unter den Lebenden weilen?", fragte eine männliche Stimme.

„Ich weiß es wirklich nicht. Seine Verletzung war sehr schwer. Und er hatte zwei Wochen lang Fieber. So etwas habe ich noch nie erlebt", erwiderte die Frau mit der rauen Stimme. „Du kennst meine Heilkünste, Thymnes. Du weißt, wozu ich fähig bin. Aber hier ..."

Sie sprach den Satz nicht zu Ende.

Plötzlich wurde es nass. Der Adler flog durch den kalten Regen. Und er sah tief unter sich den Hasen, wie er über das offene Feld flüchtete. Er würde es schaffen, trotz des Regens. Doch irgendwas war hier nicht in Ordnung. Ein auf- und abschwellendes Geräusch irritierte ihn, doch er war nicht in der Lage, den Ursprung zu lokalisieren.

„Du musst das Tuch immer wieder mit kaltem Wasser anfeuchten. Das Fieber darf auf keinen Fall zurückkommen. Hörst du, Tamyra?"

„Ja, Schwesterherz. Ich habe es begriffen, auch wenn ich keine so berühmte Schamanin wie du bin."

„Du dummes Ding! Eitelkeit ist hier völlig fehl am Platz!", giftete die Schamanin zurück.

„Das war ein Scherz, Pauna!", sagte Tamyra, die sich wieder einmal leidvoll daran erinnerte, dass ihre Schwester einfach keinerlei Humor besaß.

Der Adler brach seinen Sturzflug ab und sah sich suchend um, während er sich wieder hoch in die Lüfte schraubte. Woher kamen diese Geräusche?

Pauna setzte sich auf die Bettkante neben Lysias. „Wie sehr hängt dir das Wohl dieses Fremden am Herzen, Thymnes?"

„Er hat mir das Leben gerettet, Pauna", erwiderte der Fürst. „Du weißt, was das für einen Skythen bedeutet. Ich stehe in seiner Schuld, und allein deshalb muss ich ihm helfen." Thymnes rieb sich die Schulter. Seine eigene Wunde war mittlerweile wieder ganz gut verheilt, auch wenn eine große Narbe zurückbleiben würde. „Ich will aber vor allem wissen, warum Spartokos uns töten wollte. Und welche Rolle dieser Athener hier in dem Theater spielt. Danach kann Toxaris ihm meinetwegen einen Pfeil in den Kopf schießen." Thymnes schnaufte verächtlich und verließ den Raum.

„Dann soll es so sein", sagte Pauna und ging zu der Truhe an der gegenüberliegenden Wand. Sie drehte den Kopf und sah ihre Schwester entschlossen an. „Ich werde mich noch einmal bemühen, ihn aus der Zwischenwelt zu befreien. Und diesmal werde ich versuchen, mich mit seinem Geist zu verschmelzen."

Tamyra stockte der Atem. „Das kannst du nicht riskieren, Pauna. Das ist viel zu gefährlich, als dass du es für einen Fremden versuchst."

Pauna schüttelte langsam den Kopf. „Du hast unseren Herrscher gehört. Thymnes will, dass dieser Lysias hier lebt. Wenn ich ihn jetzt nicht aus dem Wachtod befreie, wird sein Geist auf ewig in diesem Gefängnis verharren. Es ist die letzte Möglichkeit!"

Pauna war eine Schamanin. Oder besser gesagt: Sie war *die* Schamanin der Skythen, die über alle Stammesgrenzen hinaus bekannt und auch berüchtigt war. Mit ihren gerade einmal 25 Jahren war sie eine junge Frau ohne die Erfahrung ihrer älteren Kolleginnen. Doch ihre natürliche Begabung war so stark ausgeprägt, dass sie bereits mit 14 Jahren die Rolle der Schamanin in Thymnes' Nähe eingenommen hatte. Sie verabscheute die traditionelle Kleidung ihrer Kolleginnen mit all den Amuletten, Tierzähnen und Goldkettchen. Die waren nur für die einfältigen Gemüter unter den Skythen wichtig, von denen es leider viel zu viele gab. Doch Thymnes war anders. Er hatte ihre Fähigkeiten sofort erkannt und im Gegenzug ihren Starrsinn akzeptiert.

Anfangs hatte Pauna es sogar versucht. Sie zog die traditionelle Kleidung einer Schamanin an, die sie von ihrer Vorgängerin übernehmen musste. Das lange kratzige Gewand war dabei nicht das Problem. Auch nicht, dass es bereits voller Flicken war. Auf diese Weise verkörperte das Kleidungsstück eine altehrwürdige Tradition. Mit den Amuletten und den Tierdarstellungen auf den kleinen Goldplättchen verhielt es sich schließlich ebenso. Solange sie denken konnte, gehörten diese zu ihrem Volk dazu. Doch die unzähligen Tierzähne an der Halskette und erst recht diese wolfsgestaltige Kopfbedeckung, die so fürchterlich stank, waren einfach nicht zu ertragen. Nach nur zweimaligem Gebrauch entschloss sie sich dazu, auf all das zu verzichten. Die Menschen sollten sie aufgrund ihrer Leistungen akzeptieren. Und nicht nur vor ihrer Kleidung Angst haben.

Natürlich war es anfangs nicht leicht. Ihr Volk erwartete von ihr, dass sie sich, wenn sie ihre Kräfte wirken ließ, allein durch ihre äußere Erscheinung von den anderen Menschen unterschied. Doch Schritt für Schritt hatte Pauna sie alle durch herausragende Taten überzeugt. Endgültig war das Eis dann aber gebrochen, als sie ihren Anführer von der Todesreise zurückgeholt hatte. Vor fünf Jahren hatte man Thymnes zu ihr gebracht. Er war förmlich von Pfeilen durchlöchert gewesen, die die Taurer auf ihn geschossen hatten. Niemand gab ihm noch eine Chance. Die ersten Adligen fingen schon an, sich um seine Nachfolge zu streiten. Doch Pauna war in die Geisterwelt hinübergetreten und hatte ihn an der Hand aus dem Dunkel geführt. Sie hatte ihn gerettet, wofür die Skythen sie anbeteten. Die meisten von ihnen zumindest, Kleidung hin oder her. Pauna war die Retterin des skythischen Königsgeschlechtes, die Heilerin und Bewahrerin ihres Volkes. Niemand stellte seit diesem Zeitpunkt jemals wieder ihre Autorität in Frage.

Doch Pauna hatte für diesen Erfolg einen hohen Preis bezahlen müssen. Ein Teil ihrer Seele war damals in der Zwischenwelt zurückgeblieben. Weder Thymnes noch sonst irgendjemand in ihrer näheren Umgebung wusste davon. Außer Tamyra, ihrer Schwester. Sie war es, die viele Nächte lang am Bett der Schamanin gesessen hatte. Tamyra erinnerte sich noch sehr deutlich daran, als wäre es erst gestern geschehen. Es war furchterregend, wie Pauna im Schlaf in einer völlig fremden Sprache geredet hatte. Ihre Stimme klang so dämonisch, dass Tamyra zur Vorsicht ein Messer in die rechte Hand genommen hatte, während sie mit der linken die schweißnasse Stirn ihrer Schwester streichelte. Ganze drei Wochen hatte Pauna Nacht für Nacht dieses zweite Gesicht. Doch dann errang sie die Kontrolle über ihren Körper zurück, und die nächtlichen Alpträume hörten endlich auf. Trotzdem schlief Tamyra von diesem Tag an nur noch mit einem Messer unter dem Kopfkissen.

„Erinnere dich, wie es beim letzten Mal war!", rief Tamyra ihrer Schwester entgegen. „Als du Thymnes aus der Geisterwelt geholt hast." Sie baute sich wütend vor Pauna auf. „Wochenlang hast du um dein eigenes Leben gekämpft. Und nur mit Mühe hast du die Oberhand gewonnen über ...", sie zögerte einen Moment, „ja über was auch immer. Es war so schrecklich, wie du nachts mit dieser grauenhaften Stimme gesprochen hast. Und all das willst du wieder riskieren? Für einen Fremden? Und dazu noch für einen dieser verdammten Griechen?"

Pauna schnitt ihr mit einer herrischen Geste das Wort ab. Sie war diese Art Widerworte nicht gewohnt. Kein Skythe wagte es, so mit ihr zu sprechen. „Verdammt, Tamyra! Hast du gerade nicht zugehört?", erwiderte sie gereizt. „Es ist der Befehl unseres Fürsten. Wenn Thymnes sagt, ich soll es versuchen, dann tue ich es auch!" Sie faste ihre Schwester mit beiden Armen an die Schultern und schob sie unsanft zur Seite. „Jetzt steh mir nicht im Weg rum, sondern nimm deinen Platz am Eingang an. Niemand darf den Raum betreten und mich ansprechen, während ich in der Geisterwelt bin." Pauna sah Tamyra eindringlich an. „Hörst du, Schwesterherz? Niemand! Sonst wäre es mein sicherer Tod. Und der des Atheners."

Langsam ging sie auf den schlafenden Lysias zu. Nach kurzem Zögern setzte sie sich erneut auf die Bettkante an seiner Seite. Pauna betrachtete ihn lange und flüsterte: „Nun Grieche, hat

Thymnes recht? Bist du es wirklich wert, dass man für dich ein solches Risiko eingeht?"

Sie schob die Decke so weit zurück, dass der Oberkörper des Atheners bloß lag. Ihre rechte Hand legte sie auf die Stelle seines Herzens, während sie die linke Hand zum Kopf führte.

„Halt Augen und Ohren offen, Tamyra. Ich fange jetzt an. Denk daran, niemand darf mich unterbrechen. Und wenn alles vorbei ist, musst du dich um den Griechen kümmern. Er wird völlig durcheinander sein. So wie Thymnes damals." Bei diesem Gedanken schüttelte sie sich für einen kurzen Moment. „Und achte darauf, dass mich keiner zu Gesicht bekommt. Sag ihnen einfach, die Heilung wäre sehr anstrengend gewesen und ich müsse erst einmal schlafen." Sie blickte Tamyra mit einem warmen Lächeln an. „Und das ist ja noch nicht einmal gelogen."

In diesem Moment erreichte ihre Hand die Stirn des Griechen. Pauna konzentrierte sich. Nun galt es, keinen Fehler zu machen. Ansonsten würde sie sterben. Während Tamyra an der Tür Wache hielt, versetzte sich die Schamanin in Trance.

Der Adler drehte hoch oben am Himmel seine Kreise. Es war ein erhabenes Gefühl, durch die Lüfte zu schweben und die Welt von hier aus zu betrachten. Dies war seine Bestimmung, das wusste er genau! Er ging in den Sturzflug über und jagte dem Hasen nach, der übers Feld hastete. Auf der Suche nach einem rettenden Loch, das er nicht mehr rechtzeitig erreichen würde. Doch plötzlich verlor der Adler die Kontrolle! Sein ganzer Körper zuckte, fing an zu schmerzen. Die Flügel verloren ihre Federn. Was der König der Lüfte stattdessen wahrnahm, war etwas, das wie Arme und Hände dieser großen Zweibeiner aussah. Seine Krallen verwandelten sich ebenfalls in komische Dinge mit seltsamen, unnützen Fortsätzen, mit denen man gar nichts reißen konnte. Und dann war da dieses Geräusch in seinem Kopf, das immer lauter wurde. Der Adler blickte nach unten und geriet in Panik. Der Boden raste auf ihn zu, unaufhörlich. Und es machte ihm plötzlich Angst!

„Lysias", vernahm das Tier eine Stimme in seinem Kopf.

„Lysias, hör mir zu!"

Der Adler fiel weiter wie ein Stein dem Boden entgegen.

„Lysias, wenn du leben willst, dann greife meine Hand", fuhr die Stimme fort. Und wie aus dem Nichts erschien neben ihm eine goldene Hand, die sich mit der gleichen Geschwindigkeit dem Boden näherte. Der Adler war völlig verstört. Da war das Glücksgefühl, wie schwerelos durch die Luft zu gleiten. Zugleich veränderte sich sein Körper weiter. Er hört Stimmen. Und was noch viel schlimmer war, er verstand sie. Lysias? Er wusste nicht, was das war. Und trotzdem klang es vertraut.

„Dies ist die letzte Möglichkeit, Lysias. Wenn du auf dem Boden aufschlägst, ist es vorbei. Du wirst nie wieder in die Welt der Lebenden zurückkehren." Die goldene Hand neben ihm öffnete sich. „Vertraue mir, Athener, und du wirst nicht sterben."

Lysias. Athener. Sterben. Mein Traum. Der war anders. Warum. Ich will hierbleiben.

Er sah, dass der Boden nur noch wenige Meter entfernt war und immer noch rasend schnell auf ihn zukam. Wieder drangen Worte in sein Bewusstsein. Er fühlte diese fremde Stimme in seinem Kopf, fühlte, dass sie ihm helfen wollte. Er sah auf die goldene Hand. Dann wieder auf das, was bis vor kurzem sein Flügel gewesen war.

Lysias traf eine Entscheidung und griff zu. Abrupt stoppte sein freier Fall, und er schien zu schweben. Unmittelbar darauf erstrahlte ein helles Licht, das ihn vollständig blendete. Aus der Ferne hörte er die Frauenstimme, die jetzt aber leiser und leiser wurde. So, als ob sie an seiner Stelle weiter in die Tiefe rasen würde. Und er hörte plötzlich ein wahres Stimmengewirr, das durch jede Faser seines Köpers drang.

Du hast uns einmal einen Todgeweihten entrissen, ohne dafür zu büßen, glaubte Lysias zu hören. *Dieses Mal werden wir dich nicht ziehen lassen.*

Der Adler schrie auf, Lysias schrie auf. Sie waren eins. Das gleißende Licht wurde unerträglich und schien sich bis in den letzten Winkel seines Körpers zu fressen. Ein letztes Mal verspürte Lysias den unersättlichen Drang, hoch oben durch die Lüfte zu fliegen. Dann war es vorbei. Sein menschliches Bewusstsein hatte endlich wieder die Oberhand gewonnen. Lysias wurde ohnmächtig.

Das Geständnis, Land der Königsskythen, Dezember 439 v. Chr.

Lysias richtete sich im Bett auf und schrie aus vollem Hals. Er schlug wild um sich, als er spürte, dass ihn irgendetwas festhalten wollte. Da war dieses schreckliche Gefühl des freien Falls. Dann diese Frauenstimme und schließlich das grelle Licht. In seinem Kopf drehte sich alles.

„Bei der großen Muttergöttin", erklang eine zornige Stimme. „Hör endlich auf zu schreien!"

Lysias spürte, wie ihm jemand links und rechts eine kräftige Ohrfeige gab. Zu seinen bisherigen Qualen gesellte sich nun auch noch ein körperlicher Schmerz, der ihn fast wahnsinnig machte. Doch je stärker er sich wehrte, desto häufiger schlug man ihm ins Gesicht. Daher gab er den Widerstand schließlich auf und fügte sich in sein Schicksal, von dem er allerdings nicht wusste, wie es eigentlich aussah.

„Du bist am Leben, Athener", sagte eine Frauenstimme zu ihm. Sie sprach griechisch. Leicht fremd, ungeübt, aber griechisch. Und angenehm, diese Stimme.

„Thymnes hat dich vor zwei Monaten zu uns gebracht, und meine Schwester hat dich soeben gerettet." Lysias öffnete langsam die Augen. „Verstehst du eigentlich, was ich sage?", fuhr die Stimme verärgert fort. Lysias nickte benommen. „Dann beantworte meine Frage: Was ist in der Geisterwelt geschehen? Wo ist meine Schwester Pauna? Kannst du dich an irgendetwas erinnern?"

Lysias sah sich langsam um. Er befand sich in einem halbdunklen Raum, der vielleicht gerade einmal fünf Schritte lang und ebenso viele breit war. In der Ecke stand eine große Schale mit glühenden Kohlen, die eine angenehme Wärme verströmte und den Raum in ein gespenstisches rotes Glimmen hüllte. Lysias selbst lag auf einem Holzbett und war mit zwei großen Fellen zugedeckt, die sehr schwer waren und ebenfalls warmhielten. An der gegenüberliegenden Wand sah er zudem ein zweites Holzbett, auf dem jemand zu liegen schien. Die Raummitte wurde aber von einer Frau beherrscht, die ihre Arme in die Hüften gestemmt hatte und ihn mit funkelnden Augen ansah. Lysias hatte noch nie in seinem Leben eine der legendären Furien zu Gesicht bekommen. Doch nun war er sich nicht sicher, ob sich das nicht gerade änderte.

„Wer bist du?“, stammelte er und ließ die Frau nicht aus den Augen. Sie trug ein skythisches Gewand, die Goldplättchen glitzerten prachtvoll im schwachen Licht der Glut. Und diese Frau trug es mit solch einer Würde und Leichtigkeit, dass man das Gefühl haben musste, sie sei darin zur Welt gekommen. „Und wo bin ich eigentlich?“, fügte Lysias noch hinzu.

„Ich heiße Tamyra, und du bist hier in einer skythischen Stadt, die unserem Fürsten Thymnes gehört. Der Name dürfte dir nicht unbekannt sein, nicht wahr?“

Lysias glaubte sich verhört zu haben. Allmählich war er wieder in der Realität angekommen. Zwar konnte er sich nicht mehr an alles erinnern, was passiert war. Doch reichten seine Erinnerungsblitze aus, um mit dem Namen Thymnes tatsächlich etwas anfangen zu können. Auch waren ihm in den letzten Sekunden mehr und mehr Details aus dem Landhaus wieder eingefallen. Instinktiv richtete er sich auf und versuchte, die Wunde auf seinem Rücken zu ertasten. Doch er schaffte es einfach nicht. Alle seine Knochen taten ihm weh, so als hätte er eine lange Zeit im Bett verbracht.

„Wie lange liege ich hier eigentlich schon?“, fragte er irritiert.

„Seit über acht Wochen, Grieche. Seit dem Tag, an dem Thymnes dich zu uns brachte“, erwiderte Tamyra. „Davon hattest du mehr als zwei Wochen so hohes Fieber, dass niemand mit deiner Heilung rechnete. Doch Pauna hat nicht aufgegeben.“ In ihren Augen sammelten sich Tränen. „Du hast meine Frage noch nicht beantwortet! Was ist mit meiner Schwester geschehen? Was hast du gesehen, Lysias?“

Lysias versuchte, das Erlebte in Worte zu fassen. Doch es fiel ihm schwer, dieses Wechselbad der Gefühle zu beschreiben. Angefangen bei dem Adler bis zu dieser goldenen Hand, die er ergriffen hatte. Er berichtete von der Frauenstimme, die immer leiser wurde, nachdem sein freier Fall gebremst worden war. Nur die unheilvolle Drohung verschwieg er. Nun, da er wusste, dass sie Tamyras Schwester gegolten hatte, hielt er es für nicht sonderlich sinnvoll, gerade jetzt davon zu sprechen. Wer weiß, wie diese Frau darauf reagieren würde. Vermutlich mit mehr als nur Ohrfeigen. Und selbst für die war er zurzeit noch zu schwach.

„Und dann bin ich schließlich wach geworden und habe offenbar geschrien", schloss er seinen kleinen Vortrag ab und fügte noch missmutig hinzu: „Woraufhin du mich geschlagen hast."

„Du warst völlig orientierungslos, Grieche. Da musste ich etwas tun. Immerhin soll ja nicht jeder sofort mitbekommen, dass du wieder im Reich der Lebenden bist." Sie sah zu ihrer Schwester auf der gegenüberliegenden Seite. Lysias folgte ihrem Blick und sah, wie sich der Körper der Schamanin immer wieder ruckartig bewegte. Tamyra ging zu Pauna und zischte leise vor sich hin: „Wenn meine Schwester es nicht schafft, ramme ich dir eigenhändig ein Schwert in den Bauch!"

Noch bevor Lysias etwas erwidern konnte, ging die Tür auf und Thymnes trat in das Zimmer. Er betrachtete die Szene aufmerksam, und auf seiner Stirn zeigten sich mehrere Sorgenfalten, als er Paunas Zustand bemerkte. Während Tamyra in aller Eile einen Vorhang vor ihrem Bett zuzog und den Männern somit den Blick auf ihre Schwester verwehrte, fragte der Fürst: „Was ist mit ihr? Tamyra, was ist mit deiner Schwester?" Auch er sprach griechisch. Man wollte offensichtlich, dass er versteht. Was war hier nur los?

„Sie ist nur müde." Tamyra kam hinter dem Vorhang hervor und versuchte, seinem stechenden Blick auszuweichen. „Auch damals, Thymnes, als sie dich gerettet hat, musste sie zwei Tage lang durchschlafen. Erinnerst du dich?"

Bei diesen Worten sah sie Lysias eindringlich an. Drohend und bittend zugleich, dass er nichts über den wirklichen Zustand der Schamanin preisgab. Lysias hielt es für besser, dieser stummen Aufforderung nachzukommen. Zumindest im Moment. Aber später, wer weiß? Nahezu unmerklich nickte er Tamyra zu, die sich daraufhin ein wenig entspannte.

Auch der Skythe schien mit Tamyras Antwort zufrieden zu sein, da er nicht weiter nachhakte. „Du bist also endlich aus der Geisterwelt zurückgekehrt." Der Skythenfürst hatte sich ihm zugewandt. Seine Kleidung war eines Königs würdig, so prachtvoll war sie in der typischen steppennomadischen Art verziert. Und auf dem Kopf trug er einen kunstvoll verzierten Stirnreif. „Bist du in der Lage, mir ein paar Fragen zu beantworten? Oder musst du dich noch ausruhen?"

Allein die Art und Weise, wie Thymnes die Frage gestellt hatte, ließ Lysias aufhorchen. Es hatte nur höflich geklungen. Ein „Nein" würde schlichtweg nicht akzeptiert werden, das war klar. „Natürlich beantworte ich deine Fragen."

Er richtete sich weiter im Bett auf. Obwohl es ihm fast schon unmenschliche Schmerzen bereitete, verzog er keine Miene. Jetzt galt es stark zu sein, um in den Augen des Skythen nicht als Schwächling dazustehen.

„Aber ich möchte dir als Erstes für meine Rettung danken. Ich kann mich nicht an alles erinnern, was an diesem unseligen Abend im Landhaus des Spartokos geschehen ist. Doch ich weiß, dass Mike mich niedergestochen hat und dass ich ohne deine Hilfe nicht mehr leben würde." Lysias versuchte eine ehrenvolle Verbeugung zu machen, doch er scheiterte dabei kläglich. Seufzend ließ er sich wieder ein Stück zurückfallen.

Mit einer unwirschen Handbewegung schnitt im Thymnes das Wort ab. „Ob du dich für deine Rettung bedanken solltest oder nicht, das hängt von deinen Antworten ab." Ein gefährliches Glitzern erschien in seinen Augen. „Vielleicht wirst du dir auch schon bald wünschen, du wärest im Landhaus gestorben. So wie Dakos!"

Ein eiskalter Stich durchfuhr Lysias' Herz. Er wurde bleich, und Tränen traten ihm in die Augen.

„Es tut mir leid", sagte der Skythe aufrichtig. „Ich wollte dich nicht verletzen, indem ich dich an den Tod deines Freundes erinnere." Nach einer kurzen Pause fuhr er mit gedämpfter Stimme fort: „Dakos war auch für mich so etwas wie ein Freund. Vielleicht sogar der einzige, den ich unter all euch Griechen jemals hatte und jemals haben werde." Thymnes setzte sich auf einen einfachen kleinen Holzstuhl in der Ecke und sah den Athener ernst an. „Umso notweniger ist es, dass du all meine Fragen beantwortest. Und ich warne dich nochmals eindringlich. Dein Leben liegt in den Händen der großen Muttergöttin. Ein falsches Wort, eine Lüge, und du wirst deine Heimatstadt nie wiedersehen. Hast du das verstanden?" Lysias schluckte mühsam und nickte dann. Das war keine leere Drohung. Im Gegenteil, das war bitterer Ernst.

„Warum habt ihr uns diese Falle gestellt? Und warum habt ihr euch dann sogar gegenseitig zerfleischt? So wie wilde Hunde, die seit Wochen nichts mehr zu fressen bekommen haben?"

Lysias bemerkte in den Augenwinkeln, wie Tamyra plötzlich in der Bewegung innehielt und aufmerksam ihr Gespräch verfolgte.

„Wenn ihr euch gemeinsam auf uns Skythen gestürzt hättet, so wären wir völlig chancenlos gewesen. Ein unverzeihlicher Fehler von mir, überhaupt an diesem Treffen teilzunehmen. Ein Fehler, den Skyles mit seinem Leben bezahlt hat."

„Es war eine Falle, die sowohl euch als auch Dakos und mir galt. Ich bin mir nicht sicher, ob wir alle sterben sollten. Vielleicht, vielleicht auch nicht." Sein Gehirn kam immer besser in Fahrt, und seine Gedanken rasten. Warum ist das eigentlich alles geschehen? Das war tatsächlich eine gute Frage.

„Vielleicht wollte er uns den Mord an einem Skyhtenfürst anhängen und uns so politisch aus dem Weg räumen?", dachte Lysias laut vor sich hin. „Vielleicht wollte er aber sogar dir den Mord an uns zwei Griechen anlasten, um auch noch die letzten freundschaftlichen Beziehungen zu den Barbaren", Lysias schluckte und fuhr dann schnell fort, „ich meine natürlich zu euch Skythen zu zerschlagen?" Er versuchte die Beine über die Bettkante zu schlagen, was ihm nach einer gewissen Zeit auch gelang. Alles tat ihm weh. Er hatte in der Tat viel zu lange gelegen, und alle seine Muskeln schienen einhellig ihren Dienst verweigern zu wollen. Dennoch schaffte er es, aufrecht sitzen zu bleiben. „Wenn ich es mir so recht überlege, dann wäre Spartokos so oder so der Sieger in diesem Ränkespiel geworden." Lysias sah Thymnes in die Augen. „Apropos Spartokos. Hat dieser Verräter es überlebt? Oder hast du ihn seiner gerechten Strafe zugeführt?"

Schweigen. Weder Thymnes noch Tamyra sagten ein Wort. Es war so ruhig im Zimmer, dass man das schwere Atmen der Schamanin hören konnte. Lysias war sich nicht sicher, doch er glaubte, dass sie im Schlaf sprach.

„Was ist mit Spartokos?", fragte er erneut. „Ist er etwa entkommen?"

Der Skythenfürst rutschte unruhig auf seinem Stuhl hin und her. Es war mehr als deutlich, dass er nur äußerst ungern auf diese Frage antworten wollte. Schließlich sagte er: „Du wirst noch heute vor den Rat der Ältesten treten müssen. Dort sollst du auch alles erfahren, was in den letzten Wochen passiert ist." Er räusperte sich. „Bis dahin reicht es zu wissen, dass Spartokos am Leben ist. Und dass er der inoffizielle Herrscher in Pantikapaion geworden ist!"

Lysias' Herz hörte für einen langen Moment auf zu schlagen. Er glaubte, ersticken zu müssen. Das konnte doch unmöglich wahr sein. Spartokos war der Herrscher in Pantikapaion? Wie? Warum? Was war mit Sanon und all seinen Bekannten? Ihm wurde abwechselnd heiß und kalt. Doch bevor er wieder auch nur einen einzigen klaren Gedanken fassen konnte, hörte er Thymnes wie aus der Ferne sagen: „Was für ein Spiel spielst du, Athener? Und komm mir bloß nicht mit dieser dreisten Lüge, du seiest ein Kaufmann!“

Lysias sah ihn ungläubig an. „Ich habe dir das von Anfang an nicht geglaubt“, fuhr Thymnes fort. „Darüber hinaus habe ich mich ein wenig über dich erkundigt, als dein Name immer häufiger in der Geschäftswelt eurer Stadt genannt wurde. Und was glaubst du wohl, hat Melas alles über dich berichten können?“

Melas! Lysias hatte diesen Namen seit über einem halben Jahr nicht mehr gehört. Ja, er hatte ihn sogar fast vergessen, diesen Halsabschneider von einem Kapitän. Bruchstückhaft kamen ihm die unzähligen nächtlichen Hafeneinfahrten in den Sinn. Wenn Thymnes diesen elenden Dieb nach ihm ausgefragt hatte, dann war es vorbei. Dann brauchte er nicht weiter die Fassade eines reichen Kaufmannsohns aufrechtzuerhalten. Nicht dann, wenn Thymnes seine Geschichte ohnehin nicht geglaubt hatte.

Aber eigentlich war das jetzt auch egal. Was hatte er denn noch zu verlieren? Nichts! Rein gar nichts! Sein Gönner in Pantikapaion war vor seinen Augen aufgespießt worden. Spartokos war offenbar zum politischen Führer der Stadt aufgestiegen. Der Mann, der ihn zu seinem persönlichen Feind erkoren hatte. Und das nicht zuletzt wegen Mike. Sein ganzes Leben lag in Scherben, ohne dass er irgendeinen Ausweg sah. Oh, Zeus! Was habe ich dir angetan, dass du mich so bestrafst?

Alles war so gut gelaufen. Bis zu dem Zeitpunkt, als er Mike aus lauter Eifersucht heraus erzählt hatte, dass er nicht bloß ein verwöhnter Kaufmannssohn war. Damit hatte alles angefangen. Jetzt saß er hier mit weichen Knien vor einem Barbarenfürsten, der ihm unverhohlen mit dem Tod gedroht hatte, sollten seine Antworten nicht genehm sein. Was für eine schreckliche Wendung. Lysias wog seine Chancen ab. Sein Körper gehorchte ihm noch nicht, dafür hatte er zu lange gelegen. Über acht Wochen! Aber sein Kopf funktionierte wieder. Dank dieser Pauna, die aber offenbar die Zeche für ihr Handeln zahlen musste. Lysias fühlte sich schuldig. Und er traf eine Entscheidung.

„Gibst du mir dein Wort darauf, dass es wahr ist, was du von Spartokos berichtet hast?“ Er versuchte jede noch so kleine Regung in Thymnes' Gesicht zu erkennen. Lysias hoffte so zu sehen, ob der Skythe die Wahrheit sagte. Doch dessen Gesicht blieb völlig regungslos, als er antwortete.

„Ich schwöre es dir bei meinem Volk, Lysias. Spartokos hat zurzeit in deiner verfluchten Stadt das Archontenamt inne. ‚Für die Zeit der Krise', hieß es. Warum fragst du?"

Lysias wusste, dass Thymnes nicht log. Er hatte es so sehr gehofft. Doch sein sehnlichster Wunsch ging nicht in Erfüllung. Es war vorbei. Er konnte nicht mehr. Und er wollte nicht mehr. Das ganze Lügen und Betrügen musste ein Ende haben. Jetzt. Hier. Bei diesen verfluchten Barbaren. Hier war er auf einmal wieder der Fremde, der von vorne anfangen musste. Wie damals, als er den ersten Fuß auf den Boden Pantikapaions gesetzt hatte. Als er sich von einer Lüge zur nächsten bewegt hatte. Nun aber galt es, den richtigen Pfad zu gehen.

„Ich werde dir die Wahrheit sagen, Thymnes. Und ich werde nichts auslassen. Das verspreche ich dir!"

Lysias berichtete in aller Ausführlichkeit von seinem Auftrag. Von seiner Fahrt mit Melas. Wie er Mike und Dakos kennengelernt hatte und wie er langsam, aber sicher in die wichtigen Gesellschaftskreise der Stadt vorgedrungen war. Er erzählte von seinem Streitgespräch mit Spartokos an diesem schicksalhaften ersten Abend und wie Sanon und seine Freunde allmählich zu seinen engsten Bekannten wurden.

Thymnes hörte die ganze Zeit schweigend, aber sehr aufmerksam zu. Erst als Lysias von ihrer Fahrt nach Labrys und ihren Vereinbarungen mit Hekataios berichtete, wurde Thymnes sichtlich unruhig. Er stellte Rückfragen, ließ sich zweimal ganz genau erläutern, wie der zukünftige Sinderkönig wieder enger mit den Skythen zusammenarbeiten wollte und welche Einstellung Hekataios den Griechen gegenüber vertrat. Vor allem aber freute es ihn offensichtlich, dass auch der Sinder offen gegen Spartokos agitierte. Das schien in der jetzigen Situation wichtiger als jemals zuvor.

Lysias fuhr mit seinem Geständnis fort und endete schließlich mit diesem unglückseligen Treffen im Landhaus. Als er verstummte, sagte Thymnes lange Zeit kein Wort. Er saß still da und schien zu überlegen, ob diese unglaubliche Geschichte überhaupt wahr sein konnte. Lysias war ein Fremder für ihn. Warum also sollte er ihm das alles glauben? Doch irgendwie passten die einzelnen Episoden zu gut zusammen, als dass sie völlig frei erfunden sein konnten. Einiges von den Erzählungen aus Pantikapaion hatte er zudem selbst über seine Kontaktleute in Erfahrung bringen können, wenngleich auch nicht mit diesem Detailreichtum. Doch immerhin ausreichend genug, um einen Teil des soeben Gehörten zu bestätigen.

„Wenn du die Wahrheit gesprochen hast, dann wundert es mich nicht, dass dieses Landhaus unser aller Grab werden sollte." Thymnes stand auf. „Sollte Spartokos auch nur ansatzweise über die wahren Hintergründe deiner Anwesenheit informiert gewesen sein, so wundert es mich sogar sehr, dass du so lange überlebt hast. Und dann eure Vereinbarung mit Hekataios! Das war ja eine offene Kriegserklärung!" Traurig schüttelte er den Kopf. „Aber war es das alles wert? Rechtfertigt dein Auftrag eures Führers in Athen den Tod des Dakos, meines Freundes?"

Er sah zu Pauna hinüber und ein weiterer Schauer kroch ihm über den Rücken. Hoffentlich war mit der Schamanin alles in Ordnung. Er hatte so ein ungutes Gefühl, doch er schluckte es hinunter.

Bevor Thymnes das Zimmer verließ, drehte er sich noch einmal zu Lysias um. „Ruhe dich ein wenig aus. In wenigen Stunden wirst du vor den Ältestenrat geführt. Dann wird über dein weiteres Schicksal entschieden."

Lysias versuchte, seine Beine unter Kontrolle zu bringen. Das lange Liegen schien ihm jede Kraft aus den Gelenken genommen zu haben. Doch trotz dieses Problems fühlte er sich nur erleichtert. Das, was da gerade passiert war, hätte er bis vor kurzem noch nicht für möglich gehalten. Er hatte seine gesamte Tarnidentität preisgegeben und sich Thymnes offenbart. Einfach so! In kurzen, knappen Sätzen. Präzise formuliert wie ein militärischer Lagebericht. Und es tat ihm nicht einmal leid. Lysias hatte soeben alle Aktivitäten des letzten halben Jahres aufs Spiel gesetzt. Er hatte seinen Auftrag verraten, seine Vorgesetzten, ja selbst Perikles! Und? Er fühlte sich innerlich zufrieden, so wie schon lange nicht mehr. Sollte jetzt auch passieren, was wollte. Er würde nicht mit einer Lüge auf der Zunge Hades gegenübertreten, falls die Skythen ihn töteten.

Doch da war noch dieser kleine Hoffnungsschimmer. Als Lysias von ihrer Fahrt zu den Sindern berichtet hatte, war ihm aufgefallen, wie Thymnes mit aller Mühe versuchte, seine beinahe schon unbändige Neugier zu verbergen. Hier konnte man vielleicht ansetzen, um das drohende Schicksal abzuwenden. Das musste man jetzt abwarten, versuchte Lysias sich selbst zu beruhigen. Es galt zuallererst die Nerven zu bewahren.

Der Athener sah zu Pauna und dann zu Tamyra hinüber, die den Vorhang wieder zur Seite geschoben hatte und nun direkt am Bett ihrer Schwester stand. Lysias wusste nicht, was die Schamanin mit ihm gemacht hatte. Die Erinnerungen fingen langsam an zu verblassen. Doch er wusste genau, dass er ohne diese Frau da nicht mehr existieren würde. Er stand in ihrer Schuld und hoffte von ganzem Herzen, dass er sie ihr gegenüber eines Tages noch begleichen konnte. Doch dafür musste Pauna leben. Und da war sich Lysias nicht mehr sicher.

Die Rückkehr, Zwischenwelt, Dezember 439 v. Chr.

Pauna raste dem Boden entgegen.

Du gehörst nun uns, Schamanin. Das war deine letzte Untat. Niemand betritt unbestraft die Geisterwelt und hilft einem Todgeweihten zurück zu den Lebenden! Und schon gar nicht zweimal!

Die Stimme kreischte in ihrem Kopf. Sie schmerzte so sehr, dass Pauna am liebsten aufgeschrien hätte. Doch es ging nicht. Die Schamanin konzentrierte sich so gut sie nur konnte. Sie durfte keinen Fehler machen, sonst wäre sie tot!

„Ihr werdet mich nicht bekommen", schrie sie in die Schattenwelt hinaus. „Ich werde auch diesmal zurückkehren. Ihr habt keine Macht über mich!"

Pauna bündelte ihre Gedanken und befreite ihren Geist von allem Ballast. Und plötzlich wurde die Luft um sie herum so zähflüssig wir Bienenhonig. Gleichzeitig veränderte sich die Farbe. Der Himmel schimmerte in einem leichten Rot, durchzogen von silbernen Fäden, die immer dichter zu werden schienen. Ihr Fall wurde mehr und mehr gebremst, bis sie auf einmal bewegungslos in der Luft hing. Wenige Zentimeter über dem steinharten Boden, der noch Sekunden zuvor den sicheren Tod bedeutet hatte. Pauna konzentrierte sich ein letztes Mal, und ihr Körper sank langsam und wie in Zeitlupe zur Erde. Die Luft um sie herum wurde wieder normal, nur die Farbe veränderte sich nicht.

„Ihr habt keine Macht über mich!" wiederholte sie, nicht ohne Stolz, dieses Kunststück vollbracht zu haben.

Da wurde das Stimmengewirr auf einmal unerträglich. Wutentbrannte Schreie, schrille Rufe, unmenschliche Geräusche. Alles zusammen ergab einen Chor des Grauens, den der menschliche Geist nicht mehr ertragen konnte. Pauna kämpfte dagegen an, merkte aber bald, dass sie keine Chance hatte.

„Wenn ihr glaubt, mich damit in die Knie zu zwingen, habt ihr euch getäuscht! Die große Muttergöttin braucht mich noch. Daher wird sie mich beschützen!" Noch während Pauna sich diese Worte mit aller Kraft aus dem Hals schrie, verwandelte sie sich in einen große prachtvolle Hirschkuh. Nun konnten ihr die Stimmen nichts mehr anhaben. Das Tier reckte den Hals, und sein siegessicheres Röhren übertönte die lauten Stimmen, die daraufhin plötzlich verstummten.

Die Hirschkuh sah sich alarmiert um. Links nahm sie eine Bewegung wahr, die ihre Fluchtinstinkte aktivierte. Doch zu spät. Der Schatten sprang auf die Hindin zu und riss sie von den Beinen.

„Du hochnäsiges Weib“, grollte das sphingenhafte Wesen und schlug mit seiner linken Pranke in die Flanke des Huftieres. Ein ekliger Gestank ging von seinem Löwenkörper aus. Die scharfen Krallen rissen ein großes Stück Fleisch heraus, und Unmengen Blut flossen aus der klaffenden Wunde. Der Frauenkopf des Wesens schüttelte sich hin und her, das Gesicht eine Fratze. „Für wie schlau hältst du dich, Schamanin? In unserer eigenen Welt willst du uns tatsächlich mit deinen kleinen Zaubertricks vorführen? Stirb, du elende Betrügerin!“

Wieder schlug das Wesen zu. Doch die große Pranke fuhr ins Leere. Pauna hatte sich wieder in ihre menschliche Gestalt verwandelt und war unmittelbar darauf mit einer Hechtrolle zur Seite gesprungen. Sie riss sich ein kleines Amulett mit der Darstellung der sitzenden Göttin von ihrem Gewand und warf sich zurück.

„Du machst mir keine Angst!“, erwiderte sie mit Hass in der Stimme. Mit aller Kraft rammte sie die Spitze des Amuletts in den Hals der Sphinx und sprang zurück.

Dort, wo das Bild der großen Göttin in das Fleisch eingedrungen war, sah Pauna kleine Rauchschwaden. Das Wesen schrie vor unfassbarem Schmerz auf. Es drehte sich im Kreis, versuchte, sich das Amulett aus dem Hals zu ziehen. Doch es gelang ihm nicht. Im Gegenteil. Mit den großen krallenbewehrten Pranken trieb es das Amulett bei jeder Berührung nur noch weiter in seinen Hals, der bereits in ein blau schimmerndes Feuer gehüllt war. Qualvoll richtete sich das Wesen auf, und Pauna sah, wie die Sphinx begann, ihre Gestalt zu verlieren. Je stärker sie sich bewegte, desto mehr flimmerte die Gestalt. Doch kurz bevor die Sphinx sich endgültig auflöste, schlug sie noch einmal zu und traf Pauna mit voller Wucht, die daraufhin in hohem Bogen nach hinten geschleudert wurde. Hart schlug sie auf den Boden auf. Dort, wo sie die Pranke des Ungetüms im Gesicht getroffen hatte, klaffte eine weitere Wunde und mitten aus ihrer rechten Wange ragte eine abgebrochene Kralle heraus.

Pauna wurde vor Schmerz fast ohnmächtig. Sie lag auf dem Rücken und versuchte, die Hände zum Gesicht zu führen. Doch sie schaffte es nicht. Die Schamanin fühlte, wie von der Kralle eine unfassbare Kälte langsam und in konzentrischen Kreisen ihren Körper durchflutete. Und mit größtem Entsetzen sah sie, wie die Haare ihrer rechten Seite plötzlich anfingen, jede Farbe zu verlieren. Es dauerte nur Sekunden, da hatte sie bereits eine große, eisfarbene Strähne über ihrer rechten Stirn. Doch bevor sie den Verstand endgültig verlor, war der Schmerz vorbei. Die Sphinx hatte vollständig ihre Form verloren, und mit ihr hatte sich auch die Kralle in Paunas Wange in Luft aufgelöst. Mehr noch, die Eintrittswunde war auf einmal verschwunden. Ebenso wie die klaffende Wunde in ihrer Seite. Nur das goldene Amulett, das gute zwei Körperlängen vor ihr auf dem Boden lag und fast vollständig versengt war, erinnerte an das Geschehen der letzten Minuten.

Pauna stand langsam auf. Der Himmel um sie herum war immer noch rot. Doch die Intensität hatte nachgelassen. Und ganz hinten an diesem unwirklichen Horizont begann sich langsam eine dunkle, ja fast schwarze Farbe auszubreiten. Die Schamanin spürte, dass sie immer noch in großer Gefahr war. Wenn diese Dunkelheit sie erreicht hatte, dann war es vorbei. Sie musste weg. Musste zurück in die Welt der Lebenden. Jetzt, sonst war es zu spät.

Pauna stand mühsam auf und schleppte sich ein paar Schritte nach vorne, um das kleine Amulett aufzuheben. Obwohl ihre Wunden auf mysteriöse Art und Weise verschwunden waren, konnte sie sich vor lauter Erschöpfung kaum noch auf den Beinen halten. Der Kampf mochte sich ja nur in ihrem Kopf abgespielt haben. Doch für sie war er so real wie für diesen Lysias der Überfall im Landhaus.

Lysias. All das hier für diesen Griechen! Sie hoffte nur, dass er diesen Preis wert war. Wenn Pauna auch keinen sichtbaren Schaden davontragen würde, so war sie doch eine gezeichnete Frau. Niemals würden ihr diese grässlichen Stimmen aus dem Kopf gehen, die ihren Tod gefordert hatten. Ein Teil von ihr würde immer hier bleiben, das spürte sie. So schlimm war es damals bei Thymnes nicht gewesen. Damals waren da keine zornigen, kreischenden Stimmen. Keine Monster, die sie töten wollten. Warum dieses Mal? Nur weil sie es gewagt hatte, ein zweites Mal einen Todgeweihten aus den Armen der Geister zu entreißen? Darüber musste sie noch einmal nachdenken. Aber nicht jetzt! Sie musste erst zurück in die

Welt der Lebenden. Noch war eine Rückkehr möglich, doch sie konnte sehen, wie die Dunkelheit immer näher kam. Pauna sah zum Himmel hinauf und schrie aus vollem Hals: „Und ob ich euch auch ein zweites Mal entkomme! Ihr habt keine Macht über mich!" Dann konzentrierte sie sich, und auf einmal verschwamm alles um sie herum. Sie hatte den Heimweg angetreten.

Ein neue Zeitalter, Pantikapaion, Dezember 439 v. Chr.

Spartokos sah auf das riesige Wandgemälde gegenüber. Es zeigte ein großes Schlachtgetümmel zwischen Griechen und Barbaren, bei dem die Hellenen die Oberhand gewinnen würden. Die Farbe war noch nicht einmal trocken. Und trotzdem hatte Spartokos den Eindruck, dass es schon immer da hing. Ein glorreicher Sieg! Nichts anderes war dort dargestellt. Genauso ein Sieg wie sein eigener! Und das war auch der Grund dafür, dass er das Bild in Auftrag gegeben hatte.

Spartokos lächelte vergnügt. In seiner Hand hielt er einen goldenen Kantharos, aus dem er Schluck für Schluck und voller Genuss den teuren samischen Wein trank. Noch war er „nur" der Vertreter des bisherigen Archonten, des politischen Führers, wie sich die Archaianaktiden im Allgemeinen selbst bezeichneten. Er war zum inoffiziellen Nachfolger des Sanon ernannt worden, der in dieser schweren Krise durch Abwesenheit glänzte. Im nächsten Jahr wollte man dann weitersehen, wollte, sobald die Gefahr vorüber war, wieder zu geordneten Verhältnissen übergehen.

Was für Träumer, lachte Spartokos in sich hinein. Glaubten die denn wirklich, dass er die Macht jemals wieder aus den Händen geben würde? Es war nur noch eine Frage der Zeit, bis er sein wahres Gesicht zeigen und sich zum echten Alleinherrscher ausrufen lassen konnte. Aber es spielte letztlich für ihn auch keine Rolle, welchen Namen sein Amt hatte. Sollten sie ihn ruhig alle als Lückenbüßer betrachten, der im nächsten Jahr seine Machtbefugnis freiwillig zurückgab. Das verschaffte ihm ausreichend Zeit, die Schlüsselpositionen in der städtischen Hierarchie mit seinen eigenen Leuten zu besetzten.

Er hatte es geschafft! Spartokos war an der Spitze der Macht angekommen. Nun galt es natürlich, auch hier oben zu bleiben, dachte er und sah sich verstohlen um. Links neben ihm saß auf einem deutlich kleineren Stuhl Satyros. Von dir, mein kleiner Halbbruder, habe ich nichts zu befürchten. Solltest du irgendwann mit meinem Führungsstil nicht einverstanden sein, wirst du sehr schnell mit unseren neu eingerichteten Gefängnissen Bekanntschaft machen.

Rechts neben ihm stand sein Waffenbruder Leukon, der trotz seiner schweren Verletzung bereits wieder auf den Beinen war. Als neuer Oberbefehlshaber der Stadtwache war er für Spartokos' Schutz zuständig. Eine Aufgabe, die er bedingungslos und vollkommen ergeben wahrnahm.

„Deine neue Rüstung ist beeindruckend, mein Freund", sagte Spartokos zu seinem Leibwächter. „Allein der Glanz wird all unsere Feinde abschrecken." Dass du dich dabei kaum auf den Beinen halten kannst, trübt den Eindruck jedoch ein wenig, fügte er in Gedanken hinzu. Aber all das hat auch seine guten Seiten. Vor dir brauche ich mich zurzeit also auch nicht wirklich in Acht zu nehmen. Perfekt!

„Gibt es eigentlich noch Unruhen in der Stadt?", fragte Satyros den neu erkorenen Soldatenanführer.

„Nein, es ist alles ruhig", erwiderte Leukon. „Die geringen Widerstände, die Spartokos bei seiner Rückkehr nach Pantikapaion angetroffen hat, sind beseitigt. Auf den Straßen ist es friedlich, und die Menschen scheinen die neuen Verhältnisse sogar mit einer gewissen kindlichen Freude anzunehmen."

„Habe ich es nicht immer gesagt?", entfuhr es Spartokos mit Genugtuung. „Die Zeit war reif für Veränderungen. Man musste sie nur anstoßen." Er schwelgte einen Moment lang in Erinnerungen. „Ach, ihr hättet dabei sein sollen. Es war so wunderbar!"

Spartokos stand auf und ging in Richtung der Eingangstür, die von zwei Wachen flankiert wurde. Sie befanden sich im Haus des Sanon, das sie während ihrer Machtübernahme kurzerhand besetzt hatten. Sanon selbst war gerade auf dem Rückweg von Olbia gewesen, als ihn die Nachricht von den neuen politischen Entwicklungen ereilte. Eindringlich hatten seine Berater ihn dazu gedrängt, nicht in die Stadt zurückzukehren. Das wäre sein sicherer Tod, hatten sie ihm gesagt, da sie genau wussten, dass es sich *de facto* um einen Umsturz handelte. Was ja auch stimmte, dachte Spartokos grimmig. Schade, dass Sanon auf sie gehört hatte. Aber so kam es immerhin, dass der einst mächtigste Mann Pantikapaions Zuflucht in Nymphaion suchen musste. In der Stadt, mit der man schon so lange äußerst schwierige Beziehungen pflegte. Seit diesen unseligen Zeiten eines Dalatos und der letzten Städteversammlung. Und das alles, während seine größten Feinde nun seelenruhig hier in seiner kleinen Residenz wohnten, die so viele Jahre das Machtzentrum der Archaianaktiden war. Was für eine Befriedigung!

„So schnell wie ein Pfeil des Apollon hatte sich die Nachricht verbreitet, dass diese Barbaren Dakos getötet haben." Spartokos ließ seine Umwelt ungefragt an seinen Erinnerungen teilhaben. „Einen wohlverdienten und geachteten Bürger unserer Stadt, einen Griechen!" Er spie die letzten Worte förmlich aus. „Und dann dieser junge athenische Kaufmann, der seit einiger Zeit in den wohlhabenden Häusern der Stadt ein und aus ging. Welch eine Schmach für die Stadt, dass er unglücklicherweise bei dem Mordanschlag zugegen war! Wie sollte man das bloß Athen erklären?" Spartokos äffte gekonnt einen besorgten Bürger nach. „Dafür müssen diese Barbaren büßen. Wir können uns doch nicht alles gefallen lassen. Dieser Spartokos hatte von Anfang an recht. Wir hätten es niemals so weit kommen lassen dürfen, oder besser gesagt: Die Archaianaktiden hätten es nie so weit kommen lassen dürfen. Soll Spartokos die Krise jetzt erst einmal bewältigen, dann sehen wir weiter."

Leukon verdrehte die Augen. Jetzt ging das schon wieder los! Seit dem Tage ihrer Rückkehr in die Stadt, zwei Wochen nach Spartokos, bekamen sie immer und immer wieder diese Geschichte zu hören. Er konnte sie mittlerweile auswendig. Ihrem Anführer war es gelungen, eine tränenreiche Vorstellung abzuliefern, die auch noch den letzten Zauderer überzeugt hatte. Alle Mitstreiter des Sanon wurden kurzerhand unter Hausarrest gestellt, politische Kontrahenten gefangen genommen oder aber in einzelnen Fällen sogar auf offener Straße gelyncht. Spartokos schien diese ungezügelte Eskalation regelrecht zu gefallen, da er sich auf diese Weise den ein oder anderen unbequemen Gegner vom Hals schaffen konnte. Man brauchte ja nur an der richtigen Stelle einen Namen fallen zu lassen. Der Rest ging in dieser aufgeheizten Stimmung dann fast schon von ganz allein.

Innerhalb kürzester Zeit und vor aller Augen hatten sie die strategisch wichtigen Ämter und andere Schlüsselpositionen in ihre Hand gebracht. Niemand hatte sich gewehrt oder offenen Protest geäußert. Irgendwie war es wie die Ruhe vor dem Sturm, die man abwarten wollte. Auch waren sie seit gut zwei Monaten zurück in der Stadt, und von den Skythen war weit und breit nichts zu sehen. Sollte Thymnes einen Vergeltungsschlag geplant haben, so hatte er den geeigneten Zeitpunkt dafür jedenfalls verpasst. Selbst wenn er hier vor den Toren der Stadt auftauchen würde und die wahre Geschichte erzählte: Niemand würde ihm glauben. Spartokos hatte erfolgreich eine Front des Misstrauens und der Verachtung unter den Stadtbewohnern erzeugen können, die sogar noch stärker als eine aus Lehmziegeln errichtete Mauer war. Jeder Skythe, der es im Moment wagen würde, die Stadt zu betreten, wäre auf der Stelle erschlagen worden.

„Und was machen wir, wenn Lysias oder gar Thymnes selbst plötzlich in der Stadt auftauchen?“ Es war beinahe so, als hätte Satyros die Gedanken des Soldaten gelesen. „Die können wir doch schlecht auch noch umbringen lassen.“

„Wir machen gar nichts“, fuhr sein Bruder ihn an. „Es besteht keinerlei Notwendigkeit. Außerdem habe ich rund um die Stadt Bogenschützen verteilt, die das Problem im Bedarfsfall leise und völlig diskret erledigen werden.“ Spartokos trat von der Tür zurück und ging wieder in Richtung seines neuen Throns, der zu einem zukünftigen Herrscher mit weitreichenden Ambitionen einfach dazugehörte. Auch seine Kleidung hatte er seiner neuen Stellung angepasst. Sein strahlend weißer Chiton hatte einen prachtvollen purpurfarbenen Saum, und um den Hals trug er einen großen goldenen Halsring. Die Gewänder eines Königs, dachte er bei sich. Wenn doch nur bald sein eigener Palast fertig sein würde. Dann werden seine Mitbürger, oder besser gesagt, seine zukünftigen Untertanen endlich sehen, was man mit einer geschickt eingesetzten Architektur so alles anstellen konnte. Dann wird aus jeder Mauerritze sein Machtanspruch herausquellen. Eine grenzenlose, beinahe schon göttergleiche Macht.

„Leukon, geh und befiel den Truppen nochmals, in den nächsten Tagen besonders aufmerksam zu sein. Natürlich zum Wohle unserer Stadt.“

Er sah zu seinem Offizier und überlegte für einen kurzen Moment, ob er ihn nicht doch einfach ins Bett schicken sollte. Er hatte seine Verletzung nicht richtig auskuriert, und ein geschwächter Truppenführer nutzte ihm zurzeit gar nichts. Doch Leukon hätte sich sicherlich mit Händen und Füßen dagegen gewehrt. Also verwarf Spartokos seinen Gedanken und fuhr fort: „Und teile deinem Führungsstab mit, dass wir unbedingt sofort mit den Planspielen beginnen müssen. Es ist bald so weit, dass wir die Macht vollständig übernehmen werden, und dann brauchen wir unbedingt einen außenpolitischen Erfolg! Eine Niederlage wäre also nicht nur eine militärische Katastrophe! Deine Truppen müssen bereit sein!“

Wie zur Untermauerung seiner Worte zeigte er auf den kleinen Tisch in der hinteren Ecke des Raumes, auf dem man ein kleines Modell des Kimmerischen Bosporos errichtet hatte. Kleine geschnitzte Holzfiguren repräsentierten dabei die Truppen des Spartokos, die wie ein undurchdringbarer Ring um die Städte Nymphaion und Theodosia aufgestellt waren. Jeder Betrachter dieses Modells, der auch nur ansatzweise etwas von militärischer Kriegsführung verstand, wusste sofort, was hier nachgestellt war. Eine Belagerung!

„Und du, Satyros, sieh zu, dass unsere Spitzel weiter gegen den Archaianaktiden-Clan agitieren. Man soll mich als geeigneten und gerechten Nachfolger akzeptieren!" Er setzte sich auf seinen Thron und nahm ein paar Weintrauben in die Hand. „Ladet die Leute ganz ungezwungen ein. Veranstaltet kleine Feiern in den Tavernen und seht zu, dass die Stadtbewohner von den Geschehnissen der vergangenen Wochen einen positiven Eindruck zurückbehalten."

Er hielt inne und überlegte sich die folgenden Worte ganz genau, bevor er sie aussprach. Jetzt war es an der Zeit, seine ambitionierten Pläne zu offenbaren, die er in den letzten Tagen wieder und wieder verworfen, weiterentwickelt und schließlich perfektioniert hatte. „In zwei Monaten werden wir hier das Fest zu Ehren unserer Stadtgründung begehen." Er sprach leise und andächtig. „An diesem Tag werden wir die Macht endgültig an uns reißen! Noch in Tausenden von Jahren wird man diesen Zeitpunkt als den Herrschaftsantritt des Spartokidengeschlechtes verzeichnen." Und mit eiskalter Stimme fuhr er fort: „An diesem Tag werden wir die restlichen Mitglieder der alten Regierung öffentlich hinrichten. Ihr Opfer soll der Auftakt für unseren Feldzug gegen die Griechenstädte sein, die Dalatos vor über vierzig Jahren die Gefolgschaft verweigerten. Jetzt sollen sie dafür büßen! Als Erstes werden wir gegen Nymphaion vorgehen, dann gegen die anderen Städte am Bosporos."

Im Raum war es still geworden. Nicht einmal die Sklaven wagten sich zu bewegen, obwohl sie ansonsten unermüdlich wie Ameisen in ihrem Hügel umhereilten. Sie alle spürten, dass hier soeben eine neue Ära angebrochen war. Noch vor einem Jahr hätte jeder darüber gelacht. Aber jetzt nicht mehr. Jetzt waren die Anwesenden ohne Ausnahme davon überzeugt, dass ihnen eine blühende Zukunft bevorstand. Spartokos nutzte die Stille für einen effektvollen Abgang. Doch bevor er den Raum verließ, rief er seinen Mitstreitern zu: „Und denkt euch in der Zwischenzeit schon einmal einen anderen Namen für die Wasserstraße aus. ‚Kimmerischer' Bosporos, also wirklich! Ich will nicht, dass unser neues Reich zu beiden Seiten einer Meerenge entsteht, die zu Ehren dieser verflixten Barbaren benannt wurde!"

Das Zeichen, Land der Königsskythen, Dezember 439 v. Chr.

„Pauna, hörst du mich?“ Tamyra schüttelte ihre Schwester an der Schulter. „Pauna, bitte sag doch etwas!“ Sie sah zu Lysias hinüber und fing leise an zu schluchzen. „So schlimm war es noch nie“, erwiderte sie auf seine wortlose Frage hin, die sie in seinen Augen erkennen konnte. „Das letzte Mal war sie eine Stunde lang bewusstlos. Dann aber ist sie aufgewacht, mehr oder weniger.“ Sie unterbrach sich abrupt, als sie sah, wie Paunas Körper sich bewegte.

Lysias war ebenfalls unruhig geworden. Er fühlte sich schuldig und konnte es nicht ertragen, dass diese völlig fremde Frau für ihn irgendwelche Qualen erleiden sollte. Langsam trat er auf das Bettlager der Schamanin zu. In diesem Moment warf Pauna noch in der Bewusstlosigkeit ihren Kopf herum, und Lysias nahm im Augenwinkel wahr, wie Tamyra der Atem stockte.

„Bei der Großen Muttergöttin, was ist denn das?“ Mit der ausgestreckten Hand zeigte sie auf eine breite, weiße Strähne im Haar der Schamanin. „Als sie in die Schattenwelt gegangen ist, war ihr Haar noch pechschwarz! Wie konnte das nur geschehen?“ Sie sah Lysias an, so als ob er die Antwort auf ihre Frage wissen müsste.

Doch bevor er antworten konnte, fiel sein Blick auf Paunas linke Hand, aus der auf einmal Blut heraustropfte.

„Tamyra! Sieh auf ihre Hand!“, stieß er hervor. Tamyra folgte seiner Aufforderung und keuchte erneut. Behutsam versuchte sie, Paunas Faust zu öffnen, als ein kleiner blutiger Gegenstand herausfiel. Tamyra nahm ihn hoch, säuberte ihn ein wenig von dem Blut und versuchte zu erkennen, worum es sich handelte. Es schien so etwas wie ein Amulett gewesen zu sein. Plötzlich erkannte Tamyra die versengte Darstellung der Großen Göttin. Woher kam dieses Amulett denn plötzlich? Das hatte Pauna doch gar nicht in der Hand gehabt, als sie die Zwischenwelt betrat. Was ging hier bloß vor?

Pauna stöhnte auf einmal herzzerreißend und öffnete langsam die Augen. Für einen langen Moment wusste sie nicht, wo sie war. Doch dann fiel es ihr wieder ein. Ihre linke Hand schmerzte, doch das war im Moment egal. „Schwesterherz. Sag mir, ist der Grieche zurückgekehrt?“

„Ja, Pauna. Er steht hier neben mir“, sagte Tamyra, während sie zwischen Erleichterung und Bestürzung hin und her schwankte. Pauna drehte langsam ihren Kopf, bis sie Lysias erblickte. Sie lächelte müde.

„Das nächste Mal, Grieche, nimmst du meine Hand sofort und denkst nicht erst darüber nach. Klar?“ Lysias musste trotz der ernsten Lage auf einmal schmunzeln.

„Ich hoffe nicht, dass es ein nächstes Mal gibt.“ Er sah Pauna dankbar an. „Ich stehe tief in deiner Schuld. Nicht, dass ich auch nur irgendetwas von dem verstanden habe, was hier passiert ist. Aber eins spüre ich ganz genau. Ohne dich würde ich nicht mehr leben, und dafür danke ich dir von Herzen!“

In diesem Moment wurde die Tür aufgestoßen, und Toxaris trat herein. Ihm folgten zwei weitere schwerbewaffnete Soldaten, die zu beiden Seiten neben Lysias Aufstellung bezogen. Sie trugen die typische Tracht der Reiternomaden. Doch ihre prunkvoll verzierten, goldenen Schwertscheiden und Gorytbeschläge machten jedem Betrachter unmissverständlich deutlich, dass sie zur Leibgarde eines Anführers gehören mussten. Es gab keinen Zweifel, was sie wollten, dachte Lysias, als er diese Szenerie betrachte. Genauso würde er selbst jemanden abgeführt haben, wenn er das Kommando gehabt hätte. Und so verwunderte es ihn nicht, als Toxaris ihn ansprach: „Nun, Lysias, bist du bereit? Wir bringen dich zum Ältestenrat.“

Lysias spürte, dass in dieser Frage eine gewisse Schadenfreude mitschwang. Der Skythe war offensichtlich sehr damit zufrieden, dass Lysias nun vor ein Gericht gestellt würde. Denn nichts anderes war dieser Ältestenrat. Ein Militärgericht, das ihn zum Tode verurteilen sollte. Das war dem ehemaligen athenischen Anführer einer Reiterabteilung von Anfang an klar gewesen. Er hatte es nur in den vergangenen Minuten verdrängt gehabt, da ihm das Schicksal dieser Schamanin unerwartet nahegegangen war.

„Achte den Hohen Rat und bleibe bei der Wahrheit, Athener“, sagte Pauna, die sich langsam von ihrem Bett erhoben hatte. „Ich habe nicht umsonst all diese Gefahren auf mich genommen, nur damit du durch eure typische griechische Überheblichkeit noch vor Sonnenuntergang den Tod findest!“ Ihr Blick fiel durch Zufall auf den kleinen Bronzespiegel an der Wand neben ihr. Der Spiegel war ein Geschenk von Thymnes gewesen, der ihn vor gut einem Jahr von einer seiner Handelsreisen nach Olbia mitgebracht hatte. Die glattpolierte Spiegeloberfläche hatte einen Durchmesser von einer ausgestreckten Männerhand, und der Griff war wie eine dieser griechischen Säulen gestaltet, indem er auf der ganzen Länge mehrere eingetiefte Linien besaß. Am Griffende schließlich sah sie einen kleinen Panther mit gekrümmtem Rücken und leicht eingezogenen Läufen. Eine Darstellung, die dem Geschmack der Steppennomaden angepasst war, so dass dieses Objekt eigentlich verschiedene Elemente zweier Kulturen in sich vereinte. Ein schönes Beispiel dafür, dass man auch friedlich miteinander leben konnte!

Aus den Augenwinkeln heraus schielte Pauna in den Spiegel. Sie wollte nur einen kurzen, heimlichen Blick auf sich selbst werfen. Nur um zu wissen, welchen Eindruck sie gerade auf die Anwesenden machte. Es wäre nicht gut gewesen, wenn ihr Haar völlig zerzaust oder in ihrem Gesicht Abdrücke des Kissens zu sehen gewesen wären. Das hätte ihre mystische Aura ja doch ein wenig beeinträchtigt. Was sie aber tatsächlich in dem Spiegel sah, war noch viel schlimmer. Die weiße Strähne schien förmlich zu leuchten, als ob sie sagen wollte: Erinnerst du dich an unseren Kampf, Pauna? Wir sind noch nicht fertig miteinander!

Die Schamanin wurde bleich. In Sekundenschnelle rasten die Bilder aus der Zwischenwelt an ihrem geistigen Auge vorüber. Da war Lysias, der Zweikampf, ihre Verletzung und schließlich die Kralle mitten in ihrer Wange. Die Schmerzen waren unvorstellbar gewesen. Und doch hatte sie überlebt, weil all das sich nur in ihrem Kopf abgespielt hatte. Aber die weiße Strähne war Realität. Genauso wie das Amulett, das sie in der Hand ihrer Schwester erkannte. Das konnte doch einfach nicht sein, oder? Sollte das hier das Zeichen sein, auf das sie immer gewartet hatte? Das sie immer gefürchtet hatte?

„Die Prophezeiung!“, stieß sie hervor. „Die Prophezeiung hat sich erfüllt!“ Und in Gedanken fügte sie noch hinzu: Oh, du große Göttin! Musste es denn ausgerechnet dieser Grieche sein? Es hätte einer ihres Volkes sein sollen. Nicht dieser Fremde!

„Wovon redest du da, Pauna?“ Wie alle anderen Anwesenden auch, starrte Toxaris sie irritiert an. Er mochte die Schamanin nicht, hatte sie noch nie gemocht. Doch Pauna war die spirituelle Gefährtin ihres Fürsten und trotz ihres geringen Alters zugleich die berühmteste Schamanin, die jemals unter den Skythen gelebt hatte. Er musste ihr gegenüber vorsichtig sein.

„Und was hast du denn mit deinem Haar gemacht?“, fuhr er fort, und allein sein Tonfall machte deutlich, dass ihm ihre Frisur nicht gefiel. „Ist das jetzt wieder eine deiner modischen Neuerungen? Willst du ein weiteres Mal mit den ehrwürdigen Traditionen brechen?“

„Du verstehst nicht, Toxaris. Und du wirst nie verstehen, da dein Geist zu schwach ist“, erwiderte Pauna, die sich Stück für Stück erholte. Sie war noch lange nicht wieder bei Kräften. Das würde sicher noch mindestens zwei Tage dauern. Doch diesem kleinen Bogenschützen hier konnte sie jederzeit entgegentreten. Auch mit einem völlig geschwächten Körper.

„Es gibt Dinge, Toxaris“, fuhr sie ihn an, „die weit über deinen persönlichen Horizont hinausgehen. Dinge, von denen ja nicht einmal meine Schwester eine Ahnung hat!“ Pauna sah Tamyra an, die verständnislos die Augen aufriss.

„Ich weiß tatsächlich nicht, wovon du redest, Pauna.“ Verstohlen blickte sie auf das kleine Amulett in ihrer Hand. „Die Frage von Toxaris ist daher durchaus berechtigt. Was hat das alles hier zu bedeuten?“

Die Schamanin antwortete ihr nicht, sondern wandte sich nochmals direkt an Lysias. Der Athener hatte die Diskussion nur am Rande verfolgt. Sie interessierte ihn nicht. Er war genug mit seinen eigenen Gedanken beschäftigt gewesen. Wie sollte er sich gleich vor dem Ältestenrat verhalten? Allein die Tatsache, dass seine Beine und Arme ihm nach dem langen Liegen nicht gehorchten, bedeutete ein großes Manko. Lysias war kaum in der Lage, erhobenen Hauptes zur Verhandlung zu gehen und sich in einer flammenden Rede zu verteidigen. Höchstwahrscheinlich musste man ihn sogar stützen, damit er überhaupt stehen bleiben konnte.

„Antworte mir gefälligst, Lysias!“, hörte er wie durch einen Nebel. Er blickte auf und sah noch rechtzeitig genug, wie Toxaris ihm sein Schwert an den Hals drückte.

Toxaris mochte Pauna nicht, aber er mochte den Griechen noch weniger. „Wenn dich die Schamanin unseres Volkes etwas fragt, Grieche, dann antwortest du umgehend. Haben wir uns da verstanden?“ Lysias hörte die Drohung in seiner Stimme. Soweit es ging, nickte er ganz langsam mit dem Kopf, als Zeichen dafür, dass er tatsächlich verstanden hatte.

„Hattest du jemals zuvor ein ähnliches Erlebnis wie gerade eben?“, fragte Pauna nochmals, und ihr Tonfall war auf einmal ungewöhnlich scharf. „Oder hattest du schon einmal das Gefühl, dass sich dein Geist und dein Körper an zwei verschiedenen Orten befunden haben?“

Lysias sah Toxaris missmutig an, der daraufhin sein Schwert senkte. Dann blickte er wieder zu Pauna hinüber und versuchte, seine Gedanken zu ordnen. Was sollte das denn jetzt schon wieder? Glaubte die Schamanin etwa, dass er ständig zwischen Leben und Tod hin und her pendelte? So als eine Art Freizeitbeschäftigung? Bei aller Dankbarkeit, aber das ging dann ja doch zu weit.

Gut, damals als Kind, da hatte er einen Traum gehabt, dass er wie eine Eule über die Agora flog. Er war in Gedanken hinauf zum Athenatempel auf der Akropolis geflogen und hatte die ganze Welt von oben gesehen. Dabei saß er auf der ausgestreckten Hand der Stadtgöttin Athena. Lysias erinnerte sich bruchstückhaft an diesen roten Schimmer, der überall am Himmel zu sehen war.

Sein anderer Traum, der immer wiederkehrte, war nichts, was hier Bedeutung haben konnte, oder? Er wollte nicht, dass es Bedeutung haben könnte. Rote Wellen in Blau? Er war ein Adler gewesen? Er würde darüber schweigen.

„Nein, Pauna, ich habe etwas Vergleichbares noch nie erlebt. Und ich glaube auch nicht, dass ich scharf darauf sein sollte, es noch einmal durchzumachen.“

Die Schamanin ächzte verächtlich. „Ich weiß nicht, wen du mit deinen Worten überzeugen möchtest.“ Pauna schleuderte ihm diese Worte wie Speere entgegen. „In deinen Augen sehe ich, dass du lügst!“ Dann wandte sie sich wieder Toxaris zu. „Wenn du Lysias zum Ältestenrat bringst, dann richte Thymnes Folgendes von mir aus: Der erste Teil der Prophezeiung hat sich erfüllt. Und auch der zweite Teil wird unaufhaltsam folgen. Hast du verstanden, Toxaris?“

Der Skythe nickte ein wenig eingeschüchtert. Ob er sie nun mochte oder nicht, sie war eine Schamanin, die man besser nicht reizen sollte.

„Es wird genau so kommen, wie die Götter es vor langer Zeit entschieden haben. Daran kann ich und daran kann auch Thymnes nichts ändern. Das möge er bei allen weiteren Entscheidungen bedenken.“

Als die Skythen ihren Gefangenen zur Tür hinausgeführt hatten, sah Tamyra ihre Schwester lange schweigend an.

„Was ist das für eine Prophezeiung, Pauna? Und warum weiß außer dir und Thymnes niemand davon?“, brachte sie schließlich mühsam hervor. Einerseits war sie wütend, dass Pauna so abfällig mit ihnen allen geredet hatte. Andererseits war sie über alle Maßen neugierig, was ihre Schwester mit diesen mysteriösen Worten gemeint hatte.

„Das ist eine lange Geschichte“, erwiderte die Schamanin. „Und noch dazu eine, die Thymnes und mich verbindet. Unser Schicksal vereint, auf ewig.“

Pauna drehte sich wieder zur Wand und zog die Filzdecke bis über die Schultern. Sie war müde. Die körperliche Erschöpfung war aber nichts im Vergleich zu der seelischen Erschütterung, die sie erfasste. Ihr Übertritt in die Geisterwelt war zwar merkwürdig verlaufen, aber immerhin war sie zurückgekehrt. Doch diese Strähne in ihrem Haar und dann auch noch das versengte Amulett, das mit zurückgereist war, hatten sie wie ein Faustschlag getroffen. Die Grenze zwischen der Geistersphäre und der realen Welt war durchbrochen! Die Ebenen verschmolzen miteinander. Genau so, wie es in der Prophezeiung hieß! Sollte sie Tamyra davon erzählen? Vielleicht sollte sie endlich ihr Schweigen brechen. Immerhin wusste niemand, wie die Geschichte nun weitergehen sollte.

Die Prophezeiung, Land der Königsskythen, Dezember 439 v. Chr.

„Ihr habt euch doch immer gefragt, warum ich damals die Schamanin unseres Stammes geworden bin. Obwohl ich noch ein Kind war“, sagte Pauna zu ihrer Schwester, ohne sich ihr jedoch zuzuwenden. Sie starrte weiter auf die dreckige Wand und überlegte, wie sie am besten fortfahren konnte. Tamyra hatte sich indes in gespannter Erwartung auf das Bett gesetzt, in dem Lysias bis vor kurzem noch gelegen hatte. „Es ist mittlerweile knapp zwölf Jahre her, als es passierte. Du warst damals mit unseren Eltern auf dem Weg zu den Sauromaten. Mich hingegen hatten sie bei unserem Stamm zurückgelassen, da ich mir nur wenige Tage vor der Abreise den Fuß gebrochen hatte.“

Sie machte eine kurze Pause und fuhr dann mit leiser Stimme fort. „Es war bereits Winter, als Thymnes in unsere kleine Siedlung kam. Auf der Suche nach einer neuen spirituellen Führerin für sein Volk. Da sind wir uns zum ersten Mal begegnet.“

„Er ist nur wegen dir bis zu uns zum Tanais hinaufgefahren? Das heißt, er wusste bereits von deinen Fähigkeiten?“, fragte Tamyra überrascht.

„Red keinen Unsinn! Ich war gerade einmal 13 Jahre alt. Natürlich wusste er nichts von mir und erst recht nichts von meinen Fähigkeiten.“ Pauna drehte sich plötzlich um und funkelte ihre Schwester an. „Wenn du weiter so dumm fragst, werde ich nicht weiterreden. Hast du mich verstanden? Dafür ist diese Sache zu ernst!“

Tamyra zuckte zusammen und nickte stumm. Pauna war ja schon immer launisch, aber so hatte sie die Schamanin noch nie erlebt. Zumindest nicht ihr gegenüber.

„Ich hatte mein ganzes kurzes Leben lang diese Träume gehabt. Geplagt haben sie mich, als ich klein war. Aber keiner wusste davon, keiner. Erst bei diesem schicksalhaften Zusammentreffen mit Thymnes kam alles ans Tageslicht“, fuhr Pauna langsam fort. „Du kennst unsere Legenden, Tamyra. In den weiten Gebieten nördlich des Tanais haben sich einst Skythen und Amazonen vereint und das Volk der Sauromaten gegründet. Ein Volk, das im Laufe der Zeit viele berühmte Schamanen hervorgebracht hat.“

„Das ist wahr“, bestätigte Tamyra diese altbekannte Tatsache. Später hatte sich ja auch niemand in ihrer Familie wirklich darüber gewundert, dass Pauna diese besondere Gabe entwickelt hatte. Nur die Stärke ihrer Fähigkeiten war dann doch ungewöhnlich.

„Das war der Grund dafür, dass Thymnes von Siedlung zu Siedlung zog, um einen Schamanen zu finden“, fuhr Pauna fort. „Bei uns hatte er allerdings nur vor, zu übernachten, um dann am nächsten Tag in aller Frühe weiterzuziehen.“

„Aber wie habt ihr euch dann getroffen? Und wie kam es dazu, dass Thymnes seine Suche nicht fortsetzte und dich auswählte? Ein junges Mädchen?“, fragte Tamyra, die nun vollends von dieser Geschichte gefangen war.

Noch nie hatte Pauna etwas darüber berichtet. Und das, obwohl Tamyra monatelang gebettelt hatte, sie möge ihr die Geschichte erzählen. Bis sie eines Tages einsah, dass die Bettelei keinen Sinn machte. Das Ganze war nun tatsächlich bereits zwölf Jahre her. Und nach so langer Zeit sollte sie nun erfahren, was damals wirklich passiert war. Auf einmal war sie genauso aufgeregt wie damals, als Pauna sie zu sich holte und sie das erste Mal Thymnes gegenüberstand.

„Es war abends. Thymnes hatte man bei unserem Onkel einquartiert, da er damals über den meisten Platz im Haus verfügte.“ Die Schamanin versuchte trotz ihrer Müdigkeit aufzustehen. Doch plötzlich wurde ihr schwindelig, und sie musste sich wieder auf das Bett setzen. Trotzdem fuhr sie unbeirrt fort.

„Ich sollte mich nützlich machen und unsere Gäste bewirten. Also brachte ich dem Skythenfürsten sein Abendessen an den Tisch. Doch in dem Moment, als ich das Brot auf den Tisch stellen wollte, kippte ich durch eine ungeschickte Bewegung seinen Weinbecher um. Ich war damals so aufgeregt, Tamyra, weil ich doch noch nie so einen hochrangigen Anführer gesehen hatte.“

Tamyra sah, wie ihre Schwester ein wenig die Schultern einzog. So, als würde sie sich noch heute für dieses kleine Missgeschick schämen. „Wie dem auch sei“, sprach Pauna leise weiter, „ Thymnes reagierte blitzschnell. Er fing den Becher auf, noch bevor der Wein aus dem Behältnis geschwappt war. Er stellte das Gefäß wieder sicher auf den Tisch und lächelte mich väterlich an. Ohne jeden Zorn griff er nach meiner Hand und wollte mich trösten. Und da geschah es!“

Tamyra hielt es nicht länger auf dem Bett. Sie sprang auf und ging zu ihrer Schwester hinüber.

„Aber was denn, Pauna? Was geschah dann?“, fragte sie und strich ihrer Schwester über die Haare. Allerdings achtete sie sehr darauf, dass sie dabei nicht diese seltsame Strähne berührte. Man konnte ja nie wissen.

„Als sich unsere Hände berührten“, erwiderte Pauna, „gab es einen blendenden Blitz, der mich für einen Moment völlig einhüllte. Ich hatte wahnsinnige Angst! Und als ich endlich wieder etwas sehen konnte, war die ganze Welt in ein merkwürdiges Rot getaucht. Thymnes stand mir gegenüber, und in seinen Augen konnte ich sehen, dass er ebenfalls Angst hatte.“

„Thymnes hat sich gefürchtet? Unser Anführer, der so oft dem Tod in die Augen geblickt hat, dass ich das schon gar nicht mehr zählen kann?“ Tamyra war völlig verblüfft.

„Heute weiß ich, dass wir in der Geisterwelt waren. Und dass ich Thymnes mit auf die Reise genommen habe. Doch damals, Tamyra“, Pauna blickte ihre Schwester an, „damals waren wir beide zum allerersten Mal dort. Und es war grauenhaft!“

Die Schamanin griff zu einem Krug Wasser, der links an ihrem Bett stand, füllte sich eine kleine Schale voll und trank sie langsam aus. Ihr Mund war trocken. Ein deutliches Anzeichen dafür, dass sie erschöpft war. Und auch aufgeregt. Noch nie hatte sie über diese Erlebnisse berichtet, die sie schon so lange mit sich herumtrug.

„Wir konnten nicht miteinander sprechen. Thymnes und ich. Wie durch Zauberhand waren wir einfach nicht in der Lage, unsere Münder zu öffnen. Und doch haben wir uns verstanden. Einfach so. Durch unseren Gedanken. Trotz der beängstigenden Situation gab es zwischen Thymnes und mir eine ungeahnte Vertrautheit. Irgendwie wussten wir plötzlich, dass wir in Sicherheit waren, solange er nur weiter meine Hand hielt.“

Bei diesen Worten blickte Pauna reflexartig nach unten. Sie sah das getrocknete Blut in ihrer linken Handfläche, dort, wo sich die scharfen Kanten des Amuletts tief ins Fleisch gebohrt hatten. „Doch dann war da auf einmal eine Stimme. Rau, grollend, gefährlich. Sie pflanzte sich direkt in unsere Köpfe, und wir konnten ihr nicht entkommen.“

So viele Jahre waren vergangen, und doch lief ihr immer noch ein Schauer über den Rücken, wenn sie an die Geschehnisse von damals dachte.

„Diese Stimme sprach davon, dass unser beider Schicksal auf ewig verbunden sein würde. Dass wir gemeinsam das Wohlergehen unseres Volkes in der Hand hätten. Und dann erhielten wir eine Prophezeiung, deren Sinn ich erst am heutigen Tag verstanden habe."

Pauna richtete ihren Oberkörper auf. Ihre Augen schlossen sich, und lange sagte sie nichts. Plötzlich sprach sie, wie in Trance. „Wenn sich die Welten der Lebenden und der Toten berühren, wird der Grenzgänger bereit sein. Er ist der Mittler zwischen den verfeindeten Völkern."

Tamyra war sprachlos. Mit allem hatte sie gerechnet. Ja, sogar damit, dass Thymnes eine heimliche Vorliebe für kleine Mädchen mit den ersten Anzeichen zarter Brüste hatte. Und dass er seine Schwester gerade deshalb zu seiner Schamanin gemacht hatte, um ihr auch körperlich nah sein zu können. Aber damit? Niemals! Und irgendwie war das Ganze auch etwas widersprüchlich.

„Aber Pauna", sprach sie ihren Gedankengang aus. „Wie kann es sein, dass dir diese Stimmen in der Geisterwelt einerseits verkünden, dass du die Heilsbringerin unseres Volkes bist, und du andererseits immer in Lebensgefahr gerätst, sobald du die Geisterwelt betrittst?"

Pauna sah sie erstaunt an und wollte etwas erwidern. Doch Tamyra ließ sie nicht zu Wort kommen.

„Ich hatte diesmal echte Zweifel daran, dass du aus der Geisterwelt zurückkommst. Ich weiß zwar nicht, was dort vorgefallen ist", sie sah ihre Schwester forschend an, „doch es muss sehr bedrohlich gewesen sein!"

„Die Welt der Geister ist kein Spielplatz!", erwiderte Pauna. „Sie ist gefährlich. Bei jedem Aufenthalt besteht die Gefahr, dass man nicht mehr zurückkommt. Wenn ein Schamane diese goldene Regel vergisst, ist er bereits so gut wie tot! Außerdem habe ich gegen die Regeln verstoßen, indem ich einen Todgeweihten in die Welt der Lebenden zurückgeholt habe. Und dies nicht nur einmal, sondern gleich zweimal!" Sie schüttelte langsam den Kopf.

„Wie dem auch sei. Ich wollte nur noch fort von diesem Ort und konzentrierte mich derart stark, dass mir der Kopf zu platzen schien. Doch ich schaffte es, uns beide zurückzubringen. Zurück in das Haus unseres Onkels." Erneut musste sie einen Schluck Wasser trinken.

„Aber was hat das jetzt alles mit diesem Lysias und dem heutigen Tag zu tun?", nutzte Tamyra die kleine Gesprächspause.

„Geduld, kleine Schwester, Geduld. Ich komme gleich zum Ende der Geschichte." Pauna räusperte sich. „Während Thymnes und ich den Eindruck hatten, wir wären für Stunden weg gewesen, waren für alle anderen nicht einmal ein paar Sekunden vergangen. Niemand hatte etwas gemerkt, und wir sagten nichts. Es hätte uns doch sowieso keiner geglaubt." Ihre Stimme wurde trauriger, doch sie fuhr ohne weitere Unterbrechung fort.

„Am nächsten Tag erklärte Thymnes, dass er mein Potential erkannt habe und dass er mich mitnehmen werde. Und wer würde sich dem Willen eines Skythenfürsten entgegenstellen? Selbst wenn er derartig dummes Zeug redete? Ein Kind mit besonderen Fähigkeiten. Ha!"

„Und als unsere Eltern an dieser mysteriösen Krankheit starben, hast du mich nachgeholt", ergänzte Tamyra gedankenverloren. Sie musste das soeben Gehörte erst einmal verkraften.

„Wir haben die Prophezeiung immer auf Thymnes bezogen. Wir dachten, dass er eines Tages als König der Skythen zu einem Mittler zwischen den Welten werden würde. Doch ich habe mich offenbar geirrt!"

Mit ihrer rechten Hand fuhr sie sich langsam durch die weiße Strähne.

„Noch nie ist etwas aus der Geisterwelt zu uns gelangt. Doch heute hat sich das geändert. Die Strähne und das kaputte Medaillon sind Beweis genug, dass die beiden Welten sich tatsächlich berührt haben! Und das bedeutet, dass Lysias derjenige ist, den die Stimme angekündigt hatte. Ein Grieche! Wer hätte das gedacht?"

Tamyra sprang erschrocken auf. Sie schritt in die Mitte des Raumes, blieb stehen und drehte sich dann abrupt wieder zu Pauna um.

„Das kann nicht dein Ernst sein! Ausgerechnet Lysias soll zwischen unseren Völkern vermitteln? Er hat doch bisher nur Schlimmes über uns gebracht! Denk an Skyles, der bei diesem unsäglichen Treffen im Haus des Spartokos sterben musste." Sie zeigte mit dem ausgestreckten Arm auf das Bett, in dem Lysias gelegen hatte. „Sein eigenes Volk hasst ihn offenbar so sehr, dass er dort ebenfalls sterben sollte. Und Thymnes wiederum ließ ihn doch nur am Leben, weil er sich für seine eigene Rettung schuldig fühlte. Ein toller Mittler zwischen den Völkern ist das!" Sie schlug die

Hände vor das Gesicht, so als ob sie auf diese Weise die Wirklichkeit aussperren wollte.

Sie ist halt noch immer die kleine Schwester, ging es Pauna durch den Kopf, als sie erwiderte: „Ich gebe zu, dass ich mir auch jemand anderen gewünscht habe. Aber die Zeichen sprechen eine eindeutige Sprache. Ich bin davon überzeugt, dass er es ist."

Der Ältestenrat, Land der Königsskythen, Dezember 439 v. Chr.

Lysias trat der Schweiß auf die Stirn. Es lief nicht gut für ihn. Zumindest hatte er dieses ungute Gefühl. Verstehen konnte er ja leider nichts, da sich niemand aus dem Ältestenrat auch nur die Mühe machte, Griechisch mit ihm zu sprechen. Er wusste nicht einmal, ob die Anwesenden das überhaupt konnten. Mit Ausnahme von Thymnes natürlich.

Lysias wurde schmerzlich bewusst, dass er sich tatsächlich bei einem fremden Volk befand. Einem Volk mit eigener Kultur, wenngleich auch einer merkwürdigen, und einer eigenen Sprache, die in seinen Ohren allerdings wie das Gekrächze von Raben klang. So oder so, er war ein Fremder hier, verstand kein Wort und fühlte sich ziemlich verloren. Zumal es hier ganz offensichtlich um sein eigenes Schicksal ging.

Er blickte zu dem Skythenfürst hinüber, der ihn seinerseits die ganze Zeit nicht aus den Augen gelassen hatte. Was war denn mit Thymnes nur los? Vorhin war der Skythe zwar abweisend gewesen, doch sie hatten zumindest ein Gespräch geführt. Jetzt hatte Lysias das Gefühl, er säße wie ein gefangener Löwe im Käfig, den man durch die sicheren Gitterstäbe hindurch nach Herzenslust begaffen konnte. Er hatte gesehen, wie Toxaris seinem Anführer etwas zugeflüstert hatte, als sie den Raum betraten. Doch was es war, konnte er nicht verstehen. Er wusste nur, dass Thymnes ihn danach mit einem stechenden Blick anvisiert hatte. Ein Blick irgendwo zwischen Verachtung, blankem Hass und unbändiger Neugier. Plötzlich wurde Thymnes von einem der Ratsmitglieder direkt angesprochen und ihr Blickkontakt wurde unterbrochen. Viel länger hätte Lysias dieser wortlosen Überprüfung auch nicht mehr standgehalten. Dann hatte das Palaver der Alten begonnen.

„Man will von dir wissen, in welchem Verhältnis du zu Spartokos standest, Athener", sagte Thymnes plötzlich auf Griechisch, während er sich ihm wieder zuwandte.

„Aber das weißt du doch!", fuhr Lysias auf. Sekunden später hatte er sich wieder unter Kontrolle. Jetzt bloß nicht die Nerven verlieren, sonst bist du tot, dachte er.

„Ich bin genauso wie du ein Opfer dieses feigen Mordanschlags. Und bei mir hätten dieser Verräter und seine Hetäre ja beinahe auch Erfolg gehabt.“ Eine kurze, schmerzhafte Erinnerung an Mike schoss ihm durch den Kopf.

„Das ist das, was du uns erzählst hast, Lysias. Doch unser Ältester glaubt dir nicht!“, erwiderte Thymnes.

Lysias sah nach links und erblickte den Ältesten des Stammes. Hatte Thymnes das Kommando im Krieg und war er auch in Friedenszeiten so etwas wie der Anführer, so war anscheinend dieser alte Mann die wirklich letzte Autorität.

Er war trotz seines hohen Alters immer noch von kräftiger Statur, trug skythische Tracht und saß auf einem schmucklosen kleinen Stuhl. Nichts an ihm wies ihn als einen der Führer des Stammes aus. Bis auf das Rangzeichen, das eines Königs würdig war. So etwas hatte Lysias noch nie gesehen. Der Stammesälteste trug einen breiten Halsschmuck, der sogar weite Teile der Brust verdeckte. Dieses Pektorale aus purem Gold war über und über mit Pflanzenmotiven und Tierdarstellungen verziert. In drei Registern übereinander schienen die Motive sich zu ergänzen. Was genau darauf dargestellt war, das konnte Lysias nicht erkennen. Doch eins war klar: Dieser Mann würde hier und jetzt über sein Schicksal entscheiden. Und dieser Mann glaubte ihm nicht! Oh ihr Götter, lasst mich nicht im Stich!

Während die Diskussion weiterlief, ging mit einem Mal die Tür auf und Tamyra erschien. Ohne Lysias eines Blickes zu würdigen, verneigte sie sich vor den Anwesenden und ging dann leise hinüber zu Thymnes. Sie beugte sich vor und flüsterte ihrem Fürsten irgendetwas zu, dessen Miene daraufhin immer finsterer wurde. Beinahe fünf Minuten waren die beiden ins Gespräch vertieft, als Tamyra wieder den Raum verließ. Alle schwiegen, blickten auf Thymnes, der sehr lange still saß und plötzlich aufstand.

„Verehrter Weiser, meine Waffenbrüder. Lasst uns in der Sprache dieses Griechen sprechen, damit er versteht, worüber wir reden.“

Lysias blickte fassungslos in die Runde. Wie bitte? Sie konnten alle Griechisch und hatten es bislang bloß noch nicht gesprochen? Na, schönen Dank aber auch, meine Herren!

„Bevor wir über ihn richten“, fuhr Thymnes fort und zeigte mit dem ausgestreckten Arm auf Lysias, „bevor wir ihn eigentlich zum Tode verurteilen müssten, lasst mich doch noch etwas zu seinen Gunsten anbringen.“

Lysias' Herz blieb für einen Moment stehen. Es wäre ihm lieber gewesen, wenn sie in ihrer eigenen Sprache weiter diskutiert hätten. Doch jetzt war es ausgesprochen. Das, was er die ganze Zeit über befürchtet hatte und was jetzt offenbar eintreten sollte. Sie wollten ihn töten!

„Wir werden die Rolle, die dieser Mann in dem ganzen Ränkespiel hatte, nicht endgültig klären können. Aber auch er selbst wurde von Spartokos und seinen räudigen Hunden angegriffen. Das möchte ich doch zumindest als Indiz dafür werten, dass er tatsächlich unschuldig ist." Er wandte sich direkt zu dem Stammesältesten, ging in die Hocke und neigte den Kopf. „Und er hat mir mein Leben gerettet, als er mir und Ariantes in diesem verfluchten Landhaus zu Hilfe eilte. Daher bitte ich den Rat mit voller Überzeugung, dem Athener für diese Tat das Leben zu schenken."

Die plötzliche Anteilnahme des Skythenfürsten überraschte offensichtlich nicht nur Lysias selbst, der auf einmal wieder einen Funken Hoffnung am Horizont erahnte. Auch die Ratsmitglieder fielen erneut in eine hitzige Diskussion in ihrer Muttersprache. Doch obwohl Lysias nichts verstand, machte ihm der Klang ihrer Stimmen eindeutig klar, wie wenig begeistert sie von dieser Idee waren. Immer wieder musste Thymnes sich rechtfertigen, und gegen Ende war sein Tonfall mehr als nur drohend. Plötzlich verstummten alle Anwesenden und der Stammesälteste stand auf. Offensichtlich hatten sie eine Entscheidung getroffen.

„Grieche! Wir werden dich nicht töten. So, wie es unser Gesetz normalerweise vorsehen würde!" Mit einem wütenden Blick sah er Thymnes an. Dann wandte er sich erneut Lysias zu.

„Aufgrund deines Fürsprechers haben wir entschieden, dass du bei nächster Gelegenheit zurück zum Bosporos gebracht werden sollst. Dort kannst du wieder unter deinen eigenen Leuten leben. In einer griechischen Stadt." Er machte eine kleine Pause und schob das Pektorale mit der linken Hand ein wenig nach oben. Offenbar war es doch sehr schwer und schien beim längeren Tragen Schmerzen hervorzurufen, ging es Lysias durch den Kopf.

„Da wir aus gegebenem Anlass nicht nach Pantikapaion gehen können, werden wir dich nach Nymphaion bringen. Dort hat man uns zumindest bis jetzt immer noch freundlich empfangen. Und wir hoffen, dass es dabei bleiben wird." Ein letztes Mal sah er Lysias an und ging dann zusammen mit den Ratsmitgliedern zur Tür.

„Sobald du in Nymphaion bist, musst du selbst für dich sorgen. Erwarte keine weitere Hilfe von uns!“ Mit diesen Worten gingen sie hinaus. Nur Lysias blieb zurück. Und Thymnes.

Die plötzlich eintretende Stille bereitete Lysias körperliche Qualen. Er wagte es nicht, Thymnes ins Gesicht zu sehen. Warum hatte der Skythenfürst auf einmal Partei für ihn ergriffen? Ja, sich sogar bittflehend für ihn auf die Knie geworfen? Der stolze, unbeugsame Thymnes! Lysias verstand es nicht. Und er fürchtete die Antwort, trotz seiner Rettung. Wer weiß, was der Skythe noch alles mit ihm vorhatte. Je länger er darüber nachdachte, desto mulmiger wurde ihm.

„Ich werde dir auf diese Frage nicht antworten“, hörte er Thymnes sprechen. „Auch wenn du sie noch gar nicht gestellt hast.“

Ein leises Knarren verriet Lysias, dass der Skythe sich hingesetzt hatte. Widerstrebend hob der Athener den Kopf und sah ihn an.

„Und doch muss ich sie stellen. Warum?“

Wieder diese Stille.

Thymnes sah Lysias mit zusammengekniffenen Augen an. Das kann doch einfach nicht wahr sein, dachte er. Dieser Grieche da konnte doch unmöglich der Mittler sein, von dem die Stimme damals gesprochen hatte. Andererseits hatte sich Pauna in den vergangenen Jahren noch nie getäuscht, wenn es um die Deutung einer Prophezeiung ging. Allein dieser Umstand reichte aus, um den Athener vor dem sicheren Tod zu bewahren. Bevor Tamyra gekommen war, um ihm die Informationen der Schamanin zu überbringen, war es ihm egal, ob der Ältestenrat Lysias nun zum Tode verurteilte oder nicht. Thymnes hatte den Athener pflegen lassen, weil er Antworten haben wollte. Diese hatte er nun bekommen, zumindest soweit Lysias sie ihm geben konnte. Damit war für ihn das Kapitel Lysias eigentlich beendet gewesen. Doch nun das! Nachdem Tamyra gegangen war, musste er umgehend handeln. Auf einmal hatte er wahnsinnige Angst davor, dass er einen Fehler machte. Was wäre, wenn Lysias tatsächlich dieser Mittler ist? Was würde mit seinem Volk passieren, wenn er diesen Mann zum Tode verurteilen würde? Er wagte es einfach nicht, sich die Konsequenzen auszumalen.

Thymnes ließ seinen Blick durch den Raum streifen. Er hatte seinen Waffenbrüdern noch nichts von der Prophezeiung gesagt. Wie denn auch? Man würde ihm nicht glauben. Pauna, ja, sie konnte dies vorbringen. Sie war anerkannte Schamanin, und keiner würde ihre Vision anzweifeln. Aber lange Jahre hatten sie beide darüber geschwiegen, sogar sich selbst gegenüber. Pauna war hier nicht anwesend. Wer weiß, wann sie wieder öffentlich sprechen konnte.

Der einzige Ausweg war, dass er sich jetzt selbst erniedrigen und für den Griechen bitten musste. Er, der unbarmherzige und furchtlose Kämpfer! Ihm drehte sich der Magen um.

Aber Thymnes war es gewohnt, analytisch zu denken. So hatte er in Eile abgewogen, wie er sich einerseits den Griechen vom Hals schaffen und andererseits ein vielleicht fatales Todesurteil verhindern konnte. Nymphaion war eine gute Idee. Man konnte den Griechen einfach abschieben! Wenn er dort bei seinen Landsleuten überlebte, gut. Wenn Spartokos oder seine Häscher ihn trotzdem erwischten, ebenfalls gut! Dann hatte er sich wenigstens nicht selbst die Finger schmutzig gemacht.

„Du wirst in zwei Tagen mit einer kleinen Abteilung skythischer Reiter zum Bosporos aufbrechen. In Nymphaion werden sie dich einem Goldschmied namens Dias übergeben." Er stand auf. „Dias ist unser Freund und gleichzeitig unser Hauptgeschäftspartner in der Stadt. Seine filigranen Erzeugnisse sind die besten auf der ganzen Welt! Niemand kann so perfekt mit dem Material der Götter umgehen! Er kann dir helfen. Oder auch nicht. Die Entscheidung liegt dann bei ihm."

Als Thymnes den Raum verlassen hatte, stand Lysias auf und blickte sich noch einmal um. Überall lagen kostbare Felle. In der Ecke standen zwei große Amphoren. Wenn sie noch ihren ursprünglichen Inhalt besaßen, dann waren sie voller köstlichem Wein aus Thasos. Auf der anderen Seite sah er einen kleinen Altar, der einer ihm unbekannten Gottheit geweiht war. Ein leichter Schauer lief ihm über den Rücken, als er die Weihungen für diesen Gott erblickte. Es waren Waffen! Und sie waren eindeutig griechischer Herkunft. Lysias wollte sich nicht vorstellen, woher sie kamen. Er fürchtete die mögliche Antwort.

Götter! Lysias drehte sich um und ging zum Eingang. Er durfte zurück in eine griechische Stadt am Bosporos! Dort würde er sich ein Schiff suchen, das ihn nach Hause brachte. Sein Auftrag war gescheitert. Nicht nur ein bisschen, sondern vollständig. Es war eine Katastrophe. Er wollte hier weg, bevor der Ältestenrat es sich anders überlegte. Lieber heute als morgen. Und er wollte heim. Endlich heim. Zum Hades mit all der Politik, den Ränkespielen, dem Täuschen und dem Verrat! Es war zu viel. Egal, was Perikles oder die anderen Mitverschwörer mit ihm machen würden. Lieber in einem athenischen Gefängnis sitzen als hier am Rand der griechischen Welt sterben. Nach Hause!

Für einen kurzen Moment dachte er an seine Familie, seine Verlobte, die fast aus dem Gedächtnis getilgt war. Ob er jemals mit Polyxena da weitermachen konnte, wo sie aufgehört hatten? Wohl kaum. Nicht nach seiner Beziehung zu Mike. Die Hetäre, die er voller Inbrunst begehrt hatte. Die Frau, die ihm ein Messer in den Rücken gerammt hatte. Er war ein Fremder gewesen, als er in dieses verfluchte Land kam. Und trotz allem, was er bislang erlebt hatte, er würde immer noch ein Fremder sein, wenn er wieder nach Hause fuhr.

Lysias ging hinaus und schloss die Tür. Der Raum wurde schlagartig dunkel, als die letzte Öllampe durch den Luftzug der sich schließenden Tür erlosch.

Der Goldschmied, Nymphaion, Februar 438 v. Chr.

„Lass das Feuer nicht ausgehen, Lysias!“, fluchte Dias laut und wies den Athener mit einer energischen Geste an, die Luftzufuhr am Ofen zu kontrollieren. „Du magst ja ein Gastfreund der Skythen gewesen sein. Und vielleicht hast du ja auch irgendwelche versteckten Talente, die du dann aber bislang wirklich sehr geschickt vor mir verborgen hast“, fuhr der alte Mann verärgert fort. „Doch von einer anständigen und ehrlichen Arbeit mit den eigenen Händen hast du nun wirklich keine Ahnung!“

Lysias knurrte unwirsch vor sich hin und tat, wie ihm geheißen war. Oh, beim Göttervater, nicht mehr lange! In nur wenigen Tagen würde die *Poseidon* endlich Richtung Sinope abfahren. Dann hatte diese Schinderei hier ein Ende.

Was war er enttäuscht gewesen, als er erfuhr, dass das nächste Schiff erst in frühestens zwei Monaten in See stechen würde. Der Bosporos war zugefroren. Die Schiffe hatte man alle an Land gezogen und winterfest gemacht. Der Hafen selbst glich in dieser Zeit eher einem Friedhof als dem sonst üblichen Ameisenhaufen. Doch dann hatte Lysias, als er wieder einmal seinen Kummer mithilfe der letzten verbliebenen Münzen in Alkohol ertränken wollte, den Kapitän des kleinen Frachtschiffs *Poseidon* kennengelernt. Mit viel gutem Zureden überzeugte Lysias ihn, ihn als Passagier an Bord zu nehmen, wenn er wieder in See stach. Nach Sinope sollte es gehen. Und womöglich traf er Perikles bereits dort. Und wenn nicht, dann würde er weiter in Richtung Heimat fahren. Irgendwie, aber nur bloß nicht mit der *Argo*!

Er sah sich verstohlen in der Werkstatt um. Lysias war nun bereits seit mehr als sechs Wochen hier. Wie Thymnes befohlen hatte, war er nur zwei Tage nach seinem Urteil mit einer Gruppe Skythen zum Bosporos aufgebrochen. Während die Reiternomaden weiter über die zugefrorene Wasserstraße Richtung Labrys zogen, um im Auftrag ihres Fürsten dort mit Hekataios heimliche Verhandlungen aufzunehmen, hatte man ihn einfach in Nymphaion zurückgelassen. Bei Dias, dem Goldschmied, der davon ebenso wenig begeistert war wie er selbst. Doch der Handwerker hatte es nicht gewagt, sich dem Wunsch des Thymnes zu widersetzen. Immerhin war dieser Skythenfürst sein bester Kunde, der ihn reich gemacht hatte. So jemanden verärgerte man nicht. Doch wenigstens musste Dias den Skythen nicht versprechen, freundlich zu dem Athener zu sein.

„Du kannst unter meinem Dach wohnen, bis das nächste Schiff nach Süden fährt. Das habe ich versprochen." Dabei ließ der alte Mann bewusst offen, wem er es eigentlich zugesagt hatte. „Doch wir hatten die Abmachung, dass du für diesen Aufenthalt bezahlst", erinnerte Dias ihn an ihr erstes Gespräch, nachdem die Skythen gegangen waren. „Du hast ja kaum noch Geld bei dir gehabt, mit dem du mich hättest bezahlen können. Aber arbeiten kannst du für mich. Zumindest dachte ich das!" Dias betrachtete kopfschüttelnd den wieder mehr oder weniger sportlichen Körper des Atheners, auf den Lysias zu Recht stolz war. Hartes Training war nötig gewesen, um die geschwächten Muskeln nach dem langen Liegen wieder in Form zu bringen. Doch er hatte es geschafft. Allerdings war das offenbar noch keine Gewähr dafür, dass man es einem Goldschmied recht machen konnte.

„Mach dir nichts draus, Lysias", flüsterte eine leise Stimme hinter ihm. Er brauchte sich nicht umzudrehen, um zu wissen, dass Patika hinter ihm stand. Die Tochter des Hauses und gleichzeitig auch der ganze Stolz des alten Mannes. Unglücklicherweise hatte die junge Frau von Anfang an ein Auge auf Lysias geworfen, kaum dass er den Fuß über die Schwelle der Werkstatt gesetzt hatte. Sie stand so nah hinter ihm, dass er ihren Atem in seinem Nacken spüren konnte.

„Er ist schon den ganzen Tag so mies drauf", fuhr sie fort. „Seine Augen werden schlechter, und die Arbeit fällt ihm dadurch immer schwerer." Patika deutete auf die Werkbank, wo ein weiteres Meisterwerk lag. Über einer Holzform eines Goryts lag der halbfertige Goldbeschlag, an dem der Goldschmied den ganzen Morgen gearbeitet hatte. Doch irgendetwas war schiefgegangen, was die Laune des Meisters über das übliche Maß hinaus verschlechtert hatte.

Lysias bewegte sich langsam auf die Werkbank zu. Er wollte sich das Stück aus der Nähe anschauen und Abstand zwischen sich und Patika schaffen.

Was ihm gerade noch fehlte, war, dass ihn der alte Mann vor die Tür setzte wegen eines vermeintlichen Verhältnisses mit seiner geliebten Tochter.

„Fass das bloß nicht mit deinen tollpatschigen Fingern an. Am Ende machst du es noch kaputt!", rief ihm Dias zu, der gerade selbst die Feuerung des Ofens kontrollierte.

„Lass gut sein, Vater", sprang ihm Patika helfend zur Seite. „Lysias ist sicher nicht so geschickt im Umgang mit Werkzeug. Aber ein Tollpatsch ist er nun wirklich nicht!" Sie zwinkerte dem Athener aufreizend zu. „Immerhin hat er in den vergangenen Wochen nur einmal fast die Werkstatt abgebrannt", schob sie süffisant nach. Lysias riss die Augen auf. Na, vielen Dank auch, Patika! Doch aus den Augenwinkeln heraus sah er, dass sich selbst der mürrische alte Mann ein Lächeln verkneifen musste.

Lysias konzentrierte sich auf den Gorytbeschlag, der zweifellos für einen skythischen Fürsten hergestellt wurde. Vielleicht sogar für Thymnes selbst, schoss es ihm durch den Kopf. Ja, warum eigentlich nicht? Und auf einmal verspürte er eine unbändige Lust, seine Wut auf diesen Mann an diesem harmlosen und völlig unschuldigen Prunkgegenstand auszulassen. Oder war es Angst?

Kurz vor seiner Abreise von den Skythen hatte Pauna ihn beiseite genommen und ihm die ganze Geschichte erzählt. Angefangen bei der Prophezeiung bis hin zu der Erklärung, warum Thymnes ihm so plötzlich das Leben gerettet hatte.

Der Skythenfürst selbst war nicht bereit gewesen, ihm das alles zu erklären. Nein, da musste schon eine Schamanin kommen! Eine Schamanin, die ihn aufforderte, gegen den Willen des Ältestenrates bei ihrem Stamm zu bleiben. Um selbst Schamane zu werden! Was für ein Unsinn hatte die Frau da geredet. Es war offensichtlich, dass sie einmal zu viel an ihren seltsamen Kräutern gerochen hatte.

Bleiben solle er, hatte sie ihn beschworen. Beschützen wolle sie ihn, damit sie ihn ausbilden könne. Die Götter hätten es so bestimmt. Er habe Visionen, sie wisse es doch, er sei bereit. Woher, ihr Götter, konnte diese Frau das wissen? Der Adler, rote Wellen in Blau.

Er war heilfroh, als der Trupp Skythen, der ihn nach Nymphaion bringen sollte, endlich aufbrach. „Wir werden uns wiedersehen, Grieche", hatte sie ihm hinterhergerufen. Dann war sie mit einem wütenden Blick auf Thymnes wieder in ihr Haus gegangen.

Er zwang sich, mit seinen Gedanken wieder ins Hier und Jetzt zurückzukehren. Er blickte auf den Gegenstand vor sich. Die Szene, die dort so kunstvoll auf dem Gorytbeschlag abgebildet war, kam ihm sonderbar bekannt vor. Als Dias seinen zweifelnden Blick sah, war sein Stolz über diese Arbeit größer als sein Ärger über den Athener.

„Du erkennst die Bildformeln wieder, nicht wahr? Es sind Modeln, mit denen wir normalerweise Szenen aus dem Trojanischen Krieg wiedergeben." Dias fuhr voller Zärtlichkeit mit den Fingern über die bearbeitete Oberfläche. „Aber hier benutze ich sie dafür, eine skythische Legende darzustellen."

Er machte eine kleine Pause, putzte sich die Nase und fuhr dann fort: „Eigentlich ist sie gar nicht so verschieden von unseren Legenden. Etwa der eines Theseus oder Bellerophon vergleichbar. Es geht um den steinigen Weg der Machterringung durch einen legitimen Herrscher. Erst muss er irgendwelche Aufgaben erfüllen, bevor er sich dann auf seinen Thron setzen darf."

Hier machte Dias erneut eine kleine Pause. Doch diesmal erschienen tiefe Sorgenfalten auf seiner Stirn. „Na ja, eigentlich brauchen wir da gar nicht die Mythologie heranzuziehen. Wir haben ja zurzeit das beste Beispiel vor Augen. Allerdings hapert es hier doch mächtig an der Legitimität!"

Und dann tat Dias etwas, was Lysias noch nie bei seinem Gastgeber gesehen hatte. Er schlug mit der Faust auf seine Werkbank, dass der Gorytbeschlag mehrere Zentimeter in die Luft flog, bevor er wieder auf dem Holzmodell landete.

Verständlich, dachte Lysias. Er wusste doch nur zu gut, was der Goldschmied damit meinte. Die Rede war natürlich von Spartokos.

Auch wenn man hier in Nymphaion nicht mehr über alles Nachrichten erhielt, was gerade in Pantikapaion passierte, so war man doch weitgehend auf dem Laufenden. Noch hatte Spartokos die Macht als Alleinherrscher nicht offiziell übernommen, obwohl es doch *de facto* bereits so war. Immerhin hatte er überall an den wichtigen Positionen der Stadtverwaltung seine Leute sitzen. Aber er ließ noch stets verlautbaren, dass man ja nur vertretungsweise für Sanon und die Seinen die Regierungsgeschäfte übernommen habe. Und man wolle nur darauf warten, bis der frühere Herrscher wieder zurückkehren würde. Was, wie jedermann wusste, natürlich nie passieren würde!

Sanon war viel zu klug, als dass er sehenden Auges in die Höhle des Löwen ging. Hätte er in den letzten Wochen Pantikapaion betreten, er wäre sofort verhaftet worden. Oder noch Schlimmeres. Nein, Sanon hatte damals sofort in Nymphaion um Aufnahme gebeten, und er war immer noch in der Stadt. Von hier aus versuchte der Archaianaktide, im Geheimen die letzten Verbündeten zu mobilisieren, um die Herrschaft vielleicht doch noch zurückzuerobern. Doch jeder klar denkende Mensch wusste: Es war nur noch eine Frage der Zeit, bis Spartokos die Macht auch ganz offiziell an sich riss.

„Hast du schon mit dem Stadtrat über mein Anliegen sprechen können?" Lysias sah Dias an, der mit seinem kurzen beigefarbenen Chiton vor ihm stand, der durch die Arbeit am Ofen viele Rußflecken hatte. Obwohl sie doch noch tiefsten Winter hatten, war es hier in der Werkstatt so heiß, dass sie auf wärmende Kleidung verzichten konnten.

„Ja, ja", brummte Dias. „Ich habe gestern mit Bromis gesprochen. Er gehört zum Rat und ist ein enger Vertrauter von Sammas."

Lysias wusste von Patika, dass dieser Sammas offensichtlich zurzeit der Vorsitzende des Rates war und man ihn und seine Entscheidungen weithin achtete. Wollte er doch noch wenigstens einen kleinen Teilerfolg erzielen, dann kam er an Sammas nicht vorbei.

„Und wird er mit Sammas über meinen Vorschlag sprechen?", hakte er deshalb nach, als er merkte, dass Dias keine Anstalten machte, fortzufahren.

„Das hat er schon getan", sagte der Alte. „Du sollst bei der nächsten Versammlung deine Chance kriegen. Dann kannst du dem Rat deine Pläne erläutern." Er schnaubte ein wenig verächtlich. „Ich denke aber, dass das reine Zeitverschwendung ist. Warum sollten sie dir glauben, nach all dem, was passiert ist?"

Der Goldschmied musterte Lysias von oben bis unten. Genauso wie die letzten hundert Mal, dachte der Athener. Er hatte von Anfang an mit offenen Karten gespielt und Dias die ganze Geschichte erzählt. Na ja, fast die ganze Geschichte. Die Episode mit der Prophezeiung hatte er verschwiegen. Auch versuchte er sich in den letzten Wochen immer wieder selbst davon zu überzeugen, dass sein Scheitern ja gar nicht seine eigene Schuld war. Spartokos wäre auf jeden Fall an die Macht gekommen, mit ihm oder auch ohne ihn.

Na gut, er musste sich eingestehen, dass er vielleicht ein wenig dazu beigetragen hatte, den Prozess zu beschleunigen. Aber das konnte man ihm doch nicht vorwerfen. Wenn überhaupt jemand Schuld hatte, dann ja wohl seine Auftraggeber in Athen. Die hatten ihn, den Anführer einer Reiterabteilung, einen Militär, ja erst in diese missliche Lage gebracht! Andererseits wollte er nicht mit leeren Händen nach Hause zurückkehren.

Er wollte nicht mit den Worten vor Perikles treten: „Es tut mir leid, aber am Bosporos hat ein Umsturz stattgefunden, und ich selbst habe alles nur erdenklich Mögliche getan, dass man Athen nicht sonderlich mag. Wir müssen unser Getreide halt woanders herbekommen."

„Was willst du dem Rat eigentlich genau vorschlagen?", fragte Patika plötzlich. Lysias sah sie an, und für einen kurzen Moment glaubte er, dass Mike vor ihm stand. Schön, intelligent und wissbegierig. Doch sein Tagtraum verblasste ebenso schnell, wie er gekommen war. Nein, es war nicht die schöne Hetäre aus Pantikapaion, es war Patika. Er seufzte innerlich und versuchte, sich auf ihr Gespräch zu konzentrieren.

„Ihr seht, was gerade in Pantikapaion geschieht. Es ist nur eine Frage der Zeit, bis Spartokos hier bei euch auftaucht. Dann ist es vorbei mit eurer Unabhängigkeit. Mit eurer Freundschaft zu den Skythen." Er fuhr sich durch sein Haar, das er schon längst hätte schneiden lassen sollen. Schon bald würde sein Haar so lang wie das der Skythen sein. Dann könnte er sich einen Zopf binden, die Hosentracht anziehen, und niemand würde ihn erkennen.

„Wie man hört, lässt Spartokos die städtischen Truppen bereits ununterbrochen militärische Manöver durchführen. Aus reiner Vorsicht, wie die offizielle Begründung lautet. Ha! Sobald er die Alleinherrschaft erlangt hat, wird er seine Truppen von der Leine lassen. Und sie werden Tod und Verderben über euch bringen."

Er ging hinüber zum Tisch und nahm sich eine Traube. Nachdenklich drehte er sie in den Fingern hin und her, bevor er sie schließlich in den Mund steckte.

„Ich werde dem Rat empfehlen", fuhr er kauend fort, „dass man Athen um Hilfe bittet. Wir haben eine starke Flotte, die in kurzer Zeit zu eurer Unterstützung hier sein könnte. Gegen Spartokos und seine Großmachtsvisionen. Unser Schutz gegen euer Getreide, das wir gut gebrauchen können." Lysias machte eine kleine Pause und sprach dann mit ruhiger Stimme, beinahe beschwörend: „Das ist der Handel, den ich vorschlagen werde. Sollte der Rat zustimmen, werde ich so schnell wie möglich nach Athen zurückkehren und Perikles unterrichten."

„Ich wiederhole mich", unterbrach Dias ihn. „Warum sollte man dir glauben? Du hast gelogen, als du in Pantikapaion gelebt hast. Bei uns warst du in dieser Zeit nicht. Aber dafür warst du bei den

Sindern, wie du selbst erzählst. Du hast bei den Skythen gelebt. Und was noch viel wichtiger ist: Du hast dort überlebt!"

Der Goldschmied schüttelte den Kopf. „Ich mache schon seit vielen Jahren Geschäfte mit ihnen. Aber eins kannst du mir glauben. Die Skythen sind nicht wirklich für ihre Barmherzigkeit bekannt!" Bei diesen Worten sah er dem Athener direkt in die Augen. „Was ist also geschehen? Wie kommt es, dass du hier vor mir stehst und wir diese Unterhaltung führen können?"

„Diese Frage musst du Thymnes stellen, wenn er das nächste Mal wieder hier ist", erwiderte Lysias verärgert. „Ich weiß ja selbst nicht genau, warum sie mich haben gehen lassen." Im Grunde genommen war das ja nicht wirklich gelogen, dachte Lysias, denn er wollte die Geschichte mit der Prophezeiung immer noch nicht glauben. „Doch uns bleibt nicht mehr viel Zeit. Euch nicht, weil Spartokos bald euer ganzes Leben verändern wird. Und mir nicht, weil er mir dadurch die letzte Möglichkeit nimmt, mein Gesicht zu wahren. Und zumindest mit einem kleinen Erfolg nach Hause zurückzukehren." Er räusperte sich. „Wenn ihr meinen Berichten über die Stärke des Seebundes nicht glaubt, so schlage ich vor, dass ihr diesen Gylon fragt, von dem mir Patika erzählt hat. Ich habe ihn noch nicht getroffen, doch ich bin mir sicher, dass er meine Berichte bestätigen kann."

Lysias sah auffordernd zu Patika hinüber. Die Tochter des Goldschmieds hatte ihm erst vorgestern erzählt, dass ein reicher athenischer Kaufmann in Nymphaion eingetroffen war. Ein echter Kaufmann wohlgemerkt, schoss es ihm durch den Kopf. Dieser Gylon hatte zusammen mit einer Gruppe Skythen den im Winter durchaus beschwerlichen Weg von Olbia weit im Westen nach Nymphaion auf sich genommen, um hier Geschäfte zu machen. Nichts sprach dafür, dass er ebenfalls im Auftrag des Perikles reiste. Zumindest hatte er Lysias noch nicht aufgesucht, obwohl dessen Anwesenheit in Nymphaion alles andere als ein Geheimnis war. Und hätte ein zweiter Agent des athenischen Staatsmanns nicht zumindest etwas von ihm gewusst?

Jedenfalls kam ihm dieser Gylon wie gerufen. Dias hatte recht. Seine eigene Glaubwürdigkeit war dahin. Er brauchte jetzt eine Art unabhängigen Zeugen, der von der mächtigen Schlagkraft der Seebundflotte berichten konnte. Lysias hoffte inständig, dass Gylon auch ein Verfechter der attischen Bündnispolitik war. Falls nicht, dann wäre auch sein letzter Versuch gescheitert, seinen Auftrag zumindest ansatzweise zu erfüllen.

„Ich bin froh, dass dieser Vorschlag von dir selbst kommt. Dann wirst du ja auch nichts dagegen haben, wenn er dabei ist“, erwiderte Dias. „Bromis ist nämlich auf dieselbe Idee gekommen und hat diesen Gylon bereits zu dem Treffen eingeladen. Auch er war offensichtlich der Ansicht, dass man eine zweite Meinung hören sollte.“

Wieder war da dieser prüfende Blick des alten Mannes. „Wie du siehst, bin ich nicht allein mit meinen Zweifeln.“

„Kennen die beiden sich?“, fragte Lysias.

„Nein, Gylon ist wohl das erste Mal hier in unserer Stadt. Das habe ich zumindest so gehört.“

Daraufhin entspannte sich der Athener ein wenig. In diesem Fall, so dachte Lysias, waren seine Chancen ja vielleicht doch gar nicht so schlecht. Wenn er eines in den vergangenen Monaten gelernt hatte, dann war es, Menschen zu überzeugen. Er würde schon ein schillerndes Bild von einem Beitritt zum Seebund entwerfen können. Und wenn dieser Gylon auch nur etwas Vaterlandsliebe besitzt, ja, dann würde sich auch der Stadtrat überzeugen lassen.

Lysias’ Blick fiel nochmals auf Patika. Sie war wirklich hübsch in ihrem dünnen ärmellosen Peplos, der den Temperaturen hier im Raum angepasst war. Ihr Busen war ganz offensichtlich wohlgeformt, soweit er das durch den Stoff ihres Gewandes erahnen konnte. Wenn er längere Zeit hier in Nymphaion geblieben wäre – wer weiß, was dann noch hätte passieren können. Sicherlich war Patika kein wirklicher Ersatz für Mike. Das schaffte keine Frau dieser Welt. Aber für eine stürmische Liebesnacht wäre er bereit gewesen. Nichtsdestotrotz war sie eine gut behütete bürgerliche Tochter. Und er musste sich allmählich wieder mit dem Gedanken anfreunden, dass er seiner Verlobten Polyxena gegenübertreten würde. Ein wenig Enthaltsamkeit war daher vielleicht nicht so schlecht. Dann wäre sein Gewissen vielleicht ein bisschen weniger belastet.

Aber seine Gedanken waren ihm wieder fünf Schritte voraus, schalt sich Lysias selbst. Denn das Zweite, was er hier am Bosporos gelernt hatte, war noch wesentlicher als seine rhetorischen Fähigkeiten. Man konnte planen, was und so gut man es wollte – es kam doch immer anders! Das war eine schmerzliche Erfahrung gewesen, bei der er fast sogar zu Tode gekommen war. Doch er hatte seine Lektion gelernt. Er ging zum Ofen zurück und prüfte die Belüftung.

Die Machtübernahme, Pantikapaion, März 438 v. Chr.

Der Marktplatz war übervoll. Im Hintergrund stand das Haus des Dakos, das nun einer kleinen Festung glich. Wachen waren vor der Tür postiert und schauten dem bunten Treiben auf der Agora grimmig zu. Kraton schlenderte wie zufällig am Verkaufstisch eines Tuchhändlers vorbei. Er trug normale, unauffällige Kleidung, hatte kurzes schwarzes Haar und braune, freundliche Augen. Kraton war gerade einmal 22 Jahre alt, und er sah aus wie der nette junge Mann von nebenan, den sich manch eine Mutter als Schwiegersohn gewünscht hätte. Und genau deshalb hatte Satyros ihn ausgesucht. Er war trotz seines jungen Alters der Anführer der Agenten, die in Spartokos' Diensten standen. Er war neben den neuen Herrschern die mächtigste Person in der Stadt.

„Hast du das mit Spartokos schon gehört?", hörte Kraton den Tuchhändler zu einem Kunden sagen. „Gestern Nacht hat er die letzten Anhänger des Sanon verurteilen lassen! Er hat den Stadtrat endgültig aufgelöst und sich zum Alleinherrscher ernannt."

Kraton blieb stehen und betrachtete einen der kostbaren Stoffe aus der Nähe. Sein Auftrag war es, die Stimmung in der Bevölkerung zu erforschen. Jetzt, da es keine wirkliche städtische Regierung mehr gab. Mit einem Fingerschnipsen hatte Spartokos den Rat weggefegt. Und Kraton war bei den nächtlichen Verhaftungen dabei gewesen. Was für ein Mann, ihr neuer Herrscher! Es lebe Spartokos!

„Aber haben diese Spartokiden nicht schon Ende letzten Jahres die Führung übernommen?", fragte der Kunde zurück. „Damals, nach diesen unerfreulichen Geschehnissen auf dem Landgut des Spartokos?"

„Im Prinzip ja", antwortete der Händler. „Aber Spartokos hatte es immer noch geschickt verstanden, all seine Entscheidungen als Anordnungen des Stadtrates aussehen zu lassen. Er bestimmte die Richtung, und der Rat musste diese Befehle umsetzen."

Kraton horchte auf. Gab es da etwa eine gewisse Opposition? Aus den Augenwinkeln betrachtete er die beiden und sah, wie sich noch eine weitere Person hinzugesellte.

„Heute Nacht haben sie endgültig mit den Gesetzen gebrochen, diese Verräter", fuhr der Neuankömmling auf. „Bisher waren sie ja schon unverschämt gewesen. Aber jetzt haben sie den Bogen endgültig überspannt. Glaubt denn hier wirklich jemand diese Schauergeschichte von dem Skythenüberfall im Landhaus? Das ist doch alles inszeniert, und das nicht mal gut!" Der Tuchhändler sah den Mann an.

„Nur weil du mit den Skythen immer so gute Geschäfte gemacht hast, Ktesilas", erwiderte der Händler, der sich alarmiert nach beiden Seiten umsah, „hast du noch lange nicht das Recht, Spartokos einen Lügner zu nennen. Ich rate dir eindringlich, mit solchen Anschuldigungen nicht so leichtfertig zu sein. Immerhin ist er der neue Herrscher in der Stadt."

Kraton spähte gespannt zu dem Kritiker hinüber und wartete darauf, wie dieser nun reagieren würde.

Der Agent wurde nicht enttäuscht. „Diese Bande von Verbrechern gehört verhaftet", giftete Ktesilas. Mit ausgestrecktem Arm zeigte er auf das Haus des Dakos. „Dort, wo einst ein hochrangiges und geachtetes Mitglied unserer Gesellschaft gelebt hat, haust jetzt dieser Satyros. Dieser Möchtegern von einem Mitregenten." Er spuckte angewidert zu Boden. „Als Dakos noch lebte, war sein Haus eine Stätte der Begegnung. Jeder wurde freundlich und vorbildlich empfangen. Und jetzt", er deutete auf die Wachen, „jetzt hat sich dieser Feigling dahinter verkrochen. Mit Wachen vor der Tür! Ha! Er und sein Bruder, die Herrscher der Stadt! Dass ich nicht lache!" Mit diesen Worten verschwand Ktesilas wieder in der Menge und ging Richtung südlichem Ausgang. Er war so wütend, dass er die beiden Verfolger gar nicht wahrnahm. Nachdem sie von Kraton das geheime Handzeichen erhalten hatten, gingen sie hinter Ktesilas her und ließen ihn nicht mehr aus den Augen. Kraton selbst blieb auf dem Markplatz zurück. Er lächelte vor sich hin. Dieser Ktesilas würde bald einen bedauernswerten Unfall erleiden. Noch heute. Die Götter konnten ja doch manchmal ungerecht sein.

Kraton ging langsam weiter und erreichte schließlich das Haus des Dakos. Jetzt natürlich das Haus des Satyros, schalt er sich selbst in Gedanken. Als die Wachen ihn erkannten, traten sie schnell beiseite und ließen ihn ein. Kraton betrat den Innenhof und musste für einen kurzen Augenblick an diesen legendären Abend vor beinahe einem Jahr denken, als dieser Athener hier in der Stadt angekommen war und Spartokos zu einem Rededuell herausgeforderte hatte. Seitdem hatte sich viel geändert. Und aus seiner persönlichen Sicht ausschließlich zum Besseren!

Kraton riss sich am Riemen und trat zurück in das Hier und Jetzt. Er ging in das Andron, in dem Satyros auf ihn wartete.

„Nun, Kraton! Wie sieht es da draußen aus?", fragte Satyros sofort, als er Kraton sah.

Am liebsten hätte der Agent geantwortet: „Geh doch hinaus, du Feigling, und sieh selbst nach!" Aber er stand dem Mitregenten des Spartokos gegenüber. Warum auch immer der Herrscher diesen politischen Schachzug gemacht hatte, wusste Kraton beim besten Willen nicht. Aber er hatte gelernt zu gehorchen.

„Die Bevölkerung ist weitgehend ruhig. Einige wenige Unzufriedene gibt es zwar, aber die werden sich schon mit den neuen Verhältnissen anfreunden. Der Rest hat einfach nur Angst und wartet ab, wie es weitergeht." Von den Ruhestörern berichtete er Satyros lieber nichts, sonst wäre er wieder ungewollt einem mehrstündigen Vortrag über Sinn und Unsinn eines Umsturzes ausgesetzt gewesen. Das wollte er sich schlichtweg ersparen. Zumal man sich ja des Problems angenommen hatte, wie dieser Ktesilas bald am eigenen Leibe erfahren würde.

Bevor Satyros etwas antworten konnte, ging die Tür erneut auf, und Spartokos selbst trat in das Zimmer. Mitten auf dem Amazonenmosaik blieb er stehen und wandte sich seinem Halbbruder zu. „Hör auf, dich zu besaufen! Wir haben eine Menge Arbeit vor uns. Und zieh dich endlich wie der neue Mitregent dieser Stadt an. Ich will diese Lumpen da an dir nicht mehr länger sehen." Sein Tonfall ließ keinerlei Widerspruch zu. Plötzlich drehte sich der neue Herrscher um und sah Kraton direkt in die Augen. „Wie sieht es da draußen aus?"

Kraton schluckte. Die gleiche Frage wie gerade. Doch diesmal mit einer Schärfe gesprochen, die einer geschliffenen Klinge gleichkam.

„Alles in Ordnung, mein König! Die Menge ist unter Kontrolle, kleine Unruhen wurden sofort im Keim erstickt und die Rädelsführer umgehend verhaftet. Die Bürgerschaft huldigt ihrem neuen Herrscher!"

Spartokos musterte ihn immer noch. „Du bist noch jung, Kraton. Doch ich sehe eine große Zukunft für dich voraus. Bleib weiter so aufmerksam und eifrig, dann werden wir noch viele Jahre gemeinsam für das Wohl unser Stadt kämpfen." In diesem Moment sah er, wie sein Bruder sich einen weiteren Becher Wein nachfüllen wollte.

Er sprang nach vorn, riss Satyros den Weinkrug aus der Hand und warf ihn an die Wand.

„Du sollst aufhören zu saufen!“, brüllte er ihn an. Dann wandte er sich wieder an Kraton. „Apropos kämpfen. Geh zu Leukon und überbringe ihm folgenden Befehl von mir: Er soll die Truppen auf mich einschwören. Jeder Soldat, der ein Problem damit hat, soll direkt verhaftet werden.“ Er zeigte mit der ausgestreckten Hand auf den Agenten. „Das fällt dann sowieso in deinen Aufgabenbereich.“

Nach einer kurzen Pause sprach er weiter: „Mit den neu zusammengestellten Truppen soll Leukon auf jeden Fall fortfahren, die Belagerung einer Stadt zu üben.“ Ein Lächeln fuhr ihm über das Gesicht. „Und es kann nicht schaden, wenn die Truppen das direkt vor den Toren Pantikapaions tun. Einerseits macht das die Übung realistischer. Andererseits sehen unsere politischen Gegner, womit sie es im Falle eines Falles zu tun bekommen. Dann, wenn sie tatsächlich einen Gegenumsturz planen sollten.“ Mit einem kurzen Nicken gab er Kraton zu verstehen, dass seine Anwesenheit nicht weiter vonnöten war. Der Agent verließ umgehend das Andron, und als er draußen war, atmete er erst einmal tief durch. Er bewunderte den neuen Herrscher. Aber er fürchtete ihn auch. Wie alle anderen es ebenfalls taten.

„Wir müssen unsere weitere Strategie planen“, sagte Spartokos zu seinem Bruder und setzte sich dabei auf eine der Klinen. „Die Stadt haben wir seit heute Nacht offiziell und vollständig unter unserer Kontrolle. Nun müssen wir die Euphorie unserer Anhänger ausnutzen, um unseren Herrschaftsbereich zu vergrößern.“

„Es lebe der neue König von Pantikapaion!“, rief Satyros aus. Das war das Einzige, was ihm gerade einfiel. Nicht nur Kraton fürchtete sich vor dem neuen Herrscher. Ihm ging es ebenso, wenn er ehrlich war. Niemals hätte er etwas an dem Vorgehen seines Bruders kritisiert. Er war froh, dass Spartokos ihm dieses schöne Haus überlassen hatte. Am liebsten wäre es ihm, wenn er die nächste Zeit einfach nur hier drin bleiben und die schönen Seiten des Lebens genießen könnte. Doch Spartokos hatte andere Pläne. Das hatte er immer gesagt. Und jetzt war der Zeitpunkt gekommen, diese in die Tat umzusetzen.

„Wir müssen uns beeilen, mein Bruder“, ergriff Spartokos erneut das Wort, nachdem er gemerkt hatte, dass Satyros es weiterhin vorzog zu schweigen. „Zunächst müssen wir uns auf den bevorstehenden Krieg vorbereiten. Es geht gegen Nymphaion und auch Theodosia. Aber auch gegen die Griechenstädte auf der anderen Seite des Bosporos.“ Er machte eine kleine Pause und fuhr dann fort.

„Auch müssen wir überlegen, was wir gegen Sanon unternehmen. Er ist damals nach Nymphaion geflüchtet, bevor unsere Leute ihn auf der Fahrt abfangen konnten.“ Spartokos überlegte einen kurzen Moment. „Ich denke, hier wäre ein schöner, kleiner öffentlicher Prozess sinnvoll, an dessen Ende wir ihm ein Schwert in den Leib rammen werden. Oder wie wäre es mit einem weiteren Unfall? Wie dem auch sei. Sanon darf auf keinen Fall überleben!“

Sein Bruder lächelte verunsichert. Was hätte er auch sonst tun können?

„Doch nun komm, Satyros!“ Der neue Herrscher stand auf. „Gleich beginnt das Fest zu Ehren unserer Stadtgründung. Oder sollte ich sagen: zu Ehren unserer Inthronisierung?“ Spartokos lachte auf. „Heute werden sie am Altar des göttlichen Apollon die Opfergaben darbringen, und sie werden dies in unserem Namen tun. Sie werden für unser Wohl beten. Und wenn nicht, werden sie Gefängniswände von innen sehen!“ Er ging zur Tür. „Ach ja, ich vergaß. Zwei der Mitstreiter der Archaianaktiden habe ich heute Morgen zum Tode verurteilt. Wir werden sie hinrichten!“ Mit diesen Worten verließ er den Raum.

Satyros blieb allein zurück. Die Welt hatte sich verändert. Sie waren nun offiziell die neuen Machthaber in Pantikapaion. Und wenn die Pläne seines Bruders aufgehen sollten, dann auch bald die Herrscher am gesamten Bosporos. Im Stillen fragte er sich, wie wohl die Skythen, Sinder, Maioten, die Psalier und die Toreten darauf reagieren würden. Einzelne Griechenstädte, die sich untereinander zum Teil bis aufs Blut hassten, waren das eine. Mit denen konnte man gut Handel treiben und von ihnen profitieren. Sie stellten keine echte Gefahr da. Eine Gemeinschaft dieser Kolonien, ein starkes Reich unter der Führung des Spartokos aber war etwas völlig anderes. Das Kräfteverhältnis in der gesamten Region würde sich unwiderruflich verändern, da war Satyros sich sicher. Doch wie das Ganze ausgehen würde, musste man abwarten. Mit einem Bein stand er aber bereits im Hades, seit er Teil dieser ganzen Verschwörung geworden war. Jetzt gab es kein Zurück mehr.

Satyros stand auf und warf einen letzten Blick auf die Amazonenschlacht auf dem Fußboden. Die Amazonen hatten sich tapfer gewehrt. Doch sie waren den Griechen am Ende doch unterlegen. Wenn das mal kein echtes Vorzeichen für die kommenden Monate war! Er schüttelte den Kopf und ging hinaus in den Sonnenschein.

Das Angebot, Nymphaion, März 438 v. Chr.

„Du bist also der Athener, dem wir diese Beratung hier zu verdanken haben?“, wurde Lysias von einem leicht untersetzten Mann gefragt, als sie in den Versammlungsraum eintraten. „Mein Name ist Gylon“, fuhr der Fremde fort. „Ich stamme ebenfalls aus Athen. Aber seit über einem halben Jahr bin ich geschäftlich an den Küsten des Pontos unterwegs.“

Gylon offenbarte ein ehrliches Gesicht. Schlau und neugierig, aber nicht verschlagen. Lysias reichte dem Mann die Hand und bejahte seine Frage. Dann gingen sie zu ihren Plätzen, und die Ratssitzung begann.

„Wie stehst du zum Seebund?“, raunte Lysias Gylon zu, während die Ratssitzung bereits seit über einer Stunde lief. Er hatte sich vorgenommen, ohne weitere Umschweife direkt zum Kern der Angelegenheit zu kommen. Er hätte den echten Kaufmann gerne schon früher gesprochen, doch der war wie vom Erdboden verschluckt gewesen, so dass sich die beiden tatsächlich hier zum ersten Mal trafen. Jegliche Form der Höflichkeit musste nun hinten anstehen.

„Ich verstehe deine Frage nicht wirklich, Lysias. Aber ich denke doch, dass du die Antwort bereits kennst“, erwiderte Gylon ein wenig verwirrt. War das eine Falle? Wollte man ihn irgendwie belasten? Hier galt es vorsichtig zu sein. „Ich bin Athener und ich bin stolz auf meine Stadt. Und damit bin ich auch stolz auf die Flotte unter unserer Führung. Es gibt derzeit keine vergleichbare Macht, die uns die Meere streitig machen könnte!“

Lysias lächelte. Das war die Antwort, die er hören wollte. Jetzt galt es nur noch, seinerseits die richtigen Worte gegenüber dem Rat zu finden. Und zwar genau jetzt, da man ihn gerade dazu aufgefordert hatte, sein Anliegen vorzubringen.

Lysias stand auf und ging in die Mitte des Raumes. Er wollte mit seinem lang einstudierten Text beginnen – da sah er ihn. Sanon! Der ehemalige Herrscher von Pantikapaion! Leicht versteckt saß er an der Seite und verfolgte aufmerksam das Geschehen. Der letzte Herrscher der Archaianaktiden, der hier in Nymphaion eine vorläufig sichere Bleibe gefunden hatte. Aber Sanon wirkte müde, die Situation war nicht spurlos an ihm vorbeigegangen.

Wie fühlte es sich wohl an, dachte Lysias, wenn man seine ganze Macht im wahrsten Sinne des Wortes über Nacht verlor und man plötzlich ein Niemand war, der bei seinen ehemaligen politischen Gegnern in einer anderen Stadt um Aufnahme betteln musste? Lysias lief ein kalter Schauer über den Rücken. Er selbst hatte auch viel verloren, sogar um Haaresbreite sein Leben. Doch wenn er nach Athen zurückkehrte, war er wieder der Offizier, hatte seine Familie um sich herum und konnte diese ganze Episode hier am Bosporos wie einen bösen Traum wegwischen. Doch dieser arme Mann dort hatte keinen solchen Zufluchtsort, wo er wieder an sein altes Leben anknüpfen konnte. Sanons altes Leben existierte nicht mehr. Und auch sein neues würde möglicherweise nicht mehr allzu lange andauern, wenn es den Spartokiden gelingen sollte, Nymphaion ihren Großmachtsphantasien zu unterwerfen.

Lysias lächelte Sanon zu und grüßte ihn mit einem leichten Kopfnicken. Das Gesicht des Archaianaktiden blieb jedoch versteinert, und Lysias wusste nicht einmal genau, ob Sanon ihn überhaupt erkannt hatte. Egal, ging es ihm durch den Kopf. Jetzt galt es erst einmal, sich zu konzentrieren.

„Werte Ratsmitglieder! Ich habe mein Anliegen bereits mehrfach vorgetragen, wie ihr sicher wisst. Auch wenn ihr mir bisher den Zutritt zu eurem Gremium versagt habt. Trotzdem war ich der Überzeugung, dass ihr euch früher oder später damit beschäftigen würdet, da es mir ausschließlich um das Wohlergehen Nymphaions ging. Daher wollte ich warten und euch genügend Zeit für ausführliche Beratungen geben."

Lysias machte eine kleine Pause. Er hatte die Ratsmitglieder gemustert und festgestellt, dass sie wie überall auf der Welt zumeist ältere, leicht beeinflussbare Männer waren. Männer, die Zeit hatten, sich mit Politik zu beschäftigen. Sie glaubten, Einfluss nehmen zu können, und machten dennoch genau das, was ihnen Sammas als ihr Ratsvorsitzender befahl. Zuckerbrot und Peitsche war hier und jetzt die richtige Vorgehensweise, da war er sich sicher!

„Und ich habe gewartet", fuhr Lysias mit fester Stimme fort. „Doch seit den jüngsten Ereignissen in Pantikapaion drängt die Zeit. Ihr kennt die Bedrohung, die vor eurer Haustür wartet. Jede Minute, die ohne eine Entscheidung von euch verstreicht, ist ein weiterer Schritt in Richtung Niederlage. Spartokos wird kommen – und es liegt an euch, wie ihr ihn empfangen werdet. Ihr entscheidet, was mit euch und euren Familien passieren wird!"

Lysias verstummte und sah sich verstohlen um. Seine Worte hatten ihre Wirkung nicht verfehlt. Vor allem die unausgesprochene Drohung am Schluss, dass bei einem Sieg der Spartokiden die Ratsmitglieder und auch ihre Familien Schaden nehmen würden. Vielleicht sogar sterben? Lysias hatte keine Ahnung, was der neue Herrscher in Pantikapaion plante. Natürlich hatte er von den Manövern gehört, und als geübter Soldat war ihm klar, dass es sich um Übungen für eine Stadtbelagerung handelte. Und es war an den Fingern einer Hand abzuzählen, dass auch Nymphaion ein potentielles Ziel war. Aber wer konnte im Moment schon sagen, ob den Ratsmitgliedern Nymphaions etwas passieren würde? Vielleicht, vielleicht aber auch nicht. Lysias wollte die bereits latent vorhandene Angst schüren. Entscheidungsträger, die sich vor etwas fürchteten, ließen sich besser manipulieren. Der Athener spürte, dass er wieder in seinem Element war. Nach all den Rückschlägen hatte er wieder einen großen Auftritt vor Publikum. Er wollte alles geben und eine gute Vorstellung abliefern.

„Gut gesprochen, mein athenischer Freund", sagte Sammas plötzlich in die Stille hinein. „Doch verzeih, wenn ich dir nicht auf Anhieb die Hand reiche."

Er stand auf, und Lysias bemerkte erstaunt, dass dieser Mann hier eine Aura ausstrahlte, wie er sie erst zweimal in seinem Leben gespürt hatte. Das erste Mal geschah es im Haus des Perikles, als der attische Staatsmann ihn zu diesem Geheimtreffen eingeladen hatte. Und das zweite Mal war es, als er Sanon begegnete. Alle drei Politiker hatten dieses gewisse Etwas, dem man sich als normaler Bürger nur schwer entziehen konnte. Sie hatten das Charisma des Anführers.

„Wenn ich richtig informiert bin, dann hast du mehr als ein halbes Jahr mit einer falschen Identität in Pantikapaion gelebt. Deine Opfer waren aufrichtige Menschen, die wegen deiner Handlungen beträchtlichen Schaden genommen haben." Bei diesen Worten sah Sammas für einen kurzen Moment zu Sanon hinüber, bevor er sich wieder Lysias zuwandte. „Wenn man deine Taten in einem Wort zusammenfassen wollte, würde man dann mit ‚Spionage' ungefähr richtig liegen?"

Lysias trat der Schweiß auf die Stirn. Sammas war offensichtlich ein hervorragender Redner, noch dazu mit Heimvorteil, was die Sache schwieriger machen würde. Ein leises Raunen ging durch den Raum, und Lysias erkannte, dass es nun auf Messers Schneide stand. Er durfte es jetzt nicht zu einem Frage- und Antwortspiel kommen lassen, sonst hätte er verloren.

„Das ist richtig, Sammas. Ich gestehe das ein. Doch ich handelte im guten Glauben. Dass die Ereignisse im Laufe der Zeit diese Wendung genommen haben, tut mir aufrichtig leid. Doch sie wären auch ohne meine Anwesenheit geschehen. Früher oder später. Perikles hatte mich ausgesandt, damit ich mir ein Bild vom Bosporos machen sollte. Meine Aufgabe war es, Menschen zu finden, die an einem Handelsverkehr mit Athen interessiert waren. Deshalb reiste ich in der Verkleidung eines reichen Händlersohns, um kein Aufsehen zu erregen und heimlich Informationen zu sammeln. Wer hätte sich an der natürlichen Neugier eines Kaufmanns schon gestört?"

„Vielleicht hättest du es einfach von Anfang an mit der Wahrheit probieren sollen?", schnitt ihm Sammas das Wort ab. „Dann könnte Sanon vielleicht noch die Stadt regieren! Auch wäre der Skythenfürst Thymnes vielleicht weniger schlecht auf die Griechen zu sprechen, und Dakos könnte sogar noch leben!"

Dieser verbale Tiefschlag verschlug Lysias die Sprache. Sammas hatte seine Achillesferse getroffen. Wie häufig war ihm dieser Gedanke selbst schon durch den Kopf gegangen? Doch er hatte ihn durch die zurückliegenden turbulenten Wochen immer wieder erfolgreich verdrängt. Dass Sammas nun ausgerechnet in diesem Moment den Finger in die Wunde legte, erschütterte ihn zutiefst.

Wie ein begossener Hund stand er mitten vor der Ratsversammlung und war wie gelähmt, als er von unerwarteter Seite auf einmal Unterstützung erhielt. „Verzeiht, hohe Herren, wenn ich mich einmische", sagte Sanon mit ruhiger Stimme. „Ihr könnt euch vorstellen, welchen Hass ich auf diesen Mann da habe!" Er zeigte mit dem ausgestreckten Arm auf Lysias, und der Athener sah, wie Sanon vor Wut zitterte. „Aber er hat recht. All das, was passiert ist, wäre auch ohne ihn passiert. Vielleicht nicht so schnell, doch es war unvermeidlich."

Als niemand von den Ratsmitgliedern gegen seinen Einwurf aufbegehrte, stand Sanon langsam auf.

„Lysias hat mich getäuscht, hat uns alle getäuscht. In einem Punkt hat er jedoch die Wahrheit gesagt, unabhängig davon, wer oder was er eigentlich wirklich ist. Nymphaion ist nur noch zu retten, wenn ihr euch einen mächtigen Verbündeten sucht. Die Skythen allein werden vermutlich nicht genug Hilfe bringen können. Sofern sie nach all dem überhaupt noch geschlossen auf eurer Seite stehen."

Sammas sah den Archaianaktiden mit ungläubigem Gesicht an. „Du verteidigst ihn noch? Nach allem, was er dir angetan hat? Sanon?"

„Wir gehörten immer zu unterschiedlichen politischen Lagern, Sammas. Ich in Pantikapaion, du hier in Nymphaion", erwiderte Sanon. „Aber du weißt auch, dass ich immer an das Wohlergehen meiner Leute gedacht habe, genauso wie du an das der deinigen. Und um die Wahrheit zu sagen: Ich habe ernsthaft mit dem Gedanken gespielt, mich diesem Seebund anzuschließen. Mit seiner Hilfe hätte ich Spartokos in die Schranken weisen können. Athens Einfluss wäre niemals so stark gewesen, dass ich die Kontrolle über meine Stadt verloren hätte. Aber gute Handelsbeziehungen in den Mittelmeerraum wären im Gegenzug ein riesiger neuer Absatzmarkt für unsere heimischen Produkte gewesen." Sanon sah den Ratsvorsitzenden an. „Wir hätten von diesem Handel mehr profitiert als Athen. Perikles braucht unser Getreide mehr als alles andere. Wir hätten es ihm teuer verkauft und noch dazu eine schlagkräftige Eingrifftruppe für den Notfall bekommen." Sanon trat neben Lysias, der völlig perplex auf den Archaianaktiden blickte.

„Auch wenn ich diesen Mann hier am liebsten mit meinen eigenen Händen erwürgen wollte, so rate ich euch dennoch, sein Angebot zu überdenken", fuhr Sanon ungerührt fort. „Am Horizont ziehen dunkle Wolken auf, und eure Zeit wird knapp. Bald hat Spartokos seine Vorbereitungen abgeschlossen, und dann steht er plötzlich vor eurer Haustür. Ich habe zu lange gezögert und damit alles verloren. Macht ihr, werte Ratsmitglieder, nicht den gleichen Fehler." Noch einmal sah er Lysias in die Augen, so als wollte er sagen: „Wir sprechen uns noch." Dann ging er ohne ein weiteres Wort zu seinem Platz zurück. Sein Blick blieb düster und verschlossen.

„Die Worte unseres verehrten Gastes aus Pantikapaion stimmen mich nachdenklich", sagte Bromis in die Stille hinein. „Und ich teile die Ansicht Sanons, dass wir die drohende Gefahr nicht alleine abwenden können. Daher frage ich dich ganz offen, Athener: Was bietest du uns an?"

Lysias straffte die Schultern und erwiderte: „Ich werde mit dem nächstmöglichen Schiff nach Sinope fahren und mich dort mit Perikles treffen, der bei meiner Ankunft bereits mit einer starken Flotte dort lagern sollte." Er sah Sammas an. „Wenn ihr mir zusichert, dass die Schiffe in eurem Hafen willkommen sind, dann werde ich Perikles die Situation schildern und ihn auffordern, euch umgehend zu Hilfe zu eilen."

„Und warum sollte ein Mann wie Perikles gerade auf jemanden wie dich hören?", fragte Sammas spöttisch.

„Weil es genau so ist, wie Sanon es gesagt hat", konterte Lysias selbstbewusst. „Perikles sucht einen Zugang zu euren Kornkammern. Er will die Versorgung Athens auf viele Jahre sichern. Wenn ihr ihm hier entgegenkommt, dann wird er euch garantiert gegen Spartokos unterstützen. Und er wird es erfolgreich tun, allein schon aus einem gesunden Eigeninteresse heraus!"

Die nächste Stunde verging mit einer lauten und heftigen Debatte. Zeitweise hatte Lysias den Eindruck, dass die Ratsmitglieder alle gleichzeitig redeten, ohne sich überhaupt zuzuhören. Sammas versuchte verzweifelt, die Diskussion in halbwegs geordneten Bahnen ablaufen zu lassen, doch man sah ihm an, dass er mehr und mehr die Geduld verlor. Zwischenzeitlich bat Phanis den attischen Kaufmann Gylon um seine Einschätzung der Situation in Athen. Er fragte ihn zur Flottenstärke des Seebundes aus, wollte von ihm wissen, inwieweit die Schilderungen des Lysias der Realität entsprachen und was er selbst überhaupt in seiner Stadt wollte. Eine beginnende Paranoia griff um sich, dass war allen Anwesenden bewusst. Zumindest denen, die noch klar denken konnten.

Der Kaufmann versuchte, alle Fragen mit bestem Wissen und Gewissen zu beantworten. Er fühlte sich nicht wohl in seiner Haut, da er die Hälfte der Zeit nicht einmal wirklich verstand, worüber man hier eigentlich sprach. Politik hatte ihn nie interessiert. Er war auf der Suche nach lukrativen Geschäften gewesen, weshalb er überhaupt dieses Wagnis eingegangen war, an die Küsten des Bosporos zu reisen. Bei aller Unsicherheit sagte ihm sein kaufmännisches Gespür aber auch, dass es sich hier um große Dinge drehte. Dinge, die möglicherweise eine beachtliche Gewinnspanne versprachen. Sein Händlerherz schlug höher! Also bemühte er sich, die Vorzüge eines Seebundbeitritts in den prächtigsten Farben zu schildern.

Lysias sah zu Sanon hinüber, der die ganze Zeit unbeweglich auf seinem Platz gesessen hatte. Seinen ursprünglichen Gedanken, dass der Archaianaktide ein gebrochener Mann war, hatte er längst verworfen. Hier saß noch immer ein Herrscher, zurzeit eben nur ohne Untertanen. Er richtete seine ganze Aufmerksamkeit wieder auf Sammas, der nun aufgestanden war.

„Nach reiflicher Überlegung stimmen wir deinem Anliegen zu." Sammas hatte genug, das sah jeder. In seinen Augen blitzte es, und keines der Ratsmitglieder wagte ein weiteres Wort zu sagen. „Wenn du diesen Botendienst übernehmen willst, Lysias, so werden wir dir entsprechende Schriftstücke für Perikles mitgeben. Wir reichen ihm die Hand in Freundschaft und bieten ihm äußerst lukrative Handelskonzessionen an." Er unterbrach sich, veschränkte die Arme vor der Brust und fuhr erst nach einer langen Pause fort. „Aber nur, wenn ihr uns die Flotte, von der du gesprochen hast, so schnell wie möglich als Verstärkung gegen Spartokos schickt."

„Und damit hier von Anfang an keine falscher Eindruck entsteht", ergänzte Bromis, der ebenfalls aufgestanden war. „Natürlich werden wir umgehend Unterhändler zu den Skythen schicken und sie auch um Hilfe bitten. Vielleicht benötigen wir schneller Hilfe, als eure Flotte das leisten kann." Er durchbohrte Lysias förmlich mit seinen Blicken. „Oder es könnte ja auch sein, dass Perikles gar nicht mehr helfen möchte. Dass er das Interesse an unserem Getreide verloren hat. Immerhin standest du vor über einem Jahr das letzte Mal mit ihm in Verbindung. Nicht wahr, Lysias?"

Lysias stutzte. Könnte so etwas tatsächlich sein? War es möglich, dass die politische Situation in Athen sich im letzten Jahr verändert hatte und dass Perikles gar kein Interesse mehr am Bosporos hatte? Er hatte die ganze Zeit über keinen einzigen Brief oder sonst irgendeine Nachricht aus Athen erhalten. Vielleicht dachten die dort, dass er schon längt tot war. Nie waren ihm diese Gedanken bisher gekommen. Ein kalter Schauer lief ihm über den Rücken. Was hätte er denn auch tun können? Vor allem in der Zeit, als er bei Pauna bewusstlos im Zelt lag. Solche Überlegungen durfte er jetzt nicht anstellen! Das führte doch zu nichts. Genaueres würde er sowieso erst in Sinope erfahren, und bis dahin musste er einfach davon überzeugt bleiben, dass der große Gesamtplan noch nicht geändert worden war.

Lysias ging erneut in die Mitte des Raumes und ließ seinen Blick über die Anwesenden schweifen. Im Hintergrund sah er die obligatorischen Teppiche an der Wand, von denen zahlreiche Stücke skythische Tiermotive zeigten. In etwa so, wie er es in Dakos' Haus gesehen hatte. Doch das in Pantikapaion war ein Privathaus eines Händlers gewesen. Dies hier war der Repräsentationsraum einer ganzen städtischen Gemeinschaft. Und es war nur zu offensichtlich, dass hier in Nymphaion wesentlich bessere Kontakte zu den Skythen existierten, als es in Pantikapaion der Fall war. Es stimmte also, dass die Griechenstädte vor über vierzig Jahren unterschiedliche Richtungen eingeschlagen hatten. Damals, bei diesen denkwürdigen Ereignissen während der letzten Ratsversammlung, von denen Mike ihm berichtet hatte. Je länger er darüber nachdachte, desto mehr Zweifel kamen ihm, welcher der richtige Weg gewesen war. Zumindest erschien ihm das Leben in Nymphaion unbeschwerter.

Doch darum sollten sich bald andere kümmern. Er wollte nur noch das nächste Schiff nach Sinope besteigen und all das hinter sich lassen. Irgendwann in den kommenden Tagen würde der Bosporos endlich wieder schiffbar sein, und Lysias würde Nymphaion verlassen können.

Mit diesen Gedanken trat er ein letztes Mal in die Mitte des Raumes und sprach mit fast schon feierlicher Stimme: „Ich werde euer Vertrauen nicht enttäuschen, Bromis. Und ich werde Perikles von eurer Situation berichten. Er wird kommen, das verspreche ich euch im Namen der Götter!“

Die Katastrophe, Nymphaion, April 438 v. Chr.

Lysias sah ein letztes Mal auf den goldenen Gorytbeschlag. Er stand allein in Dias' Werkstatt und vertrieb sich die Zeit, bis er endlich zur *Poseidon* gehen durfte. Der Kapitän hatte ihm ausrichten lassen, dass man gegen Mittag aufbrechen wolle. Die erste Station war Phanagoreia auf der anderen Seite des Bosporos, wo man noch weitere Passagiere an Bord nehmen wollte. Alle hatten auf den Kapitän eingeredet, ihn angefleht, ihm gedroht. Doch der Seemann ließ sich nicht davon überzeugen, direkt die Fahrt Richtung Süden anzutreten. Schließlich hatte Sammas resigniert und davon gesprochen, dass es auf den einen Tag nun auch nicht mehr ankommen würde.

Lysias zögerte. Für einen kurzen Augenblick dachte er daran, dieses kostbare Kunstwerk einfach einzustecken und als Andenken an seine Abenteuer mitzunehmen. Aber als Dieb wollte er nicht abreisen. Es reichte schon, dass ihn immer noch alle als Betrüger und Hochstapler ansahen – und sie hatten ja auch recht. Das Gold funkelte. Erst gestern hatte Dias das Kunstwerk fertiggestellt und Thymnes eine Nachricht zukommen lassen. Irgendwann in den nächsten Tagen würde der Skythenfürst mit stolzgeschwellter Brust nach Nymphaion kommen und das Prunkstück in Empfang nehmen. Lysias war heilfroh, dass er dann schon weg war. Er wollte Thymnes nicht nochmals über den Weg laufen.

„Was fasziniert dich denn an dem Beschlag so?", fragte Patika, die plötzlich hinter ihm stand. Lysias hatte sie nicht hineinkommen hören. Seine Aufmerksamkeit hatte nachgelassen, weil er häufiger seinen Gedanken nachging. So etwas wäre ihm früher nicht passiert. Und dann diese Träume, die einfach nicht aufhören wollten. Was hatte Pauna bloß mit ihm angestellt?

„Diese wertvolle Arbeit, Patika, hat neben ihrem Materialwert eine symbolische Bedeutung für mich. Wenngleich ich darauf nicht wirklich stolz bin."

„Du machst mich neugierig. Was meinst du damit?" Patika kam weiter auf ihn zu, bis sie ganz dicht vor ihm stand. Ihre Gefühle standen ihr ins Gesicht geschrieben. Liebe, Begehren. Noch ein

Grund, endlich diese Stadt zu verlassen. Patika war doch noch so jung.

„Es steht eigentlich für alles, was ich in den vergangenen Monaten erlebt habe", antwortete Lysias auf ihre Frage. „Ich bin hier bei euch am Bosporos in eine mir so ganz fremde Kultur hineingeraten. Vermeintlich Vertrautes ist plötzlich fremd. Vermeintlich Fremdes auf einmal vertraut. Genauso wie diese Darstellungen hier." Er deutete auf den Beschlag. „All diese kleinen Figurengruppen kenne ich von unseren athenischen Bildern, habe ich schon hundertfach gesehen. Doch hier erscheinen sie in einer neuen Anordnung, die ich nicht deuten kann. Ich verstehe sie immer noch nicht, obwohl Dias sie mir erklärt hat." Er fasste Patika mit beiden Händen an die Schultern. „Genauso geht es mir mit euerm Land hier. Ihr seid Griechen, und doch verstehe ich euch nicht. Um euch herum wohnen Skythen, die ich noch nie zuvor gesehen habe. Und doch fühle ich mich ihnen manchmal näher als meinen eigenen Landsleuten. Es wird Zeit zu gehen, sonst werde ich noch verrückt."

Lysias sah die plötzliche Traurigkeit in Patikas Augen. Sie tat ihm leid, denn er fing tatsächlich an, sie zu mögen. Ohne weiter darüber nachzudenken, zog er Patika zu sich heran und küsste sie innig auf den Mund. Sie schloss die Augen und wehrte sich nicht. Dann ließ Lysias ebenso plötzlich wieder von ihr ab, doch Patika hielt seine Hand fest.

„Vielleicht komme ich mit der Flotte wieder, Patika. Vielleicht schickt mich Perikles aber auch wieder nach Athen zurück. Ich weiß nicht, ob wir uns jemals wiedersehen. Also lass uns vernünftig sein und nichts Unüberlegtes tun."

Er ging noch einen Schritt zurück, so dass Patika seine Hand loslassen musste.

„Ich weiß nicht, wo dein Vater ist, aber ich muss jetzt wirklich gehen. Bestell ihm also bitte alles Gute von mir und vor allem meinen herzlichsten Dank für das, was er für mich getan hat." Lysias sah zur Tür in die Wohnstube und wartete darauf, dass der Hausherr vielleicht doch noch im allerletzten Moment zu seiner Verabschiedung kam. Doch nichts geschah. „Um ehrlich zu sein, ich weiß nicht einmal, ob er mich überhaupt gemocht hat."

„Dich als Person, mehr oder weniger ja. Dich als Gehilfen – nein! Es ist nur, dass er Abschiede so hasst. Und außerdem hat er dich ja auch nicht freiwillig beherbergt. Thymnes hat dich hier abgeladen. Erinnerst du dich?“

„Nur zu gut“, bestätigte Lysias. „Na, dann soll es halt nicht sein. Ich muss jedenfalls los.“

Als er die Tür hinter sich schloss, hörte er Patika in der Werkstatt laut aufschluchzen. Sein Herz wurde schwer, und er sah zu, dass er sich so schnell wie möglich vom Haus entfernte.

Der Himmel war strahlend blau, und die Temperaturen waren frühlingshaft warm. Lysias ging in Richtung Hafen. Überall genossen die Menschen die ersten warmen Tage nach all den kalten Wintermonaten. Es war ein idyllisches Bild von einer heilen Welt, die aus dem Winterschlaf zu erwachen schien. Die dunklen Wolken aus nördlicher Richtung waren noch nicht am Horizont zu sehen. Doch sie würden kommen.

„Darf ich dich zu deinem Schiff begleiten?“, fragte plötzlich eine vertraute Stimme. Lysias drehte sich um und erkannte schräg hinter sich Bromis, der an einer Hauswand lehnte und ebenfalls die ersten Sonnenstrahlen zu genießen schien. „Oder hast du noch Zeit für einen kleinen Abschiedstrunk?“ Mit einem Kopfnicken deutete Bromis auf die nahegelegene Taverne.

Lysias war erstaunt. Bromis war eigentlich der Letzte, von dem er eine Einladung zu einem Becher Wein erwartet hätte. Bei der Ratssitzung in der vergangenen Woche hatte ihn dieser Nymphaier ja doch sehr attackiert. Abgesehen davon gab es wirklich angenehmere Zeitgenossen.

„Vielen Dank, Bromis, aber ich muss leider weiter. Sonst läuft die *Poseidon* noch ohne mich aus. Du hast den Kapitän ja kennengelernt.“ Lysias ging langsam weiter, in der Hoffnung, dass Bromis ihm nicht folgte. Doch eh er sich versah, ging das Ratsmitglied plötzlich neben ihm.

„Na, dann werde ich dich aber wenigstens offiziell im Namen der Stadt verabschieden, wenn du auf dein Schiff steigst.“

Sie gingen eine Weile schweigsam nebeneinander her. Hier und da mussten sie einigen Karren ausweichen, die verschiedene Produkte zum Marktplatz brachten. Und anders als in Pantikapaion gehörten hier wesentlich mehr Vertreter der Steppennomaden zum Straßenbild, was Lysias auf eine merkwürdige Art und Weise freute. Die Stadt war schlichtweg offener.

Lysias blieb stehen. Da war etwas, was er schon die ganze Zeit über fragen wollte.

„Wollt ihr euch eigentlich angesichts der drohenden Gefahr nicht endlich eine Stadtmauer zulegen? So schnell wie möglich?“

„Nein, Lysias. Unsere Stadt bleibt offen. Wenn Spartokos uns tatsächlich angreift, dann wird er uns überrennen. Ob nun mit Stadtmauer oder ohne.“

Wahrscheinlich hat er recht, dachte Lysias, als sie wieder weitergingen.

Schweigend erreichten sie den Hafen. Hinten, am letzten Kai, lag die *Poseidon*, um die herum zahlreiche Matrosen damit beschäftigt waren, das Schiff seetauglich zu machen. Lysias fasste Bromis am Arm.

„Bevor wir jetzt zum Schiff gehen, Bromis, willst du mir nicht endlich sagen, was du auf dem Herzen hast?“

Der Nymphaier sah ihn erstaunt an.

„Ich bitte dich, Bromis. Wir sind nicht unbedingt das, was man gute Freunde nennen würde. Und offiziell verabschiedet werde ich auf jeden Fall noch von Sammas, der mir die letzten Dokumente überreichen muss. Wir sind uns doch nicht zufällig begegnet, oder?“

Bromis wirkte auf einmal wie ein kleines Kind, das man beim Stehlen einer Dattel erwischt hatte. Lysias wusste, dass er mit seiner Vermutung ins Schwarze getroffen hatte. Da war also tatsächlich noch etwas, und er war sehr neugierig, was es wohl sein würde.

Aber als Bromis zu einer Erklärung ansetzen wollte, sahen sie Sammas und Phanis auftauchen.

„Sei auf der Hut, Athener!“, zischte Bromis schnell. „Sei bloß auf der Hut!“ Mehr sagte er nicht, und so warteten sie schweigsam auf das Eintreffen des Ratsvorsitzenden. Was in aller Welt hatte Bromis nur gemeint?

„Ich sehe, dass es offenbar noch mehr Menschen gibt, die dir eine gute Überfahrt wünschen wollen“, sagte Sammas, als er neben Lysias zum Stehen kam. Der ironische Unterton in seiner Stimme war nicht zu überhören, was den Athener wiederum maßlos ärgerte. In wenigen Minuten würde er das Schiff besteigen und abfahren. Da musste so eine Provokation jetzt nun wirklich nicht mehr sein. Nur mit Mühe konnte er seine schlechte Laune verbergen, als er die noch fehlenden Dokumente und Briefe in Empfang nahm.

„Ich werde mein Wort halten, Sammas“, versicherte Lysias ein letztes Mal. „Ich fahre so schnell wie möglich nach Sinope und werde Perikles die Dokumente übergeben. Ich schwöre dir bei den olympischen Göttern, dass die Flotte in spätestens zwei Monaten hier sein wird. Zusammen mit unserem Anführer, dem wohl größten Strategen unserer Zeit!" Den letzten Satz sprach Lysias im Brustton der Überzeugung aus.

„Schwöre nichts, was du nicht auch halten kannst", erwiderte Sammas kühl. „Perikles wird dich sicher anhören, davon bin ich überzeugt. Immerhin hat er dich ja zu uns an den Bosporos geschickt. Doch alles, was ich von eurem Strategen weiß, zeigt mir doch unmissverständlich, dass er nach seinen eigenen Regeln spielt. Und ich bin mir ehrlich gesagt nicht sicher, wie euer Anführer deine bisherigen Leistungen insgesamt beurteilen wird." Sammas verstummte für einen kurzen Augenblick und sah zu Bromis hinüber. „Ich wünsche mir, dass du recht hast. Aber ich warte erst einmal ab. Und Bromis hat es bereits gesagt. Wir haben Boten zu den Skythen geschickt. Thymnes hat schon signalisiert, dass er uns unterstützen will."

Lysias schmunzelte in sich hinein. Natürlich hatte Thymnes das! Immerhin hatte er hier eine gute Möglichkeit, den Spartokiden diesen feigen Überfall im Landhaus heimzuzahlen. Allein würden die Skythen keine Rache nehmen können, dafür waren sie zu wenige. Doch gemeinsam mit den Nymphaiern sah die Situation schon ganz anders aus. Außerdem war so ein Treffen hier in der Stadt natürlich eine schöne Gelegenheit, den neuen Goryt zur Schau zu tragen.

Zu Sammas gewandt sagte er allerdings: „Ich kann euch natürlich verstehen, und ich hoffe, dass die Skythen euch so lange unterstützen, bis die Flotte da ist. Danach kann Athen für die Sicherheit der Stadt Sorge tragen." Je näher der Tag gekommen war, an dem Lysias endlich die Heimreise antreten konnte, desto stärker wurde auch wieder der berühmte athenische Stolz, der landläufig häufig als Arroganz aufgefasst wurde. Aber in den meisten Fällen handelte es sich dabei natürlich um blanken Neid auf die großartigen Errungenschaften seiner Heimatstadt.

„Ich sehe, dass die *Poseidon* bereit ist zum Auslaufen", sagte Bromis plötzlich. „Du solltest jetzt zum Schiff gehen, sonst legt der Kapitän noch ohne dich ab."

„Du hast recht", erwiderte Lysias, als er das Winken eines der Matrosen sah. Er drehte sich zu den Anwesenden um und nickte ihnen zum Abschied der Reihe nach zu. „Meine Herren! Wenn wir nichts vergessen haben, so will ich denn jetzt tatsächlich an Bord gehen. Ich wünsche euch alles Gute und viel Kraft. Mögen die Götter euch in dieser schwierigen Phase wohlwollend begleiten."

In dem Moment, in dem er sich umdrehen wollte, trat Phanis plötzlich vor.

„Doch, Athener. Wir haben noch etwas vergessen." Blitzschnell zog er einen Dolch hervor, den er bislang unter seinem Mantel verborgen hatte. „Mit den besten Grüßen von Spartokos, du Verräter!"

Dann stach er zu.

Die Ereignisse überschlugen sich. In der Sekunde, in der Phanis den Arm hob, warf sich Bromis dem Attentäter in den Weg und stieß Lysias gleichzeitig unsanft zur Seite. Während Sammas wie angewurzelt die ganze Szenerie verfolgte, stürzten plötzlich zwei maskierte Männer aus dem Schatten der umliegenden Häuser auf die Kämpfenden zu. Vom Kai her hörte Lysias aufgeregte Rufe. Offenbar wollten die Matrosen der *Poseidon* ihnen zur Hilfe kommen.

Lysias sprang auf und ging in Abwehrstellung. Du hast kein Schwert!, schrie ihm seine innere Stimme zu. Fieberhaft suchte er etwas, das als Waffe dienen konnte. Doch es war zu spät. Einer der Maskierten stieß ihn erneut zu Boden und wollte ihm das Schwert in den Leib rammen, als der Angreifer plötzlich mitten in der Bewegung innehielt. Die Augen des Attentäters wurden groß. Aus seinem Mund unter der Maske tropfte plötzlich Blut, und er sackte zur Seite weg. Hinter ihm sah Lysias Sammas stehen, der ein blutiges Messer in der Hand hielt. Für ein Danke ist später noch Zeit, fuhr es Lysias durch den Kopf. Er rappelte sich auf und griff das Schwert, das der Angreifer verloren hatte. Endlich konnte er sich verteidigen!

„Komm her, du räudiger Hund! Ich werde dich persönlich in den Hades schicken!" Lysias' Schrei galt dem zweiten Maskierten, der jetzt zögerte. Sein Kumpan war tot, und Phanis kniete mit erhobenen Armen vor Sammas, der ihm das Messer an die Kehle hielt. Von hinten näherten sich zahlreiche Matrosen der *Poseidon*, die den Angegriffenen ebenfalls zu Hilfe eilen wollten. Die Situation war schlichtweg aussichtslos. Der Mann drehte auf der Stelle um und rannte los, entkam zurück in den Schatten, aus dem er gekommen war. Ein Teil der Matrosen, die die Flucht des Angreifers bemerkt hatten, wechselte die Richtung und begann mit der Verfolgung. Doch Lysias war klar, dass das keinen Sinn machte.

Er sah auf den toten Mann vor sich, und plötzlich schrie er wie wild. Er schrie sich die Seele aus dem Leib, ohne dabei überhaupt irgendjemanden direkt anzusehen. Lysias brüllte seinen Frust in die Welt hinaus, der sich in den letzten Monaten angesammelt hatte. Genauer gesagt, seit seiner unsäglichen Angeberei in der Taverne, als er sich Mike gegenüber unbedingt hatte produzieren müssen. Der Athener war mit den Nerven am Ende. Er konnte nicht mehr, er wollte nicht mehr. Sein Leben als Soldat war so einfach gewesen. Dort vorne war der Feind, um einen selbst herum der Freund. Ausschlaggebend für einen militärischen Erfolg waren die richtige Taktik, das richtige Training und ein charismatischer Führer. Niemand spielte falsch, niemand fiel einem in den Rücken. Es war ein ehrlicher Kampf auf Leben und Tod, an dessen Ende der Bessere am Leben blieb.

Doch das hier war unmenschlich. All das Lügen und Betrügen. Freunde wurden plötzlich Erbfeinde, und das innerhalb von Sekunden. Niemand war der, der er zu sein schien. Jeder kämpfte gegen jeden, und der eigentliche Feind befand sich viel zu oft im eigenen Rücken. Die Unterwelt konnte nicht schlimmer sein, da war sich Lysias sicher. Auf einen Sieg in einem ehrlichen Kampf durfte man stolz sein. Einen Meuchelmord im Zuge eines „Geheimauftrags" musste man jedoch vertuschen. Nicht nur, damit man nicht aufflog, sondern auch, damit man sich am nächsten Morgen überhaupt noch selbst im Spiegel betrachten konnte, ohne sich permanent übergeben zu müssen.

Lysias trat auf Bromis zu, der regungslos am Boden lag. Das war es also, was der Nymphaier vorhin gemeint hatte. Bromis wollte ihn vor diesem Anschlag warnen und hatte sich tatsächlich für ihn geopfert. Für ihn, einen Fremden! Er hatte ihn zum Hafen begleitet, damit Lysias sicher auf sein Schiff gelangen konnte. Und dann dies. Mit voller Wucht hatte Phanis dem Nymphaier das Schwert in die Seite gerammt. Das Schwert, das eigentlich für ihn selbst bestimmt gewesen war. Er sah Phanis hasserfüllt an.

„Warum, Phanis? Ich will wissen, warum, bevor ich dich mit bloßen Händen töte!"

„Was für eine blöde Frage, Athener", erwiderte Phanis genauso angewidert. Mit seiner rechten Hand presste er den Stoff seines Mantels auf die linke Schulter, die stark blutete. Entweder war der Attentäter während des Kampfes mit Bromis verletzt worden, oder

Sammas hatte ihn getroffen. Lysias wusste es nicht, doch es war auch egal. Dieser Hund würde für seine Taten büßen müssen. Und vielleicht war es sinnvoll, ihn Sammas zu überlassen. Der Ratsvorsitzende hatte bestimmt so seine eigenen Ideen, was man mit Phanis machen konnte. Zumindest sprach dessen Gesichtsausdruck Bände.

„Als Spartokos erfuhr, dass du tatsächlich noch lebst, ist er schier ausgerastet vor Wut!" Phanis sah den Athener an. „Doch schnell hatte er sich wieder unter Kontrolle und trug mir auf, abzuwarten. Er wollte sehen, was deine weiteren Pläne waren."

Lysias sah Sammas an und fragte sich, wie er sich wohl fühlen musste. Mit einem so hasserfüllten Verräter an seiner Seite, ohne zu wissen, wer dieser Mann wirklich war. „Nachdem ich ihm von der Versammlung und den dort beschlossenen Maßnahmen berichtet hatte, erhielt ich von Spartokos den Auftrag, dich zu töten."

„Na, da wird dein neuer Herr ja überhaupt nicht zufrieden sein. Nachdem du so kläglich versagt hast." Sammas' Stimme war so scharf wie eine Messerschneide. „Der Athener lebt, und du selbst wirst bald sterben. Womit dein Auftrag gescheitert wäre!", fügte er zufrieden hinzu.

Phanis drehte ihm den Kopf zu. Offenbar machte ihm die Wunde in seiner Schulter immer stärker zu schaffen, da sein Gesicht mittlerweile nur noch bleich und schmerzerfüllt war. Dennoch gelang es ihm, mit fester Stimme zu antworten.

„Es ist nicht wichtig, dass ich versagt habe. Mein Leben gehört Spartokos! Und wenn ich es während eines Auftrages geben muss, dann soll es halt so sein." Er wandte sich wieder an Lysias. „Aber dein Leben ist auf jeden Fall zu Ende! Für den Fall, dass ich heute scheitere, hat Spartokos vorgesorgt. Das ist eine persönliche Sache zwischen dir und ihm geworden. Völlig unabhängig davon, ob nun du diese Dokumente an Perikles übergibst oder jemand anderes. Du wirst auf jeden Fall sterben!"

Lysias schwante nichts Gutes.

„Was meinst du damit?"

„Das ist doch einfach, Athener. Wenn es dir gelingen sollte, den Bosporos mit heiler Haut zu verlassen, dann wird man dich halt in Athen erwarten." Phanis stieß ein triumphierendes Lachen aus. „Der Arm meines Herrn ist lang geworden, mein lieber Lysias. Er reicht mittlerweile bis ins Herz Griechenlands. Bis nach Athen!"

Lysias hielt den Atem an.

„Jeder in deiner Nähe, Lysias, wird sterben. Einer nach dem anderen, sobald du wieder heimatlichen Boden betreten hast. Erst deine Eltern, dann deine Freunde und so weiter, und so weiter. Bis du schließlich als Letzter dran glauben musst!“ Phanis stöhnte auf und schwankte. Bald würde er das Bewusstsein verlieren, doch er fuhr fort. „Und das Schönste daran ist, dass du nicht weißt, wann es passiert. Spartokos hat mir nur aufgetragen, dich davon in Kenntnis zu setzen. Du wirst jeden Tag Angst um deine Familie haben. Du wirst hinter jeder Säule einen Mörder sehen. Freunde werden in deinen Augen zu potentiellen Angreifern. Stück für Stück und Tag für Tag wirst du dem Wahnsinn näher kommen, bist du es nicht mehr aushalten kannst.“ Phanis spuckte Blut, und seine Augen weiteten sich ein letztes Mal. „Das ist die Rache des Spartokos, der du nicht entfliehen kannst!“

Der Nymphaier sackte in sich zusammen. Er war tot.

Sonnenaufgang, Nymphaion, April 438 v. Chr.

Zwei Tage später stand Lysias am Kai und sah, wie die *Poseidon* in den Sonnenaufgang hinein fuhr. Ein wirklich majestätischer Anblick, wie die Silhouette des Schiffes in den großen roten Feuerball eintauchte. Doch er konnte sich daran nicht mehr erfreuen. Eine kalte Hand hielt sein Herz fest umgriffen, und er hatte das Gefühl, dass es jeden Moment aufhören würde zu schlagen. Er hätte auf diesem Schiff sein sollen! Er hätte sich schon vor zwei Tagen auf den Weg machen müssen, um nach Sinope zu fahren.

Er verfluchte den Tag, an dem Perikles ihm diesen Auftrag erteilt hatte. Er verfluchte den Tag, an dem er Spartokos kennengelernt hatte. Ja, er verfluchte das ganze letzte Jahr mit allem Drum und Dran. Inklusive Mike und Dakos, Hekataios und Sammas und all den anderen. Sein Leben lag in Trümmern. Die ungezügelte Rache dieses einen Mannes hatte alles zerstört. Er konnte nicht hierbleiben. Sie würden ihn finden, das hatte ihm der Mordversuch von Phanis nur allzu deutlich gemacht. Spartokos' Agent war in die obersten Ämter Nymphaions vorgedrungen. Und wer konnte schon sagen, ob Phanis der einzige war? Wohl kaum, antwortete er sich selbst.

Nach Hause konnte er aber auch nicht. Sollte der Arm des Spartokos tatsächlich bereits bis nach Athen reichen, so war sein wunder Punkt getroffen. Durch seine Rückkehr würde er seine Familie in tödliche Gefahr bringen. Sein Egoismus wäre daran schuld, wenn seinen Eltern etwas passieren würde. Und allein die Möglichkeit, dass es heute, morgen oder vielleicht auch erst in einem Jahr geschehen würde, hätte er nicht ertragen können. Wollte er seine Familie schützen, so konnte er nicht mehr nach Hause zurück. Dass sich Spartokos trotzdem an seinen Eltern vergriff, hielt er für unwahrscheinlich. Er war ihm selbst auf den Fersen, alles andere interessierte diesen Verrückten offenbar nicht. Wohin Lysias auch ging, Spartokos würde ihm folgen. Noch war er ihm einen Schritt voraus, doch wie gering der Abstand bereits war, hatte ihm Phanis gezeigt.

Langsam drehte Lysias den Kopf zur Seite. Neben ihm stand Sammas.

„Es war richtig, Gylon an deiner Stelle fahren zu lassen", sagte der. „Er ist Athener und womöglich der Einzige, der zurzeit mit Perikles in Kontakt kommen kann." Sammas legte ihm die Hand auf die Schulter. „Spartokos' Häscher hätten dich unterwegs ermordet. Sie hätten dich gekriegt, und alles wäre verloren gewesen."

Der Ratsvorsitzende sah wieder zum Schiff, das am Horizont immer kleiner und kleiner wurde. „Von Gylon weiß er aber nichts. Und das ist unsere Chance. Gylon kann es schaffen und unsere Dokumente an Perikles übergeben. Niemand verdächtigt ihn." Sammas hielt einen Moment inne. „Auch habe ich den Eindruck, dass es ihm recht gut bei uns gefallen hat. Vielleicht ist er ja ein potentieller Kandidat für den Posten eines Vermittlers, sollte euer Stratege tatsächlich weiter Interesse an unserer Stadt und unseren Belangen haben."

„Mein Verstand sagt mir, dass du recht hast, Sammas", antwortete Lysias. „Aber mein Herz hält mich für einen Feigling. Wohin soll ich jetzt? Nirgends gibt es einen sicheren Ort, an dem ich mich aufhalten kann. Soll ich etwa von nun an mein ganzes Leben davonlaufen?"

Sammas sah ihm lange und aufmerksam in die Augen. Er erkannte die Verzweifelung des Atheners, und er fühlte sich schuldig. Doch er musste an das Wohlergehen seiner Stadt denken. Ihr gehörte seine Loyalität, nicht diesem Mann hier, auch wenn er ihn mitlerweile recht sympathisch fand. Aber Sympathie konnte diese Krise nicht lösen. Er nahm seinen Arm von Lysias' Schulter und trat einen Schritt zurück.

„Ich kann dich sehr gut verstehen, Lysias. Es muss schlimm für dich sein", erwiderte Sammas. „Doch ich muss dich nun leider auffordern, die Stadt so schnell wie möglich zu verlassen."

Die eisige Hand um Lysias' Herz griff noch fester zu, und ihm stockte der Atem.

„Wie bitte? Was sagst du da?"

„Du bist eine Gefahr für unsere Stadt, Lysias. Je länger du hier bist, desto mehr konzentriert sich dieser Irre in Pantikapaion auf unsere Stadt. Und desto eher müssen wir tatsächlich mit einem Angriff rechnen." Entschlossen verschränkte Sammas die Arme. „Wenn wir aber Spartokos eine Nachricht zuspielen, dass du nicht mehr bei uns bist – vielleicht verliert er dann ja für einen Moment das Interesse an uns. Vielleicht erhalten wir dadurch ja tatsächlich Zeit genug, bis Perikles' Flotte hier eintrifft. Wenn sie hier eintrifft."

Sammas hob die Hand zum Gruß und wollte bereits gehen, als er sich nochmals zu Lysias umdrehte. „Ich weiß, dass du meine Entscheidung nicht billigen kannst. Doch bedenke, dass ich Verantwortung für eine ganze Stadt trage. Du würdest an meiner Stelle das Gleiche tun, da bin ich mir sicher." Mit der linken Hand winkte er zwei Soldaten heran, die sich bislang im Hintergrund gehalten hatten. Nun traten sie ein paar Schritte näher, und Lysias erkannte die Abzeichen der Stadtwache. „Und damit du auf keine dummen Gedanken kommst, werden dich diese beiden Herren dort die nächsten Stunden begleiten. Eine reine Vorsichtsmaßnahme, wie du sicher verstehst." Mit einem Kopfnicken gab er seinen Männern das entsprechende Zeichen. „Bis morgen Mittag hast du Nymphaion verlassen. Sollte eure Flotte tatsächlich hier ankommen, so bist du selbstverständlich ab diesem Zeitpunkt wieder ein gern gesehener Gast in Nymphaion. Bis dahin ist es dir aber unter Todesstrafe verboten, die Stadtgrenze zu überschreiten. Leb wohl, Athener. Die Götter mögen dich beschützen."

Lysias blickte in den Sonnenaufgang, aber seine Augen sahen ihn nicht. Er war geschlagen. Die Geschichte mochte ihm vielleicht eines Tages dankbar für seine Taten sein. Vielleicht würde er irgendwann einmal der Mann sein, der Nymphaion vor der Unterwerfung gerettet hatte. Oder zumindest bei der Rettung geholfen hatte. Irgendwann in der Zukunft vielleicht. Doch nicht heute. Hier und jetzt war er ein Niemand. Ein Fremder, den keiner haben wollte. Ein Fremder, dessen Schicksal niemanden interessierte. Aus den Augenwinkeln sah er, wie die beiden Soldaten links und rechts von ihm Aufstellung bezogen. Offenbar fürchteten sie, dass er ihnen entwischen wollte. Doch dafür hatte er nicht mehr die Kraft. Seine eigenen Landsleute wollten ihn loswerden. Nicht töten, denn da hätte man sich ja die Hände schmutzig machen müssen. Aber man wollte ihn nicht mehr bei sich sehen. Aus den Augen, aus dem Sinn. Keiner von uns, kein Schutz.

Wohin sollte er denn nur gehen? Verzweifelt versuchte er, einen Plan zu fassen, wie es jetzt weitergehen konnte. Doch seine Gedanken waren so zähflüssig wie Honig. Lange Zeit stand er am Kai und blickte in die Sonne, die höher und höher stieg.

Da machte sich über ihm eine Bewegung bemerkbar, und Lysias unterbrach sein Starren. Er sah hinauf in den Himmel. Hoch oben in der Luft drehte ein Adler majestätisch seine Runde, der Morgenwind trug ihn, ohne Flügelschlag kreiste er, mühelos.

Adler.

Was hatte Pauna gesagt? „Wir werden uns wiedersehen“, hatte sie ihm hinterhergerufen. Hatte sie das alles hier vielleicht vorhergesehen? Nach diesem Erlebnis in der Geisterwelt war er sehr verunsichert gewesen, und nie hatte er mit ihr oder einem anderen der Skythen darüber gesprochen. Schon gar nicht mit einem Griechen. Auch hatte er niemandem von seinen anderen Träumen erzählt. Trotzdem schien Pauna davon zu wissen. Aber woher?

Lysias' Blick fiel ein letztes Mal auf den Horizont. Die *Poseidon* war nicht mehr zu sehen. Er traf eine Entscheidung. Er glaubte noch nicht daran, was Pauna ihm erzählt hatte. Der Fremde ein Schamane? Aber er würde es herausfinden.

Er dachte an Thymnes und stellte sich einen Moment lang vor, wie ihm Pauna eröffnete, dass der Athener unter ihrem persönlichen Schutz stand. Thymnes würde schäumen vor Wut, aber er würde sich ihr beugen. Er würde ihn aufnehmen.

Auf einmal fühlte er sich befreit, alle Last war von ihm genommen. Perikles und sein Auftrag waren ihm egal. Alles war ihm egal. In dieser schicksalhaften Sekunde hatte er mit seinem alten Leben abgeschlossen und ein neues begonnen. Ein großes, anderes Leben lag vor ihm, mit all den Unwägbarkeiten, die man nicht planen konnte. Er wollte überhaupt nicht mehr planen, tricksen oder manipulieren. Er wollte frei sein wie ein Vogel. Lysias sah nochmals zum Himmel. Frei sein wie ein Adler.

Er lächelte.

Ich bin schon einmal geflogen, und ich werde es wieder tun, dachte er.

Die große Weltgeschichte würde ihren Lauf nehmen. Aber auf Lysias musste sie von nun an verzichten. Er wollte fliegen lernen. Und wer weiß? Vielleicht reiste er eines Tages wieder mit Pauna in die Geisterwelt. Es kam auf einen Versuch an. Was hatte er schon zu verlieren? Nichts! Er hatte nichts mehr, und das stimmte ihn fröhlich.

Ohne sich noch einmal umzusehen, verließ Lysias, flankiert von den beiden Soldaten, den Hafen und ging mit seinem kleinen Reisegepäck in Richtung Stadtgrenze. Es war ein herrlicher Tag für einen ausgedehnten Spaziergang.

Nachwort

Pontos Euxeinos – das gastfreundliche Meer: So nannten die Griechen das uns heute als Schwarzes Meer bekannte Gestade spätestens ab dem 5. Jahrhundert v. Chr. Und das nicht ohne Grund: Erstens hatte man zu dieser Zeit bereits überall an den Küstenregionen eigene Koloniestädte gegründet, und zweitens war das neu entstandene Bosporanische Reich zumindest jedem Bürger Attikas als Garant für die eigene Lebensqualität geläufig. Immerhin galten die Regionen nördlich des Schwarzen Meeres als eine der größten Kornkammern der antiken Welt, auf die vor allem Athen seine Versorgung ausrichtete. Dabei war es der Wiege der Demokratie vollkommen gleichgültig, dass man mit einem bosporanischen König verhandeln musste. Tausende Tonnen Getreide, die jährlich nach Athen kamen, sprachen hier ihre eigene Sprache.

Diese enge Verzahnung mit Athen existierte aber nicht von Anfang an, sondern basierte auf einer längeren Entwicklung, die sich der Forschung bislang leider nur unzureichend offenbart. Doch jedes Jahr treten neue Denkmäler und Fundstücke zutage, die unsere Kenntnis über das Bosporanische Reich Stück für Stück erweitern. Unermüdlich arbeiten Altertumsforscher an der Freilegung längst vergangener Geschehnisse, die uns die Menschen dieser Zeit näher bringen. Und so gering unsere aktuellen Kenntnisse über dieses berühmte Reich noch erscheinen, vor allem über seine Anfangszeit, so spannend sind doch die wenigen Zeugnisse, die uns bereits heute vorliegen – und von denen der Roman mit all seinen Protagonisten handelt.

438/437 v. Chr. war dabei wohl das bedeutendste Jahr in der wechselhaften Geschichte des Schwarzen Meeres – zumindest, wenn man den antiken Überlieferungen Glauben schenkt. Im Süden, an der heutigen türkischen Schwarzmeerküste, machte sich der berühmte athenische Staatsmann Perikles auf den Weg, den attischen Einfluss nach Osten zu erweitern und dabei ganz nebenbei seiner eigenen Vita einen weiteren Meilenstein hinzuzufügen (Plutarch, Perikles 20). Gleichzeitig vollzog sich am Kimmerischen Bosporos – der heutigen Straße von Kertsch – ein Dynastiewechsel, der schicksalhaft für die nächsten drei Jahrhunderte werden sollte

(Diodor XII 31). Immerhin regierten die Spartokiden, die nun an die Macht kamen, nachweislich bis weit in das 2. Jahrhundert v. Chr. hinein. Und das in einem Territorialreich, das zu den imposantesten Machtzentren der griechischen Welt zählte. Vom Tanais (dem heutigen Don) im Norden bis zum Kaukasusvorland, vom Hypanis (dem heutigen Kuban) bis weit in die Krim hinein erstreckte sich das Bosporanische Reich während seiner größten Ausdehnung.

Bei einer solch hohen Bedeutung des Schwarzen Meeres für die antike Welt müsste man eigentlich annehmen, dass wir über eine außerordentlich gute Quellenlage zu diesem Themenkomplex verfügen. Doch die Wahrheit ist, dass wir gerade aus der Anfangszeit des Bosporanischen Reiches keine aussagekräftigen Schriftüberlieferungen besitzen, die auch nur ansatzweise Licht in die Geschichte dieses später so berühmten Territorialstaates bringen könnten. Im Gegenteil: Selbst die beiden schriftlichen Überlieferungen bei Plutarch und Diodor sind lange Zeit nach dem eigentlichen Geschehen im fernen Pontos aufgezeichnet worden, so dass ihre Aussagekraft bereits mehrfach durch die historisch-archäologische Forschung angezweifelt wurde. Und doch ermöglicht die Kombination literarischer und archäologischer Quellen eine zumindest in Teilbereichen sinnvolle und überzeugende Rekonstruktion geschichtlicher Abläufe, die von einer außerordentlichen Komplexität menschlichen Daseins in allen nur erdenklichen Facetten zeugt. Der Roman *Lysias* kombiniert diese Rekonstruktion von Geschichte mit erzählerischer Fiktion, um für den Leser eine fortlaufende Handlung mit entsprechendem Spannungsbogen zu gestalten. Es soll die Aufgabe dieses Nachworts sein, die Trennlinie zwischen den beiden Erzählebenen in ihren Grundzügen sichtbar zu machen.

Beginnen wir mit der historisch-archäologischen Forschung, die sich seit über 150 Jahren intensiv mit dem Phänomen der griechischen Kolonisation des Schwarzen Meeres allgemein und der Genese des Bosporanischen Reiches im Besonderen beschäftigt. Diodor schreibt, dass Spartokos I. im Jahr 438/437 v. Chr. die Macht von den Archaianaktiden übernahm, die bis dahin 42 Jahre über den Kimmerischen Bosporos geherrscht hatten. Mehr ist uns literarisch nicht überliefert. Weder wissen wir, wie und warum die Archaianaktiden an die Macht kamen, welche Städte zu ihrem Herrschaftsbereich gehörten, noch ob es eine demokratische, oligarchische oder sonstige Staatsform war, die sich im ersten Viertel des 5. Jahrhunderts v. Chr. herausgebildet hatte. Zudem haben wir keine Angaben darüber, warum es zu diesem Machtwechsel kam. War es ein Umsturz? Hatte das Archaianaktidengeschlecht schlichtweg keine Nachkommen mehr? Oder gab es äußere Faktoren, die Einfluss auf die Geschehnisse am Bosporos nahmen? Drängende Fragen, auf die man ohne weitere Informationsmöglichkeiten keine Antwort geben könnte. Und genau hier kommt die Archäologie ins Spiel.

Die frühesten griechischen Niederlassungen am Kimmerischen Bosporos wurden nachweislich in der ersten Hälfte des 6. Jahrhunderts v. Chr. gegründet, wie uns der bislang bekannte archäologische Befund verdeutlicht. Aus diesen zunächst kleinen, unabhängigen Ansiedlungen entwickelten sich dann in den folgenden hundert Jahren beachtliche Wirtschaftszentren, die ungewöhnlich nahe beieinander lagen und sich daher naturgemäß mit ihren jeweiligen Einflusssphären früher oder später in die Quere kommen mussten. Ihre merkwürdig anmutende, dicht gedrängte Verteilung entlang der Küstenregionen der Kertscher Meerenge ist dabei ganz offensichtlich dem Bestreben zu verdanken, sich entlang zweier Hauptrouten der Skythen über die im Winter zugefrorene Wasserstraße anzusiedeln. Die nördliche Route führte über Pantikapaion, die südliche Verkehrslinie über Nymphaion, weshalb diese beiden griechischen Koloniestädte auch ganz bewusst als Handlungsorte in den Roman aufgenommen wurden.

An der Wende vom 6. zum 5. Jahrhundert v. Chr. kam es dann in den Städten, die auf der nordöstlichen Krim liegen, zu beachtlichen Veränderungen. Einerseits lassen sich in Pantikapaion, Myrmekion, Porthmion und Tyritake nunmehr recht beachtliche Stadtmauern nachweisen, die in den übrigen Koloniestädten erst für eine viel spätere Zeit belegt sind. Andererseits zeugen Brandhorizonte in den genannten Städten von einer dringenden Notwendigkeit für derartige Verteidigungsmauern. Ganz offensichtlich gab es also im ersten Viertel des 5. Jahrhunderts v. Chr. einen militärischen Konflikt am Kimmerischen Bosporos, der allerdings nur auf die Region am nördlichen Transferpunkt über die Meerenge begrenzt war. Eine Ursache hierfür ist uns nicht direkt überliefert, so dass wir nur vermuten können, was damals geschehen ist. Allein die regionale Begrenzung dieses Phänomens scheint ihren Ursprung aber offenbar in Streitigkeiten zwischen Griechen und Skythen um die nördliche

Verkehrsroute zu haben, wodurch es zu einer deutlichen Verschlechterung der interkulturellen Beziehungen kam.

Ganz anders hingegen die Situation in Nymphaion, der griechischen Kolonie an der südlichen Transferlinie über die Kertscher Meerenge. Nicht nur, dass in Nymphaion für die erste Hälfte des 5. Jahrhunderts v. Chr. jegliche Anzeichen für eine Stadtmauer oder eine Brandzerstörung fehlen. Noch bemerkenswerter ist die Tatsache, dass in unmittelbarer Nähe der Stadt eine ganze Reihe skythischer Gräber aus dieser Zeit gefunden wurden. Dem nachweisbaren Konfliktpotential in Pantikapaion und seinen Satellitenstädten steht hier also der archäologische Befund eines stärkeren Miteinanders gegenüber. Es ist in der Forschung daher auch überzeugend formuliert worden, dass die beiden Städte im direkten Umgang mit ihren Nachbarn, und hier vor allem mit den Skythen, sehr unterschiedliche Wege eingeschlagen haben.

Diese unterschiedlichen Entwicklungsformen der griechischen Kolonien am Bosporos lassen zu Recht vermuten, dass der Machtbereich des uns ansonsten nicht weiter bekannten Dynastiegründers mit Namen Archaianax nur Pantikapaion und seine Satellitenstädte umfasste, als er gegen 480 v. Chr. die Führung übernahm. Vielleicht versuchte er bereits zu diesem Zeitpunkt, eine Einigung aller griechischen Niederlassungen zu erwirken, doch dafür haben wir leider nicht den geringsten Beleg. Im Gegenteil: Erst nach dem Machtantritt des Spartokos wurden die übrigen Koloniestädte, die bis dahin offenbar unabhängig gewesen waren, Zug um Zug in das neu entstehende Territorialreich eingegliedert – freiwillig oder auch unfreiwillig, wie uns die nun immer besser werdende Quellenlage zu berichten weiß.

Die Keimzelle des Bosporanischen Reiches war dabei zweifellos Pantikapaion, das von der kleinasiatischen Stadt Milet als erste griechische Niederlassung in der Region gegründet worden war. Hier herrschten die Archaianaktiden, und von hier aus begannen ihre Nachfolger den Siegeszug über weite Gebiete beiderseits der Meerenge. Die besondere Vormachtstellung Pantikapaions zeigt sich bis heute auch in seinem archäologischen Befund, obwohl die antike Bausubstanz gerade im 19. Jahrhundert als willkommener Steinbruch für die moderne Stadt Kertsch diente. Dennoch, durch die sorgfältigen Ausgrabungen unserer russischen und ukrainischen Kollegen wissen wir von großen Tempelbauten auf dem

Burgberg, von dem eigentümlichen Rundbau und schließlich auch von dem palastähnlichen Gebäude, das im Roman an manch einer Stelle als Kulisse für die Handlung herangezogen wurde.

Die politischen Verhältnisse lassen sich leider nicht näher fassen. Aus Inschriften des 4. Jahrhunderts v. Chr. wissen wir, dass sich die Spartokiden immer noch als Archonten (d. h. politische Anführer) der griechischen Städte bezeichneten. Nur gegenüber der einheimischen Bevölkerung, die sie bereits in ihren Herrschaftsbereich integriert hatten, traten sie von Anfang an offiziell als Könige auf. Dies mag politischen Konstellationen, besonderen Befindlichkeiten oder auch einfach nur lieb gewonnenen Traditionen innerhalb der einzelnen Griechenstädte geschuldet sein. Doch eines ist klar: Die Spartokiden waren *de facto* die nahezu uneingeschränkten Machthaber am Bosporos, die nur vereinzelt mit Aufständen oder Ungehorsam der unterworfenen Völker zu tun hatten.

Am ehesten konnten die Spartokiden auf die Unterstützung der Sinder bauen, die besonders stark von der hellenischen Kultur beeinflusst waren. Mit ihrer Hauptstadt Labrys besaßen sie eines der wichtigsten Handels- und Verteilerzentren für Waren jeglicher Art, die gleichermaßen von Osten und Westen hier eintrafen und weitergeleitet wurden. Dabei gelang es der Forschung erst vor wenigen Jahren durch einen Inschriften-Neufund, den tatsächlichen Namen der Sinderhauptstadt zu enträtseln. Bis dahin wurde das antike Bodendenkmal unter der Bezeichnung „Sieben-Brüder-Siedlung" geführt, die auf eine nahegelegene Gruppe von sieben Grabhügeln zurückzuführen ist. Obwohl in Labrys bislang nur geringe Feldforschungen durchgeführt werden konnten, lassen die imposanten Verteidigungsanlagen einen starken Einfluss griechischen Architektenwissens erkennen. Und auch das freigelegte archäologische Fundgut spricht von intensiven Handelskontakten zu den Griechen.

Dies ist der allgemeine historische Hintergrund, vor dem die literarische Quelle über die Pontos-Expedition des Perikles zu bewerten ist. Plutarch berichtet in seiner Biographie des athenischen Staatsmanns, dass dieser – ebenfalls im Jahr 438/437 v. Chr. – zu einer Fahrt ins Schwarze Meer aufgebrochen war und zumindest Sinope mit einer Flotte aufgesucht hatte, wo Perikles der dort herrschenden Tyrannenherrschaft des Timesilaos ein Ende setzte. Diesen Umstand hatte man in der Forschung vielfach zum Anlass genommen, über einen möglichen Zusammenhang zwischen den beiden Ereignissen des Jahres 438/437 v. Chr. zu diskutieren. War der Machtantritt der Spartokiden vielleicht durch die Perikles-Expedition erst möglich geworden? Konnte Spartokos mit Hilfe der Athener die Archaianaktiden verdrängen? Oder war das genaue Gegenteil geschehen: Hatte Spartokos die Macht aus Furcht davor, dass Athen zu viel Einfluss am Bosporos bekam, von den athenfreundlichen Archaianaktiden übernommen? Fragen, die wir bislang nicht mit Gewissheit beantworten können, zumal wir noch nicht einmal wissen, ob Perikles während seiner Anwesenheit im Pontosgebiet überhaupt eine weitere griechische Kolonie außer Sinope selbst gesehen hat. Andererseits kennen wir eine griechische Inschrift aus dem Jahr 425/424 v. Chr., auf der die Tributzahlungen der einzelnen Mitgliedsstädte des Attisch-Delischen Seebundes verzeichnet sind, zu denen auch eine ganze Reihe von Pontosstädten gehören. Damit existiert ein Zeugnis attischer Einflussnahme an den Küstenregionen des Pontos Euxeinos, die im Detail aber leider noch nicht konkreter greifbar ist. Dennoch: Der sprichwörtliche Arm der Flotte – und damit Athens – reichte bis in die Tiefen des Schwarzen Meeres hinein.

In der Erzählung ist der These Vorrang gewährt worden, die von einem zu Anfang eher gespaltenen Verhältnis zwischen Athen und den Spartokiden ausgeht. Dies mag angesichts einer aus dem 4. Jahrhundert v. Chr. erhaltenen, von Athen selbst in kostbarem Marmor ausgeführten Ehrenbekundung für die bosporanischen Herrscher zunächst verwundern. Doch in den berühmten Reden des athenischen Politikers Aischines existiert eine interessante literarische Überlieferung, die in besonderem Maße aufhorchen lässt. In seiner Rede gegen Ktesiphon, die um das Jahr 330 v. Chr. datiert wird, erhebt Aischines schwere Vorwürfe gegen seinen politischen Gegner Demosthenes, die diesen beim Auditorium in Misskredit bringen sollten. Dabei sind es interessanterweise nicht die Aktivitäten des Demosthenes selbst, die ihm Aischines zum Vorwurf macht, sondern die Taten seines Großvaters Gylon. Dieser habe den Athenern schwer geschadet, indem er die Stadt Nymphaion „den Feinden“ übergab und im Gegenzug eine andere Stadt auf dem asiatischen Teil des Bosporanischen Reiches erhielt. In den Augen des Aischines war Gylons Verhalten offenbar ein derartiger Landesverrat, dass selbst sein Enkelsohn viele Jahrzehnte später noch die Konsequenzen aus diesem schändlichen Handeln tragen müsse.

Der anklagende Charakter dieser Rede muss selbstverständlich aufhorchen lassen. Sie war kein bewusst verfasstes Zeugnis der Geschehnisse am Bosporos, sondern sollte einzig und allein seinen politischen Gegner Demosthenes in Misskredit bringen. Aber die reine Information, dass Gylon die Stadt „an die Feinde“ übergab, zeugt von einem ehemals nicht unbedeutenden athenischen Einfluss in Nymphaion. Der Gedanke ist verlockend, weitere Querverbindungen zu rekonstruieren, was die Romanhandlung bis zu einem bestimmten Punkt auch verfolgt. Der Unsicherheit der Quellenbasis ist es allerdings geschuldet, dass der Leser nicht endgültig über Erfolg oder Misserfolg der Romanfigur Gylon in Kenntnis gesetzt wird. So wie der Wissenschaftler keine konkrete Aussage treffen kann, so erfährt der Leser keine schlüssige Auflösung für diesen Handlungsstrang.

Und damit kommen wir abschließend zu der zweiten, der fiktiven Ebene der Romans. Der historisch-archäologische Kenntnisstand ermöglicht durch seine teilweise sehr indifferente Aussagekraft ein hohes Maß an phantasievoller Gestaltung, die allerdings entsprechend zu kennzeichnen ist. Der Protagonist Lysias ist nirgends überliefert, ebenso wenig wie Dakos, Mike oder Dias. Diese fiktiven Personen sind jedoch für die Erzählstruktur unbedingt notwenig, da sie die sonst isoliert stehenden Quellen zu einem Ganzen zusammenführen. Sie bilden die Klammer, mit der die einzelnen tatsächlich existierenden Überlieferungsstränge und die darauf basierenden, wissenschaftlich fundierten Thesen sinnvoll und in verständlicher Form vermittelt werden konnten. So treten die Namen der meisten Mitstreiter des Spartokos im Laufe der Zeit tatsächlich in den Königslisten des Bosporanischen Reiches auf – Satyros, Leukon, Pairisades. Für den Handlungsverlauf wurden in der Erzählung jedoch manchmal Verwandtschaftsverhältnisse konstruiert, die so nicht überliefert sind. Denn Satyros folgte im tatsächlichen Leben bereits nach wenigen Jahren seinem Vater Spartokos auf den Thron (433/432 v. Chr.), während er im Roman sein Halbbruder ist.

In einem anderen Beispiel begleitet der Leser Lysias auf seiner Reise nach Labrys, wo es zu einem Treffen mit Hekataios und Oktamasades kommt. Beide Persönlichkeiten sind uns aus späterer Zeit tatsächlich überliefert – als der bosporanische Herrscher Leukon den Sinderkönig Hekataios erneut inthronisiert, nachdem dieser zuvor durch Oktamasades entmachtet wurde. Dieses historische

Faktum deutet sich im Roman durch die gegensätzlichen politischen Meinungen zwischen beiden Protagonisten an – hier jedoch noch mit entgegengesetzten Rollen, als das Bosporanische Reich noch im Entstehen begriffen war und die Figuren im Roman sich mit dem aufziehenden Zeitwechsel noch nicht anfreunden können.

Der Roman versucht zudem, allgemeine Charakteristika dieser besonderen Region und Zeitstellung zu vermitteln: beispielsweise das Wechselspiel der unterschiedlichen Kulturen am Bosporos, das sich dem Forscher nahezu ausschließlich im materiellen Befund während der Ausgrabungen offenbart. Spätestens im 4. Jahrhundert v. Chr. existierte eine deutliche Annäherung der jeweiligen Eliten, die vor allem in der sogenannten graeco-skythischen Kunst ihren materiellen Höhepunkt erreicht. Objekte skythischer Tradition zierten griechische Kunstelemente in Form von Figuren oder vegetabilen Ornamenten. Die Anfänge dieser kulturellen Verknüpfung liegen aber bereits im 5. Jahrhundert v. Chr., als die ersten, für uns heute greifbaren Werke geschaffen wurden. Die Forschung geht insgesamt davon aus, dass die Herstellungszentren dieser Kunstgegenstände in den bosporanischen Städten zu suchen sind. Die Erzählsequenz mit Dias und Patika versucht dieser These daher gerecht zu werden.

Die Regionen nördlich des Schwarzen Meeres waren in der Antike ganz allgemein mit den skythischen Reiternomaden in Verbindung gebracht worden. Diese gefürchteten Bogenschützen lebten am Rand der bekannten Welt und waren mit ihren Traditionen, Handlungsweisen, ja ihrem ganzen Aussehen für einen Griechen zumeist genauso fremd wie die Amazonen, die folgerichtig in der griechischen Mythologie auch mit ihnen zusammentrafen. Und so, wie ein echter Reisender aus der Mittelmeerwelt im 5. Jahrhundert v. Chr. hier am Bosporos mit jedem Schritt eine neue und sicherlich in vielen Bereichen verstörende Welt betrat, so folgt auch der Leser den Spuren des Lysias. Er taucht dabei selbst ein in eine Welt voller Geheimnisse und merkwürdiger Dinge, die ihm aber mit der Zeit immer vertrauter werden. Das Fremde wird das Eigene, das Eigene wird plötzlich das Fremde. Hier, an den weit entfernten Küsten des Gastfreundlichen Meeres.

Berlin, im April 2011